1인용
식탁

윤고은은 1980년 서울에서 태어나 동국대학교 문예창작학과를 졸업했다. 2004년 제2회 대산대학문학상을 받으며 문단에 나왔다. 2008년 제13회 한겨레문학상을 받았으며, 소설집 『알로하』, 장편소설로 『무중력증후군』 『밤의 여행자들』 『해적판을 타고』가 있다.

윤고은 소설집
1인용 식탁

초판 1쇄 발행 2010년 4월 9일
초판 12쇄 발행 2023년 1월 6일

지은이 윤고은
펴낸이 이광호
펴낸곳 ㈜**문학과지성사**
등록번호 제1993-000098호
주소 04034 서울 마포구 잔다리로7길 18(서교동 377-20)
전화 02)338-7224
팩스 02)323-4180(편집) 02)338-7221(영업)
전자우편 moonji@moonji.com
홈페이지 www.moonji.com

ⓒ 윤고은, 2010. Printed in Seoul, Korea

ISBN 978-89-320-2049-5 03810

이 책의 판권은 지은이와 ㈜문학과지성사에 있습니다.
양측의 서면 동의 없는 무단 전재 및 복제를 금합니다.

지은이는 2010년 문화예술위원회가 지원한 창작지원금을 수혜했습니다.

1인용 식탁

윤고은 소설집

문학과지성사
2010

차례

1인용 식탁　7
달콤한 휴가　45
인베이더 그래픽　85
박현몽 꿈 철학관　125
로드킬　175
타임캡슐 1994　215
아이슬란드　241
피어싱　273
홍도야 울지 마라　303

해설 현실과 상상의 '돌려 막기'_이수형　379
작가의 말　396

1 인용 식탁

혼자 음식점에 온 사람에게 몇 분이냐고 묻는 주인은 둔하다. 그러나 그곳이 고깃집이라면 꼭 그렇게만 볼 수도 없다. 삼겹살 2인분, 공깃밥 하나, 소주 한 병. 특별히 괴상한 취향은 아니지만, 오후 7시에 혼자 온 여자의 주문치고는 조금 생소할 수도 있다.

여자는 쌈 세 번에 소주 반 잔씩, 양손을 다 써가며 조용한 식사를 한다. 고기를 집게로 뒤집고 가위로 자르고 젓가락으로 집고 손으로 입속에 넣는, 평범한 식사법이다. 그럼에도 불구하고 여자는 다른 사람들의 시선으로부터 자유롭지 못하다. 한 벌의 수저가 올려진 밥상은 권투가 벌어지는 링과 같다. 여자는 그 위에 홀로 서서 날아오는 시선을 맞는다. 호기심 많은 관중들이 레프트 훅, 라이트 훅, 시선을 날릴 때 여자가 방어할 수 있는 방법은 꿋꿋이 먹는 일뿐이다. 그러다 가끔, 여자도 시선이 날아오는 쪽을 겨눈다. 고깃집의 허공에서 몇 개의 시선이 부딪쳤다가 연기처럼 흩어진다.

불판 위에서 고기는 화석처럼 굳어간다. 여자가 먹는 속도로는 삼겹살 2인분을 다 소화하지 못할 것이다.

오후 7시에 혼자 온 여자의 주문은 반 이상, 상 위에 그대로 남아 있다. 아마도 여자는 삼겹살 1인분을 먹기 위해 1인분을 더 시켰을 것이다. 최소 2인분 이상만 파는 고깃집에서 여자의 주문은 1인분을 화석처럼 남겨놓았다. 7시 30분, 여자의 식사가 멈춘다.

꼭 고기를 먹어야 했을까. 어떤 사람은 그렇게 물어볼 수도 있겠다. 오후 7시에 혼자 먹는 삼겹살이라면 번화가 한복판의 고깃집보다는 퇴근길의 정육점이 더 무난할 수도 있다. 그러나 여자에게도 나름의 이유가 있다. 여자를 바라보는 내게도 나름의 이유가 있는 것처럼.

여자를 바라보는 일은 고깃집에서 혼자 쌈을 싸 먹는 일만큼이나 쑥스럽지만, 30분의 식사 시간 동안 여자와 눈이 한 번도 마주치지 않기란 어렵다. 여자가 소주잔을 들면 나도 소주잔을 들고, 여자가 물수건을 만지작거리면 나도 물수건을 만지작거린다. 그리고 여자가 고개를 들어 정면을 보면 나도 정면을 볼 수밖에 없다. 나는 벽을 바라보고 앉아 있고, 벽에는 커다란 거울이 달려 있을 뿐이니까. 다만 내가 할 수 있는 일은 거울을 너무 오래 쳐다보지 않는 것뿐.

우연히 발견한 전단지가 아니었다면, 고깃집이 예습과 복습의 장소가 되지는 않았을 것이다. 3개월에 20만 원, 그 돈으로 헬스장에 등록할 수도, 요가를 다닐 수도, 홍삼 엑기스를 사거나 감마리놀렌산을 먹을 수도 있었지만 나는 좀더 절실한 곳에 투자했다. 혼자 먹는 법을 알려주는 학원에 등록한 것이다. 전단지의 홍보 문구처럼 3개월에 건강한 위장과 대범한 정신을 기를 수 있다면, 3개월 동안 20만 원을 가장 효율적으로 쓰는 게 아닌가.

학원에 등록하기 전에 내가 먼저 받아야 할 것은 건강진단이었다. 정밀검사는 아니었지만, 상담실장이란 사람이 간단히 맥을 짚고 혈압을 재고 눈동자나 혀 안쪽을 살피면서 내가 바로 수업에 들어갈 수 있는지를 가늠했다. 주로 어떤 음식을 먹을 때, 어디에서 먹을 때, 언제 소화가 잘 안 되느냐, 그럴 때는 어떻게 하느냐, 평소 운동을 하느냐 등 내 건강에 관한 일반적인 대화를 나눈 뒤 상담실장이 서류에 무언가를 적어 넣었다. 의사들의 말처럼 알아보기 힘든 글씨체였다.

"흐음, 괜찮아요, 괜찮아요. 오인용 씨 같은 경우는 아주 보편적인 케이스니까요. 약간의 신경성 소화장애가 있는 것 같기는 하지만, 크게 문제될 것 같지는 않고요. 우리가 이런 걸 체크하는 건 만약에 대비하자는 거죠. 무리하면서 도전! 할 필요는 없는 거잖아요."

그는 자신 역시 이 학원 출신이라고 말하며, 늘 서둘러 혼자 먹다 보니 항상 위장병이 따라왔는데 지금은 그런 것이 없어졌다고 했다.

"수업은 어떤 방식으로 진행이 되냐면 단계별 수업이에요. 먼저 필기시험이 있는데 이건 극히 상식적인 수준으로, 무난하게 통과 가능하시구요. 한 가지 팁을 드리자면 내용을 외우는 것보다는 그냥 모의고사 문제부터 풀어보시는 게 더 효율적이지요. 필기 끝나면 스무 시간의 기능시험이 있는데, 이 기능시험이 5단계로 또 나뉘고요, 열 시간의 실전 테스트까지 성공하면 수료증이 발급됩니다. 보통 수강생의 15퍼센트 정도가 한 번에 수료하죠."

"15퍼센트요? 너무 적은 수…… 아닌가요?"

내 말에 상담실장은 씨익 웃어 보였다. 가지런한 치아 끝에서 금니 하나가 별처럼 빛났다.

"85퍼센트의 불합격자 중에서 절반 이상이 다시 등록합니다. 놀랍죠? 그런데 그게 보편적인 케이스예요. 철인 3종 경기 같은 매력이 있으니까요. 그렇지만 좀더 정확하게 말씀드리자면 수료증을 한 번에 따지 못하더라도, 돈이 아깝다고 하는 사람들은 못 봤습니다. 시험에 한 번에 통과하지는 못해도, 분명히 생활이 달라진 것을 피부로 느끼게 되니까 말입니다. 입소문이 나면서 일부러 아이를 여기에 보내는 학부모들도 많아요. 성격이 개선되니까요. 뭐, 보편적으로 다들 그렇죠. 어디 보자, 몇 개월로 해드릴까요? 현금이면 10퍼센트 할인되고요. 네, 네. 자, 이제 신상 카드 뒷장에 간단한 메모만 해주시면 됩니다. 여기 한 줄 각오 쓰기 보이시죠? 혼자 먹는 식사는 _____. 빈칸 채워주시면 되고요."

혼자 먹는 식사는 <u>지겹다</u>.

급히 찾아낸 단어였지만 가장 잘 어울리는 말이기도 했다. 혼자 먹는 것은 정말 지겨운 일이었다. 아니, 두렵기까지 했다. 보다 정확히 말하자면 혼자 먹는 식사가 아니라, 혼자 음식점에 가서 사 먹는 식사였다. 2년째 혼자 살고 있지만, 집에서 혼자 먹는 식사는 편했다. 문제는 음식점에서 혼자 먹어야 할 때였다. 일요일 저녁부터 나는 극심한 월요병을 앓곤 했는데, 그것은 출근길이나 업무 때문이 아니었다. 다가올 한 주간의 점심시간 때문이었다.

사무실 사람들은 모두 점심시간이 되면 감쪽같이 사라졌다. 그들끼리 어디론가 몰려갔고, 나머지 한 명은 어쩔 수 없이 혼자 식당을 기웃거리기 시작했다. 그 한 명이 나고, 일주일에 다섯 번을 그렇게 보낸 지 벌써 9개월째다.

처음부터 그랬던 것은 아니다. 입사 후 며칠은 사무실 사람들과 어울려 근처의 식당으로 들어가기도 했다. 그러나 일주일이 채 지나기 전에 나는 따로 분류되었다. 사무실 사람들은 점심시간이 되자마자 먼저 우르르 몰려 나갔다. 나도 서둘러 자리 정리를 하고 의자에서 일어났으나, 나를 기다리는 사람들은 아무도 없었다. 다음 날도, 그다음 날도 마찬가지였다. 내가 단지 조금 늦어서 점심시간에 합류하지 못한 것이 아니었다.

제외된 첫날, 나는 KFC에 가서 치킨 텐더 두 조각, 징거버거 하나, 그리고 라이트 콜라 하나를 시켜서 30분 만에 먹었다. 어색하지는 않았다. 햄버거 하나 혼자 못 먹을 정도로 소심하지는 않았을뿐더러, 머릿속이 복잡했기 때문에 어색함을 느낄 새도 없었다. 징거버거를 베어 물면서 대체 내가 왜 소외당하고 있는지에 대해 생각해보았다. 단지 1분, 혹은 2분, 자리에서 늦게 일어나는 것이 문제가 되나? 그러나 다음 날에는 좀더 일찍 일어났음에도 불구하고 결과가 똑같았다. 다른 사람들은 저마다 자리에서 늦게 일어나거나 화장실에 갔고, 어정쩡하게 서 있던 내가 할 수 있는 가장 자연스러운 행동은 엘리베이터 버튼을 누르는 것이었다. 도망치듯 던킨도너츠로 갔다. 커피 한 잔과 도넛 두 개로 배를 채웠다. 도넛을 한입 베어 물고 커피를 한 모금 마시자, 신의 계시처럼 원인이 떠오르는 것도 같았다. 싹싹하게 직원들을 대하지 못했던 것이 문제가 되나? 방금 같은 경우도 '밥 먹으러 가요!'라고 말해야 했나? 그러나 사무실 사람들을 떠올리자 답이 나오지 않았다. 딱히 나보다 더 싹싹한 사람도 덜 싹싹한 사람도 없었다. 아무 맛도 느껴지지 않는 도넛을 씹다가, 다음 날에는 또 다른 메뉴를 찾아야 했다. 파리크라상과 스타벅스가 비슷한 메뉴들로 내 위를 채워주었지만, 9개월을 계속 그렇게 보낼 수는 없었다.

어느 틈엔가 점심 메뉴는 김밥으로, 라면으로, 칼국수로 옮겨갔고 마침내는 직장인들 틈에 둘러싸여 김치찌개 백반 정도는 먹을 수 있게 되었다. 김치찌개는 된장찌개와 소고기국밥과 삼계탕까지 영역을 넓혀갔다. 그래도 점심시간에 움직일 수 있는 동선과 메뉴의 한계는 있기 마련이어서 주로 단골 식당 안에서만 맴돌았다. 다시 KFC로 돌아왔을 때, 일주일째 혼자 먹는 식사가 내 잘못을 깨닫게 했다. 노선을 잘못 탄 게 분명했다. 사무실 사람들이 기피하는 인물—아무래도 과장? 아니면 부장? 누구였을까—에게 싹싹하게 대한 것이 이런 후폭풍을 몰고 온 것이다. 아무래도 특정한 원인이 있다고 생각하는 편이 그러지 않는 편보다는 훨씬 나았다.

점심시간은 항상 남아돌았다. 주문부터 계산까지 20분, 길어야 30분이면 충분했다. 식사 내내 머릿속에 드는 생각은 하나였다. 어쩌면 모든 인생에는 혼자 밥을 사 먹어야 하는 시간과 양이 정해져 있는 것이 아닐까. 그렇다면 이제 비로소 그 할당량이 내 삶 위에 풀리고 있는 중이었다.

한 시간을 다 채우지 못하고 10분, 혹은 15분 일찍 사무실로 들어오면, 세 개의 파티션으로 적당한 그늘을 확보한 내 자리가 그렇게 아늑하게 느껴질 수가 없었다. 점심에 먹은 것이 소화되기도 전에, 후회가 밀려왔다. 그냥 여기에서 삼각김밥이나 먹을걸. 사흘 정도는 그렇게 시도했던 것도 같다. 역시, 계속하는 것은 무리였다.

홀로 점심을 먹으러 갈 때는 사무실을 중심으로, 반경 5백 미터 이내의 음식점은 제외했다. 발이 사무실로부터 멀리, 멀리 가는 동안 눈은 음식점의 통유리창을 훑었다. 혼자 앉아 있는 사람들이 보이거나, 전체적으로 손님이 없는 음식점을 찾아서, 걷고 훑고 걷고 훑고 그러다가 한 곳, 당첨이 됐다. 메뉴가 뭔지는 들어가서 확인하면 된다. 혼자 먹는 사람이 메뉴보다 더 고려하는 것은 타인의 시선이니까.

점심시간에 회사 근처에서 손님이 없거나 적은 음식점을 찾는다는 것은 부족한 예산으로 집을 구하러 다니는 것과 비슷했다. 예산에 맞아떨어지면 집이 마음에 들지 않듯이, 그 붐비는 직장인들의 거리에서 한산한 음식점은 음식 맛이 형편없었다. 학원 수업 시간을 점심시간으로 옮긴 후에는 그런 문제로 고민할 필요가 없어졌다. 수업 교재가 음식인 만큼, 점심시간에 학원 수업을 듣는 것은 일석이조였다. 나처럼 생각하는 사람이 많았는지 다른 시간대보다 점심시간이 유독 붐볐다.

월, 수, 금 오후 12시 10분. 수강생들은 책상 대신 식탁 앞에 앉아서 펜 대신 젓가락을 들고 수업을 들었다. 강사는 수강생들 사이를 유유히 거닐며 한 명씩 자세와 표정을 교정해주었다. 40분의 수업을 듣고 다시 회사로 돌아오려면 부리나케 움직여야 했지만, 그래도 사무실에 10분 일찍 들어가는 것보다는 나았다.

　　1단계──커피숍, 빵집, 패스트푸드점, 분식집, 동네 중국집, 푸드코트, 학원가 음식점들, 구내식당
　　2단계──이탈리안 레스토랑, 큰 중국집, 한정식집, 패밀리레스토랑
　　3단계──결혼식, 돌잔치
　　4단계──고깃집, 횟집
　　5단계──돌발 상황

　학원에서 나눈 기준에 따르면 나는 1단계를 겨우 통과하는 중이었다. 그것만으로도 사는 데 큰 지장은 없었다. 어느 거리나 1단계에 해당하는 음식점들은 많았으니까. 그러나 가끔은 고기도 먹어야 하고, 회도 먹어야 하며, 살다 보면 단지 단체 손님이 가득하다는 이유로 그 음식점을 포기하기 싫을 때도 온다. 주 3회씩, 수업을 빠지지 않고 들은 결과 나는 금세 2단계로 뛰어올랐다. 2단계는 시작부터 달랐다. 입구에서 일단 몇 분이냐고 묻기 시작하는 공간에 혼자 들어선 거다.

"1단계가 모유 수유 단계였다면 이제 2단계는 부드러운 이유식 정도가 되겠습니다. 처음부터 돌을 씹어 먹으라고 할 수는 없으니까요. 이유식에 걸맞은 요령을 알면 여러분의 위와 신경이 조금 더 편해질 겁니다."

강사의 말은 요령이라기보다는 공식에 가깝고, 공식이라기보다는 주문에 가까웠다. 주말보다는 평일을, 점심이나 저녁 시간보다는 그 사이 시간대를 공략하라. 정 가운데 테이블보다는 귀퉁이를 공략하라. 바 형태의 좌석도 좋다. 외투나 가방을 맞은편 의자에 얹어둬라. 책이나 이어폰, 휴대폰이나 신문 같은 도구를 활용하라. 단골 식당을 만들어서 주인이나 종업원과 친해져라. 주방장과 친해지는 것도 좋다. 근사한 레스토랑에 갈 때는 미리 전화를 해서 1인용 테이블을 예약하라. 예약하면 아무도 눈치 주지 않는다. 웬만하면 밸런타인데이나 화이트데이, 크리스마스이브와 같은 날에는 가지 말라. 설이나 추석 등 명절 연휴는 오히려 한가할 수도 있으니 틈새시장으로 삼아라. 이런 모든 요령들은 다른 사람들의 시선으로부터 자유롭기 위한 것이었다. 시선을 초월하는 것이 궁극적으로 가야 할 방향이긴 하지만, 당장 힘들다면 일단 시선을 마주치지 말라. 내가 그들을 쳐다보기 때문에, 그들도 나를 쳐다보는 것이다. 내가 보지 않으면, 누가 나를 쳐다보는지도 알 수 없으리니.

수업과 끼니를 한번에 해결하려는 수강생들을 위해 학원에서는 수업 교재의 종류와 맛에 특별히 신경을 썼다. 교재비가 별도로 들어갔지만, 주 3회 점심값이 굳었으니 특별히 나쁠 것도 없었다.

"오늘은 스테이크를 나갈 차례죠. 스테이크는 양손을 모두 사용할 수 있다는 점에서 편안한 음식이기도 하고, 책을 보기 번거롭다는 점에서 불편한 음식이기도 하죠. 이럴 때 가장 좋은 도구는 한 잔의 하우스 와인입니다. 보세요, 스테이크의 보조 도구로 와인이 있죠? 스테이크와 와인을 음표라고 생각하는 겁니다. 음악 시간 같죠? 정말 음악 시간처럼 해볼까요? 4분의 2박자로 먹는 겁니다. '강'은 중심 요리예요, 그러니까 스테이크겠죠. '약'은 곁들인 것, 그러니까 와인이나 여기 감자나 아스파라거스 뭐 이런 거 있잖습니까, 그거죠. '강' 할 때 스테이크를 한 입 크기로 잘라 먹고, '약' 할 때 나머지를 먹고, 그렇게 박자대로 하는 겁니다. 강―약, 강―약, 강―약, 강―약! 그렇죠! 스테이크는 간단한데, 약에서 뭘 먹어야 될지 모르겠죠? 와인을 마실지 감자를 먹을지 아스파라거스를 먹을지, 뭘 먹어도 좋습니다. 중요한 건 강―약, 이게 한 마디 안에 들어가는 게 4분의 2박자 아닙니까? 한 마디가 끝나고 나면 시선을 접시에서 떨어뜨리는 겁니다. 정면도 보고 식탁 위에 신문을 올려놓고 그걸 보든지, 그러면 한 마디의 식사가 끝나죠! 어이쿠, 너무 시선이 아래로만 가잖아요. 음식 접시만 뚫어져라 보면 처량해 보여요."

강사의 말대로 시선을 조금 위로 올렸다. 접시에서 칠판으로, 칠판에서 구석 모퉁이로 시선을 바꾸자 시야가 넓어졌다. 강사는 식탁과 식탁 사이를 오가며 박자를 셌다. 강—약. 강—약. 강—약. 강—약. 박자에 맞춰 포크와 나이프를 이리저리 움직이던 사람들 중 누군가가 손을 번쩍 들었다.

"선생님! 그거 한 박자 아닌데요. 한 박자는 딱, 딱, 딱, 딱, 이 정도 아니에요?"

강사가 지휘를 멈추고 말했다.

"우리가 무슨 음악 전공하자는 것도 아니고, 그냥 비유한 겁니다. 진짜로 한 박자가 딱, 딱, 딱, 딱, 요 정도면 먹다 체하지. 안 그래요? 박자는 내 스스로 정합니다. 본인들 스스로 자기 소화 능력에 따라 박자를 정하고 그대로 순서만 잘 지키면 돼요. 한 박자가 따아아아아아악, 이 정도여도 되는 겁니다. 다들 기억해요, 스테이크는 몇 분의 몇 박자?"

"4분의 2박자!"

월요일에는 4분의 2박자로 스테이크 먹는 법을, 수요일에는 4분의 3박자로 자장면 먹는 법을, 금요일에는 8분의 6박자로 한정식 먹는 법을 배웠다. 수업이 없는 요일에는 4분의 2박자와 4분의 3박자를 연습했다. 그리고 8분의 6박자를 연습할 차례, 나는 미리 전화를 걸어 한정식집을 예약해두었다. 예약은 꽤 괜찮은 방법이었다. 입구에서 이름만 말하면 자연스레 직원의 안내를 받았다. 그리고 내 자리로 갔을 때, 내 몫의 상은 더 이상 권투가 벌어지는 링이 아니었다. 상이 악보처럼 펼쳐져 있었다. 그대로 연주하기만 하면 되는 친절한 악보. 맥박이 메트로놈처럼 뛰었다. 8분의 6박자. 강—약—약—중강—약—약. 강에서 밥, 약에서 반찬, 중강에서 국. 강—약—약—중강—약—약. 한 마디를 모두 돌고 나면 시선을 한 번 허공에 쏴주고, 다시 강—약—약—중강—약—약. 밥—반찬—반찬—국—반찬—반찬. 강—약—약—중강—약—약. 밥—반찬—반찬—국—반찬—반찬. 그렇게 몇 마디를 돌고 나니 악보도, 식사도 끝났다.

수업이 있는 날은 학원에서 반복 학습을 하고, 수업이 없는 날은 회사 근처 음식점에서 복습을 했다. 조금 용기가 생긴 후 가장 먼저 찾아간 곳은 이탈리안 레스토랑이었다. 여전히 회사에서 5백 미터 이상 걸어가야 하는 위치였지만, 젊은 연인들이 많이 찾아서 항상 제쳐두었던 곳이었다. 나는 파스타의 박자를 생각하며 씩씩하게 걸어 들어갔다. 깔끔하고 아늑했다. 몇 분이세요? 한 명이요. 이 정도 대답하는 것은 이제 아무렇지도 않았다. 혼자 먹기에 적절한 자리로 안내되었다. 사방팔방에 연인들만 보이는 자리, 어쩌자고 이런 곳을 내주나 싶기도 했지만 또 그렇지 않은 자리를 찾기도 어려웠다. 나는 배운 대로 직원과 대화를 시도했다. 음식이나 인테리어,

날씨에 대해 말하는 것이 무난했다. 외부와 내부가 모두 목재로 뒤덮인 이곳의 인테리어는 대화의 좋은 소재가 될 게 분명했다.

"이 주변에 있는 게 다 소나무죠?"

"예. 저희 건물도 소나무로 지었습니다, 손님."

물을 따르던 직원은 차분하게 내 대화를 받아주었다. 나는 능숙하게 대화를 이끌었다.

"어쩐지. 군데군데 송진이 굳어 있는 것도 보이고요."

내 손가락이 가리키는 곳을 본 직원이 고개를 갸우뚱했다.

"저런 거, 송진 아닌가요?"

"저건 니스…… 자국일 텐데. 확인해드릴까요, 손님?"

식당 내부에는 사람들이 많지도 않은데 괜히 혼자 얼굴이 데워졌다. 분명 까르보나라 스파게티를 시켰는데, 면과 면 사이 어딘가에서 니스 냄새가 나는 것 같았다. 가방 속에서 재빨리 작은 책 한 권을 꺼내서 식탁 위로 가져왔다.

한 단계씩 올라갈수록 강사의 목소리는 점점 높아졌다. 그리고 사무실과 음식점 사이의 거리는 점점 줄어들었다. 예전에는 1킬로미터까지 걸어가도 선뜻 들어갈 만한 음식점을 찾지 못했던 경우도 있었지만, 이제는 5백 미터를 벗어나지 않고도 그 언저리에서 음식점을 선택할 수 있게 되었다.

"지금 이 도구들 말입니다. 제가 2단계에서는 요령이라고 알려드렸지만, 이제 과감히 버리십쇼. 패스트푸드점이나 식당에서는 귀에 이어폰 꽂고 음악 들으면서 밥 먹을 수도 있겠죠. 책을 펼쳐놓고 그걸 보면서 밥 먹을 수도 있겠죠. 그렇지만 결혼식장이나 돌잔치에서는 이런 걸 꺼내들면 더 웃겨지겠죠? 책 읽으면서 안 외로운 척, 음악 들으면서 안 쓸쓸한 척, 휴대폰으로 전화하면서 혼자 아닌 척, 노트에 메모하며 바빠서 잠깐 혼자 먹는 척했던 분들, 이제 정면 돌파가 필요한 겁니다."

책, mp3, 노트와 펜, 휴대폰, 노트북, pmp, 카메라……강사는 그 도구들을 빠른 속도로 치웠다. 3단계에서 배운 기술을 직접 연습해볼 기회는 그 주 주말에 왔다. 그것을 기회라고 생각해본 적은 처음이었다. 거래처의 경조사에 가서 부조금을 전하고 얼굴 도장을 찍는 일이었다. 처음에는 말단 사원에게 주어지는 업무라고 생각했지만, 신입이 들어온 후에도 그 임무는 내게서 떠나지 않았다. 그 특별 임무를 수행하면서 내가 얻을 수 있는 대가란 고작해야 식권 한 장 정도인데, 그 식권조차 제대로 활용한 적이 없었다. 일행은 없고 나를 알아보는 거래처 직원들은 곳곳에 상주해 있을지도 모르는 그 결혼식에서 밥을 먹고 올까 말까 하는 문제는 뭘 입고 갈 것인가 하는 문제보다 늘 컸다.

결혼식에 가기 전날 밤, 같은 고민을 하는 사람들을 찾아 인터넷에 기댄 적도 있었다. 결혼식, 혼자, 밥. 이것이 내가 검색창에 써넣은 세 단어였다. 곧 결혼식, 혼자, 밥에 연루된 사람들의 말이 화면 위에 떠올랐다. 결혼식 뷔페에서 혼자 밥을 먹는 것이 일행 없이 돌잔치에 가는 것보다는 낫다는 의견 하나가 힘이 되었으나, 돌잔치 심부름까지 내가 떠맡게 되면서 더 불안해졌다.

  그 주 주말, 예식장에 들어선 나는 부조금을 내고 신부 측에 인사를 한 후 바로 식당으로 갔다. 식권이 드디어 유효해지는 순간이었다. 예식이 갓 시작되었지만 식당에는 혼자 먹는 사람들이 몇 명 눈에 띄었다. 일행이 없어 보이는 사람을 찾아서 그 근처에 앉았다. 외투를 벗어서 내 맞은편 의자 등받이에 걸쳐놓았다. 음료수와 과일 접시를 그쪽으로 밀어두었다. 잠시 후 한 여자가 접시를 들고 내 쪽으로 다가왔다. 그리고 내가 외투를 벗어둔 그 옆자리에 앉았다. 대각선 위치에 앉은 여자는 거의 나와 동시에 자리에서 일어났지만, 먹는 내내 한 번도 시선이 마주치지 않았다. 여자의 시선이 계속 아래로만 향해 있었기 때문이다. 자신의 둥그런 접시, 그 안에서만 여자의 눈과 코와 입이 움직이고 있었다. 혼자 먹는다는 것은 어려운 일이 아니었다. 그리고 생각보다 혼자 먹는 사람들이 꽤 많았다. 육지가 있으면 섬도 있는 것처럼, 무리가 있으면 개인도 있는 것이다. 군데군데 떨어진 섬들, 그리고 이곳에 내가 아는 사람이 없으리라는 안도감이 소화를 도왔다. 강사가 했던 말이 귓가에 맴돌았다. 결혼식에 짝이 필요한 사람은 신부와 신랑, 그들뿐이라고.

 어릴 때는 홀수가 싫었다. 무리를 굳이 둘씩 나누는 상황이 종종 일어났기 때문이다. 운동장에서, 수학여행 가는 버스에서, 놀이기구에서, 관계는 '둘'로 정의되었고, 전체가 홀수였다면 한 명은 꼭 남았다. 3-2=1, 5-2-2=1, 7-2-2-2=1, 이런 계산법으로 인해 외톨이가 되는 사람들도 종종 있었다. 정원이 48명인 반에서 나는 마음이 편안했고, 47명인 반에서 마음이 불안했다. 48명인 반에서 일어나는 전학이나 결석, 조퇴와 같은 일들도 역시 불안했다.

 어릴 때 운동장이나 교실 안에서 겪었던 홀로됨의 어색함은 결국 교문 안에서만 유효할 뿐, 그 당시에는 중요했던 그 문제가 사실 미니어처에 불과했다는 사실을 알게 되는 그 순간부터 정말 비극이 시작된다. 교문 밖에서 울타리도 없이 벌어지는 홀로됨의 비극은 더 이상 누구의 이목도 끌지 못한다. 그냥 무관심 속에서 도태되는 것이다. 그러나 무관심 속에서 오래 머물면 처음에 그 무관심의 주체가 타인이었는지 자기 자신이었는지도 혼란스러워진다. 그래서 점심 회식과 같은 일이 다가오면 오히려 그 상황이 어색해지기도 한다. 혼자 밥 먹기의 단계에 도전하고 있던 나로서는 더더욱.

 12시가 되자마자 사무실 사람들은 재빨리 일어나 회식 장소로 향했다. 수업이 있는 날이었지만 그렇다고 사무실의 정기적인 회식에 빠질 수는 없었다. 회사에서 1백 미터도 채 되지 않는 거리에 목적지가 있었다. 평소보다 훨씬 적게 걸었는데, 어쩐지 그 1백 미터가 너무도 길게 느껴졌다. 옆으로 스쳐 지나가는 음식점 내부도 잘 보이지 않았다. 무리 속에 섞여 움직이는 내 모습만 보일 뿐.

식탁 위는 풍성했다. 안심이 들어간 쌀국수, 양지가 들어간 쌀국수, 해물이 들어간 쌀국수, 볶음밥, 스프링롤, 월남쌈, 다양한 메뉴가 등장했다. 나는 안심과 양지가 반씩 들어간 쌀국수를 선택했는데, 맛을 느낄 새도 없었다. 내게 있어서 이 식탁 위의 메뉴는 쌀국수가 아니라 식탁 위에서 오가는 수많은 시선과 말들의 교류였다. 어디로 젓가락을 가져가야 할지 어색했다. 저번에 그 드라마 봤어? 주말에 하는 거. 걔 연기 진짜 못하더라. 요즘 다 그렇지 뭐. 화제는 드라마에서 연쇄 살인 사건, 보험료와 교육비로 옮겨갔다. 말의 홍수 속에서 나를 구원해준 것은 박자였다. 강—약—약. 강—약—약. 국물이 있는 면발은 국물이 '강'이다. 국물—면—면. 국물—면—면. 면을 먹을 때는 자연히 시선이 그릇 쪽으로 가고, 먹고 나서 고개를 들게 되기 때문에 시선 처리가 수월했다. 강—약—약. 국물—면—면. 이야기는 다른 팀의 누구누구가 어떻고 어떻다는 쪽으로 흘러갔다. 나는 알고 있는 것에 대해 추임새를 넣고, 모르는 것에 대해서는 침묵했다. 그 결과, 식사 내내 나는 말이 별로 없었다. 대신 누구보다 더 눈치 있게 식탁 위를 살필 수 있었다. 그래서 누군가가 청양고추와 양파를 자신의 그릇 속에 덜어 담고, 텅 빈 접시를 보았을 때 재빨리 그 상황에 필요한 말을 찾아냈다. 나는 손을 살짝 위로 올리면서 말했다.

"여기요, 사리 좀 더 주세요."

"사리? 인용 씨, 떡볶이 먹던 버릇 나온다, 정말. 숙주지, 숙주!"

사리가 아니고 숙주. 동료 한 명이 그렇게 내 오류를 바로잡자, 다른 동료들이 크게 웃었다. 나도 웃었다. 속으로 내 얼굴 근육의 순발력과 사회성에 감탄하면서 웃었다. 어제 점심에 내가 먹은 음식이 떡볶이였기 때문에 화들짝 놀란 가슴을 숨기느라 열심히 웃었다. 숙주가 왔다. 숙주가 필요했던 동료가 그것을 한 젓가락 집어서 국수 속에 넣었다. 덩달아 다른 사람들도 숙주를 한 젓가락씩 더 넣었다. 나도 젓가락을 들었다. 다시 박자가 시작되었다. 강—약—약. 강—약—약. 화제도 다른 곳으로 흘러갔다. 강—약—약. 강—약—약.

다음 날 점심에도 나는 무리 속에 섞였다. 수업도 없는 날이어서 평소의 속도대로 조금 느릿느릿 일어났을 뿐인데, 사람들이 내 이름을 부르면서 밥 먹으러 가자고 말했던 것이다. 내 속도가 달라진 것이 아니라면 사람들의 속도가 달라진 것인가. 언젠가 내가 소외당했던 명확한 이유를 알 수 없었던 것처럼, 이번에도 내가 왜 다시 무리 안에 속하게 되었는지에 대해 명확한 이유를 알 수 없었다. 단지 예전에 줄을 잘못 서서 소외당했다고 생각했던 것처럼, 이번에도 뭔가 줄을 잘 서서 그 소외 상태가 취소되었을지 모른다고 짐작했을 뿐이다. 엘리베이터를 타고 내려와서 로비를 지나쳐 건물 앞으로 나왔을 때, 내가 무리로부터 한참 뒤처지거나 반대편으로 가버린다면 누군가가 내 이름을 불러줄까, 궁금해지기도 했지만 실험은 하지 않기로 했다. 소외는 섬세한 문제이므로, 사소한 실험으로 인해 유발될 수도 있었다.

점심 메뉴는 찌개백반이었다. 강—약—중강—약. 이제는 머릿속으로 생각해보기도 전에 절로 몸이 박자를 셌다. 4분의 4박자. 밥—계란말이—국물—김, 밥—제육볶음—국물—고추조림, 밥—김—국물—……

"인용 씨는 예능프로 잘 안 보나 봐."

두부조림을 집으려다가 손을 헛디뎠다. 이게 질문인가 아니면 독백인가. 생각하는 사이에 박자가 꼬였다. 반찬을 먹어야 할 차례인데 젓가락을 밥공기 쪽으로 가져가버렸다. 고장 난 메트로놈처럼 박자가 엉망이었다. 심장이 쿵쿵쿵 뛰면서 이상한 리듬을 만들어내고 있었다.

점심 식사가 끝난 후 사람들은 화장실에 가는 사람들까지 기다렸다가 함께 커피를 사러 갔다. 그리고 하나씩 커피를 손에 들고 사무실 앞으로 걸어왔다. 담배를 피우는 사람들은 건물에 들어가기 전에 담배를 한 대씩 꺼내 물었다. 담배를 피우지 않는 사람들 중 몇 명은 사무실 안으로 들어가고 또 몇 명은 건물 밖에 남았다. 담배를 피우지 않지만 담배 연기 속에 그대로 남아 있는 것이었다. 건물 안에 들어간 사람보다 건물 밖에 머무르는 사람이 더 많았고, 그래서 나도 건물 밖에 남았다. 담배를 피우지 않으면서도.

사람들이 오후에 졸음을 호소하는 것은 점심을 먹는 동안 소비된 체력과 정신력으로 인해 몸과 마음이 모두 지쳤기 때문이었다. 점심을 함께 먹는 사람들이 생겨난 후, 나는 더 지쳐 가고 있었다. 다음 날은 4분의 4박자, 그다음 날은 8분의 9박자를 셌다. 이제는 사람들이 메뉴 이름만 이야기해도 사무실에서 그 음식점까지 걸어가는 내내 박자가 울렸다. 다음 날은 다시 4분의 2박자가, 다음 날은 다시 4분의 3박자가 울렸다. 사무실 사람들이 모두 삼계탕을 먹으러 간 그날, 나는 혼자 다시 베트남 쌀국수를 먹으러 갔다. 일주일 가까이 학원 수업을 빠지면서 누려왔던 사람들과의 식사 덕분에 나는 혼자만의 식사가 얼마나 편안했는지 느낄 수 있었다. 그리고 그 힘으로 회사 옆 1백 미터 거리에서도 당당히 혼자 먹을 수 있게 되었다. 용수철을 반대로 잡아당겼다가 놓으면 더 강하게 튀어 오르는 것처럼, 그렇게 다시 무리 밖으로 나왔다. 이번에는 내가 그들을 소외시킨 것이다.

산악인에게 에베레스트가 있다면, 우리에게는 고깃집이 있다,고 강사는 말했다. 에베레스트를 정복하기 위해 우리는 초보자의 고깃집 선택법, 불판과 집게를 다루는 방법, 소음 속에서 주문하거나 요구 사항을 전달하는 방법, 단체 손님 사이에서 버티는 법, 합석하거나 혹은 합석을 거절하는 법 등을 배웠다. 그리고 2주 동안 5회 이상 고깃집을 방문하고, 거기서 혼자 먹은 영수증을 학원 측에 제출해야 했다. 그러나 이것은 허점이 많은 과제였다. 강사는 수강생들의 학구열을 믿었지만 그래도 에베레스트는 에베레스트였다. 고깃집에 두 명이 찾아가서 2인분을 먹고 영수증을 제출하는 경우도 있었기 때문이다. 학원에서는 본래의 취지를 생각해서 수강생 사이의 교류에 대해 최대한 자제하라고 강조했지만 사람들은 역시 밥을 함께 먹으면서 친해졌다. 월, 수, 금은 혼자 먹는 법을 배우고 화, 목은 함께 점심시간을 공유하는 사람들도 생겨났다. 고깃집까지 정복할 필요가 있냐고 수군대는 사람도 있었고, 고깃집 때문에 이 학원에 등록했다는 사람도 있었다. 그리고 시험에 든 것인지 아예 수업에 장기간 결석하는 사람들도 있었다.

나 역시 여러 번에 걸쳐 에베레스트 등반을 시도했으나 쉽지는 않았다. 횟집 역시 마찬가지여서 인테리어나 손님들의 분위기, 시간대에 따라 태도가 달라지곤 했다. 횟집에 가서 회덮밥만 한 그릇 먹고 나온 경우도 허다했다. 강사가 말하는 최고의 요령은 최선이었다. 자꾸 시도해보는 것, 그 이상의 요령은 없었다.

그리고 최고의 요령, 즉 최선을 다해 시도해보는 과정 중에 뜻하지 않은 오류도 생겨났다. 돈데이, 옆의 중국집. 삼백번 칼집 삼겹살 도적, 옆의 분식집. 일등갈비, 옆의 파스타 전문점. 고기 굽는 날, 옆의 오모리찌개. 모두 고깃집 문 앞에서 뒤바뀐 선택들이었다.

음식점 문을 열고 들어가기 전, 문을 열고 들어갔을 때, 메뉴판을 펼쳤을 때, 그리고 주문을 받으러 온 사람의 표정 앞에서. 혼자 먹는 사람은 실시간으로 생각이 바뀐다. 그런 시험의 순간들을 이겨내기 위해 일부러 점심이 아니라 저녁 시간에 고깃집으로 찾아갔다. 점심에는 아무래도 다른 메뉴를 선택할 확률이 높으므로.

정중앙에 자리를 잡고 앉고자 했지만, 의지대로 몸을 움직이기도 전에 눈이 고깃집 구석의 명당을 찾아내고 다리가 그곳으로 생각을 이끌며, 엉덩이가 쿵, 하고 도장을 찍어버렸다. 메뉴판을 정독하다가 탁, 소리가 나게 닫고는 직원을 불렀다. 삼겹살 2인분, 더 생각할 것도 없었다. 그러나 그 순간 고깃집 안으로 들어온 한 무리의 남자들을 보자 입이 다른 말을 했다.

"차돌박이 된장찌개요."

엉뚱한 메뉴를 앞에 두고 앉아 있자니 어깨가 절로 움츠러

들었다. 차돌박이 된장찌개나 삼겹살이나 뭐가 다르다고. 몇 순가락, 국물을 먹고서야 다른 점을 하나 찾아냈다. 차돌박이 된장찌개는 정해진 박자가 있고, 삼겹살은 없다. 그러니까 삼겹살은 박자마저 초월해버린, 오로지 배짱 하나로 먹는 음식인 것이다.

예전 같으면 이런 데 들어오지도 못했지, 라고 변명을 하면서 국물을 떠먹었다. 예전 같으면 붉고 뜨겁게 달아올랐을 볼 부위가 잠잠했다. 심장이 쿵쿵 뛰지도 않았다. 그러나 좋은 성적을 예감하기도 전에 가슴속이 꽉 막혀 답답해졌다. 이래서 가방 속에 소화제를 항상 넣어 다녀야 한다.

긴 생머리의 여자 한 명이 고깃집으로 들어왔다. 어라? 혼자 왔단다. 여자는 귀퉁이로 가지 않았다. 고깃집 정중앙에 자리를 잡고, 삼겹살 1인분도 돼요? 안 돼요? 묻고 있다. 결국 2인분을 시킨 여자는 마치 앞에 누군가가 있는 것처럼 자연스럽게 고기를 굽기 시작했다. 고깃집의 어느 자리, 어느 각도에서도 여자가 보였다. 여자는 마치 예전 초등학교 교실에 있던 둥근 난로처럼, 고깃집의 어느 구석까지도 모두 열기를 보내야만 하는 사람처럼 정중앙에 앉아 있는 것이다. 이런 여자의 모습이 내 눈에만 신기한 것은 아니었다. 구석진 곳부터 자리를 채워나가는 커플들과, 길게 앉은 한 무리의 직장인들이 여자를 난로처럼 인식했다. 여자는 가려지지 않았다. 그것을 아는지 모르는지 여자는 사장님을 외쳤다. 사장님 여기

공깃밥 하나 주시구요, 소주도 한 병 주세요. 처음처럼,으로.

이제부터 여자를 달인이라고 부르자. 여자는 달인이었다. 달인의 나이는 아무리 많아야 삼십대 초반? 달인은 예쁘장했다. 달인은 잘 꾸몄다. 달인의 불판은 뜨거웠다. 그리고 바빴다. 달인은 숄더백에서 머리끈 하나를 꺼내 생머리를 목 뒤에서 둥글게 말아서 묶었다. 그리고 일부러 묶인 머리를 조금 헝클어뜨린 다음 거울에 옆모습을 비춰보았다. 물수건으로 목 뒤를 톡톡 두드렸다. 대체 저 여자가 의식하는 시선은 누구의 것인가, 생각하는 찰나에 여자가 입을 열었다. 에어컨 좀 틀어주시면 안 돼요? 달인의 말에 고깃집 주인이 에어컨을 틀었다. 선풍기도 그쪽으로 틀어드릴까? 고깃집 주인이 물었다.

달인을 보느라 내 앞에 놓인 차돌박이 된장찌개는 줄지도 않은 채 서서히 식어갔다. 식어가는 차돌박이 된장찌개와 굳어가는 쌀밥이 초라했다. 이것은 원래 예상하고 계획했던 메뉴가 아니어서 초라했다.

"여기, 삼겹살 2인분 주세요."

그 말은 내 입에서 튀어나왔다. 순식간에. 달인을 엿본 힘으로. 달인을 제외한 모두가 나를 바라보았다. 아니, 정확히는 모르겠다. 바라본 것도 같고 아닌 것도 같았다. 확신할 수 있는 것은 직원이 나를 바라보았다는 사실이다. 직원이 다시 물었다. 삼겹 2인분?

뭘 묻고 그러시나.

"네, 소주 반병도요. 참이슬후레쉬로."

오호라, 이런 게 바로 직원과의 대화로구나. 자연스레 진행되는데? 놀라운 성과였다. 그러나 호기롭게 내뱉은 말을 듣고 직원이 다시 물었다.

"한 병?"

검지까지 세우면서. 내가 뭐라고 했지? 반병은 주량이고, 주문은 한 병! 나도 검지를 세워 보였다. 얼굴이 조금 붉어지려고 하는 것을 방지하기 위해 일부러 혼자 웃었다.

달인이 일어서기 전에 내가 일어서야 한다. 박자도 없는 삼겹살은 오로지 배짱 하나로 혼자 먹는 음식이다. 저기 앉아 균형을 잡아주는 달인이 나가기 전에 내 앞에 놓인 것을 먹어버리자. 난로처럼 앉아 있던 달인이 사라지면 곧 서늘한 추위가 찾아올 테니. 세상 모든 음표에 쫓기듯이 허겁지겁 삼겹살을 굽고, 허겁지겁 쌈을 싸서 입속으로 가져갔다. 소주도 한 잔씩 기울였다. 와인만큼이나 소주도 좋은 도구였다. 그리고 30분 뒤, 나는 달인 앞에 앉아 있었다. 대체 어떻게 된 것인지는 몰라도 달인은 내 잔에 술을 따르면서 말했다. 이미 한참 전부터 우리는 서로 말하고 있었던 것 같다. 정신이 퍼뜩 돌아온 게 지금일 뿐.

"아까 몇 기라고 했죠? 아, 28기? 그럼 내가 10기 가까이 선배네. 몇 단계까지 갔어요? 아, 우리 때랑 단계가 많이 달라졌구나. 우리 땐 좀 덜 체계적이었거든."

달인은 혼자 극장에 가고 혼자 놀이공원에 가고 혼자 도보 여행을 가고 혼자 살사 바에 가고 혼자 심야 쇼핑을 하며 혼자 유람선을 탄다. 적극적으로 능동적으로 1인용 생활을 즐긴다. 그리고 이 모든 1인용 생활의 시작은 바로 혼자 밥 먹는 법을 알려주는 학원이었다.

"음식점은 화장실하고 비슷해. 아직도 유치원 여자애들처럼 손잡고 같이 변기 앞까지 걸어가는 사람들이 어찌나 많은지. 한 사람이 소변보는 동안 다른 한 사람은 옆에서 끊임없이 이야기를 나눠주고, 그다음 순서를 바꿔 역할을 교환하는, 그런 비효율적이고 창피한 짓을 왜들 하는지. 낭비되는 에너지가 많다고들 하지만, 나는 그중에 최악이 인력이라고 보는데. 인간들의 에너지가 쓸데없이 낭비된다니까. 그중 하나가 식당에 무리 지어 가는 거예요. 누군가와 같이 먹기 위해 우리가 낭비하는 모든 것들, 생각해봤어? 시간, 체력, 메뉴에 대한 상대방의 취향, 대화를 유지하기 위한 나의 텔레비전 시청과 영화 감상과 그 외의 모든 노력, 게다가 상대방의 개인사까지. 그 노력이면 에휴."

"굶어 죽는 사람들도 있는데, 이렇게 돈을 주고 학원에 다니는 게 사치가 아닌가, 그런 생각도 많이 들어요. 요즘에는."

내 말이 끝나자마자 달인은 마지막 한 점의 고기를 입에 넣었다. 그리고 자신의 잔에는 처음처럼을, 내 잔에는 참이슬후레쉬를 따랐다.

"지금 굶어 죽는 사람들도 있는 이 판에, 어떤 사람들은 혼자서 밥 하나 못 먹는다는 게 얼마나 사치스러운 행동인가? 현대인이 나약하다 나약하다 하지만, 주어진 밥조차 용기가 없어서, 단지 혼자라는 게 민망해서 체하고 남기고 일부러 안 먹고 그렇게 난리를 치는 게 얼마나 부끄러운가? 이런 것도 생각해볼 줄 알아야지. 한번 사나흘 굶어봐, 주변 시선이 눈에 들어오나. 자기 접시만 보인다 그 말이지. 하찮은 부끄러움 따위는 각질처럼 벗어버리고, 좀더 큰 사고를 해야 돼. 체화해야 돼. 그 학원? 빠지지 마요."

달인의 잔이 내 잔에 와서 부딪쳤다. 마치 추돌 사고처럼, 처음처럼이 참이슬후레쉬를 들이받았다. 그리고 참이슬후레쉬가 처음처럼을 또 한 번 들이받았다. 추돌 사고와 같은 건배의 순간, 무언가가 쿵, 하고 울렸다. 쿵, 하고 체기가 싹 내려갔다. 쿵, 하고 세상이 달라졌다.

우리는 각자의 술을 한 병씩 비웠다. 달인은 주량만큼, 나는 주량의 두 배를 마신 셈이었다. 달인이 자신의 계산서를 들고 사라진 뒤, 나는 일부러 5분 정도를 가만히 앉아 있었다. 소주잔으로 추돌 사고를 낼 때 달인이 내뱉었던 말이 귓속에서 맴돌았다.

"수료증은 세상의 축을 바꿔놨어. 이제 모든 건 다 내 중심으로 도는 거야."

휘청, 몸이 흔들렸다. 정말 달인의 말처럼 세상의 축이 바꿘 걸까. 좌우로 몸을 기울여보았다. 우두둑, 척추가 굳은 신음을 내뱉었다.

  달인과 건배를 한 이후로 성적은 날로 좋아졌다. 음식점이든 음식점이 아니든 세상 모든 곳이 다양한 크기의 식탁처럼 보였다. 혼자서 식사할 장소를 결정하기 위해 그전까지 밟아왔던 수많은 고민은 단 한 가지로 압축되었다. 나는, 오늘, 어떤 음식이, 먹고 싶은가?
  식탁 위의 혁명이었지만 그 여파는 단지 식탁 위에만 머물지 않았다. 출퇴근 시간의 만원 지하철 안에서도 계속되었다. 나를 에워싼 수많은 행성들 속에서 나는 절대 '껴' 있는 게 아니라 '주목'받고 있음을 깨닫게 된 것이다. 고깃집에서도 결혼식 뷔페에서도 무리 없이 혼자 떨어진 내가 외로운 게 아니라 돋보이는 것처럼, 나는 지하철의 중심, 지구의 중심, 우주의 핵, 세상의 봉이라는 생각으로 충만했다. 지하철 문이 열릴 때마다 수많은 사람들이 이리저리 움직이는 것은 여전했지만, 그 인파 속에 휩쓸리면서도 나는 주인공이었다. 단지 내 궤도를 이탈하지만 않으면 되는 것이었다.
  정말 세상의 축이 바뀌고 있는지, 발 빠른 음식점들은 1인용 식탁의 비중을 점점 늘려나갔다. 바 형태의 좌석도, 칸막이가 되어 있는 좌석도 생겨났다. 이런 공간에서는 시선을 움직이며 숟가락을 움직여도 어떤 시선도 교환되지 않았다. 모두 함께 먹고 있었으나, 또한 모두 혼자 먹고 있는, 그런 공간이었다. 좌석이라고는 1인용 식탁밖에 없는, 이 공간을 찾아오는 사람들은 어쩌면 1단계조차 통과하지 못할 만큼 부끄럼이 많은 사람들일 수도 있다. 결혼식에 가기 위해 친구를 대동하거나, 혼자 고깃집에 가는 대신 정육점에 가는, 그런 사람들일 수도 있다. 그러나 이 모두가 마치 5단계와 그 이상의 어떤 단계라도 훌쩍 뛰어넘은 사람들처럼 무심하게 혼자 먹고 있었다. 식탁을 공유하지 못하는 사람은 농담도 공유하지 못하며 더러는 진담도 공유하지 못한다. 사무실 안팎에서 떠도는 모든 말로부터 소외된다. 그러나 소외의 주체가 누구이든, 여기에 앉아 있는 사람들은 자신의 식판이라는 최소한의 시야는 확보했다.

횟집과 고깃집을 통과한 사람들은 이제 어느 음식점에서나 다가올 수 있는 돌발 상황에 대해 영상 교육도 받고, 역할극도 하면서 유연한 대처법을 배워나갔다. 강의실은 스튜디오처럼 벽면을 다양하게 활용할 수가 있어서 어떨 때는 여고생으로 가득한 분식집이 되기도 했고, 또 어떨 때는 군인으로 가득한 터미널 앞 식당이 되기도 했고, 어떨 때는 회식하는 직장인들로 가득한 고깃집이 되기도 했다. 겨우겨우 고난이도의 음식을 시켰는데 그 안에서 이물질이 발견되었다든지, 다른 사람과 합석해야 하는 상황이 된다든지, 혼자 음식을 먹던 도중에 옛 애인과 마주치는 상황이 가정되기도 했다. 옛 애인에게는 현재 애인이나 배우자가 있고 나는 혼자일 때, 혹은 동창이나 회사 동료들을 만났을 때가 여러 가지 경우의 수를 가지고 가정되었다. 그렇게 5단계가 지나갔다. 그러나 강사는 말했다. 현실은 언제나 5단계 이상이라고. 강사의 목소리는 처음에 비해 거의 한 옥타브쯤 높아져 있었다.

"이제 실전 테스트입니다. 이 음식점들 예순 곳 중에 열 곳을 선택해서 방문하고 싶은 날짜와 시간을 적어 내세요. 그 날짜에 그곳에 가서서 평소처럼 밥을 드시면 됩니다. 열 곳 중에 진짜 시험장은 단 한 곳입니다. 심사위원들은 곳곳에 배치되어 있을 겁니다만 여러분의 눈에 띄지는 않습니다. 손님이나 직원 중에 한 사람일 수도 있는 거구요. 열 곳을 모두 방문해서 식사를 하시고 영수증을 받아서 학원에 제출하시면 됩니다. 영수증에 계산한 일자와 시간이 찍혀 있을 테니까 증거 자료가 되겠죠."

수업 때와 마찬가지로 점심시간을 이용해서 하루에 한 곳씩 찾아간다. 시험장에 들어가 김치찌개를 주문한다. 소갈비를 주문한다. 피자 한 판을 주문해서 두 조각을 먹고 나머지는 자연스럽게 포장하며, 냉면을 주문해서 육수까지 그릇째 들고 마신다. 휴가 나온 군인들 틈에 껴서 짬뽕밥을 먹고, 남고생 틈에 둘러싸여 라면을 먹고, 회식하는 사람들 틈에 껴서 곱창에 소주를 마신다. 레프트 훅, 라이트 훅, 시선들이 날아오지만 내 식탁 위까지 제대로 오지도 못하고 바닥에 떨어진다. 난 이제 5단계를 통과하고 실전 테스트를 하는 사람이란 말이지, 급수도 맞지 않는 모자란 시선들이 내 발치까지 오지도 못하고 저만치서 추락한다. 반찬을 더 달라고 요구하거나 직원과 대화를 나눈다면 가산점이 부여된다. 물론 감점되지 않는 것이 더 중요하다. 시선이 부자연스럽지 않을까, 얼굴이 붉어지지 않을까, 소화가 되지 않는 것은 아닐까, 박자는 제대로 맞추고 있는 것일까, 그 모든 고민들로부터 초월했다고 느낀 해탈의 순간, 갑자기 아래쪽에서 어퍼컷이 날아왔다.

"CCTV로 본 상황이어서 한계가 있긴 하지만, 평소 인용 씨의 식사 태도와 비교해도 한참 모자라는 수준이에요. 주문하고 음식 받고 10분 정도까지는 썩 괜찮았던 것 같은데, 화면 보여요? 바로 이 시점, 이 정도부터 페이스가 흐트러지기 시작했네요. 본인도 느끼죠?"

강사가 모니터를 가리키며 말했다. 화면 속의 나는 박자도 제대로 지켜지지 않는 식사를 힘겹게 하고 있었다.

"강―약―중강―약. 이게 4분의 4박자인데, 지금 인용 씨가 먹는 건 뭔 박자라고 하기에도 애매한 거죠. 밥만 계속 먹다가, 국만 계속 먹다가, 물만 계속 먹다가. 혹시 CCTV 봤어요? 시험 볼 때, CCTV가 돌아가고 있다는 걸 눈치 챘나요?"

"아뇨."

"그럼 아는 얼굴이라도 마주친 거예요? 옛날 애인이라도?"

"아뇨."

"시험이라 긴장했어요?"

고개를 끄덕였다. 화면 속의 나는 젓가락을 들고 있었지만 전혀 먹을 의욕이 없는 사람처럼 보였다. 그나마 의욕적으로 움직이는 것은 계속해서 음식물을 씹고 있던 두 줄의 치아뿐이었다. 새로 집어 먹는 음식도 없는데 두 줄의 치아는 계속해서 무언가를 씹어댔다. 그러다가 어느 순간 내 모습이 화면 밖으로 벗어났다. CCTV가 잡지 못하는 곳으로 뛰어나갔던 나는 5분 후, 다시 초췌한 얼굴로 돌아왔다. CCTV가 담지 못한 5분 동안, 나는 화장실 변기 앞에 쭈그려 모든 것을 토해냈다. 내가 게워낸 것들은 단지 피자나 냉면, 보쌈이나 순대 같은 것이 아니었다. 그 모든 것이 뒤섞인, 10일치의 모든 시험 과정이 뒤섞인 무엇이었다.

화면은 내가 자리에서 일어나 계산을 하고 나가던 모습까지 보여준 후 멈췄다. 강사가 말하지 않아도 내가 불합격이라는 것은 충분히 짐작할 수 있었다. 강의실 밖으로 나오자 상담실장이 다가와서 이렇게 말했다.

"보편적인 케이스예요, 지극히 보편적인. 소화가 잘 안 됐죠? 나도 그랬던 기억이 나니까, 보편적인 케이스예요. 시험이 좀 부담스럽죠."

시험에 통과하지 못했지만, 수료증에 대한 욕심이 없다면 굳이 학원에 더 나갈 필요는 없었다. 이미 메뉴에 구애받지 않고 혼자 먹는 법 정도는 몸에 익혔기 때문이다. 그러나 며칠 후 나는 점심시간에 1인용 식탁을 찾아 회사로부터 멀리 멀리 걸어가고 있었다. 나는 배고픔을 외면해버리거나, 고기가 먹고 싶은데 햄버거 속 패티 정도로 때우는 사람은 아니었지만, 걷는 내내 음식점 내부를 엿보며 손님 중에 혼자 온 사람이 있는지 없는지 확인하는 사람이었다. 사무실 사람들과 닮은 사람이 손님 중에 있거나 유리창 밖으로 지나가는 것이 보이면 나도 모르게 얼굴이 벌겋게 물드는 사람이었다. 음식을 고를 때 고려해야 할 것은 나 자신의 욕구라는 생각은 변함없었지만, 이상하게도 내가 먹고 싶은 음식들은 혼자 먹는 사람이 적어도 한 명은 보이는 음식점에서만 팔고 있었다.

나는 그렇게 다시 원점으로 돌아가버린 것이다. 3개월 동안에도 복습을 한다는 명목하에 혼자 수많은 음식점을 다녀봤지만, 낯익은 식당에 들어가도 어쩐지 어색했다. 이제 복습도 과제도 시험도 점수도 아무것도 없다는 사실이 낯설었다. 겨우겨우 들어간, 회사 5백 미터 밖에 있는 어느 식탁 위에서, 나는 CCTV에서 사라졌던 5분이 재생되는 것을 느꼈다. 내 식도를 눌렀던 것은 현실, 현실의 무게였다.

시험에 떨어지고 나서야 나는 왜 이 수료증을 한번에 받는 사람들이 15퍼센트에 그치는지 알 것 같았다. 85퍼센트의 사람들이 두려워한 것은 시험이 아니었다. 시험 이후에 찾아올 진짜 현실이었다. 수료를 하고 나면 더 이상 학원에 찾아올 필요가 없고, 그 말은 곧 '우리'라고 부를 만한 소속이 없어지는 것 아닌가. 점심시간마다 찾아와 공통의 관심사와 목표 아래 앉아 있을 무리가 흩어진다는 것, 수료증 하나로 더 이상 이곳에 찾아올 이유가 없어진다는 것, 그래서 이제는 정말 세상으로 나가 혼자만의 식사와 마주쳐야 한다는 것, 바로 그것이 공포의 대상이었다. 그들에게, 아니 우리에게 필요한 것은 수료증이 아니라 현실을 유예할 수 있는 시간이었던 것이다.

내가 배우고자 했던 것은 혼자 자유롭게 먹는 방법이었으나, 정작 내가 얻은 것은 수강 기간 동안 내가 혼자 먹는 유일한 사람이 아니라는 위안이었다. 1인으로 구성된 체인점 같은 것.

학원에서 배우는 것은 1인용으로 가장된 식탁, 학원에서 맞닥뜨리는 것은 현실로 가장된 현실이었다. 첫번째는 그것을 모르고 등록했고, 두번째는 알고 등록했다. 이제 수업은 다시 처음부터 시작될 것이다. 내 몫의 식탁이 놓여 있고, 같은 두려움을 공유하는 사람들이 앉아 있는 바로 그 공간에서.

"85퍼센트 절반 이상이 등록한다고 했죠? 벌써 절반을 훌쩍 넘겼답니다. 이건 뭐, 보편적인 케이스라니까요. 자, 다시 수업을 시작하기 전에, 여기 비어 있는 칸 보이시죠? 그래도 3개월 수업하면서 느낀 게 있을 수도 있고, 여기다 한마디 적어주시죠."

상담실장이 서류를 내밀면서 씨익 웃어 보였다. 가지런한 치아 끝에서 금니 하나가 별처럼 빛났다. 혼자 먹는 식사는 _____. 비어 있는 칸이 꼭 텅 빈 음식점처럼 보였다. 나는 펜을 들고 천천히 빈칸 안으로 들어갔다.

혼자 먹는 식사는 <u>즐겁다.</u>

혼자 음식점에 온 사람에게 몇 분이냐고 묻는 주인은 둔하다. 그러나 그곳이 고깃집이라면 꼭 그렇게만 볼 수도 없다. 삼겹살 2인분, 공깃밥 하나, 소주 한 병. 특별히 괴상한 취향은 아니지만, 오후 7시에 혼자 온 여자의 주문치고는 조금 생소할 수도 있다.

여자는 쌈 세 번에 소주 반잔씩, 양손을 다 써가며 조용한 식사를 한다. 고기를 집게로 뒤집고 가위로 자르고 젓가락으로 집고 손으로 입속에 넣는, 평범한 식사법이다. 그럼에도 불구하고 여자는 여전히, 사각 링 위에 서 있다. 관중과의 싸움, 여자가 할 수 있는 최선의 방어는 공격이다. 내가 여자를 보기 전에 여자가 먼저 나를 바라본다. 우리의 눈이 마주치면, 두 입이 동시에 열린다. 거울을 사이에 두고, 모든 박자와 요령을 초월한 그 말. 우리 합석할래요?

달콤한 휴가

커피메이커가 배달된 후로 그는 아침마다 원두를 내렸다. 커피 향이 부엌에서 거실로, 그리고 각 방으로 천천히 전달되었다. 에티오피아 예가체프와 인도네시아 만델라가 그가 처음으로 선택한 커피들이었다. 그는 하루는 예가체프를, 다른 하루는 만델라를 마셨다. 커피 맛을 미세하게 구분해낼 정도는 아니었지만, 얼른 다른 나라들의 원두도 마셔보고 싶었다.

커피메이커는 퇴직금의 첫번째 지출 항목이었다. 그는 7년간 다니던 직장을 잃었다. 그는 바로 다른 직장을 알아보지 않고, 6개월간의 휴업을 선언했다. 실업 급여가 나오는 동안 조금만이라도 쉬고 싶었다. 퇴직금의 두번째 지출 항목은 DSLR이었다. 그는 동호회에 가입했지만 잘 나가지는 않았고,

그래도 책과 인터넷을 통해 DSLR 작동법을 배웠다. 메모리 카드 두개를 샀고, 외장 하드와 넷북도 샀다. 그리고 항공권도 샀다. 두 장이었다. 교사인 아내가 여름방학을 맞이하면 바로 출발할 생각이었다. 2주간의 유럽 여행이었다.

그는 2주를 위해 두 달을 준비했다. 카메라를 얼추 익숙하게 다루게 된 다음에는 여행 동호회에 가입했다. 가이드북을 사고, 방문할 도시들의 말을 배우고, 그 도시에 관한 책이나 영화를 봤다. 출근할 일이 없어도 그의 일과는 여전히 규칙적이었다. 아내가 출근하고 나면 그는 아침밥을 먹고, 커피를 내린 다음, 커피잔을 들고 컴퓨터 앞으로 가서 앉았다. 컴퓨터를 켜면 또 다른 세상이 열렸다. 그는 여행 동호회를 통해 가이드북에는 나와 있지 않은, 보다 세세한 정보들을 모았다. 수첩에 적고, 파일로 만들고, 프린터로 인쇄했다. 그러다 어느 순간 그는 인쇄된 정보들 속에 빈대가 무척 많이 등장한다는 것을 알고 놀랐다.

"21세기에 웬 빈대? 유럽에?"

아내가 말했다. 그 역시 처음에는 그렇게 생각했다. 빈대라면 이미 의인화된 지 오래였다. 진짜 빈대를 만나본 적은 한번도 없었다. 군에 있을 때 잠시 빈대 소동이 벌어지기는 했지만, 그때도 그는 정작 빈대를 보거나 빈대로부터 어떤 피해를 입지는 않았다.

"자기 너무 많은 정보를 본 거 아니야? 필요한 것만 골라 봐도 바쁠 텐데."

아내가 웃으면서 그렇게 말했다. 아내는 그가 실직한 것에 대해 걱정하고 있었지만, 한편으로는 여름방학에 맞춰 남편과 유럽 여행을 간다는 것에 다소 들떠 있었다. 결혼 3년차, 신혼여행 이후로 오랜만의 해외여행이었다. 아내는 피곤했지만, 그랬기 때문에 더욱 활기찬 여행을 기다렸다.

일주일쯤 지나자 그가 모은 정보는 몇 가지로 압축되었는데, 그중 하나가 빈대였다. 빈대에 대한 정보의 대부분은 빈대로 인한 피해 사례였다. 그는 많은 사람들의 빈대 경험담을 읽었다. 비행기 안에서 빈대에 물린 신혼부부의 이야기부터, 야간열차에서 물린 여행객, 그리고 빈대인지 모기인지 구분은 안 가지만 아무튼 그것에 물려서 극심한 가려움에 시달리고 있다는 사람의 이야기도 읽었다. 여행 막바지에 빈대를 만난 후, 돌아와서 반년이 넘도록 지워지지 않는 흉터 때문에 고생하는 사람들도 있었다. 대부분의 사람들은 빈대를 생소하게 여기지만, 잘 생각해보면 여행에서 빈대와 동행할 확률은 굉장히 컸다. 청결 상태가 양호한 숙소에 머문다 해도 안심할 수는 없었다. 특급 호텔에서도 빈대에 물린 사람들이 가끔 나타났기 때문이다.

잠자리는 햇빛이 드는 쪽으로 선택하라. 침대 모서리와 머리 뒤편, 매트리스 이음매, 굽도리널 밑을 살펴라. 벽에 걸린 액자나 달력, 시계 뒤편을 살펴라. 빈대 퇴치를 위한 도구들을 동원하라. 이 정도가 그가 알아낸 대처법이었다. 그는 빈대에 관한 파일을 만들었는데 시간이 지날수록 그 파일은 점점 두툼해졌다. 며칠 후, 그의 집에는 빈대 퇴치 용품들이 하나씩 배달되었다. 레몬과 유칼립투스, 민트 향의 아로마 오일과 샤워 용품들, 그리고 계피 향 방향제와 진짜 계피 몇 가닥, 티락스와 비오킬 등 빈대를 쫓는 스프레이형 약품까지.

"차라리 담배를 피워."

아내가 말했다. 그는 담배를 끊은 지 오래였지만, 담배가 빈대 퇴치에 효과가 있다면 기꺼이 다시 피울 생각도 있었다.

"모기향도 가져갈까? 매트 갈아 끼우는 걸로."

아내가 거들었으나, 그는 고개를 저었다. 모기와 빈대는 엄연히 달랐다. 빈대를 모기나 이, 벼룩과 같은 종류로 묶는 것은 곤란하다. 빈대는 그냥 벌레가 아니라 노린재목 빈댓과에 속하는 곤충이기 때문이다.

"곤충이라고? 빈대가?"

"그래. 곤충 중에 흡혈 습성을 가진 건 별로 없는데, 좀 특이한 경우지."

빈대는 복잡했다. 그는 조금씩 빈대에 대해 알아가고 있었다. 빈대는 일반적인 흡혈 벌레와는 달리 숙주에 직접 기생하지 않는다. 대신 숙주의 공간에 서식하며 밤이 되면 기어나와 숙주를 뜯는다. 그래서 빈대를 퇴치하려면 자신의 영역을 먼저 지켜야만 하는 것이다.

"그런데 그런 향기들이 효과가 있대? 그게 빈대가 좋아하는 향이야?"

"무슨 소리야, 빈대가 싫어하는 향이지. 빈대가 기피하는 걸로 우리 몸을 코팅해야지."

열심히 캐리어 내부를 들여다보던 아내가 하품을 했다. 그 역시 피곤이 몰려왔다. 하루 종일 집 밖으로는 한 발자국도 나가지 않았는데도 여행 정보를 구하고 준비하는 것만으로 육체적 피로가 몰려왔다. 졸음이 몰려오는 순간, 그는 오늘 아침에 커피를 내리지 않았다는 사실을 기억해냈다. 요즘은 그렇게 커피 없이 지나가는 날들이 조금씩 생겨났다. 자정이 가까운 시간, 그는 브라질 산토스를 내렸다.

여행 하루 전, 그는 동호회 게시판에 글을 올렸다. 많은 동호회 회원들이 그러듯, 내일이면 미지의 세계로 간다는 설렘과 두려움이 묻어난 글이었다. 그는 소매치기, 전염병, 테러, 그리고 빈대와 싸워야 하지만 그래도 설렌다고 적었다. 더불어 빈대 퇴치를 위해 10만 원을 투자했다고도 적었다. 실제로 아로마 오일부터 연고, 의약품까지 사는 데 10만 원 가까운 비용이 들었다. 이게 모두 동호회의 정보 덕분이라는 말도 잊지 않고 적었다.

그들 부부를 태운 비행기가 드디어 떠올랐다. 손바닥만 한 창 아래, 그들의 일상이 가라앉아 있었다. 아내는 한껏 들떠

서 와인을 계속 주문해 마셨다. 그 역시 들떠 있었으나, 아침에 공항 라운지에서 확인한 댓글이 마음에 걸렸다. 그가 남긴 글 밑에 열두 개의 댓글이 붙어 있었다. 회원들은 주로 그의 준비력을 칭찬하거나, 좋은 여행을 응원하거나, 혹은 조심하라고 당부하는 글들을 달아놓았다. 딱 하나만 예외였는데, 그의 뇌리에는 그 댓글만 남았다.

'빈대는 복불복입니다.'

그는 숙소를 옮길 때마다 두 개의 소프트 캐리어에 스프레이형 빈대 퇴치제를 홈뻑 뿌렸다. 빈대가 싫어하는 향의 보디워시로 샤워를 하고 빈대가 싫어하는 향의 보디로션을 바르고 빈대가 싫어하는 향의 아로마 오일을 베개와 침대 시트, 이불 등에 뿌렸다. 매트리스 이음매나 벽지 틈새, 그리고 액자 뒤를 살펴보는 것도 잊지 않았다. 여행이 중반을 넘어설 무렵, 아내가 말했다.

"우리 여행의 테마는 빈대로군!"

아내의 피로는 빈대 때문이 아니라, 빈대를 떨쳐버리지 못하는 남편 때문에 생겨났다. 아내는 한국으로 돌아가자마자 얼마 쉬지도 못하고 다시 보충수업을 하러 학교에 나가야 했다. 그는 그런 아내에게 미안해졌다.

유난을 떤 덕분에 그는 빈대를 만나지 않았다. 물론 누구 말마따나 빈대는 복불복이었으니 운도 따라준 셈이었다. 귀국행 비행기에 오르기 전, 공항에서 확인한 인터넷 기사만 아니었다면 그는 돌아오는 비행기에서만이라도 평온했을지 모른다. 그러나 그는 기사를 보았고, 기사는 그의 막연한 두려움을 활자와 사진으로 적나라하게 보여주고 있었다. 한국도 이제 안전지대가 아니었다. 2006년부터 간헐적으로 빈대로 인한 고통을 호소하는 사람들이 있었고, 최근에는 그런 사례가 더 잦아지고 있었다. 2006년 9월 기숙사, 2006년 11월 집단 수용소, 2006년 12월 스포츠 팀 합숙소, 2007년 3월 호텔 객실…… 가장 최근의 피해 사례는 겨우 며칠 전 날짜로 기록되어 있었다. 뉴욕에 거주하던 여자가 한국으로 돌아온 지 얼마 되지 않아 온몸을 이름 모를 벌레에게 뜯겼다. 그 여자는 질병관리본부로 그 벌레의 사체와 유충을 가지고 왔는데, 그것은 여느 벌레가 아니라 곤충이었고, 흡혈 곤충, 그러니까 빈대였다. 여자의 수화물에 묻어 뉴욕의 슈퍼 빈대 몇 마리가 함께 들어왔던 것이다. 기사에는 뉴욕에서 건너온 것으로 추정되는 빈대들의 사체 몇 구가 점처럼 박혀 있었다.

비행기가 몇천 피트 상공으로 솟아오르자 그의 심장이 또 쿵쿵 뛰기 시작했다. 수십만 마리의 빈대들이 지금 이 순간에도 국경을 검색 없이 통과하고 있다고, 아내에게 그렇게 말하던 그는 입을 꾹 다물었다. 아내가 성난 얼굴로 그를 쏘아보았기 때문이었다. 그는 빈대처럼 박혀 있는 별들 사이를 지나 한국으로 돌아왔다. 몇 주 후 아내는 보충수업을 하러 다시 학교로 나갔다. 그는 실업 급여가 제대로 나오는지 확인한 후, 다시 여행 전의 일상으로 돌아왔다. 다행히 그들의 집에는 빈대가 딸려 오지 않았다. 그가 매일 아침 청소기를 돌렸기 때문에 바닥은 늘 말끔했고, 거실에는 커피 향이 기분 좋게 맴돌았다. 집에 머무는 시간이 얼마 되지 않는 아내가 집 곳곳에 머리카락을 흘려놓는 것만 빼면 그로서는 평온한 일상이었다.

그는 지역 소식을 알리는 신문을 펼쳐 들었다. 그리고 그 신문에서 다시 그들을 만났다. 빈대였다. 그는 뉴욕에서 돌아온 여자의 오피스텔이 신촌에 있다는 것을 알았다. 그의 집도 신촌에 있었다. 며칠 후 그는 그 오피스텔이 자신의 집과 그다지 멀지 않은 곳임을 알았다.

사건 이후, 그 피해 여성은 이사를 갔다. 피해 여성과 빈대들과 같은 층에 살았던 사람들도 모두 방을 비웠다. 사람을 내쫓고 들어앉은 빈대들은 피 냄새를 찾아 이리저리 새로운 숙주의 방향을 가늠하고 있는지도 몰랐다. 보통 성충은 실온에서 1년 정도 살 수 있고, 봄에는 60일, 겨울에는 175일까지도 굶으면서 생존이 가능하다. 그는 기사를 추적하면서 여행중에 사온 커피를 꺼냈다. 봉투 뜯는 소리가 유독 크게 들렸다. 그 안에는 윤기 나는 갈색 커피콩들이 가득 들어 있었다. 커피콩을 한 주먹쯤 꺼내면서, 그는 처음으로 커피와 빈대가 닮았다는 생각을 했다. 물론 둥글납작한 빈대가 이 커피콩처럼 통통해지려면 피를 빨아야 한다. 굶은 빈대는 쌀알만

하다. 다 자란 빈대의 몸길이는 5~8밀리미터 정도로 앞날개는 매우 짧고 뒷날개는 퇴화했으므로, 사실상 날개가 없는 것이나 마찬가지다.

엄지와 검지로 주워 든 커피콩 위로 짧은 털이 솟아나고, 커피콩의 껍질이 벗겨지기 시작한다. 어린 벌레는 다섯 번 탈피해야 어른 빈대가 된다. 커피콩이 다섯 번 벗겨진다. 암컷은 하루 5개가량, 지름 1밀리미터 크기의 알을 낳는데, 열흘 정도가 지나면 부화한다. 일주일 후에 피를 빨 수 있으며, 6~8주 후에 다 자란 벌레가 된다. 이 둥글납작한 흡혈귀는 피를 빨면 몸 전체가 핏빛으로 물들고 복부가 크게 팽창한다. 그래서 커피콩처럼 통통해진다. 빈대는, 커피는, 빈대는, 커피는, 그는, 커피를 떨어뜨렸다. 갈색의 통통한 콩들이 와르르르 바닥으로 떨어졌다. 그는 무릎을 꿇고 커피콩을 줍기 시작했다.

그는 커피잔을 들고 컴퓨터 앞으로 갔지만, 커피는 한 모금도 줄지 않았다. 처음으로 집 안 가득한 커피 향이 역하게 느껴졌다. 그는 창문을 열고, 식은 커피를 개수대에 부어버렸다. 그의 머릿속을 빈대가 점령한 것 같았다. 다시 지역 신문을 펴 들었다. 그리고 잠시 후, 컴퓨터로 다른 지역 신문 기사들도 찾아보기 시작했다. 세상은 빈대로 물들어가고 있었다. 뉴욕은 몇 년 전에 빈대와의 전쟁을 선포했고, 그 당시 뉴욕의 빈대 수는 2차대전 이래로 가장 많았다. 빈대와의 전쟁을 선포하거나 적어도 빈대를 주시하기 시작한 도시는 뉴욕뿐만이 아니었다. 빈대 퇴치 운동을 시 단위로 전개한 곳도 있고, 빈대 때문에 마을 전체가 폐쇄된 곳도 있었다. 어느 대륙을 막론하고 빈대는 들끓었다.

갓 태어난 아기 빈대가 사람의 피를 빨기까지 걸리는 시간은 겨우 일주일이다. 새로 태어나는 사람 수가 점점 감소하는 반면, 빈대는 매년 기하급수적으로 늘어나고 있다. 그들의 다산(多産)은 우리의 단산(單産)을 불안하게 한다. 빈대는 이제 전쟁지의 막사, 낯선 여행지의 허름한 숙소에만 있는 것이 아니다. 누군가의 옷, 누군가의 양말, 누군가의 침대, 누군가의 소파를 타고 빈대는 이제 어디로든 간다. 헝겊에 들러붙은 채 기차도 타고 비행기도 탄다. 특급 호텔도 가고 기숙사도 간다. 그리고 이제, 여기까지 왔다.

다시 24인치 캐리어가 등장했다. 그는 캐리어 안에 넣어두었던 여행 소품들, 그러니까 티락스니 비오킬이니 하는 빈대 퇴치 용품과 레몬, 유칼립투스 향의 오일 들을 꺼냈다. 마룻바닥에 캐리어를 눕혀놓고 분주하게 움직이는 그의 모습은 여행을 준비하던 때와 크게 다르지 않았다. 그러나 이번에는 여행이 아니었다. 일상이었다.

아내가 출근하고 나면 그는 아침을 차려 먹고, 설거지를 하고, 집 안 구석구석을 청소했다. 여행 전과 비슷한 일과였지만, 시간은 한참 더 걸렸다. 여행 전에는 두 시간이면 가능했던 것이 이제는 그 배나 걸렸다. 모든 청소를 마치고 나면 다시 배가 출출해졌다. 점심을 먹고, 설거지를 하고 나면 오후 2시가 가까웠다. 나머지 한나절은 인터넷이나 책, 신문을 보며 빈대에 대해 알아보는 것으로 지냈다. 빈대에 관한 정보를 알면 알수록 그의 청소 시간은 길어졌다. 빈대는 그에게 세상에 대해 알아가도록 자극하는 매개체, 연결고리나 다름없었다. 그는 빈대를 통해 청소법을 알았고, 빈대를 통해 요리법을 알았고, 빈대를 통해 부동산을 알았고, 빈대를 통해 이웃들을 알았다.

그가 살고 있는 빌라는 빈대 소동이 벌어진 오피스텔로부터 반경 1킬로미터 거리에 있었다. 지하 1층부터 4층까지, 총 열 세대의 빌라 사람들도 대부분 그 빈대 소동에 대해 알고 있었다. 아니, 대부분은 아닐지라도, 매일 아침 무료로 배포되는 지역 신문을 빌라 안쪽 우편함에 넣어두는 B102호 노인은 알고 있는 것이 확실했다. 쿠폰 때문에 지역 신문을 꼼꼼히 들춰보는 102호 여자도 알고 있을 확률이 컸다. 202호 대학생도 마찬가지였다. 저번에 빌라 전체를 소독하려고 방역업체를 불렀을 때 적극적으로 행동했던 걸 보면, 이런 문제에 둔감하지는 않을 것 같았다. 302호, 옆집 남자도 알고 있을 확률이 컸다. 302호 남자는 그와 동선이 비슷했다. 302호 남자 역시 백수였다.

일주일에 한 번씩 배달되는 지역 신문은 전국 신문이 놓치거나 생략한 이 동네 빈대들을 보다 소상히 다루고 있었다. 신문은 빈대의 흐름을 중계했다. 빈대들은 1킬로미터 밖에서 이제 9백 미터로, 또 8백 미터로 거리를 좁혀오고 있었다. 질병관리본부는 인터뷰에서 초기 대처가 중요하다고 했다. 집에서 빈대가 발견될 경우 섣불리 밖에 내다 버리지 말고 반드시 본부에 신고해달라는 말이었다.

그는 마트에서 문풍지를 샀다. 문풍지이긴 했으나 바람보다는 벌레를 막기 좋은 제품이었다. 그는 그것을 '빈대 가드'라고 불렀다. 그가 마트를 나서서 집으로 걸어오고 있을 때, 빈대들도 그의 집을 향해 움직이고 있었다. 그가 한 걸음 한 걸음 가까워질 때마다 빈대들도 몇 센티미터씩 새 목표에 가까워지고 있었다. 그가 고개를 들어 빌라를 쳐다보았을 때, 3년 동안 살아온 그 건물은 어쩐지 낯설었다. 두 시간 전, 집을 나설 때만 해도 느끼지 못했던 어색하고 낯선 기운이 그 붉은색 건물 안팎에서 느껴졌다. 전운이 감돌았다.

그는 창문과 방문, 그리고 현관문의 틈새에 빈대 가드를 붙였다. 그리고 3층 복도에 나 있는 창문 틈에도 설치했다. 붙여놓은 것만으로도 위안이 되었다. 그러나 비가 많이 내린 다음 날, 복도의 문풍지는, 아니 빈대 가드는 똑 떨어져 있었다.

"그렇게 한다고 될 일이 아닙니다."

그가 동선이 같은 302호 남자와 마주쳤을 때, 302호 남자는 그렇게 말했다. 그와 302호 남자는 빌라가 바라보이는 벤치에 나란히 앉아서 아이스바를 깨물었다.

"그 댁 문단속 좀 잘한다고 될 일이 아니다, 이 말씀입니다. 신문 보셨다면 아시겠지만, 놈들은 이 집 저 집 가리지 않아요. 벽을 공유하고 있는 한, 이건 빌라 공통의 문제다 이 말입니다. 더 나아가서는 이 동네 전체의 문제이기도 하고, 국가로까지 확대시킬 수도 있지만, 너무 많은 사람들과는 별로 엮이고 싶지 않으니까."

"혹시……"

"그러니까 우리는 공통의 적을 갖고 있다는 겁니다."

뚝, 302호 남자가 아이스바를 우직하게 깨물었다. 마치 무언가를 분지르듯이. 그도 크게 한입, 아이스바를 베어 물고서 302호 남자를 바라보았다. 혹시 신문을 보았느냐고 물어볼 생각이었다.

"혹시, 일전에……"

"예, 제가 그랬습니다."

"무슨…… 뭘 말입니까?"

"빈대 막으려고 문풍지 붙이셨죠? 킹마트에서 파는 거. 그거 제가 떼어낸 겁니다."

"예?"

그는 당혹감을 감추기 위해 크게 아이스바를 깨물었다. 302호는 굵은 저음으로 계속 말했다.

"언제고 조만간 찾아뵙고 말씀드리려고 했습니다. 오늘 우연히 이렇게 마주치게 되긴 했지만. 이사 오신 지 3년 넘으셨죠?"

그는 왜 빈대 가드를 떼어냈는지 이유도 물어보지 못하고, 302호 남자의 말에 휩쓸려가고 있었다. 302호 남자는 이 상황은 보다 거시적으로 접근해야 한다고 말했다.

"거시적으로?"

"아, 그러니까 그 댁 문틈을, 복도 창문 틈을 막는다고 해결될 문제가 아니다 이 말입니다. 빈대라는 건 벽과 벽 사이를 타넘으니까요. 우리는 이미 같은 벽을 공유하고 있는 겁니다. 같은 벽을, 그러니까 같은 적을! 빈대는 인간의 몸이나 가구, 가방 속에 붙어서도 충분히 이 건물 안으로 들어올 수 있죠. 매일 이 빌라에 오는 우편물들 말입니다. 그 틈에 껴서 우리의 집 안으로 들어올 수도 있는 겁니다. 또 학교, 회사, 아니면 이웃집이나 카페, 심지어는 택시에 한번 탔다가도 빈대를 들여올 수 있는 겁니다."

빈대 가드 이야기는 저만치 사라져가고 있었다. 어쨌거나 302호 남자는 그를 휘어잡고 있었다. 302호 남자가 아이스바를 먹고 남은 나무 막대기를 벤치 위에 올려놓는 것을 보고, 그 역시 마지막 한 입을 먹고 나무 막대기를 302호 남자 것 위에 겹쳐두었다. 마치 성호를 긋는 듯했다. 302호 남자가 그를 쳐다보았다.

"아무 데나 버리면 안 됩니다."

그는 얼른 그것을 주워 들었다. 302호 남자가 버려둔 것까지.

개나 고양이를 기를 때도 이웃에 피해가 가지 않도록 하는 것이 다세대주택 거주자의 예의다. 하물며 이 집 저 집을 경계 없이 드나드는 빈대에 대해서라면! 공동의 대책이 필요했다. 같은 이유로 이 거리의 반상회가 부활하고 있었다. 사람들이 뭉칠수록, 빈대들도 더 재빠르게 움직였다. 신문에 의하면 그 뉴욕 여자의 오피스텔에서 시작된 건지 어떤지는 몰라도 빈대가 더 광범위하게 퍼지고 있었다. 최근에 빈대가 점령한 아파트는 그의 빌라에서 겨우 반경 5백 미터 거리에 있었다.

일주일 후, 빌라 주민들 사이에서 빈대 퇴치 모임이 결성되었다. 모임 이름은 빈사세(빈대가 사라진 세상)였다. 주도적으로 모임을 추진한 사람은 302호였다. 가구마다 한 명 이상은 꼭 출석해야 한다는 조건이 있었는데, 출석률은 의외로 좋았다. 그의 생각보다 훨씬 많은 사람들이 빈대를 의식하고 있었다. 그들은 하나였다. 그들을 뭉치게 한 힘은 같은 번지수를 가진 사람들, 같은 구조에 사는 사람들이라는 유대감이었다. 그들은 같은 위치에 냉장고를 두고, 같은 위치에 가스레인지를 두고, 같은 위치에 세탁기를 두고, 같은 위치에서 용변을 보는 사람들이었다. 그리고 무엇보다도 같은 적(敵)을 가진 사람들이었다.

첫 회의는 101호에서 다과를 곁들이면서 진행되었다.

B102호 노인이 빈대에 관한 경험을 이야기했고, 누군가가 정주영 회장의 빈대에 관한 일화를 이야기했다. 유학 시절에 빈대 때문에 룸메이트와 싸웠다는 사람도 있었다. 그도 직접 빈대를 겪어본 적은 없지만 이야기할 만한 자료들은 많았다. 그들의 토론이 깊어질수록 하나둘 몸을 긁적이는 사람들이 늘어났다. 회의가 끝났을 무렵에는 발목이 벌겋게 부어오른 사람도 있었다. 빈대였다. 빈대가 아직 빌라 안으로 들어오기도 전에, 그들은 물릴 자리들을 미리 긁고 있었다. 회의가 끝난 후 몇몇은 근처 통닭집으로 몰려갔다. 사람들은 빈대 외에도 그들의 삶을 위협하는 공통적인 요소들에 대해 푸념했다. 누군가는 빈대 문제가 해결되더라도 이 모임을 유지하자고 말했다. 박수 소리가 이어졌고, 곧 빈사세를 어떻게 활용할 것인가에 대한 의견이 쏟아져나왔다. 빈곤이 사라진 세상, 빈부격차가 사라진 세상, 빈정거림이 사라진 세상, 빈, 빈, 빈, 빈사세는 그렇게 밤이 깊도록 활용되었다.

빈사세는 보통 일주일에 한 번씩 모였는데, 항상 술만 마신 것은 아니고 빈대에 대한 체험 교육도 했다. 겪어본 사람만 안다는 빈대 특유의 냄새에 대한 훈련이었다.

"빈대의 가슴 부위에 있는 분비샘에서는 특유의 냄새가 나는데, 적으로부터 자신을 보호하기 위해 만들어졌다는 설이 있습니다. 고대 동굴에서 빈대는 박쥐의 피를 빨아먹었던 것으로 추정되는데, 실제로 박쥐의 간식 거리인 먼지벌레붙이에게 그 분비물을 바르면 박쥐가 먹지 않는다는 실험 결과도 있었죠."

그가 말했다. 빈대가 아주 많은 방에서는 방문을 열자마자 냄새가 풍긴다고 하는데, 그러려면 일단 빈대가 아주 많아야 하고, 또 빈대 냄새가 무엇인지 아는 사람이 그 방문을 열어야 한다. 빈사세는 적을 이기기 위해 먼저 적을 알기로 했다. 빌라에 거주하는 사람들 중에 빈대 냄새에 대해 확실히 아는 사람은 단 두 명이었다. 어릴 때 빈대를 숱하게 봐왔던 B102호 노인과 유학 시절 빈대와 싸움을 벌여야 했던 402호 피아노 선생이었다. 그들은 시장에서 구한 고수를 가지고 빈대 냄새에 대해 가르쳤다. 얼마 전에 홍콩 여행을 하고 돌아왔던 202호 대학생이 고수 냄새를 맡은 후 얼굴을 찌푸렸다.

"으, 매니큐어 냄새! 여행 가서 식사할 때도 전 이거 빼달라고 따로 부탁했거든요. 냄새가 너무 이상해서."

집집마다 고수를 조금씩 나눠 가져갔다. 그리고 정확히 일주일 후에 거둬서 버렸다. 빈대 냄새에 얼마나 익숙해졌는지는 몰라도 빈대에 대한 거부감을 키우는 데는 분명히 효과가 있었다.

빈사세에서는 알껍데기와 탈피각, 그리고 배설물 등 빈대의 흔적을 살필 수 있는 단서들에 대해서도 공부했다. 그는 여행을 위해 준비했던 카메라와 저장 장치를 총동원해서 빈대에 대한 정보를 입력하는 데 투자했다. 정보가 많아질수록 그가 청소해야 할 범위도 넓어졌다. 집은 그대로였지만, 청소해야 할 틈새는 계속 늘어났다. 그는 이제 하루에 두세 번씩 청소기를 돌렸다. 그리고 그때마다 아내의 동선을 따라 떨어져 있는 머리카락을 보며 짜증을 내기도 했다. 이불도 좀더 자주 빨았다. 햇볕에 이불을 소독하기 위해 옥상에 올라가보면 302호 남자가 멋쩍게 웃고 있었다. 그의 손에도 이불이 몇 장 들려 있었다.

질병관리본부에서는 빈대에 대한 대처가 이제는 초기 단계가 아니라고 말했다. 집에서 빈대가 발견될 경우 섣불리 밖에 내다 버리지 말고 반드시 전문가를 불러서 처리해달라고도 했다. 빈대는 이제 현실이었다. 102호 여자가 빈대에 물린 것이었다. 처음에 사람들은 그것이 빈대인지 아니면 가을까지 활개를 친다는 모기인지 구분하지 못했다. 빈사세 사람들의 지식이 동원되었다. 그는 지난 여행 중에 야간열차에서 빈대에 물렸다는 사람과 마주친 적이 있었다. 그 여행객의 다리는 일렬로 세 방, 혹은 네 방씩 연달아 빈대에 뜯겨 있었다. 그 사람은 자신의 다리를 예로 들며 빈대와 빈대 아닌 것에 물린 상처를 구별하는 방법을 알려주었다. 그때 얻은 지식이 이제 빈사세에서 유용하게 쓰였다.

"빈대는 보통 3—4—3 이런 식으로 박자를 맞춰가면서 물죠. 세 방, 네 방, 세 방, 이런 식으로요. 정확하게 몇 센티미터 간격으로 물려 있다면 그건 거의 빈대입니다. 가운데 보면

침 자국도 있을 거예요."

꼭 그랬다. 그것은 누가 봐도 빈대였다. 그를 비롯한 몇 사람이 빈대임을 확신한 듯 고개를 끄덕였다. 102호 여자가 약바른 부위를 벅벅 긁으면서 얼굴을 찌푸렸다.

"어떻게 5백 미터 밖에서 갑자기 옮겨 올 수가 있지? 그럼 이 동네에 다 퍼졌단 말인가요?"

102호의 말에 누군가가 대답했다.

"사실은 지난 주말에 이미 옆 골목이 접수됐대요. 다들 쉬쉬한 거죠."

"왜요?"

"집값 때문에요!"

모두가 공감하는 이유였다. 그것은 곧 우리 빌라에서도 또 하나의 비밀이 생겼다는 뜻이기도 했다. 302호 남자가 말했다.

"빈대는 3~6피트 이상은 잘 움직이지 않습니다. 설마 빈대가 도로 위를 이동해서 여기까지 왔을 거라고 생각하시는 건 아니겠죠? 빈대는 생각보다 영리해서 수많은 도구를 이용합니다. 집집마다 배달되는 우편물, 중고물품, 그리고 운동화나 가방 같은 것에서도 묻어 올 수 있죠. 결국 사람이 빈대를 운반해주는 셈입니다. 아, 동물을 통해서도 옮겨올 수 있죠."

"102호 개요, 그 개가 숙주, 그러니까 통로였는지도 모르지. 자주 외출하잖아요, 온 동네 다 돌고."

그런 말이 들려올 때까지만 해도 102호 여자는 개를 끔찍이 끌어안고 있었다. 그러나 며칠 후 102호 여자는 개의 몸 여기저기를 진공청소기로 빨아들였고, 급기야는 신경이 날카로워진 개를 몇 정거장 떨어진 동네에 데리고 가서 혼자 돌아왔다. 어쨌거나 그 행동에 대해서는 빌라 사람들 모두가 만족했다.

침대 매트리스를 바꿔도 빈대가 사라지지 않자 102호에서는 방역 업체를 부르기로 했다. 소문이 나지 않는 게 중요했기 때문에 방역은 202호가 잘 안다는 업체에 맡겼다. 방독면을 쓴 사람들이 빌라 앞에 도착한 날, 102호뿐 아니라 모든 빌라 사람들이 계단 아래로 내려와 102호의 문이 열리고 그 안으로 방역 업체 직원들이 들어가는 것을 지켜보았다. 방역 업체 직원들은 빈대가 발생한 방뿐 아니라 다른 방과 거실까지 모두 소독하기로 했고, 집 안의 가재도구를 하나하나 수색하면서 외부로 내놓았다. 마치 이삿날 같았다. 김장날 같기도 했다. 전문가들이 문틈을 모두 막고 그 안에서 빈대와 싸우는 동안 그는 빌라 앞 벤치에 앉아 발을 땅에서 들고 있었다.

여섯 시간 후, 사람들은 심호흡을 하면서 문을 열었다. 창문을 열어 환기를 하고 빈대들의 시체를 먼지와 함께 쓸어 담았다. 도배도 새로 했다. 이 방법은 효과가 있었다. 닷새간.

소탕 작전에도 불구하고 402호가 점령당했다. 그 집에서 아직 빈대에 뜯긴 사람은 없었지만 402호 피아노 선생이 빈대의 유충으로 보이는 것을 휴지로 잡아냈던 것이다. 빈대의 유충이 있다는 것은 그곳에서 빈대들이 새 삶을 시작하고 있다는 말과 같았다. 어른이 된 빈대보다 새끼가 더 무섭고 끔찍했다. 그 삶의, 생명 탄생의 흔적이 이 터전 안에서 발견되었다는 것이 두려웠다. 1층에서 시작된 빈대들이 2층과 3층을 건너뛰고 4층으로 갔을까. 밤마다 사람은 이해할 수 없는 군사 작전이 교묘히 벌어졌다. 이제 그는 천장을 볼 때마다 위층에서 벌어지는 빈대들의 생존 투쟁에 대해 떠올리게 되었다. 위로부터 쿵쿵쿵, 음계를 밟아가는 서투른 피아노 소리가 천장을 낮추며 내려왔고, 그의 집은 조금씩 눌리고 있었다. 마치 타원형의 납작한 몸, 빈대처럼.

빈대는 소문을 먹고 자라났다. 402호는 피아노로 빈대들의 귀를 멀게 하려는 듯이 격정적인 곡들을 자주 연주했다. 홈패션을 하는 201호는 최근 유독 자주 재봉틀을 돌리곤 했는데 며칠 후, 옷감뿐 아니라 자신의 팔에서 박음질 자국처럼 규칙적으로 돋아난 흔적을 발견했다. 402호가 그저 팔과 다리를 경미하게 물린 정도에 그쳤다면, 201호는 온몸을 중구난방으로 물렸다. 201호가 빈사세 모임에 나왔을 때, 201호의 손가락은 퉁퉁 부어 있었다. 빈대에 물린 게 아니라 재봉틀 바늘에 찔린 것처럼 보일 지경이었다.

빈대를 생포하라. 그것이 빈사세의 첫번째 특명이었다. 일단 빈대를 생포해서 질병관리본부에 가져가 정확한 종류를 알아내는 것이 급선무였다. 그러나 빈대를 생포하기란 쉽지 않은 일이어서 유충 몇 개, 그리고 방금 죽었지만 완전히 몸이 일그러지지 않은 사체가 전부였다.

빈사세 활동이 활발해졌다. 그러나 모두가 빈대에 동요한 것은 아니었다. 빈사세 모임에서 결의를 다지고 내려오자, 아내가 대출금 이야기를 꺼냈다. 그 이야기는 곧 그의 구직 활동에 대한 이야기이기도 했다. 그는 봄부터 출근하기로 약속된 회사가 있다고 거짓말을 했다. 곧 겨울이었고, 빈대가 극심한 계절이었다. 봄이 오기 전에 이 동네의 빈대들을 소탕하고, 새 일자리를 구하면 되는 것이었다. 아내가 말했다.

"겨울엔 빈대가 더 극성을 부린다던데."

그는 찬물로 몸을 씻었다. 따뜻한 물로 씻으면 빈대가 달라붙을 확률이 더 컸다. 겨울철 빈대는 적당히 따뜻한 사람의 체온을 좋아한다. 빈대에 물리기 전에는 찬물로 몸을 씻는 것이 좋지만, 일단 물렸다면 아주 뜨거운 물로 씻는 게 좋다. 물리기 전과 물린 후의 대처법이 조금 달랐는데, 그는 물린 후의 대처법은 쓸 일이 없을 거라고 확신했다.

찬물로 깨끗하게 몸을 씻고 나온 그는 아직 빈대가 출몰하지 않은 그들의 방으로 갔다. 침대 위에 누워 있던 아내가 그에게 몸을 기대왔다. 아내의 몸은 더웠다. 방 전체가 더웠다. 그는 보일러 온도를 조금 낮추기 위해 일어섰다. 아내가 조금 기분이 상한 듯 팔짱을 끼고 눈을 감았다. 그리고 그가 돌아왔을 때 아내는 감았던 눈을 떴다. 애써 낮춰놓은 몸의 온도를 아내는 다시 올려놓기 시작했다. 아내가 그의 위로 올라갔다. 위층에서 하농 연습곡을 치는 소리가 들렸다. 이 밤에, 피아노 건반이 무너질 듯 움직이고 있었다. 머리까지 끌어올린 이불 위를 음표들이 밟고 지나갔다. 도미라솔시라솔라 레파시라도시라시 미솔도시레도시도…… 한 음씩 단계를 높여가며 반복되는 가락이 아슬아슬했다. 그 음표 위로 샵이 하나씩 올라가고 플랫이 하나씩 들러붙었다. 점점 무거워지는 악보만큼 박자가 흐트러지기 시작했다. 왼손 넷째와 다섯째 손가락의 힘이 부족해요, 손목에 힘주지 말고! 피아노 선생이 그의 앞에서 거친 박수를 쳐대고 있었다. 넷째와 다섯째 손가락은 점점 악보에서 도태되고 마침내 틀에서 벗어났다. 그는 그것들을 제 박자에 맞추느라 열이 펄펄 끓었다. 그리고 겨우겨우 음표들을 악보 속에 몰아넣은 순간, 그는 깨어났다. 아내가 그를 걱정스럽게 지켜보고 있었다. 그때 출몰한 것은 빈대, 빈대였다. 그가 놀라서 벌떡 일어서니, 아내가 한숨을 폭 쉬면서 말했다. 먼지야, 먼지.

그는 이제 커피를 내리지 않았다. 빌라 곳곳이 빈대에 먹힌 이상 한가롭게 커피 향으로 후각을 둔하게 할 수는 없었다. 그는 방 안 어디선가 빈대 냄새가 나는 것이 아닐까 킁킁거렸다. 빌라 입구를 드나들 때는 옷자락이 벽에 닿지 않도록 조심했고, 우편물을 꺼낼 때마다 빨래를 걷듯이 탈탈 털었다. 지하까지 점령되자, 빌라에서는 어쩔 수 없이 매트리스 세척을 하는 업체를 부르기로 했다. 이미 빈대가 퍼진 매트리스들은 버리고, 아직 퍼지지 않은 것들은 소독하는 방법을 쓰기로 한 것이다. 전문가들은 각종 도구를 들고 호기롭게 등장했다.

"침대에는 평균 2백만 마리의 진드기, 곰팡이, 박테리아가 우글거립니다. 특히 집먼지진드기는 침대를 집 삼아 사람의 비듬이나 피부 각질을 먹고 유해한 배설물을 쏟아내죠."

"우리가 퇴치하기 원하는 것은 진드기가 아니라 빈댑니다."

그가 말했다. 전문가는 다 안다는 듯이 고개를 끄덕였다.

"다 같은 맥락이죠."

다 같은 맥락에서, 전문가의 빈대 퇴치가 시작되었다. 150도의 고온 고압 스팀, 자외선 살균, 아로마 향 살포까지 몇 단계에 걸친 작업이 끝났다. 며칠 후, 빌라 사람들은 이제 내성이 생겨 더 강해진 빈대는 결코 그전의 빈대나 진드기 따위와 다 같은 맥락이 될 수 없다는 것을 알아버렸다. 그들이 전문가를 초빙해서 얻은 것이라고는 빈대 외에도 신경써야 할 귀찮은 적들이 많음을 깨달은 것과, 자신들이 빈대와 싸우고 있다는 소문이 동네 전체에, 그것도 지역 신문 기자에게까지 퍼진 것뿐이었다.

똑.

그는 빈사세 모임에 다녀온 후, 자기도 모르게 방문의 잠금장치까지 누른 것에 대해 놀랐다. 아내가 왜 그것까지 잠그느냐고 물었다. 그는 고개를 도리도리 저었다. 그도 이유를 알 수가 없었지만, 여하튼 잠금장치는 중요했다.

그는 밤마다 지구상에 유일하게 살아남은 사람처럼 사명감을 가지고 추적했다. 지구 핵까지 뚫고 들어가는 빈대들의 흐름을. 마치 문맥을 읽듯이, 한 단어, 한 단어, 한 마리, 한 마리. 그는 잠들 수 없었다. 누워도 잠이 오지 않았다. 밤과 새벽을 가르는 정확한 경계는 누워서 잠을 청하고 있을 때에야 들렸다. 오토바이 멈추는 소리, 누가 계단을 뛰어오르는 소리, 신문 배달부가 움직이는 소리가 밤을 정리하고 새벽을 불렀다. 문을 열면 그날 신문에 빈대가 나와 있었다. 그는 점점 야행성이 되어갔다. 여행을 다녀온 지 석 달이 다 되어가는데 시차 탓을 할 수는 없었다. 이제 아내와 그 사이에는 엄청난 시차가 존재해서 부부는 어느 순간부터 전혀 다른 세상을 살았다. 아내가 출근할 즈음에 그는 잠들었고, 아내가 잠들 즈음에 그는 깨어 있었다.

퇴근 후 돌아와서 아내가 발견하는 것은 빈대를 막기 위해 그가 설치해놓은 수많은 소탕 작전의 흔적들뿐이었다. 빈대를 없애기 위해 놓인 그것들로 인해 아내는 빈대의 존재를 떠올렸다. 빈대 퇴치 약병에 그려진 그림을 통해 빈대의 생김새를 알고, 남편이 인쇄해둔 정보들을 통해 빈대의 습성을 알았다. 그리고 빈대를 막기 위해 준비해둔 많은 약품들을 보며 빈대의 취향을 배웠다. 빈대 없음을 바라는 그 모든 행동들로 인해 아내는 빈대를 느꼈다. 무엇보다도 남편의 눈빛을 통해 빈대를 느낄 수 있었다. 집 안에 빈대 관련 용품들이 늘어날수록, 그것들이 차지하는 면적만큼이나 빈대들이 늘어나는 것 같기도 했다. 집은 하나의 거대한 곤충도감이 되어가고 있었다.

심지어 그는 침대 위치를 조금 바꾼 후, 누우면 바로 얼굴이 오는 곳에 천장 등과 연결된 끈을 내려뜨려두었다. 빈대가 오는 듯한 느낌이 들면 바로 잡아당겨서 재빨리 불을 밝히려는 의도였다. 아내는 그 끈을 보면서 올가미 같다고 생각했다. 어둠 속에서 두 사람의 시선이 마주쳤다. 그는 어쩐지 돌처럼 굳어질 것 같아 먼저 시선을 돌렸다.

"조문지효(蚤蚊之孝)라고 들어봤습니까?"

B102호 노인이 말했다. 빈대에 온몸을 뜯긴 몇 사람이 참석하지 않아 빈사세는 조금 단출해졌다. 이미 물린 사람들이 꼬박꼬박 나오지 못하는 것을 다른 이웃들은 충분히 이해했다. 그들은 어쩌면 몸에 알을 까고 있을지도 모르는 빈대들을 완벽히 죽여야 했다. B102호 노인은 빈대에 물렸지만, 꿋꿋이 계속 모임에 나왔다. 다만 사람들과 어느 정도의 간격을 두고 말을 이었다.

"예전에 효자들은 부모가 잘 방에 미리 들어가서 잠을 잠으로써, 모기나 벼룩, 빈대들을 배불리하고 나오곤 했지. 그러면 배부른 빈대들이 부모 피를 탐하지 않거든. 이를테면 숙주를 내세우는 방법이랄까."

그것은 오래전 어느 섬마을에서 시도해서 성공했다는 비법이기도 하고, 유학생들이 어렵게 터득한 비법이라고도 했다. 노인의 아들이 밴쿠버에서 4년, 뉴욕에서 5년을 살았던 경험이 있기 때문에 누구보다 슈퍼 빈대에 관한 정보를 많이 안다고 했다. 빈대가 좋아하는 미끼를 끈끈한 점액에 섞어서 온몸에 바르면, 빈대는 그 향을 맡고 들러붙다가 영영 그 숙주의 피부 표면에서 떨어질 수 없게 된다. 이를테면 꿀독에 빠진 개미처럼. 일주일 내에는 그 건물의 빈대들이 모두 거대 숙주에게 달라붙는다. 그대로 빈대를 생포하게 되는 것이다. 거대 숙주가 빈대를 온몸에 달고 그 마을을 떠나 구역 밖의 목적지에 갖다 버리고 오기만 하면 되는 것이다.

노인이 말했다.

"빈대 퇴치가 어려운 이유 중에 하나가 미끼를 이용한 방법을 쓰기 때문이지. 빈대는 사람 피를 섭취하니까. 그래서 미끼와 인간의 몸을 하나로 합쳐놓는 방법이 필요한데, 그것이 바로 거대 숙주 요법인 게지. 그러니까 거대 숙주는 다른 게 아니라, 인간일세. 빈대를 한 사람에게 몰아버리는 거지. 그러니까 인간 끈끈이라고도 할 수 있겠지."

달콤한 휴가

"고양이 목에 방울을 달자, 그거네요. 근데 누가 해요?"

202호 대학생의 말에 모두들 서로를 쳐다보았다. 그는 TV에서 가끔 보았던 벌이나 거미, 전갈을 사랑하는 사람들을 떠올렸다. 그들은 특이한 취향 때문에 자기 눈과 혀를 그들의 사랑에게 물리기도 했다. 그럼에도 불구하고 그들은 몸뿐 아니라 마음이라도 내줄 각오로 사랑을 온몸에 받아들였다.

그는 침묵하다가 주목을 받을까 두려워서 입을 열었다.

"그럼, 거대 숙주는 죽습니까?"

"허허, 죽지 않지. 빈대 잡자고 초가삼간 태울 수야 있나. 다만 아무리 빈대가 끈끈한 점액에 파묻혀서 못 움직인다고 해도 처음에 무는 것은 어쩔 수 없어. 미칠 듯이 가려운 것은 참아내야 할걸세. 피부에 흉도 조금 남겠고. 그러니까 너무 여린 피부를 가진 사람들은 거대 숙주에 적합하지 않다는 게야."

빌라를 구원하기 위해 자신의 피부를 일정 기간 동안 내던질 거대 숙주가 필요했다. 거대 숙주의 조건은 다음과 같았다.

1. 피부가 지나치게 예민하거나 알레르기가 있는 사람은 피한다.
2. 면역력, 체력이 강해서 2차 질병으로 전이될 가능성이 적은 사람이어야 한다.
3. 대담하거나 사명감이 투철한 사람이어야 한다.
4. 적어도 일주일간 시간을 낼 수 있는 사람이어야 한다.

한 집에서 한 명씩, 거대 숙주 후보를 내세워야 했다. 날마다 출근해야 하는 사람들은 후보에서 제외되었다. 거대 숙주가 되면 적어도 일주일의 잠복기 동안 외부에 있어야 하기 때문이다. 바로 옆 건물에 가서 잠복기를 보내는 것은 어리석은 짓이었다. 거대 숙주와 상의할 일이지만, 그 외부는 멀면 멀수록 좋았다. 빌라 사람들은 거대 숙주가 보낼 일주일간의 비용을 분담하기로 했다. 물론 거대 숙주의 가정에서는 비용을 내지 않아도 되었다. 모두 아홉 가구에서 한 집당 1백만 원씩, 총 9백만 원이 모인다는 가정하에 계획이 진행되었다.

거대 숙주는 강하고 용맹해야 했다. 바퀴벌레 하나에도 비명을 지르는 사람이면 곤란했다. 따라서 겁이 많은 사람들도 제외되었다. 거대 숙주는 몸을 빈대들의 숙소로 제공해야 하므로 피부도 건강해야 했다. 아픈 사람들, 연약한 사람들도 제외되었다. 내세울 인물이 한 명도 없는 가정에서는 비용을 좀더 부담하기로 했다. 그렇게 열 집에서 총 다섯 명의 후보가 나왔고, 다섯 집에서는 돈을 조금씩 더 내기로 했다. 투표 끝에 다섯 명 중 하나가 당선되었다. 302호였다. 일단 현재 직업이 없고, 돈이 필요했고, 가족도 멀리 살기 때문에 가장 적합할 것 같다는 평이 뒤따랐다. 게다가 302호 남자의 피부는 아주 질겼다. 그러나 며칠 후, 302호 남자는 빈사세에 나타나 이렇게 말했다.

"저, 취직했습니다. 모레부터 출근인데……"

그들은 또 한번 대책회의를 열고 새로운 숙주를 구해야 했다. 그새 빌라에 빈대들이 더 퍼졌기 때문에 지체할 수가 없었다. 모두 아무 말이 없었다. 시선이 한곳으로 모아졌다. 그였다.

그는 출근하지 않으면 안 될 회사가 없었고, 특별히 돌보아야 할 아이가 있는 것도 아니었으며, 피부는 적당히 두꺼웠고, 겨울이 끝날 때까지 시간적 여유가 있었으며, 무엇보다도 빈대에 대한 적개심이 강했다. 그에게는 하룻밤의 고민할 시간이 주어졌다. 만약 그가 거절한다면 암암리에 숙주로 활동할 사람을 외부에서 찾아보는 것으로 결론이 났다. 그 밤, 그는 빌라의 구조를 생각해보았다.

	X (402호)
X (201호)	
	X (102호)
	X (B02호)

(X: 점령된 곳)

빈대가 규칙적으로 행동하는 것은 아니었지만 어쩐지 그다음 차례는 3층이 될 것만 같았다. 그는 어차피 뜯길 거라면 빈대가 찾아오기 전에 먼저 그들을 찾아가자고 무모하지만 용감한 생각을 해보았다. 빈대 걱정을 하며 집 안에 틀어박혀 있기보다는 행동하는 편이 나았다. 빈대가 그의 집 벽과 이불에 알을 까기 전에 그들을 차단하자. 그는 그렇게 생각했다. 그리고 무엇보다도 이 일을 하면 많은 혜택이 따라왔다. 그의 집을 제외한 나머지 아홉 가구에서 모두 1,150만 원을 모아서 그에게 주었다. 그 돈으로 그는 비즈니스석을 타고 날아가 최고급 리조트에서 일주일을 보낼 수 있었다. 그러고도 돈이 남을 수도 있었다. 일주일 동안 그가 몸 던져서 얻을 수 있는 혜택은 예전에 직장에 다닐 때와 비교할 수도 없을 만큼 컸다. 그는 누운 채로 눈을 감았다. 벽과 천장과 바닥이 모두 얇은 기름종이처럼 느껴졌다. 그 얇은 벽을 타고 소리들이 들려왔다. 어쩌면 소리를 타고 빈대들이 움직이는지도 몰랐다.

새벽에 재봉틀이 울리기 시작했다. 이 시간에 201호 여자가 재봉틀을 돌릴 리는 없었지만 분명히 노루발 움직이는 소리가 들렸다. 윗집 혹은 아랫집, 벽을 맞대고 있는 공간 어디선가 들려오는 소리가 그의 온몸을 침대에 고정시켰다. 부르르, 바닥을, 벽을, 천장을 통과하는 긴 호흡은 건물 벽을 뿌리째 흔들었다. 그는 이제 재봉틀 바늘이 돌아가는 소리만으로도 노루발이 어떤 길을 가는지 그릴 수 있었다. 시접에 여유분이 없어 아슬아슬하게 달려가는지, 거칠고 두툼한 대님 종류 위를 터덜터덜 걸어가는지, 순면인지 면과 폴리 혼방인지, 소맷부리나 네크라인 부분을 둥글게 말아가는 중인지. 어둠 속에서 재봉틀은 끝을 갈퀴처럼 날카롭게 만든 노루발을 달고 있었다. 노루발은 그를 침대에 고정시키고 몇 초 간격으로 뾰족한 바늘을 쏘아댔다. 북집에 걸려 있는 이 빌라 사람들의 신경이 한 올 한 올 방향 없이 풀려 나가고, 결국 그는 반으로 접힌 채 솔기 한끝부터 다른 한끝까지 완전히 봉합되었다.

빈대다!

그는 눈을 번쩍 떴다. 방금 무언가가, 그러니까 5밀리미터의 납작한 그것이, 피를 빨아먹으면 몸이 둥글게 부풀어 오르는 그것이 자신의 팔뚝 위를 지나간 것이다. 그는 재빨리 얼굴 위에 드리워진 끈을 잡아당겼다. 빈대가 지나간 자리에 남은 것은 그의 몸 위로 몇 가닥 침범한 아내의 머리카락이었다. 검고 긴, 구불구불한 머리카락은 그의 팔뚝 아래로 혹은 위로도 뻗어 있었다. 그는 손을 뻗어 아내의 뒤엉킨 머리카락을 바로잡아주려고 했다. 그러나 한 움큼 집어들기가 무섭게 다시 떨어뜨렸다. 한때 라푼젤의 머리카락처럼 그를 침대로 불러들이던 머리카락이 지금은 빈대의 온상, 서식지처럼 느껴지는 것이다. 구불구불하게 베개 밖으로 뻗어 있던 아내의 머리카락 속에서 무슨 일인가, 벌어지고 있는 것 같았다.

그는 용수철처럼 침대에서 튀어올랐다. 서둘러 컴퓨터를 켰다. 빈대와 머리카락의 관계에 대해서 알 필요가 있었다.

급했다. 10분 만에 그는 젖은 머리로 그냥 베개에 눕는 행동은 빈대 퇴치에 유익하지 않다는 사실을 알았다. 아내는 머리를 감고 나서 완벽히 말리고 잠들 시간적 여유가 없었다. 축축한 아내의 머리카락이 메두사의 머리처럼 보였다. 그 틈에 빈대가, 아니 빈대 아닌 무엇이라도 충분히 숨을 수 있을 것 같았다. 아내가 머리카락을 창밖으로 늘어뜨리면, 그걸 타고 놈들이 올라올지도 모른다. 이제는 빈대 아닌 것들도 다 빈대로 보인다는 것, 그게 문제였다.

그는 다시 자리에 누웠다. 아내의 머리카락이 삼손의 그것처럼 느껴졌다. 아내의 머리카락이 빈대들의 힘의 원천이 되어 있는지도 몰랐다. 그는 삼손의 머리카락을 잘랐던 델릴라처럼 자신도 가위를 들고 아내의 머리카락을 잘라야만 평화가 올 것인가, 생각했다. 코끝에서 천장 등과 연결된 끈이 구원의 동아줄 혹은 썩은 동아줄처럼 간질간질 움직이고 있었다. 그는 그것을 부여잡기로 했다.

거대 숙주가 되기 하루 전, 그는 교회와 성당과 절에 다녀왔다. 그는 종교가 없었지만, 이웃들 중에는 종교를 가진 사람도 있었다. 그들 모두의 희망을 종합해서 그는 바쁘게 움직였다. 그날 오후, 동네의 소소한 소식을 다루는 신문사에서 전화가 왔다. 그들의 거대 숙주 요법이 성공한다면, 이것은 특종이 될지도 몰랐다. 어쩌면 직업적으로 거대 숙주를 자처

달콤한 휴가 79

하는 사람들이 생겨날 수도 있었다. 그리고 마침내 그날이 왔다. 아내가 미역국을 끓여주었다. 아내는 그를 거대 숙주로 보내는 것에 대해 특별히 슬퍼하지도, 말리지도 않았다. 다만 이 소동이 끝나고 나면 봄부터는 새롭게 시작하자,고 말했을 뿐이다. 무엇을 새롭게 시작하자는 건지 정확히 알지는 못했지만 그는 고개를 끄덕였다.

노인이 와서 그에게 약병을 건넸다.

"그러니까 일종의 페로몬 같은 걸세. 암수 모두에게 반응하지."

"빈대를 유인하는 페로몬?"

"빈대를 유혹하는 페로몬이라고 해야겠지. 끈적끈적하기 때문에 한번 이 냄새를 맡고 숙주의 몸에 들러붙은 빈대들은 헤어날 수 없네."

몇 사람이 그 액체에 코를 들이댔다. 아무런 냄새가 나지 않았다. 얼핏 고수 냄새가 나는 것도 같았지만, 그것과는 또 달랐다. 그냥 무향무취라고 해야 할 것 같은 냄새였다. 이를테면, 바람의 냄새. 바람의 냄새였다. 빈대 페로몬으로 그는 몸을 씻었다. 빈대 페로몬으로 머리를 감고, 빈대 페로몬으로 이를 닦았다. 빈대 페로몬으로 족욕을 하고, 빈대 페로몬으로 세수를 했다. 그리고 남은 페로몬을 매트리스에 가득 뿌렸다. 그는 빈대들의 은신처가 될 매트리스를 몸 앞뒤로 붙이고, 피해 가구들로 들어갔다. 앞뒤로 매트리스를 둘러매자, 정말 한

마리의 거대한 벌레가 된 것 같은 느낌이 들었다. 거대 숙주 같았다.

피해 가구의 사람들은 최소한의 도구들을 챙겨 이미 다른 곳으로 떠나 있었다. 그럴 필요가 없었지만 아직 피해를 입지 않은 가구들도 대부분 집을 비워두고 있었다. 그는 갑자기 자신의 몫이 된 공간에서 페로몬을 온몸에 규칙적으로 바르며 빈대들을 기다렸다.

하루가 지났고, 또 하루가 지났다. 빈대를 더 잘 끌어들이기 위해 커튼을 쳐두었다. 햇빛을 차단한 실내에서 그는 마구 뒹굴었다. 다행히 텔레비전에서는 24시간 내내 즐거운 프로그램들이 흘러나왔고, 냉장고 안에는 맛있는 간식들이 가득 들어 있었다. 무엇보다도 빈대에 물리지 않도록 조심해야 할 필요가 없다는 것이 그를 홀가분하게 했다. 확실히 빈대를 퇴치하는 것보다는 유인하는 것이 더 쉬웠다. 지금은 최근 몇 달간 그가 처음으로 아무것도 하지 않고 휴식을 누린 유일한 시간이었다. 그는 걱정 없이 먹고 마셨다. 편안히 잠을 잤고, 간지러움에 온몸을 벅벅 긁으면서도 더이상 두려운 점은 없다는 위안으로 포만감을 느꼈다. 그가 그토록 바라던 휴식이 빈대들과 함께 찾아온 것이다. 그는 3~6피트 정도만 움직였다. 끼니때마다 진수성찬을 배달시켜 먹었다. 지금 이 순간을 기억하기 위해 DSLR로 그의 몸을 찍었다. 카메라와 넷북, 그리고 저장 장치는 빈대들과 함께하는 이 시기에도 참 유용했다. 빈대 소동에 시큰둥하던 아내에게서도 응원의 문자가 왔다. 문자가 온 그날 밤에 그는 아내를 생각했다. 아내는 학교 근처의 친정에서 지내고 있었다.

그가 최근에 읽은 어떤 책에 의하면 빈대들은 하루에 2백 번이 넘게 성관계를 갖기도 한다. 수컷은 송곳처럼 뾰족한 생식기로 암컷의 심장을 찌르기도 한다. 수컷의 생식기는 정확하게 암컷의 생식기에 닿지 못하는 경우가 허다하지만, 그래도 수정이 가능하다. 암컷의 등이며 배며 생식기며 구분없이 들어간 수컷의 정액은 암컷의 혈관 어딘가에 숨어서 겨울을 난다. 그리고 봄이 되면 암컷의 몸 곳곳에 있던 그 정자들이 본능처럼 암컷의 난자를 찾아간다. 그는 멀리 떨어져 있을 아내를 생각하며 빈대처럼 원격 사정을 시도했다. 아내는 모를 것이다.

그를 깨운 것은 아침 햇살이나 알람 소리가 아니라 가려움이었다. 팔뚝에 세 개의 반점이 같은 간격으로 물들어 있었다. 이제 막 떠오르는 북두칠성처럼 보이기도 했다. 별은 밤마다 그의 팔 위에서 돋아났다.

3—4—3. 빈대였다.

4—3—3. 드디어 빈대였다.

3—3—3. 역시 빈대였다.

2—4—3. 3—4—4. 4—3—2. 빈대는 그의 팔뚝을, 그의 허벅지를, 그의 종아리를, 심지어는 그의 등과 목과 얼굴을

악보 삼아 음표를 만들기 시작했다. 빈대는 그의 팔뚝을, 그의 허벅지를, 그의 종아리를, 심지어는 그의 등과 목과 얼굴을 천 삼아 재봉질을 시작했다. 그리고 일주일쯤 지났을 때, 그는 꽤 많은 빈대를 매트리스에 모을 수 있게 되었다. 거대 숙주가 방을 빠져나오자 거대 숙주의 페로몬 냄새에 중독된 빈대들이 함께 방을 빠져나왔다. 페로몬이 그의 땀과 피 냄새와 섞이면서 더 큰 효과를 냈다.

다음 날 아침, 그는 길을 떠났다. 그의 가방 속에는 일주일간의 휴식에 쓸 빳빳한 현금과 왕복 항공권, 숙소 예약을 증명하는 바우처가 들어 있었다. 그가 선택한 곳은 태평양의 한 섬이었다. 그는 그곳에 가서 빈대 붙은 매트리스를 불태우고, 새 물을 받은 스파에서 몸을 씻으며 일주일간 잠복기를 보낸 다음, 집으로 돌아올 예정이었다. 그는 남태평양의 원두커피는 어떤 맛일까 생각하며 심호흡을 했다.

누구도—심지어 아내조차도—그를 배웅하는 사람은 없었다. 그는 빌라 문 앞에 있던 지역신문을 한 부 집어 들었다. 그가 공항 버스 정류장 앞에 서 있을 때, 거리는 유독 고요했다. 모든 창문들은 닫혀 있었고, 거리에는 고양이 한 마리 지나가지 않았다. 공항 버스 한 대가 한적한 도로를 뚫고 달려왔지만, 버스 기사는 그를 태우기 전에 누군가와 통화를 해야만 했다. 그는 다행히 짐칸이 아니라 버스 좌석에 올라탈 수 있었다. 버스 안에 있던 승객 몇 사람이 그가 지나갈 때 고개를 돌렸다. 그는 아침에 챙겼던 지역 신문을 펼쳐서 얼굴을 가렸다. 오랜만에 본 지역 신문이었는데, 빈대에 대한 소식은 어디에도 없었다. 다만 그의 이름이 있었다. 부고란이었다. 동명이인이었지만 어딘지 기분이 묘했다.

  버스가 출발했다. 그것이 끝이었다. 온 빌라의 빈대들을 몸에 착 붙이고 있는 지금보다 더 최악의 상황은 없었다. 그러니까 이제 더 두려운 일은 일어나지 않을 거라는 안도감이 생겼다. 그 사실이 그를 쉬게 했다. 안식은 그렇게 왔다.

인베이더 그래픽

20세기 오스트리아의 작가, 페터 알텐베르크는 누가 집 주소를 물으면 이렇게 말했다고 한다.

"빈 1구 카페 첸트랄."

21세기의 또 다른 작가는 누가 집 주소를 물을 때 이렇게 말한다.

"서울시 **백화점."

눈을 뜨고 있는 동안은 줄곧 카페 첸트랄에 앉아 있던 알텐베르크는 영원히 눈을 감은 후에도 밀랍 인형이 되어 그곳에 앉아 있다. 이제 어떤 사람들은 알텐베르크를 통해 카페 첸트랄에 대해 알아가고, 밀랍 인형이 된 그의 모습을 만나기 위해 카페 첸트랄에 찾아간다.

눈을 뜨고 있는 동안은 최대한 백화점에 앉아 있던 또 다른 작가도 몇 세기가 흐른 후에 자신이 이 백화점에 밀랍 인형으로 앉아 있는 모습을 상상하지 못할 이유는 없다. 백화점에서는 음악회나 전시회, 인형극을 준비하듯이 작가가 머물던 공간을 보존해서 공개할지도 모른다. 몇 세기가 지나도록 이 건물이 헐리지만 않는다면, 불가능할 것도 없다.

　매일 아침 10시 30분, 버스 네 정거장 거리를 걸어 백화점에 도착하면 지하 4층부터 지상 7층까지, 모든 벽과 바닥과 천장이 한마음으로 작가를 맞이한다. 나는 쇼핑광도, 판매 직원도 아니지만, 백화점에 가는 것은 하루의 규칙적인 일과다. 진화를 거듭한 백화점은 이제 원스탑 창작이 가능한 최상의 작업실이 되었다. 층마다 놓인 소파와 테이블, 구석마다 놓인 정수기, 화장실의 손 세정제와 휴지, 구강 청정제, 누구나 체험할 수 있는 발마사지기나 시음회의 음료, 지하 시식 코너의 조각난 음식들, 인터넷, 전기와 냉난방, 조명과 음악, 가끔 열리는 무료 공연과 미술 전시, 그리고 요리 강습까지, 백화점에서 활용할 것은 많다.
　내가 가장 먼저 찾아가는 곳은 4층에 있는 여자 화장실이다. 남성복 브랜드가 입점해 있어 2층이나 3층에 비해 덜 붐빈다. 4층으로 올라갈 때는 에스컬레이터보다 엘리베이터가 좋다. 에스컬레이터는 중앙에 있어서 손님이 없는 시간엔 주목의 대상이 되기 쉽다. 자주 드나들 생각이 있다면 점원들의 눈에 덜 띄는 것이 좋다. 엘리베이터가 4층에 멈춰 서면, 곧바로 오른쪽에 있는 화장실로 들어간다. 이 화장실은 변기가 있는 공간과 세면대가 있는 공간, 그리고 파우더룸이 벽으로 분리되어 있어 편리하다.

네 개의 변기들은 모두 텅 비어 있다. 첫번째 칸에 들어가 두루마리 휴지를 통째로 떼어낸다. 두번째와 세번째 칸은 건너뛰고 네번째 칸에 들어가 두루마리 휴지 하나를 또 챙긴다. 백화점용 두루마리 휴지 두 롤이 들어가니 가방이 불룩해진다. 세면대에서 손을 씻는다. 손 세정제와 핸드크림, 그리고 종이 타월을 동원해서 꼼꼼하게 손을 씻고 말린 다음, 파우더룸에서 드라이기로 머리를 매만진다. 가방 속에 챙겨 온 롤빗이 유용하게 쓰인다. 이 모든 행동은 3분 안에 끝낸다.

파우더룸의 회색 소파는 노란 조명을 받아서 적당히 부드러워 보인다. 가방에서 노트북을 꺼내 소파 뒤쪽에 숨어 있는 콘센트에 연결한다. 구입한 지 4년이 넘어가는 노트북은 이제 콘센트에서 실시간으로 전기를 공급받지 않고는 한 시간도 채 버티지 못한다. 소파는 적당한 쿠션감으로 작가의 몸을 지탱해주며, 노란 조명은 작가의 집중력을 높여준다. 두루마리 휴지는 종이 대용으로도 쓸 수 있다. 물론 벽마다 걸려 있는 그림과 은은하게 들려오는 음악 소리, 그리고 규칙적으로 뿜어져 나오는 아로마 향기의 공도 빼놓을 수 없다. 무엇보다 좋은 것은 빵빵한 에어컨이다.

   소비가 아닌 생산을 위해 백화점에 온다고 해도 적당한 포장은 필요하다. 연속해서 같은 옷을 입지 않는 것, 생기 있게 입술 정도는 칠해주는 것, 그리고 화장실에 오자마자 파우더 룸의 드라이기를 이용해서 머리를 손질하는 것은 내 나름의 노력이다. 그러니까 중요한 것은 내가 소비할 수 있느냐 아니냐가 아니라 마음만 먹으면 소비할 능력이 있는 사람이란 걸 보여주는 일이다.

   백화점에서 나를 위해 잡아놓은 예산을 남길 필요는 없다. 그러니까 테스트용으로 비치된 영양크림을 바르는 것, 테스트용 향수를 옷깃에 뿌리는 것은 모두 백화점의 계획에 이미 포함된 내역들이다. 백화점뿐만이 아니다. 불필요한 소비를 줄일 수 있는 방법은 생각보다 여러 가지다. 은행의 자동화 코너에서 흰 종이봉투를 집어 오면 그것은 봉투가 되기도 하고 메모지가 되기도 한다. 카페에서 뭉텅이로 집어 올 수 있는 냅킨 역시 그 위에 볼펜으로 글을 쓰면 필기감이 나쁘지 않다. 책은 도서관에 가서 빌려 보면 된다. 도서관에서는 잡지나 신문, 영화도 볼 수 있다. 신간은 대형 서점을 이용한다. 굳이 극장에 가고 싶다면 시사회 정보를 잘 모아두고 응모한다. 인터넷도 그렇게 넘쳐나는 것들 중의 하나여서, 절박한 경우가 아니라면 굳이 집에 인터넷을 깔 필요가 없다. 노트북만 있다면, 아니 설령 노트북이 없더라도 급박한 용무를 해치울 만한 공간은 많다. 고객용으로 몇 대의 컴퓨터가 로비에 놓여 있는 백화점도 있고, 무선 인터넷이 잡히는 공간도 많다. 4층 화장실에서 노트북을 켜면 총 열한 개의 무선 인터넷이 잡히고, 그중에 대여섯 개는 누구에게나 열려 있는 상태여서 연결 버튼을 누르기만 하면 된다.

노트북을 편다. 작가를 위해 4층 화장실에서 무한정으로 제공해주는 전기를 받아 소설을 쓴다. 제목은 인베이더 그래픽. 증권회사에 다니는—그러나 곧 그만두게 될—한 남자의 이야기다.

"김균 사원은 176명 중에 129등 하셨습니다."

모니터가 켜짐과 동시에 떠오른 자막은 5초간 깜빡거리다가 사라진다. 문장 하나가 마치 달리기 시합을 알리는 총소리와 같다. 총소리는 금세 흩어지지만 출발선 앞에서 그 소리를 듣지 못하는 선수가 없듯이, 모니터에 떠오른 자막은 몇 초 후 증발하지만 그 문장을 읽지 못하는 직원도 없다. 균은 오늘 하루를 129등으로 살게 될 것이다. 어제는 108등이었고, 그제는 95등이었다. 나름의 규칙성은 있다. 사내 등수가 날마다 점점 퇴보하고 있다는 것. 그의 오늘 실적 또한 고스란히 기록되어 내일 아침 출근해서 모니터를 밝히자마자 총소리처럼 터질 것이다.

균은 초 단위로 사는 사람이다. 장이 열려 있는 동안, 모니터를 보는 동안, 초 단위로 표정이 변한다. 초 단위로 웃고, 초 단위로 운다. 3시, 폐장 후에야 균의 모든 것이 초 단위를 벗어난다. 증권회사에서 일한 지 3년째지만 지금도 고객들은 자주 그를 긴장시킨다. 화분을 들고 오는 고객도 있고 양주나 넥타이를 들고 오는 고객도 있지만, 양잿물이나 농약을 들고 오는 고객도 있고, 가족사진이나 칼을 들고 오는 고객도 있다. 실적은 시간대별로 계산이 되어 그림자처럼 따라붙고, 시장은 점심시간도 없이 돌아간다.

아침 5시에 일어나 자정을 넘겨 잠들 때까지 균에게 필요한 것은 증권시장에 영향을 끼치는 이슈들이다. 뉴스에도 신문에도 나오지 않는 인베이더 그래픽은 균에게 아무런 연관이 없는 먼 화제일 뿐이다. 그러나 바로 그 이유 때문에 균은 급속도로 인베이더 그래픽에 매료되기 시작했다. 균은 매일, 업무가 끝나면 인베이더 그래픽 통신에 접속한다. 몇 주째 새 게시물이 올라오지 않자, 균은 첫 페이지부터 보기 시작한다.

인베이더 그래픽은 스페이스 인베이더Space Invader라는 전자오락의 캐릭터들을 색색의 타일로 부활시킨, 일종의 타일모자이크 작품이다. 인베이더 그래픽 작업이 시작된 것은 1998년부터다. 균이 그 작업에 대해 알게 된 것은 2008년이다. 10년 사이에 인베이더 그래픽은 많은 대도시로 퍼져 나갔다. 누가 붙여놓는지도, 정확히 지구상에 몇 개가 붙어 있는지도 알 수 없지만, 그렇기 때문에 인베이더 그래픽은 새로운

전설을 만들어낸다. 정체불명의 작가가 건물 벽, 밑바닥, 파이프, 다리 등 도시 곳곳을 캔버스 삼아 오락 속의 캐릭터를 부활시키는 것이다.

작가는 주로 가면을 쓰고 작업을 한다. 그 모습이 찍힌 사진도 몇 장 공개되었는데, 그가 원조 인베이더 그래픽 작가인지 혹은 그를 사칭하거나 추종하는 사람들인지는 알 수 없다. 이제는 진짜 인베이더 그래픽 작가뿐 아니라, 그를 따라 여기저기 타일을 붙이는 사람들까지 생겨났다. 모두가 익명이다. 그리고 모두가 타일을 붙인다. 인베이더 그래픽은 해마다 기하급수적으로 늘어난다. 인베이더 그래픽은 크기도 모양도 위치도 제각각이다. 특히 지붕 위나 간판 위처럼 사람의 손이 닿지 않을 만한 높이에 있는 것들을 보면 어떻게 붙인 것인지 놀라울 정도다. 그러나 이런 이야기들은 아는 사람만 안다.

오전 11시 40분, 노트북을 덮는다. 순찰대가 올 시간이다. 벽에 붙어 있는 점검 일지에 따르면 두 시간에 한 번씩 화장실을 청소하도록 되어 있다. 이 화장실에서 상습적으로 글을 쓰려면 그 시간대는 피하는 것이 좋다. 이 정도는 상도덕이다.

엘리베이터 앞 휴식 공간은 화장실에서 그리 멀지 않아서 신속히 이동할 수 있는 데다 근처에 인적 드문 계단과 공중전화 부스뿐이어서 좋다. 자주 열리는 엘리베이터가 눈에 거슬리면 5층이나 6층으로 올라간다. 정확히 20분을 머물다가 다시 4층 화장실로 내려오면 두 시간 정도는 또 안락해진다.

두 번의 순찰을 피해 움직이다 보면 오전이 금방 지나가고 배도 마음도 출출해진다. 지하 1층의 식품 매장으로 갈 시간이다. 시식 코너는 누구에게나 열려 있다. 갓 튀긴 돈가스와 노릇하게 구워낸 부침개, 통통하게 살이 오른 소시지를 한 꼬치씩 집어 들고 먹는다. 때로는 종이컵에 담긴 우동이나 입가심용 과일도 만날 수 있다. 적당히 허기진 배를 채우면 같은 층의 화장실로 간다. 2층이나 3층도 나쁘지 않다. 어차피 이번엔 정말 화장실에 가기 때문이다. 아무 칸이나 들어가서 볼일을 보고 두루마리 휴지를 챙기고 손을 씻고 핸드크림을 바른다. 양치질도 하고 구강 청정제가 있다면 그것 역시 빼놓지 않는다. 이제 에스컬레이터를 타고 다음 장소로 갈 차례다.

지하 1층에서 하행선을 타는 사람들은 세 부류다. 지하 2층의 식당가에서 밥을 먹거나, 지하 주차장으로 가거나, 아니면 나처럼 지하 2층 식당가 옆의 소파를 노리는 사람이다. 소파에 앉아 노트북을 연다. 배터리가 20퍼센트 남을 때까지, 40분 정도 글을 쓴다. 화장실에서 충전한 배터리가 모두 소비된다.

"김균 사원은 176명 중에 129등 하셨습니다."

점심을 먹고 다시 모니터를 켜면 또 한번 총소리가 울린다. 내일 아침 새로운 등수가 나올 때까지 전날의 실적은 그렇게 따라붙는다. 등수를 알리는 자막보다 더 괴로운 것은 끊임없이 균을 찾아오는 사람들이다. 매일 아침 양복을 입고 넥타이를 매고 트레이딩룸으로 출근하는 전업 투자자들부터, 고객의 권리 운운하는 사람들까지. 균의 소화력에는 한계가 있어서, 소화되지 못한 말들은 허공에 둥둥 떠다닌다. ㄱ, ㅣ, ㅏ, ㄴ, ㄷ, ㅁ…… 대화 도중에 자음과 모음이 뒤섞여 눈앞에서 테트리스가 시작되는 경우도 허다하다. 균은 사람들의 말에 적당히 수긍하면서도 눈앞에 맴도는 테트리스 화면을 처리하느라 고심한다. ㄴ 위로 ㄱ이 떨어지거나 ㄹ 위로 ㄷ이 떨어진다면 '클리어'가 될 텐데, 오답들만 쏟아진다. 묵은 모서리들을 깨끗하게 증발시킬 수 있을 만한 도형은 떨어지지 않는다. 게다가 이미 쌓여 있는 도형들 때문에, 무언가를 결정하고 생각할 여유가 짧다. '어떻……'이라고 말하는 사이에 덜컹, 도형이 하나 떨어지고 손가락이 위치를 이동시키기 전에 또 도형이 떨어진다. 게임 종료, 자막이 뜬다.

다른 곳에 비해 퇴근 시간은 이른 편이지만, 회의나 접대가 있으면 퇴근 시간이란 것도 의미가 없어진다. 회의도 접대도 야근도 없는 날이 되면 동료가 한잔하자고 제안을 해온다. 두 사람은 사케를 마시러 간다.

지난해, 주가가 치솟을 때 결혼했던 동료는 주가가 폭락하는 요즘 집도 회사도 모두 부담스럽다. 그의 아내는 주가가 폭락하기 시작하자 점점 남편이 하는 일에 대해 관심을 갖기 시작한다. 늦게 들어오는 것은 지난해나 지금이나 다를 게 없는데, 왜 굳이 이제는 이유를 매일 대야 하는지 동기는 그것이 의문스럽다. 아내가 증권가의 생활에 대해 꼬치꼬치 묻는 것조차도 귀찮기만 하다. 아침 7시, 그가 출근을 하고 나면 아내는 컴퓨터를 켜고 인터넷의 한 검색 엔진에 자신이 아는 단어들을 입력한다. 증권맨, 지점 영업, 하는 일. 증권맨과 지점 영업과 하는 일, 그렇게 세 가지 집합이 공통적으로 품는 정보들이 떠오른다. 사람들은 친절하다. 증권맨이거나, 아니면 증권맨에 대해 잘 안다고 생각하는 사람들이 친절하게 정보를 올려둔다. 아내는 그것을 탐독한다. 정보는 끝이 없다. 아침 7시, 그가 출근을 하고 나면 아내는 컴퓨터를 켜고 남편 아닌 남편의 일상에 대해 탐독하고 질문하고 대답을 받고 또 탐독하고 그러다가 공통의 불안감과 공통의 답답함을 가진 사람들도 알게 된다. 그리고 가끔은 아침 7시, 출근 전에 그가 증권가의 생활에 대해 이야기를 하면 그 말을 이제 믿지 않기도 한다. 그는 몰랐겠지만, 아내는 이미 전문가다.

자기보다 인터넷에 떠도는 이야기들을 더 신뢰하는 아내를 둔 동료가 균에게 결혼 같은 건 하지 말라고 말한다. 균은 대답 대신 인베이더 그래픽에 대한 이야기를 꺼낸다. 화제가 바뀐 지 얼마 되지 않아 술자리는 끝이 난다.

동료와 헤어져서 돌아오던 길에 균은 보도블록 몇 곳이 깨져 있는 것을 발견한다. 퍼즐의 빈자리처럼 몇 곳이 쏙 빠져 있다. 보도블록에서 눈을 떼자, 보이는 곳마다 모두 허술한

구석이 보인다. 세상은 거대한 현무암이 된다. 어릴 때 들었던 네덜란드 이야기에서는 둑의 균열을 발견한 아이가 제 몸으로 둑을 막다가 죽어간다. 어쩌면 인베이더 그래픽도 처음에는 네덜란드의 소년처럼 시작된 건지도 모른다. 손을 뻗어 구멍 하나를 막듯이, 구멍이 숭숭 뚫린 세상을 막으려고 붙인 타일들이 그렇게 많아진 건지도 모른다. 균은 깨진 보도블록, 그리고 길가의 맨홀까지도 유심히 살피면서 집으로 돌아간다.

 백화점 밖으로 나서는 것은 대략 오후 3시가 지날 무렵이다. 엄밀히 말하면 백화점 구역 밖으로 나서는 것은 아니다. 후문 쪽—어쩌면 그곳이 정문 쪽인지도 모른다. 내가 들어왔던 입구와 반대편이라는 것은 확실하다—으로 나가면 백화점 몸체에 교묘하게 붙어 있는 카페가 있다. 얼마 전에 카페 한 곳이 더 생겨나면서 선택의 폭이 넓어졌다. 어느 곳이든 내가 들어갔다 나오면 비치된 3그램짜리 설탕과 냅킨이 바닥을 보인다는 공통점이 있다.
 세 시간, 혹은 네 시간. 카페에 머무는 동안 내가 축내는 것은 자리만이 아니다. 3그램씩 포장되어 가지런히 놓인 백설탕과 황설탕, 냅킨, 레몬을 띄운 얼음물, 보온병에 담긴 우유, 빨대, 그 외에도 요청하면 얻을 수 있는 모든 것들이 내가 지나간 자리에는 급속도로 줄어 있다. 나는 보통 아무것도 주문하지 않고 테이블 하나를 차지하며, 고객들을 위해 무방

비 상태로 놓인 수많은 품목들을 자연스럽게 챙긴다. 사실 빨대나 커피 스틱 같은 것은 딱히 사용할 데도 없다. 그러나 가지런히 놓여 있음에도 불구하고 그대로 두고 나오는 것은 어쩐지 손해인 것 같아, 보일 때마다 몇 개씩 챙긴다. 정확한 이유를 댈 수는 없지만 무언가를 챙기는 것은 그 자체로 위안이 된다. 그중에 최고는 설탕이다. 설탕은 난국일수록 더 빛난다. 유통기한이 없고 반짝반짝 빛난다는 점에서, 금과 닮았다. 금이 없으면 설탕이라도 모아야 한다.

가끔 무리 지어 온 사람들이 내게 양해를 구하고 남은 의자들을 자기네 쪽으로 끌고 가기도 하는데, 이 사소한 행위도 입장에 따라 큰 상징처럼 느껴진다. 테이블 아래 바람막이처럼 존재했던 의자가 사라질 때, 내 두 다리는 거대한 세상 앞에 갑작스럽게 노출되는 것이다. 내게 커피가 있었을 때는 별것 아니었던 상황도 커피가 없을 때는 무한대로 확장된다. 음료 없이 카페 시설을 이용하던 초반에는 다른 이들의 시선이 두려워서 버려진 컵을 끌어다 내 테이블 위에 올려두기도 했다. 마시기 위해서가 아니라 보이기 위해서.

지금은 구석진 자리나 2층 좌석을 이용하면 그나마 좀 낫다는 것을 안다. 1층 카운터 앞을 통과할 때는 마치 2층에 이미 누군가 와 있는 것처럼 당당하게 올라갈 수 있고, 2층에서는 잡동사니들을 테이블 위에 가득 늘어놓고 내 할 일에 빠지면 그만이다. 오전에 화장실이 전기를 공급했다면 오후에는 카페가 그 역할을 한다.

　대학이나 직장에 다니고 있을 때까지만 해도 이 공간들은 조금 다른 의미를 갖고 있었다. 나는 계절이 바뀔 때쯤 한 번씩 백화점에 왔고, 화장실에 20분 이상 머무는 경우는 드물었다. 백화점 화장실 같은 곳에서 콘센트 구멍을 찾아볼 필요도 없었고, 빨대와 냅킨으로 가방을 채우는 일도 없었다.

　내가 백화점에 가는 이유는 아주 실용적인 문제로 접근해야 한다. 백화점을 대체할 만한 공간들은 많다. 도서관도 있을 것이고 대학 캠퍼스도 있을 것이고 공원도 있을 것이다. 백화점에 가지 않는 날에는 그런 시설들을 이용하기도 한다. 때로는 부러 차비를 내고 먼 거리에 있는 대형 서점에 가기도 한다. 문화원과 같은 곳도 유용하다. 여름밤에는 공원이나 한강 둔치도 좋은 작업실이 된다. 세상살이는 온도와 민감하게 연결되어 있다. 노숙하기에 가장 좋은 공간이 글쓰기에도 가장 좋은 공간이다.

　그러나 도서관에는 사람들이 많고, 백화점만큼 안락하지 않다. 공원에는 콘센트와 냉난방 시설이 없다. 역은 번잡하다. 놀이터는 위험하다. 어른이 오래 놀이터에 앉아 있으면 괜한 오해를 사기 십상이다. 아이들이 하나둘 사라지기 때문이고, 놀이터는 어른보다는 아이를 위한 공간이기 때문이다. 가장 저렴하게 글을 쓸 수 있는 공간은 집이겠지만, 집에는 내가 낮 동안 어디라도 다녀오길 바라는 가족들이 있다. 역시 내가 갈 곳은 백화점이다.

"휴가?"

균이 여름휴가를 신청하자 동료는 깜짝 놀란다.

"화장실에 손 말리는 기계 들어온 거 봤지? 종이 타월값 아낀다고 설치한 거야. 비데 들어온 거 봤지? 휴지값 아낀다고 설치한 거야. 변기 수압이 약해진 것도 봤지? 물값 아낀다고. 내가 지금 무슨 말 하는지 알겠어? 사표조차 이면지로 내는 시기라고. 분위기 삭막할 때 휴가 내면 영영 쉬는 수가, 야!"

동료는 휴가와 실적의 상관관계에 대해 설명한다. 그러나 균은 결국 파리행 비행기표를 산다. 균은 비행기에 오른다. 이동 시간을 빼면 활용할 수 있는 시간은 사흘 정도다. 처음 이틀 동안 균은 거리를 걷기만 한다. 우연히 거리를 걷다가 인베이더 그래픽이 눈앞에 나타나는 그 순간을 위해 두리번거리며 걷고 또 걷는다. 그러나 목표물은 좀처럼 눈에 띄지 않는다. 낯선 벽과 간판, 분위기 속에서는 인베이더 그래픽이 있어도 눈에 잘 띄지 않을 것만 같다. 사흘째 되던 날 그는 지도를 산다. 파리 곳곳에 흩어진 인베이더 그래픽에 대한 지도다. 에펠탑은 파리의 마스코트지만, 그에게는 지금 단지 인베이더 그래픽을 발견하기 위한 이정표의 하나일 뿐이다. 루브르도 오르세도 센 강의 수많은 다리들도 마찬가지다. 팔레드 도쿄 담벼락에서 균은 생애 첫 인베이더 그래픽과 마주친다. 빨간색과 흰색 타일로 이루어진 인베이더 그래픽은 얼핏 이름 모를 나라의 국기처럼 보일 법도 하다. 오페라에서 방돔 광장으로 내려가던 길목에서 파란 바탕에 녹색 몸, 그리고 붉은 눈동자를 가진 인베이더 그래픽을 또 발견한다. 전율이 오지는 않지만, 왜 어떤 사람들이 인베이더 그래픽을 찾으려고 애쓰는지 조금 알 것 같은 생각이 든다.

초등학교 소풍 때마다 빠지지 않던 보물찾기가 다시 시작되고 있다. 정해진 구역 안에서 쪽지를 찾으면 되는 수준이 아니다. 이제는 온 세계가 무대다. 균은 마레 지구에서 세번째, 네번째 보물을 연달아 찾아낸다. 카메라를 꺼낸다. 인베이더 그래픽이 그의 프레임 안으로 들어온다. 일종의 영역 표시다. 그는 호텔에서 노트북을 켜고 인베이더 그래픽 통신에 접속한다. 그러나 그가 포착한 인베이더 그래픽은 이미 그 사이트 내에서 낡은 정보일 뿐이다. 생각해보면 균이 카메라로 인베이더 그래픽을 겨누는 동안, 그 목표물을 노리는 사람이 균 하나만은 아니었다. 사수는 여럿이었다. 균은 노트북을 덮는다. 소문에 의하면 파리에는 3백 개가 넘는 인베이더 그래픽이 있다고 한다. 그리고 모두 발견되지는 않았다. 균은 유물이 가득한 도시 위에 툭 떨어진 고고학자가 된 것 같았다. 이틀 후면 다른 도시로 출근해야 하는 고고학자.

몇 해 전, **일보 1월 1일자의 신문을 가장 많이 산 가정은 아마 우리 집일 것이다. 아버지는 그 신문을 스무 부쯤 사서 여기저기 뿌렸다. 어머니는 자기 딸이 어릴 때 수학경시대회에도 나갔었던 소설가라고 말했다. 졸업반이던 친구들은 나를 부러워했다. 나는 그전에도 틈날 때마다 소설을 쓰고 있었지만, 비로소 모두가 나를 소설가라고 불러주기 시작했다. 그러나 시상식이 끝나고 몇 달이 지나 여름이 오자 아버지가 말했다.

"언제까지 들떠 있을 거냐, 이제 너도 일자리를 알아봐야지."

귀를 의심했다. 아버지에게 소설가란 월드컵이나 올림픽처럼 한 시즌의 이벤트인 것인가. 나는 돌아갈 구단도 소속도 없었다. 그러나 아버지의 달력에 따르면 신춘은 이미 지나간 계절이었다.

나는 소설가가 되었지만, 내가 정말 소설가로 살 거라 생각하는 사람들은 드물었다. 친구들은 내가 소설을 썼으니, 출판사에 들어가거나 국어 교사가 되리라고 생각했다. 소설을 쓰기만 하는 것이 아니라 책으로 만들고 파는 것까지, 혹은 가르치는 것까지 모두 내 몫이라고 믿는지도 몰랐다.

일주일에 두 번씩 내게서 수학 과외를 받던 중학생만 예외였다. 그 아이의 집이 **일보를 구독하고 있었는데, 아이는 온 가족이 신문에서 내 사진을 봤다고 했다. 그날 아이와의 수업은 수업이라기보다는 거의 수다에 가까웠다. 아이의 꿈이 작가라는 것도 처음 알았다. 물론 엄마와 상의되지 않은 꿈이었지만. 그러나 나는 아이를 다시 볼 수 없었다. 과외를 그만두었기 때문에, 정확히 말하자면 내가 아니라 학생이 과외를 그만두었기 때문이다. 그 결정에는 신춘문예 당선도 한몫했다. 선생님, 저희 아이는 아무래도 이과 전공 선생님이랑 더 잘 맞을 것 같아요, 죄송합니다. 아이 엄마가 보낸 문자는 그랬다. 좋은 글 쓰시라고.

내게는 진정 엉덩이를 붙일 만한 작업실이 필요했다. 집에는 내 몫의 방이 있었지만, 안전이 보장되지 않았다. 등하교도 출퇴근도 필요 없는 상태로 내가 몇 달을 살아가자 아버지는 점점 불안해지는 것 같았다. 어쩐지 아버지가 나를 보는 시선이 수능 시험을 끝낸 직후와 비스무레한 것 같아 나 역시 불안했다. 아버지는 수능 시험을 끝낸 후에도 갑자기 불쑥, 내 방문을 열고 이렇게 말했던 것이다.

"니가 지금 잠이 오냐?"

새벽 4시였다. 수능도 끝난 마당에 새벽 4시에 자면 안 될 이유가 또 있단 말인가. 다행히 지금은 새벽 4시에 문을 불쑥 열고 내게 지금이 잠잘 때냐고 묻는 일 따위는 벌어지지 않았다. 다만 아버지는 좀더 나의 계획에 대해 듣고 싶어 했다. 잘난 사촌의 결혼식이나 아버지 친구 딸의 취업과 같은 소식이 들려올 때도, 실업 대란을 떠드는 9시 뉴스가 울려 퍼질 때도, 아버지는 나에 대해 궁금해했다. 그런 표시는 대개 식탁 위에서 드러나기 때문에 나는 밥이 싫었다.

"야, 넌 사회생활을 안 해봐서 그러는데, 사회에 나와보면 그렇지가 않아요, 그렇지가."

친구들에게까지 이런 말을 듣자 나도 오기가 생겼다. 말끝마다 후렴구처럼 따라붙는 그 말에 대해 한바탕 토론을 벌인 적도 있었다. 그러니까 사무실이나 직장 사람들, 월급과 같은 단어들이 사회생활에 대한 필요조건인지 충분조건인지 아니면 아무런 상관도 없는 것인지에 대해 한참을 떠들었으나 별 소득은 없었다. 다만 그다음부터 나와 사회생활의 관계에 대해 연관 짓는 일 자체가 벌어지지 않았다. 오히려 내가 작정하고 먼저 선수를 친 적은 있었다.

"사회생활의 '사' 자도 모르는 내가 한마디하자면."

이런 식으로 말이다. 말 많은 친구들의 시선을 내게로 집중시키는 효과는 있었으나, 뒤에 따라온 말은 역시 별로 좋지 않았다.

"그게 자랑할 건 아니지."

내가 도태되고 있다는 의혹을 떨쳐내기 위해, 그리고 생활비를 위해 결국 취직을 했다. 1년 반 동안 출판사를, 그리고 반년 동안 기획사를 다녔다. 내 뒤로 **일보의 신춘문예 수상자가 두 명 더 나타났고, 해가 바뀌면 또 한 명이 더 나타날 것이었다. 나는 그렇게 잊히고 있었다. 일을 하는 동안 단 한 편의 소설도 쓰지 못했던 것이다. 결국 일을 그만두었다.

소설책도 읽고 다시 공모전에 대한 정보도 알아보기 시작하니 소설에 대한 열정이 조금씩 되살아나는 것 같았다. 동시에 아버지의 조바심도 다시 시작되었다.

"우리 집에 실업자가 대체 몇이냐."

가끔 아르바이트를 하는 주부, 군복무 중인―그러니까 군인, 소설가. 딱히 실업자라고 할 만한 사람은 없었으나 아버지는 그렇게 말했다. 그리고 저녁상을 물리고 나면 담배 한 대를 피운 뒤, 로또 번호를 연구했다. 아버지의 노트 속에는 여섯 자리의 확률을 맞추기 위해 잔소리처럼 길게 늘어지는 숫자들이 가득했다.

고고학자의 휴가는 금세 끝이 나고 다시 증권회사의 업무가 시작된다. 그러나 균의 머릿속에는 인베이더 그래픽에 관한 이야기만 맴돌 뿐이다. 인베이더 그래픽 통신에는 멜버른에서 새로 발견된 것이 올라와 있다. 빨간색과 흰색 타일로 만들어진 그것은 회색의 길모퉁이에 딱 붙어 있다. 선명한 과녁처럼 보인다. 화살 대신 시선을 맞는 과녁.

한국은 아직 과녁으로 쓰인 적이 없다. 그 정체불명의 작가는 철거되기 힘든 곳에 타일을 붙이기 때문이다. 한국에 철거되기 힘든 곳이 있었던가. 그러나 최근에는 신촌의 어느 굴다리 벽에서 인베이더 그래픽을 발견한 사람들도 생겨났다. 목격자들은 그것이 진짜 인베이더 그래픽은 아닐 거라고 장담하면서도, 그 타일 사진을 찍어서 인베이더 그래픽 통신 사이트에 올려놓았다. 그것은 진짜 인베이더 그래픽 작가의 것과 비슷해 보였고, 그 작가의 것이 아니라고 주장할 만한 이유도 특별히 없어 보였으나, 목격자와 목격담을 들은 사람들 모두 그것이 모방품일 거라고 확신했다. 이곳은, 한국이었기 때문이다.

균에게 인베이더 그래픽은 문과 같다. 그러니까 그 네모난 타일의 한 귀퉁이를 툭 치면 빙그르르 돌아가면서 다른 세계로 이끄는 그런 문 말이다. 균이 인베이더 그래픽을 찾아 나설 때, 문은 빙그르르 열리지만 주말이 지나면 다시 균을 원래 그 자리로 돌려놓는다.

원래 그 자리에서, 균의 등수는 끝없이 추락한다. 179명 중에 158등, 177명 중에 169등, 176명 중에 174등. 추락에 추락을 거듭하다가 균의 등수가 전체 사원 수를 넘어서기 직전에 균은 결국 회사 밖으로 밀려난다. 균은 상자를 들고 거리로 나선다. 거리의 건물들이 색색의 타일처럼 도드라졌다가 흐려졌다가 도드라졌다가 흐려진다. 균은 구직 활동을 시작한다. 남들처럼. 그러나 남들처럼 취직은 균에게 있어서도 그리 쉬운 문제가 아니다. 균의 머리를 식힐 수 있는 순간은 인베이더 그래픽 통신에 접속하거나 인베이더 그래픽에 대해 기록한 흔적을 들춰 볼 때뿐이다. 이제 균은 떠나야만 한다.

내가 가져오는 설탕은 보통 3그램씩 열 봉지, 혹은 스무 봉지다. 한 달이면 적어도 1킬로그램이 넘는 양이다. 매일 두세 롤씩 챙겨오는 두루마리 휴지는 한 달이면 60개가 넘고, 빨대도 한 달이면 3백 개 가까이 된다. 부엌에 혹은 방 안에 쌓여 있는 물건들이 부모님에게 의혹을 줄 거라고는 예상하지 못했다.

"너 요즘 뭐 하고 다니냐?"

백화점을 이용하고 있어요. 이렇게 대답을 해야 하는데 아버지 앞에서 그 말이 선뜻 나오지가 않는다. 백화점을 이용하는 것이 어떤 것인지에 대해 일일이 설명해야 할 게 뻔하고, 그래도 잘 이해하시지 못할 가능성이 많다. 그렇다고 도서관에 다닌다고 할 수도 없다. 방금 전 뉴스에, 청년 실업으로 대한민국의 도서관이 붐빈다는 내용이 흘러나왔기 때문이다. 균의 머릿속에서 시작되었던 테트리스 게임이 내 머릿속으로 옮겨온 것 같다.

"얘가 왜 대답을 안 해? 설탕이랑 휴지랑 저런 게 다 뭐야?"

"아휴, 저건 그냥 카페에서 가져온 거고."

나는 일부러 손사래를 크게 친다. 빨리 이 상황을 '클리어' 할 수 있는 다음 대사를 내뱉어야 한다.

"백화점 다녀요."

"백화점은 왜? 일한다고?"

"네."

 백화점에서 할 수 있는 일과 설탕과 두루마리 휴지와 빨대의 관계, 그 속에서 부모님 두 분의 표정은 점점 더 복잡해진다. 식탁 위의 반찬들이 모두 같은 맛이다.

"백화점에서 무슨 일을 하는데?"

 아버지가 묻는다.

"글 써요."

 ㄱ, ㅡ, ㄹ, ㅆ, ㅓ, ㅇ, ㅛ. 이번에는 아버지의 표정 위로 테트리스의 도형들이 쏟아진 것 같다.

"소설 써요. 백화점에서 작업실을 내줬어요. 소파도 있고, 인터넷도 되고, 작가들 글 쓰는 공간이에요."

 거짓말은 아니다. 소파도 있고 인터넷도 되고 설명하지 않은 더 많은 것들도 있고 나는 거기서 글을 쓴다. 다만 가끔 그곳에 다른 목적으로 오는 사람들이 있을 뿐이다. 그래도 화장실이라고 굳이 설명하지는 않는다. 어머니가 묻는다.

"공짜로 작업실을 내준다고?"

"네."

"어디 백화점인데?"

 이번엔 아버지다.

"오시게요?"

"어떤 곳인지, 감이 안 오는구나."

"그냥 요즘 백화점에서 그런 거 많이 만들어요. 문화센터도 있는데요, 뭐. 그런데 아버지는 못 들어오실걸요. 그 작업실에는."

거짓말은 아니다. 아버지는 남자고, 작업실은 여자 화장실이니까.

아버지와 어머니가 어떻게 이해하셨는지는 모르겠으나, 그 후로 백화점에 대해 다시 묻지는 않으신다. 다만 퇴직 후 컴퓨터를 배우는 어머니가 조금 두렵기는 하다. 인터넷 검색창에 백화점, 작업실, 소설, 이렇게 써넣고 검색 버튼을 눌렀을 때 나올 결과를 생각하면.

아버지는 내 방문을 두드린다. 새벽 4시는 아니다.

"시간 되면 심부름 좀 해라. 이거 저건데."

아버지가 내민 종이 위에 숫자들이 주판알처럼 늘어서 있다. 로또다. 숫자들 위에 동그라미가 그려져 있고, 어떤 줄에는 네 개까지도 있다.

"은행 가서 바꿔달라고 해. 한 6만 원 조금 넘을 건데."

"되신 거예요?"

"어."

어, 하는 아버지의 표정이 오묘하다.

"찾아서 자장면이라도 사 먹어라."

"자장면 비싼데."

농담처럼 건네자, 아버지는 진담처럼 눈을 동그랗게 뜬다.

"6만 원 넘는 자장면이 어딨어?"

아버지는 등을 돌리기 전에 한마디 덧붙인다.

"어디 가서 6만 원 넘는 자장면 보면, 그건 바가지다. 사기라고."

농담일까, 진담일까, 알 수 없는 아버지의 말을 들으며 당첨 번호들이 가득한 숫자를 지갑 속에 끼운다. 부적처럼.

백화점 문화센터에서는 잠재 고객들을 위해 무료 강좌를 열기도 한다. 나는 주제가 아니라 재료비가 드는지의 여부에 따라 강좌를 선택한다. 엄마표 브런치, 한 시간으로 정복하는 비즈 공예, 오가닉 코튼으로 만드는 우리 아기 첫 옷…… 이런 강좌들은 재료비가 든다. 운을 부르는 인상학, 변호사가 알려주는 생활 법률, 날마다 예뻐지는 페이스 요가, 국내외 펀드 환매 노하우…… 이런 강좌들은 재료비가 들지 않는다. 내가 오늘 선택한 강좌는 하반기 증시 전망과 투자 전략. 사실 증시 전망과 투자 전략에는 관심이 없지만, 균에게는 필요할 수도 있다. 균을 위해 강좌를 듣는다. 실직한 균이 원래 그 자리로 돌아가면 다시 또 증권회사가 필요할 테니까.

"원래 그 자리?"

내 자리는 이제 여긴데, 하고 균은 생각한다. 원래 그 자리가 증권회사였다면, 그곳에서의 자리가 사라진 지금 균은 다른 증권회사를 알아볼 생각이 없다. 균이 알아보는 것은 항공권과 새로운 인베이더 그래픽에 관한 소식들이다. 인베이더 그래픽은 회전문처럼 움직여서 균을 이미 문 저편으로 옮겨놓았다. 균은 뉴욕으로 간다. 뉴욕에도 역시 3백 개가 넘는 인베이더 그래픽이 있다. 그러나 3백 개가 모두 고스란히 있는 것은 아닌 게 분명하다. 균이 브루클린에서 발견한 녹색 몸체의 인베이더 그래픽은 뉴욕을 떠나기 하루 전에 다시 갔을 때는 사라져 있었다. 누가 뜯어낸 것인지는 몰라도, 타일이 사라진 자리가 살점이 뜯겨 나간 자리처럼 아파 보였다. 있던 자리에 다시 가면 없기도 하고, 없던 자리에 다시 가면 있기도 하다. 런던의 닐 스트리트에서 발견한 주황색 인베이더 그래픽은 지난번에 갔을 때는 분명 보지 못했던 것이다. 사람들이 많이 지나 다니는 거리 위에 교묘하게 붙어 있다. 균은 이제 방콕으로도 갈 것이다. 회사에 얽매일 필요가 없으니 꼭 직항편을 고집할 필요도 없다. 이제 시간이 많은 균은 직항보다는 경유하는 항공기를 선택한다. 한 번에 두 도시를, 혹은 두 대륙을 갈 수도 있기 때문이다. 인베이더 그래픽 작가는 지금도 계속 작업을 하고 있고, 이 세계가 끝날 일은 없다. 항공권을 사고 낯선 거리에 가는 것이 일상이 되다가는, 세계가 끝나기 전에 통장 잔고가 0이 될 수는 있었다. 그래도 신나는 목표를 찾아낸 게 얼마 만인가. 이 일에 있어서만은 실적도 좋다. 이제 균을 움직이는 것은 모니터 속의 숫자들이 아니다. 균을 규정하는 것은 사내 등수가 아니다. 균은 모든 숫자를 초월한 채로 오로지 인베이더 그래픽을 찾아다닌다. 그는 타일이 붙어 있는 곳을 찾아 국경을 넘고 몇 시간을 걷는다. 파리에서 암스테르담, 암스테르담에서 멜버른, 멜버른에서 로스앤젤레스, 로스앤젤레스에서 뉴욕, 그리고 뉴욕에서 다시 파리로.

대학 동창과 내가 마주친 곳은 불행히도 계산대 앞이다. 동창은 지금 막 이곳에 혼자 왔다. 나도 지금 막 이곳에 혼자 왔다. 이렇게 되면 오늘은 생존이 불가능하다. 어쩔 수 없이 지갑을 꺼내 든다.

"에스프레소요."

에스프레소를 시키는 건 물론 가장 주머니의 손실이 적어서다.

"에스프레소하고 뉴욕치즈케이크도 하나 주세요."

이게 내 속에서 나온 말인가. 망언을 내뱉은 것이 허한 배인지, 입인지 모르겠지만 일은 이미 벌어졌다. 신속한 직원이 접시에 담아내는 케이크는 아무리 부인해도 내 몫이다. 옆을 보니 동창은 이미 한 층 위로 올라가 있다.

"포크는 몇 개 드릴까요, 고객님."

"세 개요."

나는 갈색 쟁반 위에 에스프레소와 뉴욕치즈케이크, 그리고 일회용 포크 세 개와 냅킨 한 뭉치, 그리고 냅킨 밑으로 백설탕과 황설탕을 노련하게 숨긴 채 계단을 올라간다. 이 푸짐한 접시 위에서 가장 무거운 것은 역시 영수증이다. 거의 매일 이곳에 왔지만, 주문하고 영수증을 받기는 거의 한 달 만이다. 한 달에 한 번꼴로 꼭 이렇게 예기치 않은 일이 생긴다.

동창은 저만치에 앉아 있다. 동창이 일어나기까지 한 시간 동안 우리는 두세 번 눈을 마주치고 그때마다 활짝 웃었다가 다시 무표정으로 돌아온다. 그러다 나는 발견한다. 동창의 쟁반 위에는 생수병 하나가 올려져 있을 뿐이다. 이곳에서는 팔지 않는.

에스프레소를 한 모금 들이켠다. 쓰다. 세상에서 가장 쓴 커피 한 잔과 가장 작은 조각 케이크로 여섯 시간을 버틴 후, 나는 그 자리에서 일어났다. 여섯 시간 동안 내가 얻은 것은 그 시간 동안의 전기세와 냅킨 네 뭉치, 그리고 얼음물 몇 잔과 세 권의 잡지, 그리고 일회용 포크 세 개와 백설탕과 황설탕 스무 봉지씩이다. 그리고 내가 잃은 것은 7천 5백 원, 이건 불공평한 거래다. 불필요한 포크 두 개와 설탕 봉지들을 가방 안에 넣었지만 여전히 손해를 본 기분이다. 빨대를 열 개쯤 챙겨 넣고, 화장실로 가서 구강 청정제용 미니 종이컵을 열 개쯤 가방에 집어넣는다. 생각 같아서는 이곳에서 머리도 감고 빨래도 하고 싶다. 그렇지만 어떻게 하더라도 7천 5백 원의 배고픔이 달래질 것 같지는 않다.

버스 네 정거장을 걸어 집까지 오는 길이 오늘따라 유독 힘들다. 가방 속에 들어 있는 3그램짜리 설탕 봉지 40개가 각각 30킬로그램짜리 모래주머니로 바뀐 것 같다. 걸을 때마다 서걱서걱 소리가 들린다. 백화점에서 멀어질수록 밤하늘의 별은 더 밝아진다. 저 별은 황설탕, 저 별은 백설탕, 모두 3그램씩. 저 별들도 비치되어 있는 걸까, 바라보는 모든 이들을 위해.

7천 5백 원의 파장은 꽤 컸다. 그 후 며칠, 나는 백화점에 가지 않는다. 집 안에만 있으면 모든 것이 편안하다. 순찰대가 오기 전에 화장실을 뜰 필요도 없고, 녹말 이쑤시개를 들고 조각난 음식들을 집어 먹지 않아도 되고, 낫처럼 구부러진 노트북을 들고 여기저기 기웃거릴 필요도 없다. 콘센트 구멍을 두고 자리싸움을 할 필요도 없다. 백화점에 있을 때보다 아늑하고 백화점에 있을 때보다 배부르다. 그러나 일주일 후, 나는 평소보다 더 일찍 집을 나선다.

균은 한 손에 지도를, 다른 한 손에 탐지기를 들고 낯선 거리에 서 있다. 얼마 전에 한 벼룩시장에서 산 탐지기는 인베이더 그래픽이 있는 곳을 지도보다 더 정확히 찾아준다고 했다. 손잡이 부분에는 나침반과 같은 바늘이 달려 있고, 전체적인 모양새는 수맥 탐지기를 닮았다. 목적지에 도착하면 수맥 탐지기가 수맥을 발견해냈을 때처럼, 엑스 자로 꺾인다. 균의 걸음이 조심스러워진다. 탐지기는 여러 면에서 유용하다. 탐지기가 있다면 균에게도 우연히 거리를 걷다가 무심코 고개를 움직였을 때 눈앞에 인베이더 그래픽이 도드라져 보이는, 그런 순간이 다가올 수도 있다. 지도를 들여다보며 낯선 지명들을 확인할 필요도 없다.

탐지기는 이 골목을 가리킨다. 탐지기는 저 골목을 가리킨다. 탐지기가 가리키는 대로 한참을 걸어가지만 찾는 것은 나오지 않는다. 가끔은 탐지기의 예측이 들어맞을 때도 있다. 그러나 확률은 낮다. 어쩌면 균의 탐지기가 불량품인지도 모른다. 탐지기는 자주 엉뚱한 곳으로 균을 인도한다. 불량배에게로 인도하기도 하고, 개 떼들에게로 인도하기도 한다. 탐지기를 지도와 나란히 놓고 보면 지도의 설명과 탐지기의 바늘이 정반대의 방향을 가리키는 적도 많다. 한 번 더 속는 셈 치고 탐지기를 따라 걸어간다. 막다른 골목 앞에서 바늘은 더 이상 움직이지 않는다. 그 앞에 있는 것은 거대한 쓰레기 더미뿐이다.

여름 정기 세일이 시작되면서 화장실의 정원이 늘어났다. 도둑이 든 것이다. 도둑의 범죄는 현재형이다. 도둑은 자기가 누구의 것을 훔쳤는지도 모르는 채 나풀나풀한 원피스를 입고 소파에 앉아 있다. 내가 늘 앉아 있던 그 소파 말이다. 물론 그 자리에 다른 누군가가 앉아 있는 상황은 생소한 것이 아니다. 이미 몇 번 겪어본 적도 있다. 그러나 오전 11시가 되기 전에 겪은 적은 없다.

파우더룸을 차지한 도둑 뒤에서 나는 원래 계획이 그랬던 것처럼 변기 쪽으로 가서 애꿎은 변기의 물을 내리고—물론 두루마리 휴지도 챙기고—, 세면대로 가서 애꿎은 수도꼭지의 물을 틀어놓고, 손 세정제를 듬뿍 묻혀 손을 씻고, 다시 핸드크림을 바르고, 맞은편 소파에 앉아 거울을 들여다보고 밖으로 나가 엘리베이터 앞 정수기에서 차가운 물을 받아 마신 후—물론 종이컵도 열 장쯤 챙기고—, 다시 화장실로 돌아온다. 아직 도둑이 그대로 있다.

남성복 매장을 가로질러 에스컬레이터를 타고 5층으로 올라간다. 식기와 침구 사이를 걷다가 6층으로 올라간다. 문화 강좌를 들으러 온 사람들이 바글바글하다. 6층 화장실은 건너뛰고 다시 5층으로 내려와 화장실에 들어간다. 20분쯤 지난 시간, 다시 4층으로 내려와 화장실로 들어간다. 도둑이 그대로 앉아 있다. 화장실에 새로 들어온 집기처럼. 도둑의 등이 무섭다. 천천히 도둑의 옆쪽으로 간다. 도둑의 왼손에는 콤팩트가 아니라 두툼한 종이 뭉치가, 오른손에는 립스틱이 아니라 볼펜이 들려 있다.

거긴 내 자리인데요. 그렇게 말하고 싶지만 차마 말을 하지 못하고 도둑의 맞은편 의자에 앉는다. 도둑은 여러 면에서 나와 닮아 있다. 도둑은 어쩌면 나와 오늘 하루 동선이 겹친 것이 아니라 생활 방식과 가치관이 비슷할지도 모른다. 도둑은 콘센트를 쓰지 않고 있으며 탁자 위에 짐을 올려두지도 않았다. 누군가가 내 앞에 앉아 있다는 사실에만 신경 쓰지 않는다면 평소와 다름이 없다. 노트북을 충전해도 될 것이다. 그러나 나는 노트북 대신 콤팩트를 꺼낸다. 괜히 분첩으로 얼굴을 두드리면서 슬쩍 맞은편을 본다. 저 여자는 도둑이 맞다. 내 오전을 온전히 빼앗아버렸으니.

다음 날은 평소보다 5분 일찍 화장실에 당도했는데도 자리를 뺏겼다. 도둑은 그곳이 자신의 사무실이라도 되는 양, 편안히 앉아서 두툼한 종이 뭉치 위에 무언가를 쓰고 있다. 나는 별수 없이 맞은편에 앉는다. 10분, 20분, 30분이 지나도록 내가 움직이지 않자 도둑의 고개가 움직이기 시작한다. 흘낏, 나를 바라보고는 다시 시선을 종이 뭉치로 돌린다. 대체 뭘 쓰고 있는 것일까. 도둑도 글을 쓰는 걸까. 시인일지도 모른다. 혹은 소설가나 시나리오 작가? 아니면 작사가나 동화 작가인지도. 서로에 대해서는 잘 모르지만, 며칠이 더 흐르면서 우리는 자연스레 이곳을 공유한다. 누가 먼저 제안하고 동의하고 할 것도 없이 암묵적으로 이루어진 공생 관계다. 우리의 단합은 예상 외의 결과를 가져왔다. 순찰대가 돌 시간이 되어도 일어나지 않게 된 것이다.

우리는 서로의 범행을 눈감아준다. 도둑은 내가 들어가는 칸마다 두루마리 휴지가 금방 동난다는 사실을 분명 알았을 텐데 눈감는다. 나는 도둑이 들어가는 칸마다 휴지통이 가정용 쓰레기로 가득 찬다는 사실을 알면서 눈감는다. 내가 휴지를 축내는 동안, 도둑은 휴지통의 여백을 축낸다. 도둑은 오늘 음식 쓰레기를 버렸다. 어제는 플라스틱 물병과 참치캔을 버렸다. 그저께는 종이 뭉치 같은 것을 버렸던 것 같다. 나름대로 분리수거는 하고 있는 셈이다. 따져보면 종류별로 쓰레기를 버리는 날짜까지 정확히 지키고 있는지도 모른다.

탐지기는 여전히 불량이지만 균에게는 더 이상 인베이더 그래픽 지도가 필요하지 않다. 이제 지도가 균의 흔적을 따라오게 될 것이다. 균이 떠난 자리에는 보라색 몸에 노란색 눈동자를 가진 인베이더 그래픽이 남아 있다. 이번에는 가면 대신 마스크를 쓰고 작업했지만, 한국에 돌아가면 바로 멋진 가면을 살 생각이다. 다른 색깔의 타일들도 사야 한다. 타일을 사고 가면을 사고 한국으로 돌아가는 비행기표를 사면 균의 통장은 바닥을 드러낼 것이다. 3년 동안 증권회사에서 일하면서 번 돈이 바닥나고, 일을 그만둔 후 1년 남짓 세계 곳곳을 여행하던 시간이 바닥난다. 이제 균은 다시 일자리를 알아봐야 할 것이다.

"그 타일 쪼가리가 김균 인생에 차압 딱지나 마찬가지다."

함께 일했던 동료는 그렇게 말했다. 그러나 균에게 인베이더 그래픽은 차압 딱지가 아니라 파스나 대일밴드에 가깝다. 인베이더 그래픽 작가는 사람들의 상처를 치유하기 위해 건물 벽과 파이프, 다리와 같은 물체들을 빌릴 뿐이다. 탐지기가 아무 방향이나 가리키는 것인지 규칙이 있는 것인지는 몰라도 균은 표식이 필요한 곳에는 기꺼이 가서 타일을 붙인다. 연고를 바르듯이 접착제를 바르고, 대일밴드를 붙이듯이 타일을 붙인다. 그래서 이제는 한국으로 돌아간다. 탐지기가 가리키는 방향을 따라서. 균은 비행기에 오른다.

백화점이 진화하는 동안 영수증도 진화한다. 카페의 영수증이 가장 먼저 각박해진다. 영수증은 곧 입장료다. 물건을 산 데 대한 증명서의 범위를 넘어서 화장실에 들어가는 입장료가 된다. 인터넷을 허락해주는 입장료가 된다. 전기 콘센트를 잇는 입장료가 된다. 쉽게 말해 고객을 허락하는 입장료다. 영수증이 없는 무임승차자들은 카페 곳곳에 흩어져 그러지 않으려고 해도 자꾸 콩닥거리는 심장을 공복으로 다스려야 한다. 어느 날 갑자기 자신의 책상이 사라졌거나, 책상을 비우라는 통보를 받았을 때 느끼는 충격은 비단 회사원들만의 것이 아니다. 영수증의 가치가 높아질수록 나는 불시에 영수증 검문을 받아서 테이블을 빼앗길까 봐 가슴이 뛴다.

"손님. 핀넘버 말씀해주시겠습니까? 영수증에 적혀 있는 핀번호를 말씀해주셔야 콘센트 사용이 가능하십니다."

그렇게 카페의 콘센트가 막힌 지 얼마 되지 않아 4층 화장실의 콘센트도 막혔다. 좀더 자주 청소 시간이 찾아온 것이다. 노트북은 잦은 순찰 때 재빨리 이동하기에 짐이 된다. 소설은 두루마리 휴지나 냅킨이나 종이봉투 같은 곳에 메모하면 된다. 작업 환경이 이렇게 암울해진 것에 대한 억울함은 백화점의 다른 비품들을 좀더 많이 챙기는 것으로 위로해야 한다. 손 세정제도 병에 담고, 생각 같아서는 물도 몇 리터쯤 담아 가고 싶다. 4층 화장실에서 영수증을 요구하지 않는다는 것이 그나마 다행이다.

 잠시 화장실에서 볼일을 보고 다시 파우더룸으로 돌아오는데, 입구에서 도둑과 부딪힌다. 도둑이 원피스 자락을 휘날리며 뛰쳐나간다. 도둑이 머물다 사라진 자리에 있어야 할 내 것이 없다. 탁자 위에 그대로 늘어놓고 나갔던 소설이 사라진 것이다. 자그마치 두루마리 휴지 40칸에 가까운 소설이다. 그것도 깨알 같은 글씨로 쓴. 허리를 구부려 파우더룸 바닥을 살펴보지만 어느 구석에도 소설은 없다. 도둑이 황급히 빠져나가던 모습이 자꾸만 머릿속에 맴돈다. 그러나 증거도, 범인의 흔적도 없다. 몸을 기울인 내가 발견할 수 있는 것은 탁자 밑바닥에 있던 포스트잇뿐이다. 탁자 밑으로, 박쥐처럼 대롱대롱 매달려 있던 노란색과 분홍색의 포스트잇. 언제 붙여놓은 것인지는 몰라도, 점성을 잃은 포스트잇은 불에 덴 오징어처럼 벌써 구부러지기 시작한다. 인베이더 그래픽? 과감하게 작가의 필체까지 남긴 인베이더 그래픽이다. 메시지를 읽기 위해서는 시선을 무릎보다 낮게 떨어뜨려야 한다. 시선을 무릎보다 아래로 낮추고 탁자 밑바닥, 도둑만의 인베이더 그래픽을 들여다본다. 포스트잇에는 9급 공무원 시험을 위한 다짐들이 적혀 있다. 몇 장이 낙엽처럼 툭 떨어진다. 도둑은 시인이 아닐지도 모른다. 소설가가 아닐지도 모른다. 어쩌면 도둑은 도둑조차도 아닐지 모른다.

탁자 밑바닥은 거울과 같았다. 아버지의 로또를 지갑 속에 부적처럼 품고 다니는 나처럼, 도둑 역시 탁자 밑바닥에 부적처럼 자신의 로또를 붙여놓았다. 도둑은 몰랐겠지만, 그가 남겨놓은 것은 인베이더 그래픽이다. 모양도 재료도 다르지만 마음만은 인베이더 그래픽이다.

"스프링 달린 노트예요? 노트 같은 건 못 봤는데요."

청소 요원에게 물어보니 고개를 가로젓는다.

"스프링……이 아니라 낱장 메모인데요."

정확히 말하면 휴지요. 두루마리 휴지 위에 심이 굵은 볼펜으로 적어 둔 제 소설이요.

"휴지요. 휴지에다가 중요한 메모를 해놓아서."

"휴지요? 휴지 같은 건 아마 청소하면서 다 치웠을 텐데요. 그러면 이쪽으로 오셔서 찾아보실래요?"

나는 청소 팀이 드나드는 창고로 간다. 직원 전용,이라는 푯말이 붙어 있는 문을 밀고 들어가자 덩치가 큰 쓰레기봉투 몇 개가 육중한 몸으로 서 있는 모습이 보인다. 청소 요원이 설명한다. 이게 방금 그 층 화장실에서 가져온 쓰레기고, 저

건 방금 그 층 화장실에서 가져온 쓰레기이긴 한데 저기엔 없을 거고. 저기엔 없을 거라던 그 쓰레기봉투를 힐끗 보니 내용물이 낯익다. 도둑이 오늘 아침에 버려둔 플라스틱 쓰레기들이 가득하다. 진간장, 올리고당, 카놀라유, 쌈장, 마치 누군가의 부엌 찬장 속을 보는 것 같다. 이 쓰레기들은 구분이라도 가능하다. 내 소설은 어디에 있는지 구분할 수조차 없다.
"휴지는 여기, 이 비닐 속에 있어요. 근데 그걸 어떻게 찾는대."
까만 쓰레기봉투의 내용물은 낯설다. 수만 장의 휴지들이 뒤엉켜 있다. 그중에 내가 쓴 소설의 일부분도, 그러니까 균의 행적도 들어가 있을 것이다. 청소 요원이 내게 목장갑과 집게를 내민다. 그것을 받아 들고 몇 장을 건져보지만 소설이 아니다. 휴지다. 저건 소설일까, 저것도 휴지다. 이 휴지 속에서 감히 소설을 찾을 엄두를 낼 수가 없다. 그들 중 어떤 것이 진짜인지 알 수가 없다.

도둑은 더 이상 화장실에 오지 않는다. 도둑이 뛰쳐나간 이유가 무엇인지는 확실히 모르겠으나, 그날 이후로 화장실 칸마다 휴지통이 바뀌었다. 둥글고 커다란 용기 같은 것은 버릴 수 없을 만큼 투입구가 좁다. 큰 짐을 버리기 위해서는 화장실 입구의 커다란 휴지통을 이용해야 한다. 그러나 도둑이 애용하기에는 부담이 크다. CCTV가 바로 앞에 있기 때문이다.

화장실에서 잃어버린 두루마리 40칸 분량의 소설은 아직 노트북에 옮기지 못했다. 대략의 줄거리는 기억이 나지만 어쩐지 내가 잃어버린 사이에 균이 이미 다른 행동을 저지른 것 같기 때문이다. 얼마 전에 들어가본 인베이더 그래픽 통신에 의하면 회사를 그만두는 사람들 사이에서 인베이더 그래픽을 남기고 가는 것이 유행이라고 한다. 시작은 한 증권가의 남자였는데, 그는 얼마 전 해고된 그의 동료가 사무실에 남기고 간 인베이더 그래픽 사진을 폭로했다. 폭로라고 할 만했다. 해고된 동료는 자기가 썼던 책상뿐 아니라 그 사무실 안의 모든 책상을 건드렸기 때문이다. 정확히 말하면 책상 안, 왼쪽 면에 미니 타일로 인베이더 그래픽을 만들어둔 것이다. 그것이 어떤 의미인지 아는 사람은 사라진 동료와 그것을 폭로한 동료 둘뿐이다. 보라색과 노란색의 미니 타일은 상사며 동료며 부하 직원이며 할 것 없이 그 사무실의 모든 책상 안쪽을 점령했다. 해고된 동료는 떠났지만 그가 남긴 인베이더 그래픽들은 지금도 큰 눈을 껌벅거리면서 사무실에 남아 있을 것이다. 어쩌면 아직 점령되지 않은 다른 사무실을 향해 슬금슬금 움직이고 있을지도 모른다. 책상과 벽과 천장과 바닥을 숙주로 삼아.

순찰대가 돌지 않는 곳, CCTV의 멀건 렌즈가 없는 곳, 영수증이 필요 없는 곳을 찾아 꾸역꾸역 올라온 곳은 백화점 옥상에 마련된 정원이다. 바람이 분다. 이곳에 올라서면 백화점은 단지 하나의 디딤돌에 불과하다. 디딤돌 위에 서서 내려다보면 도시의 가르마가 훤히 내려다보인다. 한참 내려다보고 있으면 건물과 도로와 사람과 자동차, 나무들 틈에서 몇 가지 색으로 타일들이 도드라지는 순간이 온다. 그리고 저만치 떨어진 거리에서 누군가가 탐지기를 앞으로 들고 걸어오는 모습이 보인다. 탐지기가 아니라 낚싯대처럼 보이기도 한다. 미끼는 없지만, 기꺼이 따라갈 수 있는 낚싯대. 탐지기의 바늘이 멈춘다. 내 앞이다.

박현몽. 꿈 철학관

가로 5.5미터, 세로 2.1미터의 거대한 침대는 가구보다 무대에 가까웠다. 그것은 오로지 박현몽만을 위한 1인용 침대였으나, 그 위에 눕기 위해서는 하룻밤에 수십 벌의 잠옷들이 필요했다. 내가 고객 목록에 맞게 잠옷을 준비하면, 박현몽은 첫번째 잠옷부터 차례로 갈아입었다. 그러나 그 많은 잠옷 중에 박현몽 자신의 것은 단 한 벌도 없었다. 박현몽이 거치는 수많은 밤, 수많은 잠옷, 수많은 꿈은 모두 타인의 것이었다. 잠옷은 서류와 같아서, 그가 거래하는 고객들의 번호를 하나씩 달고 있었다. 박현몽이 하나의 꿈을 꾸고 기록하는 데는 30분이 채 걸리지 않았다. 잠옷은 잠과 잠 사이, 꿈과 꿈 사이를 가르는 경계가 되었다. CD가 1번 트랙에서 2번 트랙으로 바뀔 때 곡이 달라지듯이, 그의 꿈도 1번 잠옷을 벗고 2번 잠옷으로 갈아입으면 새로운 내용으로 전개되었다. 1번 고객의 꿈을 꾸기 위해서는 1번 고객의 잠옷을, 2번 고객의 꿈을 꾸기 위해서는 2번 고객의 잠옷을 입었다. 날로 늘어나는 고객만큼 잠옷의 수도 늘어났다. 그것을 관리하는 것이 내 몫이었다.

명함에는 잠옷 코디네이터라고 적혀 있었지만 실제 내 업무의 대부분은 잠옷을 빨고 널고 개는 일이었다. 나는 하루에 백 벌이 넘는 잠옷을 빨았다. 세탁기가 내 책상이고 빨래판이 내 서류철이었다. 그리고 빨래 건조대는 내가 하루에도 몇 번이나 마주해야 하는 상사의 책상과도 같은 것이었다. 나 못지않게 빨래 건조대 역시 과로하고 있었다. 스테인리스 봉이 휘어지도록 많은 빨랫감을 매달고 있었고, 그것들은 대부분 잠옷이었다. 하늘하늘한 것부터 사각사각한 것까지, 줄무늬부터 땡땡이까지, 다양한 무늬와 소재로, 마치 만국기처럼.

잠옷이 고객과 고객 사이를 구분하는 역할을 하는 만큼, 디자인과 색, 소재가 겹치지 않게 사는 것이 중요했다. 세탁법으로 비슷한 잠옷들 사이에 구분을 주는 것도 잊지 않았다. 150번 울샴푸. 165번 드라이클리닝, 107번 드럼 세탁기, 96번 섬유유연제로만 헹구기, 고객이 늘어날수록 세탁법은 아주 작은 부분에서 차이를 만들어냈다. 세탁 버튼을 몇 번 누르는가에 따라 155번과 156번 고객이 갈렸고, 햇빛에서 말리는가, 실내에서 말리는가에 따라 꿈이 달라졌다. 항상 세탁기가 드렁드렁 코를 골듯 움직이는 소리가 들렸고, 다양한 종류의 섬유유연제가 제각각 다른 꿈의 향기들을 내뿜었다.

박현몽은 늘 무언가를 파는 사람이었다. 아동 전집도 팔았고, 정수기도 팔았고, 군밤도 팔았다. 집에는 늘 팔다 남은 물건들이 사람보다 더 많은 자리를 차지하고 있었다. 실적은 좋지 않았다. 그는 지나치게 자주 졸았고, 지나치게 말랐고, 의욕도 없었다. 결국 무엇을 팔 기회를 모두 상실했을 때, 그는 꿈을 팔기 시작했다. 꿈은 그가 팔아본 것 중에 가장 좋은 것이었다. 자리를 차지하지 않아서 좋았고, 자본금이 들지 않아 좋았고, 값이 비싸 좋았고, 먼지가 쌓이지 않아서 좋았다. 그리고 무엇보다도 그가 가장 잘 팔 수 있는 것이었다.

그러나 이 일을 누군가에게 소개하려면 장황한 설명이 필요했다. 몇 년 전, 그가 사업자 등록 번호를 받기 위해 세무서에 찾아갔을 때도 그랬다. 박현몽은 서류를 받아 들었지만, 그의 직업을 규정할 항목이 없었다. 어디에도 해당되는 듯했고, 또 어디에도 정확히 부합하는 곳은 없었다. 세무서에서는 박현몽의 사업을 역술업 정도로 구분했고, 지금까지도 종종 한국역술인협회에서 가입하라는 전화가 걸려오고 있었다.

처음, 내가 철학관에 면접을 보러 왔을 때도 마찬가지였다. 그가 낸 구인 광고의 조건 중에 내게 부합하는 것은 많지 않았다. 나는 의상학 전공자가 아니었고, 잠옷 코디네이터라는 말은 생소하기만 했다. 그러나 유일한 남자 지원자였고, 단지 두 달 전에 제대했다는 사실 하나 때문에, 박현몽은 나를 잠옷 코디네이터로 채용했다. 내가 철학관에 대해 확신할 수 있었던 것은 높은 보수와 숙식이 제공된다는 것, 단 두 가지뿐이었다. 업무에 대해 정확히 이해하기까지, 박현몽과 나 사이에는 많은 단어와 표정과 침묵이 필요했다.

"고객들이 나한테 꾸고 싶은 꿈을 의뢰하면 내가 꿈을 꾸고 그걸 다시 이야기해주는 방식인데, 보통 꿈을 의뢰하고 다시 받기까지 일주일 정도가 걸리지."

"그러니까 사장님이 꿈을 꿔주고, 사람들은 꿈꾼 값을 주고, 그러는 겁니까?"

정말 잘 말해놓고도, 나는 다시 고민에 빠졌다. 말을 하면 할수록 더욱더 모호해졌다.

"그러니까 사람들이 사장님께 돈을 주고 꿈을 꿔달라고 한다 그 말이죠?"

"그렇지."

잠시 긴 침묵이 이어졌다. 철학관에서는 아침에 어울리지 않는 자장가가 흘러나오고 있었다. 내가 묻고 싶은 말은 단 한마디였다. 그러니까, 그러니까, 대체.

"왜요?"

다음 날부터 나는 두 눈으로 확인하게 되었다. 오전 10시부터 시작된 고객 대기실의 번호표는 001부터 시작해서 100을 넘어가야 멈췄다. 새로운 꿈을 의뢰하거나, 의뢰했던 꿈을 찾아가는 사람들로 대기실이 내내 붐볐다. 꿈을 사는 것은 어떤 절박한 이유나 특이한 취향의 문제가 아니었다. 박현몽을 찾는 고객들 중에는 한가한 사람도 있고 바쁜 사람도 있고 돈이 남아도는 사람도 있고 빚을 내서 오는 사람도 있고 모든 것을 믿는 사람도 있고 아무것도 믿지 않는 사람도 있었다.

"아무래도 불안해."

문을 열면 첫번째로 들어오는 고객은 언제나 왕 여사였다. 자주 '불안해'라는 말을 입에 달고 사는 왕 여사는 철학관의 오랜 단골이었다. 왕 여사의 재산이 선택할 수 있는 수많은 기로에서 박현몽의 꿈은 이정표 역할을 했다. 꿈에 금이 등장하면 그것이 원자재 펀드를 암시하는 거라고, 왕 여사는 믿었다. 실제로 왕 여사의 재산은 철학관을 드나든 후 크게 불어났다. 그러나 왕 여사가 가진 것 중에 가장 큰 재산은 역시, 불안이었다. 철학관은 습관적으로 복용하는 진통제와 같았다.

꿈을 통해 사람들이 가장 많이 보려고 하는 것은 돈이었다. 로또에 당첨되는 꿈을 갖기 위해 찾아오는 사람들은 정말 많았다. 그러나 그들이 간과하고 있었던 것은 많은 사람들이 원하면 그만큼 경쟁이 치열해진다는 사실이었다. 로또에 당첨될 확률이 814만 5,060분의 1이라면 돈으로 그 꿈을 살 확률도 814만 5,060분의 1이었다. 사람들의 소망이 겹쳐질수록 꿈값이 훌쩍 뛰었다. 그것이 내가 박현몽으로부터 꿈을 살 수 없었던 이유이기도 했다. 꿈은 내 월급보다도 훨씬 비쌌다.

꿈이 줄 수 있는 것은 돈뿐이 아니었다. 좀더 은밀한 거래도 있었다. 일주일에 두 번씩 드나들던 단골, 남택만의 서명은 위쪽으로 강하게 치켜올라 있었고, 날이 갈수록 모든 서명의 획들이 길어졌다.

"코끼리의 코가 정말 코라고 생각하십니까?"

남택만은 나와 마주칠 때마다 계속 코끼리의 코가 정말 코라고 생각하느냐고 물었다. 그리고 내가 별 대꾸 없이 앉아 있자, 더 기다리지 못하고 본인이 생각한 정답을 말했다.

"아마도 그건, 코가 아닐 겁니다. 두번째 고추라고 볼 수 있죠."

언젠가 남택만이 떠벌렸던 얘기에 의하면 그는 박현몽 덕에 더 긴 고추를 갖게 되었다고 했다. 그에게 박현몽의 철학관은 단지 꿈을 사고파는 공간이 아니라 자신감을 사고파는 공간이었다.

"할부로 하면 꿈의 효과가 없나요?"

어떤 사람들은 카드 결제기 앞에서 이렇게 묻기도 했다. 일시불과 할부의 효능이 똑같다는 것은 더 많은 고객들을 불러모았다. 대입 시험을 앞둔 딸의 꿈을 6개월 할부로 끊어가는 경우가 있는가 하면, 군 입대를 앞둔 아들의 2년을 24개월 할부로 결제해가는 경우도 있었다. 몇 달분의 꿈을 한 번에 끊어놓는 경우도 허다했다. 카드 결제기는 지치지도 않고 하루 종일 영수증을 뿜어냈다.

쇼핑백 하나 오가지 않는 이 무형의 거래는 계속돼서, 내가 일을 시작하고 한 달이 지났을 때 고객 관리 카드가 이미 5백 장을 넘어서고 있었다. 고객 중에는 학자나 교수, 의사와 검사는 물론, 목사와 전도사도 있었고, 스님과 신부, 용하다는 점쟁이도 있었다. 고객 관리 카드의 항목은 간단했다. 이름과 연락처, 직업, 그리고 의뢰하는 꿈 내용을 적는 칸이 전부였다. 그 외에는 어떤 것도 묻지 않았고, 또 물을 필요도 없었다. 어차피 고객 관리 카드에 적힌 기록들을 곧이곧대로 믿는 사람도 없었다. 그저 습관처럼 가명이 등장하고, 때에 따라서는 가짜 직업이 쓰이기도 하는 것이다. 그러니까 철학관을 드나드는 사람들에 대해서 나는 확실히 안다고 말할 수도 있고, 어쩌면 아주 모른다고 말할 수도 있었다. 의사라고 말하는 사람 중에서 의사 아닌 사람이 허다했고, 의사가 아니라고 말하는 사람 중에서 의사인 사람도 허다했다. 어느 경우든 공통분모는 박현몽의 꿈에서 위안을 받았다는 사실이었다.

그의 이름은 원래 박현몽이 아니라 박현봉이었다. 박현봉은 사람들 사이에서 자주 생략되는 존재였다. 박현봉이 존재감을 드러낼 수 있는 유일한 수단은 꿈뿐이었다. 그가 이름에서 작대기 두 개를 떼어내고 박현몽이 되면서부터, 그의 인생은 조금씩 달라지기 시작했다. 박현몽을 찾아오는 고객들 중에는 박현봉을 알던 사람들도 있었다. 그러나 대부분이 박현봉과 박현몽이 동일 인물이라는 것을 알아채지 못했다. 예전보다 살이 많이 쪄서 인상이 달라졌기 때문이었다. 박현몽이 된 후 실제보다 훨씬 나이가 들어 보이긴 했지만, 돈도 전보다 더 많아 보였기 때문에 밑지는 장사 같지는 않았다.

박현몽은 밤낮 구분 없이 잤고, 세 끼 구분 없이 먹었다. 배가 부르면 잠을 잤고, 배가 고프면 다시 먹었다. 잠이 늘어날수록 살이 찌는 것은 당연했다. 160센티미터가 조금 넘는 키를 생각하면, 78과 79 사이에서 흔들리는 눈금은 부담스러웠다. 그러나 그는 몸무게가 늘어갈 때마다 배보다 더 큰 목청으로 웃었다.

"지난달엔 75였어. 이게 뭘 의미하는 건 줄 아나? 지난달보다 3킬로그램만큼 더 열심히 일했다는 뜻이야."

3킬로그램 더 열심히 일하는 동안, 그의 잠옷도 번식했다.

가끔 어떤 고객들은 직접 잠옷을 보내오기도 했다. 값비싼 잠옷을 내밀기도 했고, 천이 아닌 재질로 옷을 만들어오기도 했다. 철학관에 정기적으로 드나드는 소설가 김춘삼은 커다란 원고지로 만들어진 잠옷을 가지고 와서 자신의 꿈을 꿀 때마다 박현몽이 그것을 입기 원한다고 부탁했다. 입기만 해도 바스락거리는, 종이 냄새가 물씬 나는 잠옷이었다.

"어이, 코디 양반! 내가 소설 한 글자 사는 데 얼마가 드는지 알아?"

"5백 원이요."

김춘삼은 만족스러운 표정을 지으며 말했다.

"결코 싼 게 아니야. 혹시 『검색어 1위』란 책 읽어봤니? 아니야? 그럼 『여성용 핸드백에 들어갈 만한 소설』은? 『불온서적』은? 흐음…… 코디 양반, 책을 좋아하지 않는구나?"

"좋아하는 편인데요."

"근데 왜 내 책은 하나도 읽지 않았지? 책을 읽으려면 좋은 걸 읽어야지! 그 책들 중에 특히 『검색어 1위』는 총 23,678 글자로 이루어져 있단다. 그럼 얼마겠니, 내가 지불한 금액이, 가만있어 보자, 8, 5, 40에다가 보자, 보……"

김춘삼은 곧 『여성용 핸드백에 들어갈 만한 소설』과 『불온서적』의 원가를 계산해보았다. 그리고 금세 감상적인 표정이 되어서 나를 바라보았다.

"코디 양반, 내가 아직 장편을 엄두도 못 내는 이유가 뭔 줄 알아? 벌어들이는 인세보다 꿈을 사는 데 드는 가격이 더 커서야. 적자에도 불구하고 내가 이 일을 계속하는 이유가 뭐냐고? 문학에 대한 열정 때문이지. 사실, 꿈이 현실보다 비싼 건 당연한 이치니까. 박 선생이 내 문학 스승인 셈이지."

"웬 문학 스승? 박 선생님이 작가시고, 그쪽은 그냥 돈줄인 거잖아요."

대화를 엿듣던 왕 여사가 끼어들었다. 김춘삼의 얼굴에는 불쾌하지만 인정은 하는 묘한 표정이 떠올랐다. 김춘삼은 다시 말을 이었다.

"이 소설에 군데군데 내 아이디어랑 내 문장이 얼마나 많은데! 박 선생 꿈이 바로 소설적 문장으로 나오는 줄 알아? 다 내가 손본 거라고."

"표절이지 뭐."

"내가 표절이면, 아줌마는 절도게? 꿈으로 주식 사잖아!"

왕 여사는 고개를 홱 돌려버렸다. 김춘삼은 대기실 소파에 털썩 주저앉아 연신 부채질을 해대기 시작했다.

"코디 양반, 샤갈 알지? 달리도 알고? 물론 피카소도? 그 사람들도 꿈에서 영감을 받아서 그걸 그림으로 풀어냈단 거 알아? 마크 트웨인, 그레이엄 그린, 새뮤얼 테일러 콜리지, 애드거 앨런 포, 로버트 루이스 스티븐슨! 다 꿈에서 영감을 얻은 작가들이라고. 특히 스티븐슨은 일부러 잠들기 전에 스스로에게 소설 줄거리를 이야기하고 잠들기도 했었지. 꿈에서 영감을 얻으려고 말이야. 그 사람이 누군지 모른다고? 『지킬 박사와 하이드 씨』도 모르니? 코디 양반, 전부터 느낀 건데, 나이에 비해 상식이 좀 얄팍한 것 같아. 책 읽어야 해, 책. 그래야 우리 같은 사람들도 먹고살지."

원고지 한 장 분량의 꿈을 사기 위해서는 김춘삼이 받는 원고료의 열 배에 달하는 돈이 필요했지만, 그것이 망설임의 이유가 되지는 못했다. 박현몽이 꿈에서 원고지를 펼치면 꿈은 띄어쓰기에 맞춤법 수정까지 해주면서 소설을 완성했다. 그리고 돈으로도 살 수 없을 만큼 귀한 독자들을 김춘삼 앞에 데려다주었다.

철학관에는 각 분야의 신제품들이 가득했는데 그것은 상징적인 의미만으로 이유가 되는 물건들이었다. 이를테면 골프채, 벽걸이 TV, 노트북, 마사지 기계 들이 그랬다. 꿈과 현실을 좀더 가깝게 만들어주었으면 하는 소망에서 고객들이 선물로 보낸 것이었는데 물론 실제로 사용하는 사람은 거의 없었다. 김춘삼이 사서 보낸 최신 노트북도 마찬가지였다.

"요즘 원고 청탁이 물밀듯 들어오는데 말이야. 이거 원고지에 꿈을 꿔서는 장사가 안 돼요, 장사가. 수요가 많아지면, 공급도 빨라져야지."

노트북은 확실히 효율적이었다. 단지 노트북 전원을 켜놓고 잠드는 것만으로도 박현몽은 좀더 빠른 호흡으로 꿈을 꿀 수 있었다. 60초에 한 문장씩 넘어가던 꿈이 시간을 그 반으로 단축했다. 시간이 단축된 만큼 김춘삼이 박현몽의 꿈에 의지하는 비중도 늘어났다. 처음엔 문장 한 줄을 놓고 꿈과 돈이 거래했다면, 그다음은 문단 하나로, 원고지 한 장으로, 그다음은 소설의 전체적인 뼈대를 구성하는 것으로, 마침내 소설 한 편을 꿈에서 모두 생산해내는 것으로 변해갔다. 간혹 돈으로 소설을 산다는 비아냥거림이 철학관 내에서 들려올 때면 김춘삼은 무척 언짢아했지만, 그 역시 꿈이 자신에게 영감 및 모든 문장과 문장부호까지 제공하는 원천이라는 것을 잊지는 않았다.

박현몽을 찾는 사람들이 늘어날수록 그의 잠은 길어졌다. 밤새도록 꿈을 꾸고 기록해도, 더 꾸어야 할 꿈이 산더미처럼 남아 있었다. 박현몽은 하루의 반 이상을 꿈꾸는 데 썼고, 남은 시간 동안 꿈을 팔았다. 그러던 어느 아침, 낯선 광고지가 도전장처럼 날아들었다.

꿈 치료 가격 파괴.
1회 시술 29,900원
10회 현금 결제 20%, 카드 결제 10% 할인

그것은 단순히 피자나 치킨을 파는 광고가 아니었다. 그러나 피자나 치킨을 파는 광고지만큼이나 흔했다. 끼니때마다 배달되던 식사 위에도 몇 장씩 놓여 있었고, 대문 밑에 카펫처럼 깔려 있기도 했다. 우편물을 타고 안으로 들어오기도 했으며, 가끔은 고객 대기실에 방석처럼 흩어져 있었다. 베갯속에서도 한 뭉치가 발견된 날, 박현몽은 빗자루를 들고 대문 밖으로 나섰다. 골목은 온통 광고지로 도배되어 있었다. 담벼락마다 붙어 있는가 하면, 우편함은 물론, 주차된 차의 앞 유리마다 하나씩 끼워져 있었고, 쓰레기통 위에도 수북하게 쌓여 있었다. 박현몽은 빗자루를 집어던지고 한 장 한 장 그 불온한 광고지를 주우며 걸어갔다. 그러다 보니 어느 순간, 잠옷 차림으로 대로 한복판에 서 있게 되었다. 오랜만의 외출이었다.

예약된 고객의 절반이 오지 않았다. 예약 시간보다 30분이나 늦게 도착한 왕 여사는 근처에 비슷한 철학관이 생긴 것을 아느냐고 호들갑을 떨었다. 여섯 명의 전직 펀드매니저들이 앉아서 투자에 관한 꿈을 전문적으로 꿔준다고 했다. 왕 여사는 표절이라고 말했고, 김춘삼은 유행이라고 말했다.

표절이든 유행이든 이제 박현몽이 유일한 꿈쟁이가 아니라는 점은 마찬가지였다. 그다음 주부터 왕 여사의 발길이 뜸해졌다. 왕 여사가 오지 않는 철학관에 뒷소문만 무성했다. 왕 여사가 박현몽의 철학관과 가격 파괴 철학관에서 동시에 꿈을 샀는데, 가격 파괴된 꿈을 따랐더니 대박이 터졌다고 했다. 박현몽은 그 말을 듣자마자 코웃음을 쳤다.

꿈을 파는 가게는 한 집 건너 한 집씩 생겨났다. 가끔은 '꿈과 대화해보세요' 하는 홍보 전화가 걸려오기도 했다. 사람들은 모두 꿈에 대해서 말하고 있는 것 같았다. 박현몽은 '제조에서 판매까지' 걸리는 시간을 최대한 줄여보려고 노력했다. 요즘 사람들은 인내심이 짧은데 꿈을 의뢰하고 찾는 기간이 일주일이나 되는 건 너무 지루할 거란 판단에서였다. 그러나 박현몽이 부지런히 꿈을 꾸고 있음에도 불구하고, 고객들은 조금씩 줄어들었다. 그리고 그것이 눈에 띄게 되었을 무렵, 김춘삼은 박현몽에게 마케팅이 필요하다고 말했다.

"자기 혁신이랄까, 그런 거 말이지. 뭐든 다 기업화해야 해. 이건 뭐 가내수공업 수준인데, 이래서 되겠어? 점도 인터넷으로 보는 시대야."

김춘삼의 말에 자극을 받은 박현몽은 침대 머리맡에 '기업화'라는 단어를 써 붙였다. 박현봉이었던 시절, 상반기 목표 실적을 사무실 벽에 써 붙였던 것처럼 말이다. 며칠을 고민한 후, 박현몽은 다른 철학관들처럼 ARS 상담 시스템에 대해 알아보았다.

"의학, 법률, 역술. 이렇게 세 분야가 ARS 상담의 꽃이죠. 돈이 된다 그 말입니다."

이렇게 말한 사람은 통신 회사에서 일하는 직원이자, 박현몽의 고객이었다. 그러나 박현몽은 ARS의 꽃을 피워보기도 전에 자격 미달이 되었다. ARS를 신청하려면 적어도 역술인이 다섯 명 이상 있어야 했다.

"물론 방법이 없지는 않습니다. 편법이긴 하지만, 다른 업체의 역술인 이름을 빌려서 올려놔도 되거든요. 그러니까, 돈을 주고 이름을 빌리는 거죠."

방법이긴 했으나, 박현몽은 결국 ARS를 포기했다. 합법적으로 얻은 자신의 사업체에 편법은 조금도 쓰고 싶지 않았기 때문이었다. 박현몽은 일주일 내내 마케팅에 대해 생각했다. 자기 혁신은 박현몽의 체중을 2킬로그램이나 줄어들게 했다.

얼마 후, 철학관으로 5백 개의 유리병이 배달되었다. 지름이 15센티미터, 높이가 20센티미터 정도 되는 원통이었다. 재질은 유리였으나 불투명한 소재로 되어 있어서 내부가 잘 보이지 않았다.

"몽유(夢有)병이다."

마케팅 연구의 결과였다. 박현몽이 꿈을 꾼 후, 원통의 마개를 비틀어 열고 그 안에 입김을 불어넣으면 꿈이 숨 쉴 수 있다는 원리였다. 정말 꿈이 숨 쉴 수 있는지, 몽유병 안에 머물러 있을 수 있는지 하는 것은 그다지 중요하지 않았다. 중요한 것은 그 몽유병이 박현몽과 고객들 사이에 '실물'로서의 꿈이 되었다는 사실이었다. 자신의 이름이 붙어 있는 몽유병이 있다는 사실은 고객들을 안심시켰다. 몽유병의 위력으로, 떠났던 고객들이 조금씩 돌아오는 것 같기도 했다.

곧 다른 철학관에서 부적을 써준다는 소식이 들려왔다. 어떤 철학관에서는 꿈의 내용을 한 글자의 한자어로 압축하거나 그림으로 표현해서 고객의 몸 위에 새겨주었다. 문신은 박현몽의 고객들 사이에서도 중독처럼 퍼져 나갔다. 복권 당첨 숫자를 몸 이곳저곳에 새겨 넣었고, 비밀 계좌번호를 새겼고, 태극기를 새겼고, 미국과 일본 국기도 새겼으며, 십자가와 오륜기, 그리고 박현몽의 얼굴을 새긴 사람도 있었다. 단연 돋보이는 것은 남택만의 문신이었다. 남택만은 몸통을 두 바퀴 휘감을 만큼 길고 유연한 고추를 그려 넣었는데, 얼핏 보면

한 마리의 굵은 구렁이처럼 보였다.

　자기 혁신은 계속되었다. 그 주 주말, 박현몽의 철학관에서는 약 달이는 냄새가 진동했다. 수삼과 오미자, 대추, 원지, 석창포, 백복신, 땅콩, 호도, 그리고 약재를 달이느라 박현몽이 흘린 땀방울이 주재료였다. 완성된 것은 박현몽만의 '총명탕'이었다. 이 총명탕을 마시면 직접 꿈을 꿀 수 있다고 했다. 그러나 실적이 좋지 않았다. 사람들은 시간이 없었고, 꿈을 사랑하긴 했지만, 꿈 없는 잠을 원했다. 그들은 꿈을 직접 꾸기보다는 간편하게 사기를 원했다. 나 역시 마찬가지였다. 낮 동안을 살아내는 것만으로도 대견해서 밤에는 어떤 틈도 허용하지 않는 깊은 잠에 빠지고 싶었던 것이다. 그러니까 일부러 그렇든 아니든 간에 사회는 사람들에게 숙면을 강요하고 있었다.

　보이지 않는 줄다리기는 계속되었다. 박현몽이 총명탕을 만들면 보이지 않는 어딘가에서 총명환을 만들었다는 식이었다. 박현몽은 자주 자기 혁신에 대한 고민으로 두통을 느꼈고, 생각보다 잘 팔리지 않는 총명탕을 몇 봉씩 한꺼번에 들이켜곤 했다.

　총명탕 과다 복용의 부작용은 쉼표(,)의 남발이었다. 김춘삼이 박현몽에게서 일주일에 몇 장씩 사들이던 소설은 쉼표의 습격을 받은 것처럼 보였다. 소설 속 단어와 단어 사이마다 불필요한 쉼표가 따라붙었고, 그것이 문맥을 흐렸다. 꿈이 불러주는 거라면 문장부호 하나까지도 세심하게 받아 적던 김춘삼이었으나 바이러스처럼 퍼지는 쉼표는 감당하기 힘들었다. 김춘삼은 잡초를 뽑아내는 농부처럼 펜을 들고 종이를 펼쳤다. 날카로운 펜 끝에 쉼표 꼬리가 들려서 뭉개졌다. 그러나 곧 다른 활자 틈에서 쉼표가 머리를 내밀었다. 아무리 지우고 지워도 쉼표의 번식을 막아낼 수는 없었다. 쉼표는 더 질기게 자라났다. 마치 김춘삼의 한숨을 거름 삼아 자라는 것 같았다.

"쉼표가 사람 잡네! 계속 이러면 곤란하지. 쉼표는 빼고 나머지 값만 계산해야 맞는 거 아닌가?"

그러거나 말거나, 쉼표는 번식을 계속했다. 박현몽이 노트북을 켜는 것과 동시에 쉼표가 뿌리를 들이미는 소리가 들렸고, 노트북 전원을 끄는 것과 동시에 미처 뿌리내리지 못한 쉼표들이 증발하는 소리가 들렸다.

"박 선생이 쉼표의 기능을 잘 모르는 거 같아."

종이 위에는 올챙이 같은 쉼표들이 한 무더기 가득, 난무했다. 가독성이 떨어지는 정도가 아니라 글씨를 읽을 수도 없었다. 쉼표는 이제 단어와 단어 사이로 파고드는 것이 아니라 기존의 단어를 지우면서 번져나갔다. 번식력은 시간이 갈수록 더 강해져서 마침내 종이 위에는 쉼표만 남았다. 쉼표와 쉼표를 별자리처럼 이어보면 어떤 무늬가 나타날 것도 같았다.

쉼표는 김춘삼의 소설뿐 아니라 남택만의 고추 위에도 등장했다. 튼튼하게 자라던 고추가 그 끝을 수그리더니 쉼표와 같은 모양이 되어버린 것이다. 앞으로 나아가지 못하게 하는 것은 김춘삼의 소설에서와 똑같았다. 소설로 김춘삼을, 고추로 남택만을 멈추게 만든 쉼표는 다음 대상을 물색하고 있었다. 불길한 낙인, 음흉한 암호였다. 박현몽은 꿈마다 등장하는 쉼표를 지우기 위해 노력했지만, 그의 의지와는 관계없이 쉼표가 번식했다.

"마치 빈대 같아, 빈대."

쉼표에 대한 대처법도 빈대와 같을 거라고 생각한 박현몽은 침대와 벽지를 새로 바꿨다. 가로가 5.5미터에 이르는 침대를 버리고, 가로가 1미터를 조금 넘는 침대를 주문했다. 며칠 후, 1미터 정도의 침대 하나가 더 배달되어 왔고, 며칠 후에 또 배달이 되어 다섯 개가 되었다. 어느 침대에서 잠을 청해도 꼭 꿈에 쉼표가 등장했기 때문이다. 박현몽은 온몸을 벅벅 긁어대다가 척추를 쉼표처럼 쭈그리고 잠들었다.

쉼표는 교묘한 초대장처럼 박현몽을 대문 밖으로 이끌었다. 며칠 후, 나는 쉼표에 시달리는 박현몽과 함께 차에 올라탔다. 승용차는 새것 같았지만, 박현몽의 운전면허 실력은 벌써 낡아 있었다. 내가 면허를 갖고 있지 않다는 사실에 박현몽은 조금 짜증을 냈다. 군대를 다녀왔는데 운전을 못한다는 사실이 납득하기 어려운 모양이었다. 둘 사이에 아무런 상관이 없다고 말해도 소용이 없었다. 박현몽은 오히려 내가 군필자가 아닐지도 모른다는 의심을 하는 것 같았다. 박현몽이 덜덜 떨리는 손으로 차에 시동을 걸자 부르릉, 차는 오랫동안 변비를 앓고 있었던 것처럼 꽉 막힌 소리를 냈다. 우리는 근처에서 제일 잘나간다는 철학관을 향해 달렸다. 정확히 말하면 '꿈 심리의학 연구소'였다.

혹여나 알아보는 사람이 있을까 봐 박현몽은 불안해했다. 박현몽은 커다란 선글라스를 끼고 모자도 눌러썼는데 그런 치장이 박현몽을 더 돋보이게 했다. 우리는 가짜 이름을 쓰고 30분을 기다린 후, 상담실로 들어갔다. 박현몽은 복도를 걸어가면서 인테리어에 특별한 게 있는지 보라고 말했다. 내가 볼 때 인테리어는 그냥 그랬다. 원장을 만나본 후, 정말 인테리어 역시 그다지 중요한 게 아니란 것을 느낄 수 있었다.

"쇄신 공포증이라는 게 있습니다. 꿈이라는 게 무의식이잖아요, 그 무의식 앞에서 공포감 같은 걸 느끼는 거죠. 그럴 경우 환자 분들께서는 자신의 전반적인 것을 다 이야기하지 않고 고민하는 부분만 간단명료하게 얘기하시죠. 제가 볼 때, 환자 분도 지금 그 단계에 계신 것 같아요. 꿈은 하나도 두려워할 분야가 아니니, 조금씩 마음의 문이 열릴 겁니다."

원장이 말하는 동안, 나는 확실히 깨달았다. 기업화도, 부지런함도, 자기 혁신도, 1,283벌의 잠옷도 따라잡을 수 없는 곳에 그들은 있었다. 경쟁자들이 가진 무기는 인테리어나 기넘품 같은 게 아니었다. 정말 그들이 무서웠던 것은 박현몽으로서는 도저히 흉내 낼 수 없는 방대한 지식이었다.

"흔히들 꿈을 무의식이라고 알고 있잖아요? 그런데 따져보면 무의식도 의식적으로 통제할 수가 있어요. 전문용어로는 '투명한 꿈'이라고 하는데, 꿈을 꿀 때 의식적으로 꿈의 줄거리나 내용을 통제하는 방법이에요. 자주 시각화를 시도하는 것도 한 방법이죠. 예를 들어 앞에 놓인 찻잔이나, 누군가의 얼굴 같은 걸 자주 접하는 거예요. 자기 전에 몇 분간 사진을 들여다본다든지, 그러면 그게 꿈에 나올 확률이 커지죠."

"그게 말이 됩니까? 상식적으로."

"처음엔 다들 못 믿으신답니다. 그렇지만 이건 실제로 아주 오래전부터 사용되었던 방법이에요. 원래 '투명한 꿈'이란 건 1913년에 의사 빌렘 반 에덴이 만든 개념이죠. 그렇지만 그전부터 동서양의 예언가들이 활용해왔다고 볼 수 있어요."

박현몽의 얼굴은 곧 폭발할 것처럼 시뻘겠는데, 원장은 여유 있게 웃었다. 원장은 흰 종이를 박현몽 앞에 내밀었다.

"지금부터 원하시는 꿈의 이미지를 간단하게 그려보세요. 마구 생각하려고 하지 말고, 그냥 머릿속에 떠오르는 이미지를 그리시면 돼요. 그게 환자분의 무의식이 말하는 메시지예요."

원장의 입에서 '환자'라는 단어가 나올 때마다 박현몽의 미간이 움찔움찔 움직였다. 그러나 다음 순간, 나도, 박현몽도 눈을 의심했다. 종이 위에 그려져 있는 것은 불길한 낙인, 쉼표였다. 쉼표를 들고 꿈을 꾼 원장은 30분 후에 우리를 다시 불렀다.

"환자 분은 지금 많이 지쳐 계세요. 환자 분 꿈에 '겁재'가 들어 있는데 이게 있으면 마음속에서 나도 모르게 자꾸 화가 납니다. 혹시 운전하세요?"

단지 그렇게 물었을 뿐인데 박현몽의 얼굴이 또 시뻘게졌다.

"겁재가 뭐냐, 칼, 피, 배신, 구설수, 그런 불미스러운 일들을 상징한다 그거죠. 꿈에서 환자 분께서 일방통행 길로 가서 사고를 내는 장면이 나왔네요. 꼭 이대로 된다는 얘기는 아니지만, 이런 흉몽은 잘 넘겨야 딱지 끊는 정도 거든요."

원장은 박현몽에게 꿈을 믿으라고 조언했다. 다시 우리의 자동차로 돌아와서야 박현몽은 큰소리를 쳤다.

"환자가 뭐냐, 환자가! 저래서 사람들이 오겠어? 병자 취급을 하고 말이야."

겁재는 무언의 규칙이었다. 철학관으로 돌아오는 길, 우리는 지상의 모든 일방통행 길을 피해 달렸다. 갈 때보다 한 시간이 더 걸렸다. 박현몽은 끝까지 원장의 꿈을 무시했지만, 그의 말만은 그대로 따라 했다. 어쩐지 정말 그 원장의 환자가 된 것 같아 불쾌한 기분이 드는 것은 나도 마찬가지였다. 그러나 철학관으로 돌아왔을 때, 나는 인정할 수밖에 없었다. 몇 개의 침대가 같은 간격을 두고 늘어서 있는 박현몽의 방은 정말 병동 같았다. 어떤 잠옷을 입혀도 환자복 느낌을 지울 수가 없었다. 빨래 건조대의 잠옷들은 팔과 다리 부분을 길게 늘어뜨린 채 붕대처럼 나울거렸다.

다음 날 아침 나를 깨운 것은 알람 시계도 전화벨도 아니었다. 박현몽의 괴성이었다. 그는 침대 위에서 잠옷을 쥐어뜯고 있었다. 그의 얼굴에 아직도 '겹재' 두 단어가 떠 있는 것 같았다. 박현몽은 지난밤 단 1분도 일하지 않았다. 눈을 감았다가 떴을 뿐인데 아침이 와버린 것이다. 박현몽은 허공에 대고 소리쳤다. 태어나서 지금까지 이런 적은 단 한 번도 없었노라고.

정말 그랬다. 그의 꿈은 늘 넘쳐났고, 그것을 누군가에게 팔게 된 후에도 마르지 않았다. 그런데 모든 것이 사라져버렸다. 처음에 나는 그것이 어떤 의미인지 잘 이해하지 못했다. 꿈 없는 날이 일생에 단 하루 정도 찾아온다고 해서 문제가 될 것은 아니지 않은가. 누구나 한 번쯤 꿈 없는 숙면을 취할 수도 있는 것 아닌가, 그냥 눈을 감았다 뜨는 사이에 달이 지고 해가 뜰 수도 있는 것 아닌가, 몇 시간을 찰나로 만들어버리는 것이 잠의 힘 아닌가, 마치 빨리감기 버튼을 누르듯이 하룻밤쯤 그냥 지나버려도 괜찮지 않은가. 그러나 박현몽은 종말 선고라도 받은 것처럼 멍하게 앉아 있었다. 그날 밤 소비했어야 할 잠옷들은 주름 하나 흐트러지지 않은 채 그대로 걸려 있었다. 몇 년 묵은 재고처럼.

대문 앞에 상(喪)을 알리는 종이가 붙었다. 가짜 상은 사흘 동안 이어졌다. 죽은 사람은 아무도 없었지만, 철학관 안에 늘어놓인 침대들은 그대로 관이 되었다. 관 속에 누워서 박현몽은 내내 자고, 또 잤다. 이불을 몇 겹씩 깔고, 귀마개를 하고, 모자를 썼다. 커튼을 한 겹 더 달고, 가장 두꺼운 잠옷을 입었다. 잠옷 안에 내복과 양말을 신는 것도 잊지 않았다. 현실이 침입하는 것을 막기 위해서였는데 차도가 없자 그 반대로도 해보았다. 그러나 여전히 꿈이 어디론가 증발하는 소리가 들렸다.

사람들의 눈을 피해 찾아간 종합병원에서 박현몽은 각종 검사를 받았지만, 들인 시간과 돈에 비해 결과는 간단했다. 복부 비만이 심하니 운동을 하라는 조언을 들었을 뿐이다. 꿈이 사라진 이유 같은 것을 알 수는 없었다.

"겁재가 시작되나 보다."

박현몽은 잠옷을 여러 벌 바꿔가며 잠을 청했지만, 어떤 옷도 그를 꿈의 세계로 데려가주지는 못했다. 꿈이 사라진 철학관 안에, 빨래 건조대가 벌을 받듯 서 있었다. 관처럼 경직된 침대 매트리스에 누워서 박현몽은 최근의 꿈을 더듬어보았다. 주인공의 얼굴만 기억이 날 뿐, 다른 것은 아무것도 떠오르지 않았다. 주인공은 그 자신이었고, 그것은 누구도 의뢰하지 않은 꿈이었다.

사흘 후, 가장 먼저 들어온 고객은 한의사였다. 그는 박현몽의 퀭하니 팬 눈자위를 보고 깜짝 놀랐지만, 어떤 조언도

해줄 수가 없었다. 한의사가 아니었기 때문이다. 2년 만에야 밝혀진 사실이었다. 그들은 늘 한의사의 고충에 대한 꿈을 사고팔았기 때문에 뒤늦게 밝혀진 사실은 두 사람 모두에게 굉장히 어색한 것이었다. 박현몽이 왜 그런 거짓말을 했느냐고 묻자, 그는 한참 박현몽의 눈을 응시하다가 입을 열었다.

"그러면, 안 됩니까?"

어쩐지 한의사와 박현몽은 비슷한 표정이 되었다. 한의사가 아니면서 한의사의 꿈을 사는 일이 존재하듯이, 꿈을 꾸지 않으면서 꿈을 파는 일도 가능했다. 박현몽은 예전처럼 꿈을 꾸고 팔았다. 그러나 하루의 영업이 끝나면 그때부터 철학관에서는 꿈을 꾸기 위한 실험들이 이어졌다. 온도, 습도, 식단, 운동량, 침구의 두께는 물론, 머리 두는 방향까지도 조금씩 변화를 줄 필요가 있었다. 며칠간의 실험 끝에 꿈을 꾸기 위한 적정 온도와 습도가 정해졌다.

실내 온도 25도.

실내 습도 70퍼센트.

그 조건에서 며칠을 보냈지만, 박현몽이 얻은 것은 꿈이 아니라 땀띠였다. 땀띠는 꿈이 달아난 몸 위에 불길한 별자리를 수놓았다.

꿈이 증발한 자리, 그 공백을 채운 것은 거짓말이었다. 이미 예전에 꿨던 꿈을 상대를 바꿔가며 다시 파는 식이었는데 그 거짓말도 이제 바닥을 드러내고 있었다. 철학관으로 끊이지 않고 침입하는 경쟁사들의 광고지는 박현몽의 거짓말을 더 절박하고, 그래서 더 엉성하게 만들고 있었다. 그리고 마침내 박현몽은 그 질긴 광고지를 대문 안으로 끌어들이는 범인이 누구인지 목격하고 말았다.

"구멍이었어."

박현몽의 주문대로, 나는 철학관의 모든 구멍을 틀어막았다. 세면대는 사용 후에 꼭 마개를 막아야 했고, 부엌 개수대도 마찬가지였다. 모든 컵은 뚜껑을 닫아두어야 했고, 뚜껑이 없으면 거꾸로 세워두어야 했다. 치약과 로션의 뚜껑은 물론이고, 모든 잠옷의 단추를 꼭 잠가야 했다. 그렇게 모든 구멍을 점검하고도 새벽마다 박현몽이 방문을 벌컥 열고 철학관 여기저기로 달려가는 소리를 들을 수 있었다. 꽉 닫히지 않은 세탁기 덮개, 열려 있는 가스밸브, 꽂아둔 전원 코드가 그의 꿈을 쫓아냈다. 언젠가 한번은 내 방문이 벌컥 열리기도 했는데, 벌린 채 잠들었던 내 입이 문제였다.

"부탁인데, 제발, 입을 다물고 자면 안 되겠나?"

그렇게, 철학관의 모든 구멍 앞에서 우리는 자주 마주치게 되었다. 그러나 구멍 단속이 계속되어도 광고지는 민들레 홀씨처럼 날아와 철학관에 뿌리를 내렸다. 10분 만에 꾸는 인스턴트 꿈 믿으십니까? 저희는 일주일 숙성된 꿈을 만들어드립니다. 꿈이 세상을 바꾼다. 수능 대박 꿈 20가지 유형, 30대에 사야 할 꿈 20가지, 40대에 사야 할 꿈 30가지, 유기농 꿈

직거래…… 그중에는 1588로 시작하는 꿈 배달 서비스도 있었다. 30분 배달 보증! 그것을 보고 박현몽이 소리쳤다.

"꿈이 통닭이냐고!"

그 목소리에는 꿈꾸지 못하는 자의 열등감이 배어 있었다. 그 순간, 그가 들고 있던 몽유병은 파열음을 내면서 산산조각으로 흩어졌다. 73번 고객의 이름이 붙은 몽유병이었고, 박현몽은 그 안에 텅 빈 입김을 불어넣는 중이었다. 몽유병 안에 광고지는 한 장도 들어 있지 않았지만, 그의 눈은 자극적인 문구를 읽었고, 그의 귀는 야유를 들었다. 73번 고객이 오기 전에, 나는 서둘러 새 몽유병을 가져와 73번 고객의 이름을 붙여놓았다. 하루의 업무가 모두 끝나면 새벽에 또다시 하나의 몽유병에 금이 갔고, 아침이 오기 전에 새 몽유병으로 바뀌었다.

"박 선생 필력이 점점 떨어지는 것 같아."

꿈을 받고 나올 때마다 점점 복잡한 표정이 되어가던 김춘삼이 말했다. 꿈이 사라지는 통에 쉼표도 사라졌지만, 소설은 더 이상해졌다. 줄거리는 엉성하고 문장은 엉망이었다. 가장 큰 문제는 예전에 썼던 소설 내용이 자꾸 되풀이된다는 점이었다. 김춘삼이 처음에 제기한 의혹은 박현몽이 너무 바빠서 자신의 꿈을 누락시킨 것이 아닌가, 하는 문제였다. 차마 꿈이 사라졌을 거라고는 의심하지도 못했다.

"박 선생 요즘 무슨 일 있어? 아니면 원고료를 올려달라고 그러는 걸까? 저번에 그 쉼표 얘기한 것 때문에 그러는 거야? 코디 양반, 잘 알 거 아니야."

김춘삼은 한 글자당 백 원씩 값을 올려주겠다고 말했지만, 협상은 불가능했다. 얼마를 주더라도 꿈이 예전처럼 나올 리가 없었다. 결국 김춘삼이 단골을 홀대한다며 목소리를 높인 후에야 박현몽은 제 입으로 꿈이 사라진 사실을 실토했다. 그날, 김춘삼의 표정은, 꿈 없는 아침 괴성을 지르던 박현몽의 표정과 비슷했다. 진실은 단골을 홀대하는 것보다도 더 악랄했다. 글발이 떨어졌다는 평을 받을까 봐 불안해하던 김춘삼과 꿈의 약발이 떨어졌다는 소문이 나돌까 봐 불안해하던 박현몽은 결국 공범이 되었다.

"서사, 서사가 필요해. 그리고 제발 문법 좀 지켜서 꿈꾸란 말이야."

김춘삼과 박현몽의 위치는 바뀌었다. 두 사람의 공통점이 있다면 서사에 집착했다는 것이다. 꿈을 이야기하려면 어떤 줄거리가 필요한데 박현몽의 의식으로는 꿈 같은 줄거리를 만들어낼 수 없었다. 김춘삼은 박현몽에게 꼭 읽어야 할 책과 봐야 할 영화 목록을 정해주었고, 자신의 작품을 필사하도록 했다. 박현몽의 거짓말은 조금씩 세련되어졌다. 그래도 떠나가는 고객들을 붙잡을 만큼은 아니었다. 거짓 꿈을 이야기하고 텅 빈 몽유병을 건네는 것은 문제가 없었지만, 꿈으로 로또 당첨 번호를 미리 보거나, 주식을 예견해보려던 사람들은 다른 철학관으로 옮겨갔다. 박현몽의 꿈은 이제 약발이 떨어진다는 소문이 났다. 김춘삼은 머지않아 자신의 글발도 떨어졌다는 평이 나올 거라고 몸서리를 쳤다.

김춘삼과 박현몽의 서사 수업으로 톡톡히 효과를 본 사람은 남택만이었다. 김춘삼은 야설에 강했고, 그 문장을 필사하고 달달 외운 박현몽은 단지 소설 속 문장 몇 개를 인용하는 것만으로도 남택만을 흥분시킬 수 있었다. 남택만뿐이 아니었다. 불감증을 가진 고객 몇 명이 철학관을 병원 삼아 드나들었다. 박현몽의 꿈속에서 남택만의 고추가 피노키오의 코처럼 쑥쑥 자라나 마침내는 전봇대만큼 커진 날, 남택만은 이렇게 외쳤다.

"모든 뭉툭한 것들은 곧 발기할 것이다. 할렐루야!"

침통한 표정으로 앉아 있던 김춘삼은 얼른 그 말을 받아 적었다. 조급해진 김춘삼은 남택만의 가슴에서 흘러나온 그 문장력이 부러웠다. 꿈이 사라진 박현몽은 이제 김춘삼에게 아무런 도움이 되지 못했다. 그래도 김춘삼이 박현몽을 떠나지 않았던 것은 갈 곳이 없었기 때문이었다. 다른 철학관에 가본 적이 있지만, 그곳에서 동료 소설가와 한 번 마주친 이후로 다시는 어디도 가지 않았다. 혼자 힘으로 소설을 써보려고도 했지만, 원고지 한 장 분량도 채우지 못했다. 꿈의 글자들에 의존하는 사이, 그는 자신의 언어를 잃어버렸는지도 몰랐다. 모국어를 잃은 사람처럼 김춘삼은 서툴렀다. 박현몽도 마찬가지였다. 두 사람은 무언가를 도둑맞은 표정들로 앉아서 걸핏하면 발단이니 전개니 하는 말들을 주고받았다. 사건, 인물, 갈등, 비유, 문체, 시점, 화자, 그리고 서사, 서사, 서사! 박현몽은 옹알이하는 아이처럼 생소한 말들을 반복해보았다. 그러다 김춘삼이 돌아가면 화석처럼 걸려 있던 벽걸이 TV를 리모컨으로 조종해보기도 하고, 영화를 몇 편씩 연달아 보기도 했다. 골프채를 가지고 이리저리 야구방망이처럼 휘둘러보기도 했으며, 통장을 꼼꼼하게 읽어보기도 했다. 통장에서도 무언가가 줄줄 새어 나가고 있었는데, 그중 일부는 김춘삼에게 돌아갔다. 박현몽이 김춘삼에게 이야기를 배우는 대가였다.

꿈이 떠나자 하나둘, 다른 것들도 떠나기 시작했다. 가사도우미, 자동차 영업 사원, 요구르트 아줌마, 보험 판매원, 펀드매니저가 발길을 끊었다. 남택만과 김춘삼, 그리고 세상의 모든 철학관을 순회 중인 왕 여사, 그 외에 둔감한 단골 10여 명이 철학관을 드나드는 전부였다. 텅 빈 빨래 건조대는 겨울로 가는 나무처럼 앙상해졌다.

담 밖에서는 불황을 몰랐다. 꿈을 사고파는 시장의 규모는 점점 커져서 마침내는 몽유학회라는 것이 생겨났다. 꿈에 대해 토론을 하거나 경매를 여는 것은 이제 백화점의 할인 판매처럼 정기적인 일이 되었다. 박현몽이 스스로를 꿈 시장의 원조라고 생각하는 것과는 별개로, 몽유학회에서는 그들만의 계보를 만들어나갔다. 계보에 따르면 박현몽은 원조가 아니라 257번째 회원이었으나, 그렇게라도 소속되지 않고서는 꿈을 판다고 말하기 힘들어졌다. 고객들에게 몽유학회는 품질 보증서와 같은 역할을 했기 때문이다.

몽유학회에서 주인이 찾아가지 않은 꿈을 공개적으로 파는 경매가 열리자, 박현몽도 판매자로서 참석할 계획을 세웠다. 행사에 참석하기 사흘 전부터 철학관은 분주했다. 박현몽은 근 한 달 사이에 너무도 말라서 몸에 맞는 양복이 없었다. 서랍장 한구석에서 구겨져 있던 양복 한 벌이 발견되었는데, 그것은 박현몽이 아니라 영업사원 박현봉이 입던 옷이었다. 그 옷이 지금 박현몽에게 딱 맞았지만, 옷이 너무 초라해서 꼭 남에게 얻어 입은 옷 같았다. 결국 경매가 열리기 하루 전에, 나는 쓸 만한 양복을 사와야 했다. 박현몽의 현금은 오래전에 바닥났기 때문에 백화점으로 가기 전에 먼저 은행에 들러서 통장을 헐었다.

그러나 경매가 시작되기도 전에, 박현몽의 새 양복은 땀으로 흠뻑 젖어 마치 등에 총상을 입은 사람처럼 보였다. 박현몽이 사흘 전부터 분주했던 이유가 꼭 양복 때문만은 아니었다. 몽유학회 행사에 참가하기 위해 꼭 필요했던 것은 경매에 내놓을 꿈이었다. 박현몽은 꿈 대신 거짓말을 준비했다. 언제부터인가 박현몽에게 꿈은 거짓말과 같은 말이었다. 그러나 여전히 천연덕스럽게 내뱉기에는 어려운 말이었다.

"바슐라르는 꿈의 시작은 인간의 시작과 동시라고 했습니다. 그뿐입니까? 고대 그리스에서는 아스클레피오스 신전에서 꿈 치료를 했다고 합니다. 꿈 거래를 두고 이렇다 저렇다 말하는 사람들도 많지만, 김유신의 두 누이가 꿈을 거래했던 걸 기억하십니까? 그 결과도 기억하십니까? 오늘은 이렇게 역사와 함께 흘러온 꿈을 뇌파로 증명해보겠습니다. 꿈꾸는 과정을 생중계할 수도 있겠지요. 이 모임을 후원해주신 베리굿브레인 대표님께 특별히 감사의 말씀을 올립니다."

사회자가 경매의 시작을 알리자, 장내가 조용해졌다. 박현몽의 차례는 마지막이었는데 자신의 차례가 가까워질수록 등판의 축축한 어둠이 깊어졌다. 그리고 등판 전체가 땀으로 물들었을 때, 박현몽의 꿈이 팔렸다. 낙찰가는 91만 원이었다. 판매자와 낙찰자가 악수를 나누고, 돈과 영수증을 주고받으려던 그 순간, 한 여자가 손을 들고 말했다.

"꿈의 기준이 대체 뭡니까?"

모두의 시선이 그렇게 말한 사람에게로 쏠렸다.

"제가 웬만하면 참고 들으려고 했는데, 아무리 주관적인 꿈이라지만 정말 웃긴 내용 아닙니까? 검은 바바리와 선글라스를 낀 남자라, 그 남자가 벽면을 날듯이 걸어가고. 여러분들이 다들 머릿속에 떠올리시면서 입 밖으로는 내뱉지 않는 그 말, 제가 해볼까요?「매트릭스」! 누가 봐도 매트릭슨데요. 이번엔 그 남자가 동공을 뽑는다고 하셨죠? 동공 속에 모든 정보가 들어 있다고요. 여러분들이 다들 머릿속에 떠올리시면서 입 밖으로 내뱉지 않는 그 말, 제가 해볼까요?「마이너리티 리포트」! 그러니까 그 키아누 리브스였다가 톰 크루즈였다가 했던 그 남자가 이번에는 충무로로 돌아오네요. 남자가 말하죠, 나, 이대 나온 여자야! 이 장면 어디서 많이 본 것 같지 않습니까? 여러분들이 다들 머릿속에 떠올리시면서 입 밖으로 내뱉지 않는 그 말, 제가 해볼까요?「타짜」! 이게 양성성 인간을 상징하는 꿈이라고요? 그런 꿈은 저도 꾸겠습니다."

「타짜」와「마이너리티 리포트」그리고「매트릭스」는 김춘삼이 좋아하던 영화였다. 그리고 덩달아 박현몽이 몇 번이나 반복해서 돌려봤던 영화이기도 했다. 그 서사 수업의 교재였던 것이다. 영화는 끝났고, 지금은 서사 수업 시간이 아니었다. 침묵이 흘렀고, 누군가가 다시 입을 열었다. 어쩐지 좀. 다른 누군가가 말했다. 가짜 역술인들이 무더기로 적발됐다던데, 꿈 철학관이라고 멀쩡할 리 있습니까? 또 누군가가 말했다. 꿈이 거짓말 할 리가 있나요? 그 영화들이 저 남자 분의 꿈을 베낀 겁니다.

박현몽은 이제 흘릴 땀을 다 흘렸는지, 울 것 같은 표정으로 앉아 있었다. 행사장 안의 모든 눈이 그를 바라보고 있었다. 그것은 눈이 아니라 구멍처럼 보일 수도 있었다. 박현몽은 그 어떤 구멍과도 눈을 마주치지 못하고 있었다. 사회자가 입을 열었다.

"여러분, 앉아주시지요, 앉아주세요. 이럴 때 바로 뇌파 측정기가 필요한 겁니다. 오늘은 다행히 베리굿브레인 대표님께서 참석해주셨으니, 꿈과 뇌파와의 관계를 밝히는 다음 식순으로 바로 넘어가도록 하겠습니다."

또 한번, 소리 없는 총성이 울렸다. 총알은 박현몽의 등도 얼굴도 심장도 아닌, 어딘가에 숨어 있을 거짓말 보따리를 그대로 관통했다. 피처럼, 땀이 흘렀다. 초경량 뇌파 측정기를 들고 등장한 박사는 박현몽에게 검사를 받아보겠냐고 물었다. 박현몽의 고개는 도리도리 움직였는데, 그의 입에서는 '예' 하는 말이 흘러나왔다. 상황은 그런 것이었다. 박현몽의 발은 땅에 딱 붙어 있었는데, 그의 팔은 벌써 침대에 오르려고 매트리스를 짚고 있었다. 상황은 그랬다. 그런 것이었다.

박현몽의 관자놀이에 몇 가닥의 전선과 같은 것이 붙었다. 그것은 전선이라기보다 진액을 빨아 먹는 대롱에 가까웠다. 박사는 지시봉으로 커다란 화면을 가리키면서 지휘자처럼 나섰다. 전선으로 연결된 박현몽은 몸 전체로 덜덜 떠는 현악기와 같았다. 사람들은 그의 몸에서 흘러나올 연주를 기대하며 숨을 죽였다.

"우리는 이제 박현몽 씨의 뇌가 4단계의 비렘수면 상태를 거쳐 렘수면, 즉 꿈수면 상태로 들어가는 것을 보게 될 겁니다. 렘수면 상태에서 사람을 깨우면 보통, 자신이 꾼 꿈을 기억하고 있습니다. 그때 어떤 꿈을 꾸었는지 물어보고 바로 신선한 꿈을 확인할 수 있겠죠. 자, 이제 박현몽 씨가 잠이 듭니다. 1단계는 30초에서 7분간 이어집니다. 지금 나오는 거, 베타파입니다. 보이십니까? 파형이 복잡하고 율동성이 없죠? 긴장된 상태에서 나오는 뇌파입니다. 그다음은 조금 느려지면서 알파파가 나오네요. 우리가 깨어 있는 동안 추구해야 할 건강파입니다. 예, 또 바뀌었죠? 이제 조금 파장이 촘촘해지죠, 바로 세타파입니다. 비로소 수면 단계로 접어든 겁니다. 다음은 델타파가 이어질 텐데요. 그러니까 이게 공식이죠."

'β(베타) α(알파) θ(세타) δ(델타)'

사람들은 그 공식을 받아 적었다. 베타, 알파, 세타, 델타, 하고 읊어보는 사람도 있었다.

"자, 이게 한 주기입니다. 뇌파가 이렇게 움직이는 거 보이시죠? 적지만 마시고 바로바로 외우세요. 자장가 부르실 때 가사로 써도 좋습니다. 베타, 알파, 세타, 델타, 따라해보세요. 네, 좋습니다. 그다음은 렘수면이 이어지죠. 톱니 모양 파가 덧붙여 나타날 겁니다. 다시 빠르게요. 여성 분들 집중하세요, 이 시기에 들어서면 남성의 음경이 발기 상태를 지속한답니다. 자, 이제 우리는 꿈속으로 들어갑니다."

바로 그때부터 박현몽의 뇌는 악보 밖으로 이탈했다. 불규칙한 곡선을 만들더니, 점점 느려졌다. 박사는 맞지 않는 내

비게이션처럼 또 한 번 같은 말을 반복했지만, 뇌파는 전혀 다른 길로 흘러가기 시작했다. 그리고 어느 순간, 우리는 모두 그가 죽은 줄만 알았다. 모든 곡선이 잠잠해지고 거의 딱딱한 직선을 보였기 때문이다. 그것은 꿈이 침범할 수 없을 만큼 깊은 수면의 세계였다. 나는 화면을 보지 않고 주위를 돌아보았다. 모두가 다 한 사람의 머릿속을 보고 있는 이 풍경이 꿈처럼 나른하게 느껴졌다. 낯설기만 하던 군중 속에서 낯익은 얼굴이 하나둘, 눈에 들어오기 시작했다. 왕 여사는 폭락하는 주식을 보는 심정으로 박현몽의 뇌파를 지켜보았다. 남택만은 줄어드는 고추를 붙잡고 있었고, 김춘삼은 쉼표와 씨름하고 있었다. 그들의 얼굴마다 잠옷의 무늬가 겹쳤다. 그들 누구에게도 들리지 않았지만 분명 박현몽은 머릿속으로 렘, 렘, 렘, 렘, 하고 울고 있었다. 그러나 그의 꿈은 렘과 렘 사이, 렘과 렘과 렘 사이, 모든 렘수면이 미치지 않는 후미진 곳을 따라 달아났다.

"깊은 수면 상태에 빠지게 되면 델타파가 다시 나오는데, 3헤르츠 정도의 파동이죠. 원래대로 렘수면이라면 60~70헤르츠 정도가 되어야 하는데, 박현몽 씨가 지금 예기치 않게, 깊은 잠에 빠져 있습니다. 우리 몸이 하룻밤 동안 잘 수 있는 완벽한 숙면 상태는 기껏해야 15분 정도밖에 되지 않습니다. 그런데 지금 이분은 지금 꿈을 꾸지 못할 만큼 깊은 잠에 빠져 있어요. 50분 동안 말이죠."

"죽은 거 아니에요?"

누군가가 물었다. 숨은 멈추지 않았고, 꿈은 멈췄다. 그렇게 연주가 끝났다. 박사가 박현몽에게 어떤 꿈을 꿨느냐고 물었다. 박현몽의 뇌파를 읽지 못한 사람은 박현몽 한 사람뿐이었다. 머리가 전선으로 요란하게 뒤얽힌 채, 박현몽이 입을 열었다.

"철학관이 불타는 꿈이었어요. 제 철학관 말입니다."

박사가 박현몽을 바라보며 정말 꿈이 기억나느냐고 다시 물었다. 박현몽은 고개를 끄덕이면서 열심히 자신의 철학관에 불이 붙는 장면을 묘사했다. 군중 속에서 조금씩 경멸의 눈빛이 번져나갔다. 그는 필요 이상으로 말이 길었다. 박현몽이 꿈에 대해 이야기하면 할수록, 사람들의 표정은 점점 어두워졌다. 누군가가 격한 목소리로 말했다.

"쇼는 끝났소. 그동안 얼마나 팔아드셨소?"

박현몽은 몰래 오줌을 싸다 걸린 사람처럼 엉거주춤 일어났다. 박현몽이 말을 길게 할수록 그것은 변명처럼 통했다. 박현몽을 두고 사기꾼이라고 공격하는 사람들 중에는 낯익은 얼굴들도 몇몇 있었는데, 꿈 값을 환불하라고 고래고래 소리를 질러댔다. 한참 후에 누군가가 말했다.

"어쩌면 저 사람의 말은 거짓이 아닐지도 모릅니다. 그런 경우도 있지 않겠습니까? 어차피 뇌파는 뇌의 전기적인 활동을 보여주는 것, 그러니까 의식적인 영역의 일이지만 잠과 꿈은 무의식의 세계에 속해 있는 거 아닙니까. 만약에 저분의 말대로 뇌파에 잡히지 않는 영역에서 꿈을 꾼 게 사실이라면 그건 보통 꿈보다도 훨씬 매력적인 이야기겠죠."

그렇게 말한 사람은 놀랍게도, 남택만이었다. 누군가가 그를 남 박사라고 불렀다. 남택만, 아니 남 박사의 말에 동조하는 사람도 있었다. 박현몽을 믿으려는 사람들이 그가 분명 뇌파에 잡히지 않는 꿈을 꿨을 거라고 주장했다. 박현몽도 그중 한 사람이었다. 그는 자신이 뇌파에 잡히지 않는 꿈을 꿨으며, 철학관이 불타는 장면이 생생했다고 외쳐댔다. 우왕좌왕 소동이 계속되자, 사회자가 마이크를 들고 말했다.

"대표님, 다음 순서 진행해주시죠."

"예, 베리굿브레인 대표 이베리입니다. 지금 실험을 보셔서 아시겠지만, 베리굿브레인은 가정에서 손쉽게 사용할 수 있는 신개념 뇌파 측정기입니다. 작고 가볍기 때문에 언제 어디서나 휴대가 가능합니다. 뇌파를 길들일 수 있다면 세계를 정복할 수도 있습니다."

마이크를 통해 흘러나오는 말을 배경 음악으로 삼은 채, 사람들의 의견 충돌은 계속되었다. 누군가가 경찰서에 가면 5억 원짜리 뇌파 거짓말 탐지기가 있다고 말했다. 관련 범죄 사진이나 단어를 보여주고 뇌파를 측정하면 거짓말을 하는지 아닌지를 알 수가 있다는 것이었다. 그러나 거짓말 탐지기는 끝내 등장하지 않았다. 유능한 꿈쟁이들은 도처에 널려 있었고,

그들 중에는 의사 자격증과 교수 직함 등으로 검증된 이들도 많았다. 가장 잔인하고도 확실한 방법은 시장의 법칙을 따르는 것이었다. 시간이 없고 꿈이 고픈 사람들은 그저, 박현몽을 외면하면 그뿐이었다. 갈 곳은 많았고 그것은 자연스러운 일이었다.

박현몽은 철학관으로 돌아왔지만, 더 이상 박현몽을 기다리는 사람들은 없었다. 경쟁사에서 빼앗아간 것은 고객뿐만이 아니었다. 박현몽의 뇌까지 잠식했는지, 그는 언제부터인가 경쟁사들이 홍보하던 문구를 중얼거렸다. 그의 꿈은 이제 몇 겹의 잠옷으로도 몇 리터의 섬유 유연제로도 불러올 수 없었다. 빨래 건조대는 갈비뼈 하나를 도둑맞은 첫 인간의 몸통처럼 어딘가 허술했다.

그날 새벽, 철학관에 불이 붙었다. 불은 철학관의 가장 왼쪽 방, 그러니까 5백 개의 몽유병을 쌓아놓은 곳에서 시작되었다. 불은 몽유병을 장작 삼아 활활 타올라 고객 대기실까지 뻗어나갔다. 불 속에서 내가 박현몽을 찾았을 때, 그의 손에는 안전핀이 뽑힌 소화기가 들려 있었다. 그러나 그의 눈동자 속에는 불길이 이글거렸다. 그 눈을 보면서, 이 불길이 어디서 시작되었는지 알 수 있을 것 같았다. 꺼져버린 꿈의 불씨가 그의 눈동자 속에 있었다. 박현몽은 숨을 몰아쉬며 말했다.

"이건 꿈이다."

그의 손에서 기름 냄새가 났다.

철학관은 정확히 반이 타고 반이 남았다. 그 반을 태운 범인이 꿈이었다면 좋았을 것을. 그러나 현실은 꿈이 아니었다. 하루도 지나지 않아 어설픈 범인이 잡혔다. 많은 사람들이, 나조차도, 박현몽이 범인일지 모른다고 의심했지만, 그는 아니었다. 박현몽이 준비했던 기름을 붓기도 전에 이미 불길이 치솟았다.

'논현동 철학관 방화, 고객의 소행'

고객이었다고는 했으나, 낯익은 얼굴이 아니었다. 나는 물론, 박현몽조차도 그가 누구인지 기억할 수 없었다. 이름도, 얼굴도, 목소리도, 모두 낯설었다. 그를 고객으로 기억해야 할지 범인으로 기억해야 할지 그 구분조차도 낯설었다. 기사는 몇 줄 되지도 않았다. 기사보다 더 눈에 들어오는 건 그 아래 광고 면에 있던 굵고 큰 글씨체였다.

'불신이 싹트셨나요? 꿈을 꾸는 동안 뇌파로 증명해드립니다'

철학관이 극성 고객에 의해 불탔다는 소문은 불길처럼 삽시간에 퍼졌다. 그러나 박현몽이 철학관의 미래를 꿈으로 예견했다고 생각하는 사람들은 그리 많지 않았다. 뇌파 검사는 끝났지만, 아직도 많은 사람들의 머릿속에는 박현몽의 말과 따로 놀던 뇌파가 강하게 기억되어 있었다. 마치 물이 가득한 욕조에서 배수구를 갑자기 열었을 때처럼, 욕조의 물이 바닥을 드러낼수록 소음이 더 심해지는 것처럼 철학관은 겁재의 소용돌이 속으로 휘말렸다. '자기 혁신'을 하며 불려나갔던 철학관의 몸체는 으리으리했지만, 그 뿌리 밑에는 빛이 가득했다. 낯선 전화와 방문이 늘어갔고 마침내, 붉은 딱지가 철학관 여기저기에 붙었다. 벽걸이 TV, 노트북, 골프채, 피아노, 세탁기, 심지어는 불타버린 담벼락에도 붙었다. 이제 그만 경기장 밖으로 퇴장, 그렇게 말하는 것 같았다.

철학관을 드나들었던 고객들은 피해자로, 상습적으로 드나들었던 고객들은 환자로 불렸다. 피해자들은 얼굴이 없었다. 유명한 사람일수록 꿈 철학관에 드나들었다는 사실을 감추고 싶어 했다. 많은 사람들이 박현몽을 두고 사기꾼이라고 말했는데, 그렇게 말하면서도 자기가 무슨 사기를 당했는지 알지 못하는 사람들도 있었다. 꿈이 사라졌다는 사실을 알면서도 아직 꼭 그렇지만은 않을 거라고 믿는 사람들도 있었다. 그들 중 일부가 반만 남은 철학관으로 몰려왔다. 나와 눈이 마주쳤지만, 그들도 나도 서로를 알아볼 수 없었다. 사람들의 발자국과 소음은 몽유병이 가득한 철학관을 달그락달그락 흔들기에 충분했다. 그것은 기대감으로 드럼이 요동치거나 심장이 뛰는 소리와 비슷했다. 그리고 마침내, 박수갈채처럼 몽유병들이 와르르 곤두박질쳤다. 깨지고 부서지는 몽유병 틈에서도 몇 개는 그 주인들의 품에 고스란히 안긴 채 난국을 벗어났다. 자신의 이름이 붙은 몽유병은 물론, 다른 이들의 몽유병까지 가져가는 이도 있었다.

요란한 소음이 지나간 후, 박현몽은 잠옷 더미 속에서 발견되었다. 한 발에는 132번, 다른 발에는 378번, 팔에는 201번, 그리고 머리는 24번 고객의 잠옷을 걸친 채였다. 마치 온몸으로 빨래 건조대가 된 것 같은 모습으로.

"놈들이 왔어."

그을음이 가득한 잠옷 속에서 그가 말했다.

"누가요? 사람들이요?"

"더 무서운 게 왔어."

박현몽의 다음 말은 단어가 아니라 신음처럼 들렸다.

"현실."

그 순간 세탁기에서 빨래가 끝났음을 알리는 신호음이 들렸다. 뚜껑을 열었다. 수십 벌의 꿈들이 형체를 알 수 없을 만큼 뒤엉켜 있었다. 그것이 내 마지막 일이었다.

꿈의 반대말이 현실일까, 거짓말일까. 철학관 대문을 벗어나기까지, 마주치는 벽마다 몽유병이 가득했다. 그토록 많은 몽유병이 깨지고 불탔는데, 어디서 이 몽유병들이 또 등장한 것인지 알 수 없었다. 손에 닿는 몽유병의 차가운 감촉이 낯설었다. 박현몽의 이름이 점자처럼 오돌토돌하게 읽힐 것도 같았다. 그중 하나를 들고 대문을 통과했다. 나도 모르게 걸음이 빨라졌다. 두근거리던 심장 소리가 좀 가라앉은 후에 몽유병의 뚜껑을 열어보았다. 아무것도 없었다. 그렇게 철학관은 멈췄다.

"꿈이 현실보다 비싼 건 당연한 이치 아니겠습니까? 꿈이 비싸질수록 잠옷 문화도 한 단계 더 높아져야 합니다. 그럴 때 필요한 게 바로 여러분이죠! 잠옷 코디네이터는 21세기를 넘어 22세기까지도 창창할 유망 직종입니다."

사장은 이력서를 내는 사람이나 사직서를 내는 사람이나 누구에게나 똑같은 말을 되풀이했다. 잠옷 코디네이터를 구하는 곳이 점점 늘어가는 것을 보면 정말 유망 직종인 것 같기도 했다. 22세기까지는 살아보지 못했지만 철학관을 나온 후 21세기의 몇 개월 동안, 나는 한 잠옷 매장에서 잠옷 코디네이터로 일했다. 매장에서 고객들에게 필요한 잠옷을 골라주는 일, 그러니까 쉽게 말해 매장 점원이었다.

"매장 점원이 아닙니다. 여러분 한 사람 한 사람이 올바른 잠옷 문화를 전하는 문화 전도사인 겁니다."

사장은 불황이 올수록 미니스커트가 잘 팔리듯이 불안이 올수록 잠옷이 잘 팔린다고 말하곤 했다. 잠옷 판매율이 곧 불안의 지표라고 말할 수 있다면, 세상은 점점 불안해지는 중이었다.

꿈을 사고파는 일은 간판과 방식만 달리한 채 계속되었다. 불안이란 셔츠 단추와 같아서 떨어지기가 무섭게 다시 매달아놓는 것이었다. 혹시 그 불안이 없으면 다른 불안으로. 박현몽의 철학관을 비롯해 몇 개의 철학관이 도미노처럼 무너진 후에도 아직 꿈을 사고파는 시장은 건재했다. 어쩌면 불안의 치료제는 안정이 아닐지도 모른다. 불안이 사라진다는 것, 그것만큼 불안한 일이 또 있을까. 지금도 왕 여사는 또 다른 신앙을 찾아 여기저기 부지런히 드나들고 있을 것이다. 남택만은 자신의 고추 길이로 불안을 달래려고 할 것이다.

사장은 꿈을 파는 업체들과 손을 잡고 제휴 카드를 만들곤 했는데, 거래처마다 '원조' 아닌 곳이 없었다. 모두가 원조인 시대였다. 그중에 진짜 원조를 가려내는 방법에 대해 사장은 단호하게 말할 수 있었다.

"제일 잘 팔리는 곳이 진짜 원조지."

그 기준대로 하자면, 현재 꿈 시장의 원조는 꿈을 저울에 달아 팔고 있었다. 정육점과 빵집처럼 유리 진열장이 커다랗게 놓여 있는 곳이었다. 꿈들은 가루, 혹은 액체 형태로 존재했다. 꿈의 보편적인 무게는 '1백 그램에 2,500원'이었다.

줍는 것, 가지는 것, 나에게 오는 것, 덮어씌우는 것, 박수 받는 것, 멀어지는 것, 나아가는 것, 뒷걸음치는 것…… 이것들은 '행동'이었다. 원, 사각, 삼각, 별, 아치 형태, 이것들은 '도형'이었다. 갈등, 회복, 만남 등은 주제어. 동물과 식물, 그 외에도 많은 기준에 의해 꿈의 소재들이 분류되어 있었다. 국자를 들어 내가 원하는 꿈의 소재들을 쟁반에 담았다. 카운터에 있던 여자가 그것을 저울 위에 올려놓았다. 눈금이 훌쩍 움직였다. 꿈의 무게는 515그램.

"12,870원입니다. 주무시기 한 시간 전에 물에 녹여서 드세요."

그것은 총명탕의 변형된 모습이었다. 내가 꾸고 싶었던 꿈은 철학관 사람들의 현재였다. 그러나 꿈은 나타나지 않았다. 꿈보다는 현실이 훨씬 더 가까웠다. 며칠 후 나는 사장이 스크랩한 기사 속에서 김춘삼을 만날 수 있었다.

박현몽의 철학관이 무너진 후, 김춘삼은 원고지 2천 매 분량의 절필 선언문을 썼다. 그것을 출판사에 보냈을 뿐인데, 출판사에서는 그마저도 소설이라고 생각했는지 절필 선언을 신작 소설로 탈바꿈시켰다. 제목은 『김춘삼의 절필선언』. 글은 김춘삼에게 절필이 아니라 작가로서의 절정을 가져다주었다. 김춘삼은 절필을 절호의 기회로 삼았고, 아무도 그가 무너진 것을 눈치채지 못했지만 어쨌든 재기에 성공했다. 그의 소설은 이번만큼은 유행하는 여성용 핸드백에 들어갈 수 없을 만큼 두꺼웠지만, 그 두꺼움을 그의 문학적 역량이라고 생각하는 사람들도 많았다.

"매일 밤 열두 시간 동안 자신이 임금 노릇을 하는 꿈을 꾸는 직공과, 밤마다 열두 시간 동안 직공 노릇을 하는 꿈을 꾸는 임금 중에 누가 더 행복할까? 파스칼은 『팡세』에서 이 같은 질문을 던지고는, 이들의 행복이 거의 비슷할 거라고 답한다. 그렇지만 어떤 세계에서는 임금 꿈을 꾸는 직공과 직공 꿈을 꾸는 임금이 있다면 둘은 꿈의 계시대로 역할을 바꾼다. 말레이시아 원시림에 살던 세노이 부족의 이야기다. 꿈의 부족이라고 불렸던 그들은 꿈을 삶에 대한 계시로 보고, 꿈에 따라 살았다. 일할 만큼만 일하고 남은 시간은 꿈의 지배를 받았던 그들의 세계에는 폭력도, 정신병도, 스트레스도 없었다. 내가 말하고자 하는 것은 이 시대에 남은 마지막 세노이 부족의 이야기다."

소설의 첫머리를 낭독한 김춘삼이 독자들을 향해 말했다.

"주인공 박현몽은 이 시대의 구원자인 동시에 사기꾼이었습니다. 갑자기 사라진 꿈은 처음부터 없던 것만 못했습니다. 거짓말이요? 글쎄요. 저는 꿈이 처음부터 거짓이었을 거라고는 생각지 않습니다. 소멸된 거죠. 왜 그렇게 된 걸까요? 그건 독자의 상상에 맡기려고 합니다."

독자 중 누군가가 물었다.

"이번 작품에서 쉼표를 한 번도 쓰지 않으셨다는데, 특별한 이유가 있나요?"

"답은 책 안에 있습니다."

"박현몽이 정말 사기꾼이라고 생각하세요?"

그렇게 물은 것은 나였다. 김춘삼의 얼굴에 묘한 표정이 스쳤다.

"판단은 독자들의 몫이겠죠."

철학관이 폐쇄된 후에도 한동안 내 통장으로 돈이 들어왔다. 그것은 사업용 계좌번호였으므로 누군가 지금도 꿈 값을 보내는 게 분명했다. 몇 달 만에 입금이 그쳤을 때, 나는 그 돈을 가지고 박현몽의 철학관으로 찾아갔다. 신제품 두 벌도 함께였다.

이제 철학관은 없었다. 쏟아지는 햇빛을 감당할 수 없어 여기저기 구겨지고 쪼그라진 작은 집 한 채만 남아 있을 뿐이었다. 허술하게 닫힌 대문 안에는 사라졌던 작대기 두 개를 다시 붙인 '박현봉'이 살았다.

대문은 무대의 막이 오르듯이 천천히 열렸다. 그 안에서 현실이 압류하지 않은, 현실조차 외면한 몇 가지 가구들만이 남아 옛 철학관의 일부분을 재생하고 있었다. 그러나 그것들은 모두 불구였다. 푹 꺼진 매트리스, 지나치게 큰 잠옷, 유통기한을 한참 넘긴 총명탕, 그리고 낡은 빨래 건조대.

빨래 건조대는 좁은 마당 한끝에 아틀라스처럼 서서 무너지는 철학관을 두 팔로 지탱하고 있었다. 아틀라스의 야윈 팔에 걸린 굵고 질긴 옷감들은 꿈이 통과하기에는 지나치게 두꺼웠다. 옷감 끝자락에서 똑, 똑, 물이 떨어졌다. 똑, 똑, 마치 지면에 노크하듯이 똑똑. 그 노크 소리가 방울방울 모여 흘러간 그 지점에 수챗구멍이 초라하게 뚫려 있었다.

그 구멍을 들여다보는 사람은 나만이 아니었다. 멸치처럼 가느다란 남자가, 피부를 잠옷처럼 걸친 채 쭈그리고 앉아 수챗구멍 안을 들여다보고 있었다. 박현몽과 나는 그렇게 또 하나의 구멍 앞에서 마주쳤다. 그는 네발로 몸을 지탱하는 동물들처럼 땅에 엎드려서 한 손으로 수챗구멍을 만지작거렸다. 그리고 입김을 불어넣었다. 땅속으로 뻗어 있을 꿈의 통로에 입김을 불어넣고, 입김을 불어넣고, 입김을 불어넣다가, 그의 체중이 구멍 안으로 기울었다. 두 발이 허공으로 붕 솟아오르는가 싶더니 곧 기괴한 웃음소리가 울렸다. 순간, 그의 몸이 수챗구멍 속으로 쏙 빨려 들어갔다.

하늘은 맑았다. 몇 초의 시간이 몇 년처럼 느껴졌다. 눈을 씻고 다시 봐도 박현몽은 없었다. 지상의 모든 수챗구멍이 닿아 있을 어느 하수도, 그곳에서 파도 치는 소리가 들리는 것도 같았다. 어디선가 본 듯한 장면이었다. 김춘삼이 쓴 소설책의 마지막 장을 펼쳤다. 종이 위에서 글씨들이 날아가는 것만 같았다.

'구멍 안은 잠잠했다. 어쩌면 그 안에 해석할 수 없는 꿈의 문자들이 가득할지 모른다는 생각이 들었지만, 굳이 들여다보고 싶지는 않았다.'

로드킬

436번 도로에는 단속 카메라도, 교통 체증도 없다. 군데군데 '야생동물 출현 주의 구간'임을 알리는 표지판이 세워져 있을 뿐이다. 몇 년 전, 인근에 터널이 두 개나 뚫리면서 436번 도로는 한적해졌다. 휴가철을 제외하면 오가는 차들도 많지 않다. 눈이 4월의 벚꽃처럼 흩날리는 오후, 남자의 트럭은 가볍게 달린다. 모텔까지 남은 거리는 3킬로미터, 도로 위를 달리는 차들의 목적지는 같다.

고지대에 우뚝 솟은 무인 모텔은 이 도로 위에서 볼 수 있는 유일한 풍경이다. 왼쪽으로 모텔 건물이 보이자, 남자는 한 손으로 핸들을 크게 돌리면서 다른 한 손으로 안전벨트를 풀었다. 끊임없이 울리던 휴대전화의 전원 버튼도 길게 눌렀다. 신나게 울리던 벨소리가 멈추면서 숨통이 끊어졌다. 사방이 고요해졌다.

지하 주차장에는 먼지가 뽀얗게 쌓인 차들이 많았다. 남자는 여기서 숙박해본 적이 없었지만, 드나들 때마다 주차장의 빈자리를 찾느라 헤맸다. 이렇게 외진 곳으로 사람들이 찾아오는 데는 그만한 이유가 있었다. 벗어나기 싫다는 점에서 모텔은 카지노와 비슷했다. 그는 겨우 발견한 자리에 트럭을 세운 후, 짐칸에서 상자를 꺼내들고 모텔 안으로 들어갔다.

복도는 컨베이어벨트처럼 움직였다. 천천히 움직이는 컨베이어벨트 위로 자판기가 레일 위의 회전초밥처럼 흘러갔다. 눈이 오거나 비가 오거나 투숙객이 많거나 적거나, 지구가 자전을 멈추지 않듯 컨베이어벨트도 멈추지 않았다. 이곳에 머무는 투숙객들이라면 방문을 열고 나와, 마음에 드는 자판기가 앞으로 오기를 기다리기만 하면 되는 것이었다. 문만 열면 얼굴 없는 가판대가 가득해서 건물 밖으로 나가지 않고도 원하는 생필품을 쉽게 살 수 있었다. 층마다 컨베이어벨트가 고객의 취향과 요구보다 한발 앞서 움직인다는 홍보 문구가 붙어 있었다. 남자는 저 앞에서 익숙한 자판기 한 대가 흘러오는 것을 보고 얼른 컨베이어벨트 위에 올라탔다. 판타스틱 러브. 6개월 전에 그가 이 모텔에 넣어둔 이벤트 용품 자판기였다.

풍선이나 비누방울, 밧줄과 가터벨트에 이르기까지 얼핏 보기에는 어울리지 않는 물건들이 한 자판기 안에 들어가 있다. 풍선을 누르면 풍선이 나오고 가터벨트를 누르면 가터벨트가 나오기 때문에 문제될 것은 없다. 남자는 상자를 옆에 내려두고 자판기를 열었다. 빠진 물품만큼의 지폐와 동전들이 한구석에 기다리고 있었다. 넘치는 돈을 받으면 거스름돈을 내밀고, 가진 것이 없으면 품절이라고 알려주는 것, 그는 자판기의 이런 점이 마음에 들었다. 투입구와 배출구 사이, 물품을 채워 넣는 일만으로도 남자는 반듯하고 합리적인 사람이 되는 것 같았다. 판타스틱 러브는 그에게 있어서도 하나의 이벤트였다. 풍선은 풍선의 자리에, 폭죽은 폭죽의 자리에, 밧줄은 밧줄의 자리에 채우고 문을 달으면 판타스틱 러브는 다시 화려하게 돌아갔다.

무인 모텔에 판타스틱 러브를 넣어두면서부터, 그는 도심 곳곳에 흩어져 있던 다른 자판기들을 하나씩 정리했다. 재고만 쌓이고 전기세만 먹던 자판기들과 다르게 판타스틱 러브는 수익성이 좋았다. 카드로 몇 개월분의 이벤트 용품들을 미리 산 것도 판타스틱 러브의 가능성 때문이었다. 새봄이 오면 판타스틱 러브를 두 대쯤 더 구입하는 것이 남자의 목표였다. 그가 판타스틱 러브의 외관을 열심히 닦고 광까지 낸 후 모텔 밖으로 나갔을 때, 세상은 눈으로 하얗게 덮여 있었다. 겨우 한 시간 반 만에 눈이 쌓여버렸다. 남자는 시계를 보았다. 오후 5시, 도심으로 돌아가야 할 시간이었다.

그는 트럭에 올라타 의자를 바싹 앞으로 당겼다. 다시 436번

도로로 내려가는 언덕길은 미끄러웠다. 해는 금세 기울었고, 땅은 그새 얼어붙었다. 남자가 꺼두었던 휴대전화를 다시 켜자마자 문자 메시지들이 한꺼번에 쏟아졌다. 남자는 다시 휴대전화를 껐다. 그는 분명 무언가를 기다리고 있었으나, 이런 것은 아니었다. 차라리 눈이 더 많이 와서 핑계 거리가 되었으면, 하고 그는 생각했다. 아주 잠깐 스친 생각이었는데 그 생각이 기폭제라도 된 듯 눈바람이 거세게 차창을 두드렸다.

모텔에 남은 방은 단 하나뿐이었고, 그 사실은 그에게 모텔에서의 하룻밤을 더 필연적으로 느끼도록 만들어주었다. 방값은 10만 원이었다. 그는 신용카드를 밀어 넣었지만 그의 신용카드는 아무런 효력이 없었다. 판타스틱 러브에 채워 넣을 물품 대금으로 카드 한도가 초과된 달이었다. 지갑 속의 현금은 얼마 되지 않았지만 판타스틱 러브의 수익금은 두둑했다. 그 둘을 합쳐 10만 원을 투입구에 넣자 카드 키가 매끈한 몸짓으로 빠져나왔다.

다음 날 아침, 방 안에는 지난밤 남자가 소비한 것들이 흔적을 남기고 있었다. 속을 하얗게 비워낸 레토르트 식품들, 나뒹구는 맥주 캔, 담배꽁초, 스포츠신문…… 모두 무인 모텔을 빙글빙글 돌아가는 컨베이어벨트 위에서 뽑아낸 것이었다. 남자는 보통 방의 두 배 정도는 될 듯한 천장 높이와 킹 사이즈 침대를 보며 기지개를 켰다. 넓은 공간만큼 뼈와 근육도 자라는 것 같았다. 창밖은 온통 눈이었다. 뉴스에서는 전국에 유례없는 폭설이 내렸다고 떠들었다. 그러나 푹신한 침대 위에서 바라보는 눈은 커튼이나 벽지의 무늬처럼 잔잔했다. 충격을 감싸는 스티로폼처럼 느껴지기도 했다. 모텔을 감싼 새하얀 완충재, 그것이 눈이었다.

눈이 오면 판타스틱 러브의 수요는 더 늘어났다. 하룻밤 새 풍선과 나비 가면이 절반 이상 줄어들었다. 풍선 50개, 나비 가면 50개, 폭설만큼이나 놀라운 수치였다. 남자는 부리나케 주차장으로 내려가 트럭에서 상자 하나를 꺼내왔다. 빠져나간 물품만큼 들어온 돈이 남자의 주머니를 채웠다. 이런 속도라면 봄이 오기도 전에 두번째 판타스틱 러브를 놓을 수 있을지도 몰랐다. 휘파람을 불며 그는 트럭에 올라탔다. 뉴스에서는 오후부터 한차례 눈이 더 내릴 거라고 했다. 부릉, 시동을 걸자 트럭이 짐승 소리를 냈다. 라디오 주파수는 잘 잡히지 않았지만, 잡음 속에서도 경쾌한 가락이 흘러나왔다. 트럭은 미끄러운 눈길 위로 조심조심 내려갔다. 차창을 열면 칼바람이 부는 소리가 라디오 속 가락과 뒤섞였다. 그러다 어느 순간, 모든 소리가 사라졌다. 사라진 것은 소리뿐이 아니었다. 내리막길 아래 있어야 할 도로가 보이지 않았다. 시야는 온통 하얗기만 했다. 436번 도로는 도로와 도로 아닌 곳의 구분이 사라진 채, 눈 속에 잠겨 있었다. 남자는 서서히 브레이크를 밟았지만 트럭은 풍선과 나비 가면이 팔려나가는 속도만큼 빠르게, 미끄러졌다. 마치 눈 속으로 다이빙을 하듯, 네 바퀴

와 헤드라이트가 풍덩, 눈에 잠겼다. 트럭은 움직이지 않았다. 움직인다고 해도 달릴 수 있는 길이 이미 사라진 상태였다.

군 생활 이후 실로 오랜만에 보는 폭설다운 폭설이었다. 차는커녕 사람이나 동물조차도 보이지 않는 도로 위에서 그와 트럭은 30분이 넘도록 방치되어 있었다. 그토록 열심히 울리던 휴대전화는 이제 발신도 수신도 되지 않았다. 주저앉은 트럭 위로 증거를 인멸하려는 듯이 눈이 쏟아졌다. 그는 트럭을 그대로 두고 다시 모텔을 향해 걸었다. 몇 번을 미끄러져 뒹굴었다. 거의 허리까지 차오르던 눈은 모텔에 가까워질수록 그 높이가 낮아지다가 모텔 현관에 들어서자 발에 밟히는 정도가 되었다. 그렇게 열심히 눈을 쓸어댔던 사람이 무인 모텔 어딘가에 있을 텐데 아무리 기다려도 만날 수 없었다. 로비에 있던 공중전화 역시 먹통이었다. 남아 있는 방은 딱 하나, 선택의 여지가 없었다.

눈은 일주일간 계속되었다. 뉴스에서는 상상 이상의 폭설이라는 말을 썼다. 눈구름이 이동하지 못하고 한자리를 맴돌았다. 혹한과 폭설 속에서 곳곳이 고립되고 있었다. 도로가 얼어붙었고, 눈의 무게를 감당하지 못한 가옥의 지붕이 무너졌다. 도시를 관통하던 젖줄은 꽁꽁 얼었다. 강줄기 속에서 종종 하얗게 박제된 새가 발견되기도 했다. 눈발은 점점 거세어졌다. 가지가 여린 나무는 눈발이 부딪히는 자리마다 깊은 굴곡을 만들었다.

　눈으로 뒤덮인 뉴스도 창밖도 온통 한가지 색인 가운데, 지루하지 않은 곳은 복도뿐이었다. 방문을 열고 나와 컨베이어벨트 위에 올라타기만 하면 눈이 아플 만큼 화려한 세계가 펼쳐졌다. 없는 것이 없었다. 그가 일주일이 넘도록 모텔에 머물 수 있었던 것도 이 컨베이어벨트 위의 자판기들 덕분이었다. 그의 판타스틱 러브 역시 눈 속에서 빠른 속도로 물건들을 팔고 있었다. 그는 품절 표시등이 들어온 품목들을 적었다. 폭죽 두 상자, 수갑과 가터벨트 한 상자씩, 풍선과 나비가면 반 상자씩. 눈으로 뒤덮인 내리막길을 내려가느라 운동화가 더러워지고 바지 자락에 구정물이 튀는 것쯤은 아무렇지도 않았다. 눈은 팝콘처럼 튀어올랐고, 그는 썰매를 타듯 흥겹게 내려가 도로에 멈춰 있는 트럭에서 젖지 않은 상자들을 골라 들고 왔다. 그는 고립되긴 했지만, 적어도 일을 하고 있었고 돈이 있는 한 이곳에서 살지 못할 이유는 없었다. 물품이 빠져나간 만큼 들어온 돈, 그러니까 일해서 번 돈을 가지고 남자는 그날그날의 숙박비와 식사비를 냈다. 물론 처음처럼 천장이 보통의 두 배나 높은, 그런 방에서 머물 수는 없었다. 그것은 사치였고 낭비였다. 다행히 조금 더 합리적인 가격대의 방에도 빈자리가 생겨나기 시작했고, 그는 보통 높이의 천장 밑에서도, 보통 높이보다 조금 더 낮은 것 같은 천장 밑에서도 잘 잤다.

남자가 복도의 자판기 틈새에서 인터폰을 발견한 것은 조금 잠잠해졌던 눈이 다시 몰아치기 시작한 어느 오후였다. 폭설 속에서 인터폰은 길고 지루한 신호음을 내보냈다.

"객실 관련 문의는 1번, 자판기 관련 문의는 2번, 서비스 관련 문의는 3번, 주차 관련 문의는 4번, 기타 문의는 0번입니다."

그는 잠시 고민하다가 0번을 눌렀다.

"지금은 통화량이 많아 연결이 되지 않습니다. 삐 소리가 들린 후 내용을 남겨주시면 상담원이 확인 후 연락드리겠습니다. 삐—"

"판타스틱 러브 관리하는 사람인데요. 모텔 안에 고장 난 비품이 많습니다. 공중전화 먹통이고요, 휴대전화도 안 터지고, 제 트럭도 고장이 나서 갇혀 있으니 어떻게든 연락을 취해서 직원 분을 보내주세요."

메모를 남긴 후로 며칠이 더 흘렀다. 모텔에 머무는 시간이 길어질수록 모텔은 점점 낯설어졌다. 한 층에 몇 개의 객실이 있는지, 건물이 총 몇 층으로 되어 있는지 알 수가 없었다. 얼마나 많은 종류의 자판기가 있는지도 확인할 수 없었다. 폭설 때문인지 객실은 꽉 들어찬 듯했고, 그럼에도 불구하고 지금까지 모텔 안에서 그는 한 사람도 보지 못했다. 그에 비하면 남자가 본 자판기는 셀 수도 없을 만큼 그 종류가 많아서 벌써 수중의 모든 현금이 바닥나고 말았다.

남자는 매일 자판기에서 휴대전화를 충전했다. 그는 5분 간격으로 액정을 들여다보았다. 안테나 그림이 조금 더 길어지는 각도가 있으면 그대로 통화 버튼을 눌러보기도 했다. 뉴스를 시청하는 것도 잊지 않았고, 좀더 자주 판타스틱 러브 앞에서 서성거렸다. 무언가를 자주 들여다보고 확인하는 것 외에는 딱히 할 일이 없기도 했지만, 그 행위 자체가 조바심을 달래주었다. 판타스틱 러브에 채울 물품은 점점 바닥나고 있었다. 짐칸에서 상자가 줄어들수록, 남자가 머무는 천장 높이도 낮아졌다. 점점 저렴한 가격의 방을 선택했기 때문이었다. 가격과 천장 높이는 비례했다. 채찍과 밧줄이 품절되었을 때, 그가 가져온 것은 짐칸에 있던 마지막 상자였다. 밑바닥이 눈으로 젖어버려서 흐물흐물하게 변한 상자였지만 어쩔 수 없었다. 그리고 그다음 날, 또 몇 가지 물품에 품절 표시등이 빛나고 있었지만 더 이상 채울 물품이 없었다. 몇 개월간 사용할 물품을 폭설 속에서 모텔은 한 달이 채 되기 전에 모두 소비해버렸다. 그러나 그 수익금은 남자의 주머니에 남아 있지 않았다.

　태양이 등을 돌린 도시에서 모텔은 그림자도 없이 얼어붙었다. 퇴실 시간이 지나자 방 안의 모든 소음이 멈추고, 문이 저절로 열렸다. 방바닥의 온기는 순식간에 싸늘하게 식어갔다. 객실 문이 열리고 남자가 나왔을 때, 컨베이어벨트는 여전히 같은 속도로 움직이고 있었다. 그것은 층간 소음을 다리미로 평평하게 다려 펴주는 것처럼 규칙적으로 흘러갔다. 이 복도에 서서 아무리 귀를 기울여봐야 들리는 것은 컨베이어 벨트의 진동뿐. 그 적막이 남자를 편하게 했던 때가 분명 있었으나 지금은 아니었다. 남자는 서둘러 엘리베이터에 올라탔다. 그러나 건물을 벗어나자마자 자신이 어디로 가야 할지 방향을 잃고 말았다. 눈이 채찍처럼 내려치고 있었다.

"객실 관련 문의는 1번, 자판기 관련 문의는 2번, 서비스 관련…… 기타 문의입니…… 지금은 통화량이 많아 연결이 되지 않습니다. 삐 소리가 들린 후 내용을 남겨주시면 상담원이 확인 후 연락드리겠습니다. 삐—"

여전히 같은 이유로 소통이 불가능한 통화를 끝내고 나니 다시 긴 적막이 느껴졌다. 며칠째 똑같은 줄거리였다. 변한 것은 판타스틱 러브의 수익금도 거의 바닥났다는 것, 그리고 판타스틱 러브의 내용물도 바닥나서 모든 항목이 품절되었다는 것 정도였다. 남자는 가만히 마음을 다잡았다. 인터폰 속 목소리도, 같은 속도로 흘러가는 저 자판기들도 모두 차분하지 않은가. 그는 흥분과 초조함을 목청 아래 감추고 숨을 고르게 내쉬었다. 남자가 차가워질수록 상대방에게서는 온기가 느껴졌고, 남자가 조금이라도 틈을 보이면 상대방은 금세 냉정해졌다. 남자는 크게 숨을 들이쉰 후 판타스틱 러브 담당자가 아니라 고객인 척, 불만을 접수하려는 척, 2번을 눌렀다.

너무나 수월하게 상담원과 연결이 되었다.

"판타스틱 러브 자판기 있잖아요. 그게 품절이 되어서 불편합니다. 담당자한테 연결을 해서 그것 좀 빨리 채워주세요. 그리고 폭설 때문에……."

"예, 고객님. 판타스틱 러브 품절 건으로 연락주셨네요. 저희가 최대한 빨리 담당자에게 연락을 취하도록 하겠습니다. 더 필요한 문의 사항은 없으십니까?"

"예, 여기 폭설이 너무 많이 와서 길이 막혀가지고 나가지 못하는 경……"

"고객님, 죄송합니다만 자판기 외에 다른 문의는 ARS 안내에 따라 기타 번호로 눌러주시겠습니까? 그럼 소중한 고객님의 문의 사항, 잘 전달하겠습니다. 행복한 하루 되십쇼."

전화기 속에서는 벌써 뚜, 뚜, 뚜, 뚜, 하고 마침표가 터져 나왔다. 해야 할 말을 다 하지 못한 남자는 수화기를 쉽사리 내려놓지 못하고 컨베이어벨트 위에서 인터폰과 함께 빙글빙글 흘러갔다. 남자가 새로운 자판기를 발견한 것은 바로 그때였다. 그것은 현금 인출기와 같은 구조였지만, 정확히 말하면 현금 인출기는 아니었다. 무인 민원 서식 발급기와 현금 인출기의 중간 단계랄까, 그것은 주민등록증으로 현금을 대출할 수 있는 기계였다. 그는 기계를 유심히 살펴보았다.

1. 투입구에 주민등록증을 넣으세요.

2. 신용도 파악 후 인출 가능한 금액이 화면에 표시됩니다. 인출 가능한 금액은 개인의 신용도에 따라 다를 수 있습니다.
3. 1일 신상 정보 양도 버튼을 누르면 현금과 주민등록증이 인출됩니다.
4. 1일 1회만 가능합니다.
5. 현금을 인출한 시각으로부터 24시간 동안 주민등록번호를 사용하실 수 없습니다.

신분증을 읽고 돈을 주는 자판기라니! 신분을 담보로 잡고 돈을 인출해준다는 이야기였다. 남자는 일단 그 자리를 스쳐 지나갔다. 며칠 전부터 그는 술래가 된 듯했다. 무궁화꽃이 피었습니다, 공식을 외우고 뒤돌아보면 누군가 움직인 듯도 한데 자신만 빼고 모두들 시치미를 떼고 있었다. 효력이 없는 신용카드, 텅 빈 지갑, 폐쇄된 도로, 꼼짝할 수 없는 트럭, 그리고 아사 직전의 판타스틱 러브. 그는 왼손으로 턱을 만지작거렸다. 수염이 덥수룩했다. 현금만 받는 이곳의 습성으로 볼 때, 오늘 밤부터는 이 모텔 안에서 지낼 방법이 없었다. 물론 모텔에서 떠날 방법도 없었다. 눈이 계속 내리는 한.

남자는 다시 돌아섰다. 다행히 주민등록증 대출기는 아직 멀리 가지 않고 그의 주변을 맴돌고 있었다. 용도를 알 수 없지만, 신분증이야 재발급하면 그만이니까. 그는 자판기에 주민등록증을 넣었다. 잠시 후 주민등록증은 현금 30만 원과 함께 나왔다. 남자는 복도의 CCTV를 슬쩍 쳐다보았다. 그가 술래가 된 사이, 그를 제외한 모두가 공범이 된 것 같은 기분이 들었다.

그는 지난밤에 비해 만 원이 더 저렴한 방을 선택했는데, 가격 차이만큼 크기가 작은 방이었다. 넓이만 작은 것이 아니라 천장도 낮았고, 천장이 낮아진 만큼 창문의 크기도, 문의 크기도 작았다. 방의 높이는 바닥에서 천장까지가 일반적인 객실의 3분의 2 정도로, 남자의 키와 비슷했다. 참 이상하게도 폭설이 오기 전에는, 그러니까 그가 이 모텔에 투숙하기 전까지는 층마다 높이가 다를 수 있다는 사실을 알지 못했다. 그러나 방 값이 저렴해지면서 천장은 조금씩 그의 머리 위로 내려오고 있었다.

탕탕탕.

잠과 잠 사이, 누군가 남자의 방문을 두드렸다. 잠결에 문가로 간 남자는 문을 열지 않고 어안렌즈를 통해 외부를 보았다. 어안렌즈에 비친 복도는 양끝이 휘어져 있었다. 이상하게 이 유리 구멍은 들여다보는 사람이 오히려 감시당하는 듯한 기분을 느끼게 했다.

"우편물이요."

목소리에 퍼뜩 잠이 깬 남자는 얼른 문을 열었지만, 밖에는 아무도 없었다. 열린 문틈으로 우편 봉투 하나가 툭, 떨어졌다. 봉투 속에는 남자의 트럭이 범죄자의 몽타주처럼 담겨 있었다. 주차 위반, 과태료 6만 원. 며칠 전까지만 해도 눈 속에 갇혀 있던 트럭이 바로 그 장소에서 주차 위반으로 적발된 것이다. 도로와 인도의 구분도 없이 아스팔트와 흙의 구분도 없이 모두가 눈으로 덮인 이 마당에 주차 단속이라니. 어쩌면 그것은 좋은 신호일지도 몰랐다. 이제 길이 뚫린 것인가. 과태료 청구서를 한참 들여다보던 남자는 갑자기 문 쪽으로 다가가 벌컥 문고리를 돌렸다. 그러나 확인할 수 있는 것은 적막뿐, 복도의 CCTV가 멀건 렌즈로 그를 보고 있었다.

"폭설로 인해 고속도로와 공항, 철도가 마비된 가운데, 고립된 지역에서의 자살 시도가 잇따르고 있습니다. 어젯밤 강원도의 한 모텔에서 신원을 알 수 없는 투숙객이 숨진 채 발견됐습니다. 경찰은 일단 자살인 것으로 보고 있습니다."

뉴스는 24시간 계속되었다. 그러나 우울했다. 남자는 채널을 다른 곳으로 돌렸다.

"방 안에서는 플라스틱 병에 든 시안화칼륨, 즉 청산가리와 술병 등이 함께 발견됐습니다. 경찰은 신분증 등이 없는 점으로 미뤄……"

다시 채널을 돌려보지만 텔레비전은 오로지 한 화면만을 내보냈다. 그 외의 전파는 통하지 않았다. 그는 화면을 뚫어져라 노려보았다. 화면이 너무 낯익었다. 뒤를 바라보았다.

그의 고개가 화면을 향했다가 다시 돌아왔다. 붉은색 침구, 외투를 벗어놓은 모양새, 창문의 위치와 커튼의 색상, 조금 낮은 천장, 진녹색 벽지, 화면에 없는 것은 그의 불안감뿐이었다. 모텔 구조가 다 거기서 거기지, 하면서도 남자의 젓가락은 자꾸 허공을 집었다. 속이 좋지 않았다. 트림조차 푸석, 식도 밑으로 추락했다.

오전 일찍, 남자는 트럭을 향해 내려갔지만 찾을 수 없었다. 도로는 제설 작업이 어느 정도 진행된 듯 그전보다 눈이 많이 사라진 상태였다. 어쩌면 트럭은 견인된 것일 수도 있었다. 풍선을 눌렀는데 가터벨트가 나오거나, 폭죽을 눌렀는데 채찍이 나오는, 뭔가 이상한 꼬임 속으로 들어와버린 기분에 남자는 초조해졌다. 남자는 휴대전화를 다시 한 번 들여다보았다. 안테나는 바닥에 낮게 깔려 있는 모양으로, 조금도 더 자라지 않았다. 휴대전화를 꼭 쥔 채로 그가 모텔로 올라왔을 때, 그의 자판기가 있어야 할 자리에는 웬 속성 증명사진 자판기가 들어와 있었다. 불과 며칠 사이에 자판기들의 순서가 뒤죽박죽이 되었다. 그는 모텔 안을 빙글빙글 돌며 층마다 오르내려봤지만, 판타스틱 러브는 나타나지 않았다. 아무리 걸어도 구조를 파악할 수 없는 기이한 건물, 이정표로 삼을 만한 것은 어디에도 없었다.

"사진은 미리미리. 사진은 미리미리."

어느 순간 다시 증명사진 자판기가 그의 앞에서 움직이고 있었다. 홍보용 노랫말은 흥겨운 가락이었지만, 어쩐지 그의 눈에는 그것이 꼭 영정사진 자판기로 보였다. 설마 하면서도 그의 다리가 후들거렸다. 그의 자판기는 품절 표시를 내건 지 하루 만에 사라진 것이다. 남자는 CCTV 쪽을 향해 고개를 들었다. 신이 있다면 아마 저 렌즈 안에 있지 않을까, 그는 자꾸만 무언가를 맹신하고 싶어졌지만 붙잡을 것이 아무것도 없었다. 한나절을 기다린 후, 자신의 앞으로 인터폰이 흘러왔을 때 남자는 두 손으로 수화기를 꼭 잡았다. 통화음은 어디 있는지도 모르는 수신자를 향해 모기만 한 소리로 이어졌다. 한참 만에 수화기에서 인기척이 들렸다.

"죄송합니다만, 그런 이름의 자판기는 저희 모델에 없습니다, 고객님."

"그게 무슨 소립니까, 분명히 어제까지 있었는데요!"

"고객님, 이벤트 용품 전문 자판기 말씀하시는 건가요? 아, 예. 고객님, 그 자판기는 어제 날짜로 서비스가 종료되었구요, 보다 업그레이드된 이벤트 용품 자판기가 모델 안에 세 대, 신규 입고 되었습니다. 오늘부터 사용 가능하십니다, 고객님."

남자는 자기도 모르게 무릎을 꿇었다. 다리에 힘이 풀렸다.

"이봐요, 내가 그 판타스틱 러브 관리자였단 말입니다. 내가, 아이! 그걸 그렇게 주먹구구식으로 처리해도 되는 겁니까? 뭐요? 재고 부족? 이봐요, 겨우 하루 지났어요, 모든 게

다 품절된 지 겨우 하루였다고. 그리고 자판기를 치울 때에는 나한테 연락을 해야 했던 거 아닙니까? 제가 지금 어디에 있는 줄이나 알고 그러십니까?"

"저희가 수차례 전화를 드렸습니다만, 관리자 분께서 휴대전화를 꺼두셨기 때문에 저희 쪽에서는 내규대로 진행한 거구요. 자판기는 모텔 후문 쪽에 보관되어 있을 겁니다. 안 그래도 저희가 연락을 계속 취하던 중이었는데, 사흘 안에 수거해주셔야만 과태료가 부과되지 않습니다."

"아아아, 됐고, 거기 사장 바꿔요."

"남기실 말씀이 있으면 메모를 전하도록 하겠습니다."

"지금 당장 바꿔!"

"고객님, 저는 고객님을 도와드리고 싶은데요. 저희 규정상, 고객님께서 메모를 남겨주시면 저희가 전화를 드리는 걸로 정해져 있어서요."

남자가 집어던진 수화기가 허공에 붕 솟았지만, 그것이 조각낸 것은 허공뿐이었다. 잠시 후 남자는 그 통화를 먼저 끝낸 것에 대해 후회했다. 벌써 인터폰은 자판기 틈새에 묻혀 어디로 갔는지 보이지 않았다. 모텔 관리부에 남긴 메모들은 허공으로 증발하는지 아무런 답신이 없었다. 주차 위반에 대한 과태료 청구서는 끈질기게 방 안으로 침투했다.

그는 다리가 풀린 채로 모텔 후문을 향해 걸었다. 판타스틱 러브를 보기도 전에 이미 그는 주저앉을 준비가 된 상태였다.

단지 자판기 한 대가 거래처에서 쫓겨났을 뿐인데, 자판기가 사라짐과 동시에 그는 자신을 설명할 문장들을 잃어버렸다. 사흘 안에 수거하라던 말이 귓가에 맴돌았다. 무엇을, 무엇을 수거하라는 말인가. 퇴출된 판타스틱 러브가 코드도 뽑힌 채 방치되어 있는 모습을 본 순간, 그는 진짜 수거해야 할 것이 무엇인지 알 것 같았다. 그의 정체성은 저 네모난 쇳덩어리 안에 들어 있었던 것이다.

자판기 내부에는 용수철 고장으로 부름에 답하지 못한 밧줄 하나만 뒹굴고 있었다. 그 밧줄을 꺼낸 후, 남자는 용수철이 고장 난 부분을 열심히 손보았다. 이 정도는 5분도 채 걸리지 않았다. 용수철은 금세 탄력을 얻었지만 자판기 안에 채워 넣을 수 있는 것은 바람뿐이었다.

밤이 왔고, 주민등록증 대출기는 좀더 자주 남자 앞에 나타났다. 남자는 선택의 여지없이 주민등록증을 밀어 넣었다. 이제 남자가 머무는 방은 보통 객실 높이의 2분의 1 정도밖에 되지 않았다. 그 방에서는 뭐라도 구부려야 했다. 무릎이든 고개든 척추든. 값이 싸질수록 점점 낮아지기 시작하던 천장은 이제 그의 키보다도 낮아졌다. 건물 위층으로 갈수록 천장이 낮아지고 인구 밀도도 복잡해지는 이 건물에서, 천장 높이로 드러나는 격차는 한 등급씩 가격이 낮아질 때마다 섬섬 커졌다. 10만 원짜리 방과 9만 원짜리 방의 높이 차가 딱 만 원

만큼이었다면, 9만 원 방과 8만 원 방은 그 높이나 크기에 있어서 만 원 이상의 격차를 보였다. 방 값이 줄어들수록 바닥과 천장 사이의 공간, 창문의 크기, 문의 높이 같은 것은 가격 차이 이상으로 크게 달라졌다.

그의 주민등록번호는 점점 더 싸졌다. 그에 비해 그가 내야 할 과태료는 연체 가산금까지 업고 조금씩 불어났다. 트럭과 판타스틱 러브, 그가 가지고 왔던 모든 것이 빚덩이로 변해 있었다. 최근에 그가 주민등록증을 밀어 넣었을 때 인출된 금액은 단돈 1만 원이었다. 그리고 어느 날, 주민등록증을 밀어 넣어도 그의 정보는 읽히지 않았다.

'한도 초과'

그는 한도를 초과한 것이 단지 주민등록번호인지 아니면 그의 삶인지 혼란스러웠다. 그 밤, 더는 방도 음식도 사지 못한 남자는 모텔을 떠나기로 결심했다. 판타스틱 러브는 이벤트 용품을 모두 비워냈다 하더라도 그 몸뚱이가 무거웠다. 눈밭에 그것을 비석처럼 세워둔 채 남자는 언덕을 내려갔다. 무릎까지 눈이 차오르는 길이 계속 이어졌다. 얼마만큼 걸었을 때, 저 아래 436번 도로가 보였다. 그 잠깐 사이에 눈이 다시 불어난 상태였다. 그리고 눈 더미 속 어딘가에 그의 트럭이 있었다. 그의 것이 분명했다. 며칠 전에는 보이지 않던 트럭이 지금은 보인다는 것, 그것이 더 불안했다. 도로가 이미 도로로서의 기능을 상실한 것처럼, 트럭도 이미 트럭으로서의 기능을 상실했다. 눈으로 뒤덮인 트럭은 사람을 태울 수도 움직일 수도 없었다. 단지 고철 덩어리에 불과했다. 눈밭에서 그는 한 발, 한 발을 크게 움직이며 걸었다. 지칠 때까지 걸을 생각이었지만, 중요한 것은 체력이 아니라 방향이었다. 가도 가도 그는 같은 자리를 맴돌고 있었다. 그때 무언가 눈밭에 버려진 것이 눈에 들어왔다. 남자는 서서히 다가갔다. 노인이었다. 도로에 쓰러진 지 오래된 듯, 피가 눈밭에 말라붙은 흔적이 보였다. 도로를 건너다가 차에 부딪친 것도 같고, 높은 곳에서 뛰어내린 것 같기도 했다. 죽은 걸까, 아직 살아 있는 걸까, 남자는 잠시 머뭇거리다가 노인을 둘러업었다. 두꺼운 겨울옷에도 불구하고, 등에 업은 노인에게서 온기가 전해졌다.

눈은 채찍처럼 내리쳤다. 깜깜한 시야를 비추는 것은 저 언덕 위에 우뚝 솟은 모텔의 불빛뿐이었다. 어두운 도로 위로 빛을 뿌리는 모텔은 등대와 같았다. 그는 결국 그 불빛을 따라 움직이기 시작했다. 그 어느 때보다도 빠르게, 몸이 눈 속으로 푹푹 빠졌지만 그래도 멈추지 않고 뛰었다. 그러나 남자가 불처럼 뜨거워진 등짝으로 모텔 앞에 당도했을 때, 모텔은 그 어느 때보다도 차갑고 느린 침묵으로 일관하고 있었다. 남자는 복도의 컨베이어벨트보다 더 빨리 달리며 도움을 요청했지만, 수많은 방들 중 어느 하나도 열리지 않았다. 컨베이어벨트가 수평적으로 흐르는 소리, 엘리베이터가 수직적으로 오르내리는 소리, 자판기 투입구로 지폐가 들어가는 소리, 배출구로 물건이 나오는 소리, 그 소리들 속에 남자의 목소리는 묻혀버렸다. 벽에 붙은 붉은 소화전이 비상구처럼 깜박였다. 남자는 손에 잡히는 대로 장식용 화병을 들어서 소화전을 내리쳤다. 이윽고 터지는 굉음을 메트로놈 삼아 비상계단을 뛰어올랐다. 다음 층의 소화전에서도 경쾌한 파열음이 났다. 다음 층에서도, 다음 층에서도. 한 박자씩 간격을 두고 울리는 각층의 화재 경보기가 그의 박자를 조절했다. 날렵하게 움직이는 그의 발밑에서 계단은 피아노 건반처럼 까매졌다 하얘지고 까매졌다 하얘졌다. 남자의 연주가 지붕까지 닿기 전에, 무인 모텔의 모든 것이 멈췄다. 컨베이어벨트도, 엘리베이터도, 자판기들도, 그리고 모텔 안의 침묵도.

소화전을 하나씩 깨는 동안 남자는 어떤 사람과도 마주친 적이 없고, 어떤 눈빛과도 부딪친 적이 없다. 그러나 복도마다 달린 CCTV는 남자가 보지 못한 또 하나의 눈이었다. CCTV는 거짓 화재를 만들어낸 남자의 모습부터 화재 경보기가 울리자마자 객실 밖으로 물밀듯 쏟아져 나오는 투숙객들의 모습을 모두 담아내고 있었다. 급히 뛰어나온 사람들은 불씨가 어디에도 없다는 사실에 안도하면서도, 거짓 소동에 모두가 한자리에 모이게 된 이 상황이 불만스러운 듯 보였다.
"사람이, 차에, 치었어요, 저기, 밑에서."

남자는 숨을 거칠게 몰아쉬면서 말했지만, 사람들의 눈에는 그 남자의 몸짓이 이글거리는 화마로 보였다.

"도로에, 쓰러져 있는 걸 겨우, 업고 온 겁니다. 빨리 구급차를."

구급차 대신 등장한 것은 모텔 관리인이었다. 그는 유니폼을 입고 있었고, 언제나 그렇듯 차분했다.

"당신이 소화전을 깼습니까?"

남자의 손끝에서 깨진 화병 조각이 떨어졌다. 남자에게 그것은 구조를 요청하는 횃불과 같은 의미였으나 사람들에게는 그렇지 않은 모양이었다. 남자는 사람들을 불러 모으기 위해 어쩔 수가 없었노라고 설명했다. 그의 말이 끝나자마자 누군가가 입을 열었다.

"그래서 용건이 뭐요?"

"길에 사람이 쓰러져 있었어요. 여기 이 사람 말입니다."

남자가 옆에 쓰러져 있는 노인을 가리키자, 사람들의 표정이 하나로 통일되었다. 그들의 눈빛만으로도 남자는 고립되기에 충분했다.

"어떻게 저렇게 늙은 걸 쳤나."

누군가가 그렇게 말했다. 그 옆에 있던 누군가는 고개를 저으며, 또 다른 누군가는 혀를 차며 모텔 안으로 들어가버렸다. 남자와 눈이 마주치자, 가장 가까이에 서 있던 누군가가 말했다.

"저 도로에는 원래 야생동물이 많이 뛰어듭니다. 그러게 야생동물 출현 주의 구간 아닙니까."

남자는 다시 노인을 내려다보았다. 그는 노인에게서 어떤 것도 볼 수 없었으나 다른 투숙객들은 노인에게서 털과 꼬리와 발톱을 보았다. 그 수많은 눈들이 남자의 눈을 나무랐다. 남자는 몇 번이고 다시 노인을 바라보았다. 왜 신발을 신고 있지 않을까, 발톱이 왜 저리 두꺼울까, 저 털옷은 걸친 것이 아니라 몸에 붙어 있는 것인가, 노인은 어느 순간, 지상에서 가장 낯선 동물이 되어 있었다. 그리고 남자는 점점 우스워지고 있었다.

"당신이 일으킨 소란에 대해 책임져야 할 겁니다. 그리고 도로에서 주워온 동물 사체는 다시 도로에 버리든지, 묻든지, 태우든지, 당신이 알아서 처리해야 합니다. 모텔 구역 안에 그냥 버리면 고객들 보기에도 안 좋고, 과태료가 청구될 겁니다."

유니폼이 급히 작성한 과태료 청구서를 전달하며 말했다. 남자가 그것을 받자마자 구겨버리는 것을 보고, 유니폼은 능숙하게 다시 과태료 청구서를 작성했다.

"경찰을 불러줘요. 다 배상할 테니까, 일단 누구라도 불러달란 말입니다."

"그건 내 업무가 아닙니다. 그런 문의는 인터폰으로 신청하세요."

말을 마친 유니폼은 돌아서다가 다시 몸을 돌렸다.

"그리고 말인데, 날씨를 봐요, 날씨를. 당신이 경찰이라면 올 수 있겠습니까? 이 폭설에 무슨."

사람들은 하나둘씩 각자의 층으로, 각자의 방으로, 각자의 침대로 향했다. 무리가 모두 흩어진 후, 남아 있는 사람은 두 사람뿐이었다. 남자와, 그런 남자를 지켜보던 한 여자였다. 두 사람은 서로를 오랫동안 바라보았다. 서로의 눈에 상대방이 기이하게 보였다. 두 사람은 등이 심하게 굽었고, 눈빛이 불안했다. 모두가 눈 속에 잘 녹아드는 가운데, 두 사람만 겉돌고 있었다. 무인 모텔의 침묵 안에서 다른 사람들이 잘 뭉쳐질수록, 그렇지 못한 부스러기들은 서로를 더 잘 알아보게 되었다. 남자가 사람인지 동물인지조차 불분명한 그것을 들고 옮기려고 하자, 여자가 다가와 그것의 반대쪽을 들어주었다. 두 사람은 말없이 그것을 판타스틱 러브 안으로 옮겼다. 모든 내용물이 품절된 가운데, 돈을 넣고 뽑기에는 너무 초라한 시체만 그 안에 들어갔다. 판타스틱 러브 위로 다시 눈발이 날렸다. 그때서야, 남자는 여자를 다시 살펴보았다. 여자는 이 모텔 안에서 그가 만난 유일한 '사람'이었다.

남자와 여자는 같은 방에 들어갔다. 단지 방 값을 줄이기 위해서였다. 그 방은 바닥에서 천장까지의 높이가 일반적인 규격의 3분의 1밖에 되지 않아서 똑바로 허리를 펴고 앉지 못했다. 등이 굽은 여자가 남자 앞에 손바닥을 내밀며 말했다.

"10분에 천 원. 노래도 있고 춤도 있고 이야기도 있어요."

남자는 무슨 말인지 잘 이해하지 못했지만 주머니에서 천 원짜리 한 장을 꺼내 여자에게 내밀었다. 여자는 천 원을 손에 쥐고 다시 물었다.

"버튼을 눌러야죠. 노래, 춤, 이야기, 뭘 원해요?"

"대화……할 수 있어요? 말, 그러니까 이야기."

여자가 고개를 끄덕였다.

"그러니까 언제, 여기 들어왔습니까?"

"두 달 전쯤? 더 지났을 수도 있어요."

"왜 여기에 온 겁니까?"

남자는 그렇게 물었다가 다시 금방 말을 덧붙였다.

"아, 그러니까 내 말뜻은, 혹시 지금까지 나가고 싶어도 못 나가고 있는 건 아닌가 하는."

여자는 '반반'이라고 대답했다. 남자가 몸을 여자 앞으로 바싹 당겼다.

"조금 더 자세히 말해봐요. 지금 그쪽이 말이 통하는 유일한 사람이란 말입니다."

여자는 무릎을 세워 양팔로 감쌌다. 그 속에 머리를 푹 파묻더니, 잠시 후 이야기를 시작했다.

"공연의 뒤풀이가 있던 밤이었어요. 무대 세트를 모두 철거한 날이었죠. 나는 그 공연에서 단역을 맡았었는데, 술자리에 앉아서도 계속 무대 안으로 돌아가고 싶다는 생각이 들었죠. 내가 맡은 역이 좋아서가 아니라, 술자리가 싫어서 그랬어요. 아마 누가 봐도 나는 동떨어진 사람이었을 거예요. 언제부터였는지 잘 모르겠는데, 연극이 끝나고서 대본에 없는 대사를 나누면서 사람들과 뒤섞이는 게 부담스러웠달까, 결국 새벽 2시가 다 되었을 때 가방을 들고 일어섰어요. 그때 한 선배가 말했죠. 야, 한잔 더 하고 그냥 우리 집에서 자고 가자. 여주인공 역을 맡았던 선배였어요. 한사코 집에 가봐야 할 일이 있다고 말해도 선배는 막무가내였어요. 내가 말했죠. 2시가 넘었어요, 심야 버스도 없다구요. 그러니까 우리 집에 가자니까. 오늘 같은 날 누가 먼저 가니. 전 가봐야 할 일이 있어서요. 다들 가봐야 할 일투성이다. 너만 가정 있냐, 우리 다 가정 있는 사람이야. 결국 내가 말했죠. 아니에요, 저 팬티도 갈아입어야 되고요! 그 말에 선배는 얼른 대꾸하지 못했어요. 술판은 갑자기 어색해졌죠. 내 말이란 항상 그런 식이었어요. 근데 그렇게 말한 순간, 진짜로 오늘 새벽이 되기 전에 꼭 팬티를 갈아입어야 할 것만 같은 기분이 드는 거예요. 여주인공의 집에 가서 어정쩡하게 머물다 가는 소품이 되고 싶지는 않았고. 내가 가방을 들고 나서자 선배가 등 뒤에서 말하더라구요, 겨우 애드리브를 생각해낸 사람처럼. 야, 우리 집에도 새 팬티 많아! 나는 선배와, 선배의 새 팬티가 쫓아올 것처럼 느껴져서 무작정 뛰었어요. 쟤 왜 저러냐, 아니면 쟤 꼭 저래, 술자리의 대화는 두 갈래로 흘러가다가 곧 다른 화제로 넘어갈 게 뻔했고. 도로에서는 택시가 쌩쌩 달리고 있었어요. 뭐랄까, 그, 도로 위의 모든 것을 싹싹 지우는 지우개처럼, 그렇게 달리고 있었어요. 지우개 하나를 잡아탔죠. 그리고 외쳤어요."

여자의 이야기가 뚝 끊겼다.

"뭐라고 외쳤는데요?"

여자가 자신의 손목시계를 가리켰다. 10분이 지나 있었다. 남자는 다시 주섬주섬 주머니를 뒤져 동전으로 천 원을 만들었다. 그것을 여자 앞에 내밀자, 다시 이야기가 시작되었다.

"내가 뭐라고 외쳤는지는 나도 기억나지 않았어요. 술에 많이 취했던 것도 아닌데 눈을 떴을 때는 이미 모텔 방 안이었고, 지난밤 택시가 나를 모텔 앞에 내려주었던 것이 어렴풋이 떠올랐죠."

남자는 자신의 첫날밤을 떠올렸다. 방문을 열기만 하면 필요로 하는 물품들이 자판기 속에 가득 들어 있던 그날, 남자는 자신이 이렇게 오래 머물게 될 거란 생각은 하지 못했다.

"눈이 내리고 있던가요?"

"글쎄요, 처음 며칠은 너무 좋아서 그냥 이 안에만 있었기 때문에, 눈이 왔는지 안 왔는지도 몰랐어요."

"자판기에서 뭔가를 샀습니까?"

"문을 열고 복도로 나갔을 때, 쇼윈도라고 할 만큼 수많은 자판기가 있는 걸 보고 깜짝 놀랐는데, 정작 내가 놀란 건 자판기 때문이 아니라, 이 구조가 너무도 익숙하다는 것 때문이었어요. 언젠가 한번 공연했던 무대 배경인 것 같았죠. 어떻게 연극 속으로 들어와버린 것인지는 몰라도, 여기서는 적어도 단역이 아닐 것 같은 생각이 들었어요. 난 거의 늘 단역이었거든요. 속옷 자판기가 흘러오기에 3천 원짜리 면팬티를 한 장 뽑았죠. 팬티 한 장에 배역이 달라지더군요. 난 이제 주인공이다, 새로운 동선이 필요하다, 무대는 익숙하다, 관객은 없다, 아무도 나한테 뭐라고 안 한다, 그런 생각들로 혼자 즐거웠죠."

폭설로 고립된 모텔은 여자가 그토록 꿈꾸던, 관객 없는 무대 세트나 다름없었다. 지금까지 여자는 한번도 주연을 맡아본 적이 없었다고 했다. 단 한 번, 주연에 가까운 조연이 들어왔을 때 여자는 실수를 했다. 여자의 입에서는 자신의 대사가 아니라 다른 배역의 대사가 흘러나왔다. 리딩 연습이나 리허설 때도 하지 않았던 실수를 정작 무대에서 해버린 것이다. 여자가 내뱉은 대사는 그 연극의 주인공이 몇 초 후에 해야 할 대사였다. 영화나 드라마였다면 편집되었을 부분들이 연극이기에 편집되지 못하고 그대로 객석까지 흘러갔다. 그리고 객석의 당혹스러움을 타고 다시 무대 위 여자에게로 흘러왔다. 주인공은 대본에 없는 대사를 내뱉으며 상황을 수습했다. 그러나 여자는 대본에 없는 대사를 하거나, 대본에 있는 대사를 하거나, 그 어느 쪽으로도 행동하지 못하고 멍하니 서 있기만 했다. 그 이후, 여자는 관객들의 눈도 동료들의 눈도 모두 부담스러웠다.

"모텔에도 유행이 있는 거 알아요? 풍선이 유행할 때는 나도 풍선을 들고 복도를 맴돌았어요. 가끔 커플 고객들이 나를 불러서 노래를 불러달라고 했죠. 10분에 천 원. 그때는 더 비싸게도 받았어요. 잘 팔리던 때니까. 그다음에는 나비 가면이 유행을 했고, 그걸 쓰고 춤을 추면 아저씨든 아줌마든 다 좋아했어요. 가끔 복도에 사람이 너무 없으면 폭죽을 터뜨려서 내가 있는 곳을 알렸어요. 가터벨트를 차고 채찍을 들고 서 있으니까 조금 더 장사가 잘됐고, 그런데 내 말 잘 들려요?"

남자가 고개를 끄덕였다.

"이상하네. 이 안에는 언제부터인가 내 말을 알아듣는 사람이 없거든요."

여자는 10분 동안의 노래가 다 끝나기도 전에 구타당한 적도 있었다. 자판기가 동전을 먹으면 툭툭 몸체를 치는 것과 같은 상황이었다. 여자의 노래는 잡음이었다.

"돈이 없어 방으로 들어가지 못하고 복도를 빙글빙글 맴돌다 보면 차라리 누군가 나를 데리고 자기 방으로 갔으면 하는 생각도 들었어요. 그런데 아무도, 날 보지 않았죠."

여자는 컨베이어벨트 위에 흘러가는 기계였고, 커피 자판기에 대고 콜라를 내놓으라고 하는 사람이 없듯이, 공연을 파는 기계에게 몸을 팔라고 하는 사람도 없었다. 정작 여자가 걱정해야 할 것은 다른 곳에 있었다.

"이를테면 영업 정지 처분 같은 것? 수익성이 없는 자판기는 오래 둘 수 없다나. 그래서 퇴출됐어요. 그때 알았죠, 이곳은 무대가 아니라 현실이고, 현실은 대본대로 흘러가는 것이 아니라는 걸. 연극은 한 시간 분량이었지만, 나는 언제 끝날지도 모르는 분량을 이렇게 보내고 있다는 걸."

"혹시, 그 물건들…… 나비 가면 같은 것, 지금도 갖고 있어요?"

남자가 물었다. 여자가 구석에 있던 가방을 끌어왔다. 그 안에서 폭죽과 나비 가면, 아직 불지 않은 풍선, 채찍과 가터벨트가 나왔다. 여자가 뽑아본 적 없는 것은 밧줄뿐이었다. 그것이 동아줄인지 오랏줄인지는 몰라도 여자가 밧줄을 뽑으려고 했을 때, 그것은 이미 품절이었다. 여자의 가방 속은 또 다른 판타스틱 러브였다. 남자는 화석처럼 굳어버린 나비 가면과 채찍 따위를 오래 들여다보았다.

여자가 이야기를 멈췄다. 무대 바닥은 난방이 필요하지 않았지만 현실에서는 난방이 필요했다. 무대에서는 쏘아주는 대로 조명을 받았지만 현실에서는 필요할 때 조명등을 스스로 켜고 끌 수 있어야 했다. 무대에서는 음향이란 것이 있었지만 이곳에는 없었고, 무대에서는 관객들이 있었지만 이곳에서는 복도에 돌아가는 CCTV가 전부였다. 그러니까 이것은 연극이 아니라 현실이고, 인생 전체를 무대로 삼은 비극이었다. 남자가 또다시 자신의 주머니를 뒤지고 있을 때, 여자는 조금 전에 받았던 2천 원을 도로 내밀었다.

"오늘은…… 내가 그쪽 시간을 산 걸로 하죠."

정확히 말하면 서로의 시간을 산 것이었다. 남자는 침대에 누웠다. 천장이 낮아서 답답했다. 바닥에서 천장까지의 높이가 70센티미터인 방 안에서 바닥과 매트리스 사이의 높이가 30센티미터인 침대에 누우니 코와 천장이 맞닿을 것 같았다. 여자가 조명을 꺼주었다. 어둠이 깔리자 천장까지의 거리를 가늠하기 힘들었다. 방은 까만 어둠 속에서 팽창했다. 불을 끄고 눈을 감으면 3분의 1짜리 천장도 무한대로 확장되었다. 그 어둠 속에 혼자가 아니라는 게 좋았다.

며칠 후, 그들은 조금 더 천장이 낮은 방으로 갔다. 객실 높이가 보통의 4분의 1 정도여서 누워 있기에 좋은 방이었다. 누워 있으면 천장에 머리를 부딪칠 일도, 척추가 휘어지도록 몸을 구부릴 필요도 없었다. 그러나 너무 누워 있기에 좋았기 때문에, 한번 그 방에 들어간 사람들은 다시 나와도 잘 걷지 못했다. 몸은 방에 맞게 단련되었다. 움직일 때는 네발로 기거나 아니면 두 팔을 더듬이처럼 뻗고 엉덩이와 허벅지로 바닥을 쓸었다. 이제 그들은 자갈밭 위로도 몸을 쓸고 갈 수 있을 것처럼 노련해졌다. 남자는 어느새 척추가 사라진 여자의 둥근 등을 쓰다듬었다. 등이 아니라 산달이 다 된 어미의 배처럼 보였다.

위층으로 올라갈수록, 그러니까 방 값이 점점 싸질수록 벽도 얇아졌다. 무대 세트처럼 임의로 만든 벽이 그들의 사방을 둘러쌌다. 모든 사람들이 등을 공처럼 둥글게 말고 움직이는 이곳에서 어떤 사람들은 천장이 낮은 게 아니라 자신의 키가 너무 커서 문제라고 말하곤 했다. 천장이 낮은 게 아니라 자신의 척추가 지나치게 단단해서 문제라고 말하는 사람들도 있었다. 모두 벽을 타고 들려오는 소리들이었는데, 어느 날은 누군가가 일부러 신호를 보내는 것도 같았다. 그들은 소리가 나는 벽 쪽으로 귀를 댔다. 벽은 리듬 있게 울리고 있었다.

. . . ‑ . . . . ‑ .

마치 무언가 메시지를 전하려는 듯한, 그러니까 모스부호 같은 것이 벽을 타고 오고 있었던 것이다. 소리는 조금 지나자 멈췄다. 그러나 그 후로도 종종 벽에서 메시지가 전해져왔다. 물론 그것이 진짜 모스 전신 부호였다고 해도 그들은 해독할 수 없었을 것이다. 해독하지 못해도 들린다는 것 자체가 의미 있는 일이었기 때문에 그들은 열심히 귀를 기울였다. 그들 역시 가끔 컵으로 벽을 두드리곤 했다. 자신이 보내는 것이 어떤 의미인지, 어떤 활자인지도 모른 채 그들은 통신을 시도했다.

어느 아침, 창밖으로 별똥별이 추락하듯 한 사람이 몸을 던졌고 그날 이후 모스부호는 들리지 않았다. 절규를 외치며 뛰어내린 누군가가 시도한 것이 자살이었는지 아니면 비상이었는지 그들은 알 수 없었지만, 한 박자 늦게 둔탁한 소음이 들린 후 그들이 가장 먼저 한 행동은 열려 있던 이중창을 굳게 닫는 것이었다. 창을 모두 닫고 나서 그들은 이불을 뒤집어썼다. 추락한 사람이 남자인지 여자인지 아이인지 어른인지 알 수는 없었다. 그러나 분명 몸을 날리던 순간, 이웃은 구부정했던 척추와 무릎을 바르게 펼 수 있었을 것이다. 그게 단 몇 초에 불과하더라도.

그들은 추락보다 더 무서운 게 승천이라고, 추락은 땅 위에 흔적을 남기지만, 승천은 흔적도 없이 하늘의 점이 되어버리는 거라고 생각했다. 이미 창 아래를 내려다볼 수 없을 만큼, 그들은 높이 올라와 있었다. 남자는 판타스틱 러브 안에 여자와, 여자의 가방을 넣고 모텔 밖으로 운반하고 싶었다. 눈이 녹고 길이 뚫리고 트럭을 찾아서 다시 436번 도로를 달려 도심으로 들어가게 된다면? 두 발을 바닥에 딛고 꼿꼿이 설 수 있는 정도의 높이, 그런 높이가 있는 방으로 가고 싶었다. 남자가 여자보다는 키가 컸으니 그 방에서라면 여자도 두 발로 서 있을 수 있을 것이다.

그때 누군가 문을 두드렸다.

탕탕탕.

"기계를 내일까지 수거하지 않으면 모텔 측에서 폐기 처분합니다. 행복한 하루 되십쇼."

남자는 다음 날 날이 밝자마자 모텔 후문으로 갔다. 판타스틱 러브 속에 노인의 시체를 넣어둔 것이 떠올랐다. 그러나 남자가 자판기 문을 열었을 때 갖가지 용수철 사이에 웅크리고 있던 것은 노인의 시체가 아니라 척추가 녹슬어버린 한 마리 동물이었다. 야생동물 한 마리가 자판기 물품처럼 아래로 미끄러졌다.

눈발은 조금씩 약해졌다. 수중의 현금이 모두 바닥났을 때, 주민등록증 대출기가 그들 앞에 다시 나타났다. 정확한 명칭은 '주민등록증 반납기'였다. 거래는 신속했다.

1. 투입구에 주민등록증을 넣으세요.
2. 신용도 파악 후 인출 가능한 금액이 화면에 표시됩니다. 인출 가능한 금액은 개인의 신용도에 따라 다를 수 있습니다.
3. 평생 신상 정보 양도 버튼을 누르면 현금이 인출됩니다.
4. 주민등록증은 반환되지 않으며, 거래된 주민등록번호는 현금을 인출한 시각으로부터 타인의 번호로 사용됩니다.

남자가 지갑 속에서 주민등록증을 꺼냈다. 그는 돈이 나오면 이 모텔에서 천장이 가장 높은 방을 고르자고 말했다. 여자도 지갑 속에서 주민등록증을 꺼냈다. 천장이 높은 방에서 맛있는 스테이크와 와인도 사 먹자고 거들었다. 평생을 저당 잡히는 만큼, 돈을 뭔가 특별하게 쓰고 싶었다. 그들이 내민 주민등록증은 자판기 안으로 쑤욱 밀려 들어가 다시는 나오지 않았다. 그 대가로 그들이 받은 돈은 둘이 합쳐 8만 원이 전부였다.

천장이 높은 방은 살 수 없었다. 그들은 하루, 혹은 이틀, 이 모텔에서 버틸 수 있는 날을 계산해보았다. 그리고 지금까지보다 더 누워 있기 좋은 방을 샀다. 5분의 1이었다. 면도기와 손톱깎이도 샀다. 그동안 길었던 모든 것을 말끔히 정리하기로 했다. 남은 돈으로 산 것은 삼겹살과 비타민이었다. 그들은 엎드린 채, 프라이팬 위에 삼겹살을 올렸다. 두툼한 비계 속에서 요철 같은 뼈가 오독오독 씹혔다. 방 안 가득 우걱거리는 소리가 들어찼다. 겨우 2인분이었지만 아무리 먹어도 고기는 줄지 않았다. 화석처럼 까맣게 타들어간 고기 몇 점을 앞에 두고 그들은 나란히 낮은 천장 밑에 누웠다. 여자가 비타민 약병을 꺼냈다. 두 사람은 용법대로 몇 알을 입에 넣고 꿀꺽 삼켰다. 목구멍 안, 긴 터널 속으로 몇 알의 희망이 별똥별처럼 떨어졌다. 아니, 그것은 추락에 가까웠다. 별똥별이 목 안으로 추락하는 밤, 두 사람은 납작한 창밖으로 달도 별도 없는 하늘을 지칠 때까지 바라보았다.

그들 앞으로 우편물이 도착했다. 봉투 안에 들어 있던 것은 여자의 명의로 된 카드 고지서였다. 새롭게 그가 된 누군가가 그의 이름을 달고 있었다. 며칠 후 또 하나의 고지서가 날아왔다. 누군가 남자의 명의로 휴대전화를 개통했다. 그들이 이 좁은 관 안에 누워 있는 동안, 발이 달려 날아간 그들의 신분증은 모텔 밖에서 거짓을 양산하고 있었다. 그리고 카드 고지서가 날아올 때마다 그들의 맥박은 이상하게 빨라졌다. 체념과 희열 사이, 묘한 표정이 그들의 얼굴에 어렸다.

자꾸 낮아지는 천장을 피해 몸을 둥글게 말고 구르다 보면 뼈가 방의 가격에 맞게 변형되는 소리를 들을 수 있었다. 그것이 진화인지 퇴화인지, 그들은 알 수 없었다. 어느새 6분의 1이 되어버린 그들은 창문이 없어서 하늘도 볼 수 없었다. 그저 누워 있기만 했다. 방 안에는 가구도 침구도 없어서 누워 있기에 정말 좋았다. 굳게 닫힌 문 앞으로 고지서, 독촉장, 차압 통지서, 혹은 부고와 같은, 환영받지 못하는 소식들이 날아들었다가 빙산에 충돌한 새들처럼 죽어나갔다. 시간이 문 앞에서 더께처럼 쌓여갔고, 그들의 방은 조금씩 높아졌다. 그리고 도무지 내려올 수 없을 만큼 높아져버렸을 때, 그대로 하나의 점이 되었다.

눈발이 가늘어질 대로 가늘어진 어느 날 도로변의 얼음이 쩡, 하고 속을 드러냈다. 갈라진 틈새로 한철 묵은 이끼가 겹겹이 얽혀 있었다. 얼음에 묻힌 새의 날갯죽지가 푸득, 하고 이미 죽어버린 신음을 뱉었다. 그리고 누군가 문을 두드렸다.

그들은 자신이 들은 단어가 퇴실인지 퇴출인지 혼동되었다.

분명한 것은 이제 모텔 안에 그들이 머물 공간이 한 평도 없다는 것이었다. 여자는 무대 밖으로, 남자는 자판기 밖으로, 그러니까 그들 모두 모텔 밖으로 나왔다. 이미 기울어버린 척추를 다시 세우는 것이 어색했다. 내리막길을 내려가는 동안 그들은 네발로 기었다. 그 편이 더 안정적이었고, 빨랐다. 손이 발처럼 거칠어졌다. 그리고 어느 순간, 그들은 저 밑에 436번 도로가 결승선 테이프처럼 늘어져 있는 것을 보았다. 어느 틈엔가 제설 작업이 마무리된 436번 도로에는 이제 단속 카메라와 교통 체증만 없는 것이 아니었다. 눈도, 트럭도, 쓰러져 있는 시체도 없었다. 도로 위로 지우개가 지나간 듯, 말끔했다.

그들은 모텔을 그냥 지나치는 차들, 속도 제한 없이 달리는 차들을 멈춰 세우기 위해 커다란 몸짓을 해 보였다. 팔을 위아래로 흔들거나 손짓을 하고 크게 발을 구르기도 했다. 그러나 멈춰 서는 차들은 없었다. 차들은 빵빵, 경적과 함께 폭풍 같은 바람을 만들면서 스쳤다. 남자가 좀더 크게 말할수록, 여자가 좀더 크게 손짓할수록 차들은 빠른 속도로 그들 곁을 지나쳐갔다.

저만치서 달려오는 트럭을 보고 그들은 도로 한가운데로 달려 나갔다. 두 사람이 온몸으로 차 앞을 막아섰을 때, 차는 속력을 늦추지 않았다. 남자와 여자는 늦가을 도로에 뒹구는 낙엽처럼 휘청, 바람에 날렸다. 두 사람의 눈에 모텔 건물이 한바탕 뒤집어지는 것이 보였다. 위가 아래가 되고, 아래가 위가 되는, 모든 것이 뒤섞이는 풍경이 그들을 향해 윙크했다.

트럭에서 한 사람이 내렸다가 그들임을 확인하고 다시 트럭에 올라탔다. 그들은 죽지 않았으나, 더는 인간이 아니었다. 그들은 보지 못했지만, 멀어지는 트럭은 사이드미러로 그들을 읽고 있었다. 풍선처럼 둥근 등과 채찍처럼 가느다란 다리, 그리고 폭죽처럼 위험한 눈빛을 한 야생동물 두 마리가 도로 한복판에 쓰러져 있는 것을. 그리고 그들 뒤로 '야생동물 출현 주의 구간'이라는 표지판이 이정표처럼 불쑥, 솟아나 있는 것을.

"전방에 야생동물 출현 주의 구간입니다. 전방에 야생동물 출현 주의 구간입니다."

멀어지는 트럭 속에서 내비게이션의 몇 마디가 메아리처럼 울렸다.

타임캡슐
1994

1994년, 사람들은 서울의 현재를 담아 남산골 뿌리 밑으로 내려보냈다. 4백 년을 더 흘러가 서울 정도 천 년을 기념하는 날, 속을 내보일 증거물이었다. 그러나 캡슐은 예정을 다 채우지 못하고 다시 열렸다. 14년 만이다. 이제, 남산골 타임캡슐은 지상에서 가장 위험한 맨홀처럼 뚜껑이 열려 있다.

크레인은 지하 15미터에 묻혀 있던 타임캡슐을 끌어올린다. 유통기한이 지나기 전에 썩어버린 타임캡슐이 들것에 실린 환자마냥 실려 나간다. 환자를 실은 트럭은 영구차처럼 움직이고, 몇 대의 카메라가 타임캡슐이 사라진 자리를 겨눈다. 나는 푸른 천으로 구덩이 위를 덮는다, 환부를 가리듯이. 타임캡슐이 실려 나간 원형 광장에는 이제 두 그루의 은행나무가 조문객으로 서 있을 뿐이다. 폭설은 암나무와 수나무 사이, 교분의 통로마저 차갑게 얼려놓았다. 바람도 장송곡을 부르는 자리, '서울 시민 여러분'으로 시작하는 기념사는 벽에 붙은 그대로 비문(碑文)이 된다.

 서울시는 부랴부랴 타임캡슐 담당자들을 불러 모았지만 14년 전의 기억을 갖고 있는 사람은 3분의 1에 불과하다. 그새 은퇴를 한 사람도 있고, 멀리 이민을 간 사람도 있다. 아예 죽어버린 사람도 있다. 내 전임자가 그런 경우로, 그는 타임캡슐의 때 이른 장례식을 보지 못했다. 너무 나이가 많아서 타임캡슐에 대한 기억이 흐릿한 사람부터, 너무 나이가 적어서 타임캡슐의 존재가 생소한 사람까지 10여 명의 사람들이 타임캡슐 담당자, 라는 이름으로 모였다.
 녹슨 타임캡슐은 응급실이 아니라 영안실로 간다. 아니, 도축장 같기도 하다. 사람들은 흰 가운을 입고, 얇은 장갑을 끼고, 마스크를 쓴다. 폭설이 휩쓸고 간 자리에, 사소한 지문과 입김을 남기지 않기 위해 사람들은 최대한 말을 아끼고 숨을 고른다.
 타임캡슐은 보신각을 닮은 형태로, 그 안에 네 개의 수장 용기가 서랍처럼 들어가 있다. 기계가 잠금장치를 절단하자 캡슐은 완두콩이 벌어지듯이 내부를 드러낸다. 네 개의 수장 용기 위에도 녹물이 가득하다. 타임캡슐은 능숙하게 분리되지만, 어디 하나 멀쩡한 부위는 없다. 수장 용기 네 개를 빼낸 타임캡슐은 산달이 되기 전에 아이를 잃은 자궁처럼 쓸쓸하다.

계장이 사인(死因)을 발표한다. 습기에 의한 부식이었다. 폭설이 타임캡슐의 판석을 뒤덮고, 지하 15미터로 스며들었다. 습기나 이물질을 차단하기 위해 본체 외부에 코팅했던 실록시레인이 오히려 독이었다. 대량의 산성 물질 앞에서 코팅재는 오히려 부식을 촉진시키는 요소로 변해 있었다. 타임캡슐 본체로 스며든 습기는 곧 첫번째 수장 용기의 노즐 부분을 파고들었다. 몇 겹의 보호막도 거대한 폭설 앞에서는 무용지물이었다.

"여기 이 고드름처럼 생긴 거 보이시죠? 이게 석회석이 굳어진 종유관의 한 종류입니다. 회색빛이고, 딱딱하죠. 콘크리트는 보통 강알칼리성이지만, 산성비 때문에 산성화되는 경우도 많습니다. 용접한 노즐 사이로 새 들어갈 정도로, 이번 폭설이 아주 강한 산성을 띠고 있었던 겁니다."

계장은 보고문을 읽으면서 '산성'에 강세를 둔다. 누군가가 묻는다. 고강도 특수강을 사용했다고 하는데, 그래도 부식이 되는 겁니까? 또 다른 누군가가 묻는다. 극한 실험을 하지 않았습니까? 두 달 동안 환경 가속화 실험을 한 걸로 아는데요, 극한을 실험했는데도 왜 이런 일이 벌어진 겁니까?

"지금이 극한이야. 우리가 상상한 범위 이상, 그게 극한 아니겠어."

추위 속에서도 땀을 흘리는 계장 대신, 누군가가 대답을 한다. 그는 14년 전에도 이 자리에 있던 용접의 명장이다.

"자연을 이기는 건 없어, 우리가 하는 건 모두 방부제일 뿐이야. 방부제를 넣었다고 안 썩나? 부식을 미룰 뿐이지."

그는 1994년 남산골 타임캡슐을 용접한 뒤에도 수많은 타임캡슐을 봉인했다. 밀레니엄을 전후로 타임캡슐을 땅에 묻는 것이 유행처럼 퍼져나갔다. 조그만 땅 곳곳에 크고 작은 타임캡슐이 묻혀 있다. 그들만의 약속을 피해가느라 포클레인이 몸을 사릴 지경이다. 지뢰처럼 타임캡슐이 심어진 도시에서 가장 웅대한 타임캡슐 하나가 부식되었다. 이제 곧 나머지 타임캡슐들이 도미노처럼 무너질지 모른다.

시간의 흐름에 맞서 무언가를 박제하는 일은 어쩌면 쓸모없는 일인지도 모른다. 지금 이 시간에도 수많은 사람들이 타임캡슐을 묻고, 시간을 저장한다. 그러나 완벽한 밀봉은 어디에도 없다.

타임캡슐이 사라진 원형 광장 앞에는 출입 금지 푯말이 붙었다. 그러나 매일 사람들이 찾아왔다. 검은 옷을 입은 사람들은 안전선 밖에 서서 흰 국화를 던진다. 광장 앞에는 꽃을 파는 사람들이 모여들었다. 2천 원이면 타임캡슐의 부식을 위로할 수 있다. 혹은, 흉조로부터 액땜할 수 있을지도 모른다. 한때 원형 광장에서 침샘이 고갈될 정도로 입을 맞추던 연인들이 함께 국화를 던진다. 판석 표면이 철렁 내려앉도록 쿵쿵 뛰었던 아이들도 국화를 던진다.

부식된 타임캡슐을 들어올리던 날, 나는 한 사람의 조문객으로 그 자리에 있었다. 타임캡슐이 묻혀 있던 구덩이에는 희뿌연 물이 가득 차 있었고, 사람들은 그것을 보고 땅이 운다고 말했다. 그 순간 장례식을 떠올렸던 사람은 나뿐이었을까. 원형 광장은 남편의 장례식을 하던 그때 그 순간과 너무도 닮아 있었다. 한 사람이 죽은 자리와, 중도에 개봉된 타임캡슐의 자리는 비슷했다.

남편과 다녔던 거리들은 이미 대부분 멸종하고 없다. 도시는 많이 변했다. 우리가 결혼을 말했던 장소는 남산 식물원이었는데, 지금은 건물의 주춧돌 하나 남아 있지 않다. 우리의 단골 극장은 세 번의 개명 끝에 결국 횟집이 되어버렸다. 우리를 기억해주던 카페의 주인은 은퇴했다. 도시는 재개발과 복원으로 늘 시끄러웠지만, 남편과 내가 있었던 자리는 그 어느 축에도 들지 못했다. 우리가 만났던 시기는 어중간했고, 함께 걸었던 거리는 흔했다. 우리가 멸종 직전의 건물들만 찾아 들어갔던 것은 단지 우연이 아니었다. 남편도 나도, 무언가가 철거된다는 소식이 들리면 갑자기 없던 추억도 생겨난 것처럼 그곳을 그리워했다. 추억을 되새기는 것이 아니라 만들기 위해 시한부 선고를 받은 장소들을 찾아갔다. 우리의 지도 위에는 늘 멸종 직전의 공간들이 묘비처럼 빛나고 있었다. 곧 문을 닫게 될 극장과 점포 정리를 앞둔 가게, 공원으로 바뀌게 될 체육관, 철거 직전의 아파트를 헤매는 동안은 전혀 예상하지 못했다. 우리 둘 중 누군가가 곧 멸종할 수 있다는 사실을.

그와 나는 4년을 살았다. 4년은 너무 억울할 만큼 짧은 결혼 생활이었다. 남편은 나보다 열두 살이 많았고, 확률적으로 보자면 나보다 남편이 먼저 죽을 가능성이 컸다. 그러나 그 유예 기간이 겨우 4년일 줄은 몰랐다. 사라지기 직전의 것들을 찾아다녔기에, 내게는 그와의 삶을 증거할 만한 것들이 거의 남아 있지 않다. 단 하나, 아이만 빼고.

남편과 결혼했을 때, 그가 살던 집의 모든 문턱은 사라져 있었다. 그렇게 문턱을 터놓은 것이 전처의 취향이었는지는 몰라도, 사적인 공간들이 줄어든 것은 불편했다. 방문과 바닥 사이에 1~2센티미터 정도의 틈이 있었다. 그 틈으로 밤마다 빛과 소리가 새어 나가고, 거실을 통해 모든 방이 공유되었다. 내 짐을 그의 집에 풀기 전에 먼저 문틈부터 메웠다. 재료를 사다가 문턱을 높이고, 네 귀가 잘 맞도록 문을 달았다. 아마추어가 급히 완공한 티는 숨길 수 없었다. 방문은 부드럽게 움직이지 않았다. 마치 무언가를 틀어막기 위해 존재하는 것처럼 뻑뻑하게 열리고, 방과 거실을 답답할 만큼 완벽하게 막아냈다. 방문을 열려면 힘을 주고 세게 문고리를 비틀어야 했는데, 요령대로 하지 않으면 벽 전체가 문짝을 따라 뜯겨나갈 것 같은 느낌이 들 정도였다. 분명 부실 공사였지만, 내가 방 안을 심하게 밀폐시키는 문턱을 좋아했던 데는 이유가 있었다. 남편의 딸아이 때문이었다.

남편의 아이는 여덟 살부터 열두 살까지를 나와 함께했다. 신혼여행에서 돌아왔을 때 남편의 집안 어른들은 아이를 앞에 두고 '엄마'라는 말을 가르쳤다. 여덟 살짜리 아이는 엄마가 있는 채로 4년을 살았고, 또 엄마가 없는 채로 4년을 살았다. 이제 또다시 엄마라는 존재가 생기니 혼란스러울 법도 했다. 엄마라고 부르기 어려우면 연습하지 않아도 돼, 네가 부르고 싶을 때 그렇게 부르렴. 내가 그렇게 말했을 때 아이는 고개를 끄덕였지만, 그 말에 감동한 것은 아이가 아니라 나였다. 나는 강요하지 않는 내 모습에 만족했다.

그러나 한 달이 채 지나기 전에, 나는 아이에게 무언가를 강요하게 되었다. 내가 길들이고자 했던 것은 '노크'였고, 그것은 내게 있어서 '엄마'보다 더 중요했다. 돌이켜보면, 나는 '엄마'란 말을 강요하지 않았던 게 아니라 보류하고 싶었던 것이다. '노크'는 모녀지간을 보류하기 위해 필요한 것이었다.

아이는 밤의 불청객이었다. 아이는 형광등을 켜둔 채 잠이 들었다. 음악을 틀어놓은 채로 잠이 들기도 했다. 어둡고 조용한 밤을 견딜 수 없는 아이는 새벽녘에 '엄마'를 부르며 방에서 뛰쳐나오곤 했다. 그리고 자기 스스로 인식하지 못하는 사이에 아이의 걸음이 이미 안방 문 앞에 당도해 안간힘을 쓰며 문고리를 비틀고 있기도 했다. 이 모든 것이 매일 일어났던 것은 아니고, 번갈아 일어나거나 어느 날은 아예 일어나지 않기도 했다. 즉, 아이의 밤은 예측하기가 힘든 것이었다.

아이에게는 이미 오래된 습관이었다. 우리가 함께 보낸 4년 동안 밤이 오는 것을 두려워한 사람은 아이가 아니라 오히려 나였다. 아이의 그 갑작스러운 침입은 나를 당혹케 했다. 나는 아이에게 자다가 안방 문을 열 때는 꼭 노크를 해야 한다고 일렀다. 아이가 천진한 얼굴로 왜요,라고 물을 때는 그게 매너라는, 아무래도 여덟 살 아이에게는 조금 어려운 답을 해야 했다.

아이는 노크하지 않았다. 매너는 분명 의식의 영역이었고, 밤마다 아이를 내 방 앞까지 달음질치게 하는 것은 무의식의 영역에 있었다. 의식과 무의식의 경계를 허무는 것은 반복 습관밖에 없다고 생각해서, 나는 4년간 같은 말을 반복했다. 밤에 다른 방문 앞에 갈 때는 노크를 해야 해. 벌컥 문을 열면 매너가 아닌 거야, 알았지? 네가 부르면 엄마가 대답할 시간을 줘야지.

일주일에 며칠쯤, 나는 미리 잠금장치를 눌러두게 되었다. 내가 걸어놓은 빗장은 우리의 가쁜 숨소리가 고르게 돌아온 후 남편이 풀었다. 방문의 잠금장치가 톡, 하고 풀어지는 소리는 여자의 브래지어 호크가 풀어지는 소리보다도 더 자극적으로 들렸다. 우리 방문이 허술해지는 순간, 아이에게 노출될 위험이 커지는 순간이 내게는 가장 흥분되는 순간이었다. 그러나 한 번도 그 흥분을 밖으로 표출할 수는 없었다. 침대 위의 텁텁한 공기가 채 가시기도 전에 아이가 베개를 들고 찾아와 제 아빠 옆에 누웠다.

남편과 내가 빗장을 걸어놓는 시간은 해가 바뀌면서 조금씩 짧아졌다. 우리의 침대는 둘이 누웠다가, 어느새 셋이 되었다가, 그 셋 중에 하나가 일어나 다시 둘이 되는 형태를 반복했다. 내 동침자는 어둠이 가시기 전에 좀더 젊고 여리고, 더 하얗게 바뀌곤 했다. 나는 침대에 나란히 누워 있는 이 가냘픈 동침자를 보며 불편함을 느꼈다. 아침, 한 침대에 누워서 눈을 뜨는 아이와 나의 모습은 모녀지간이라기보다는 나이 차가 많이 나는 자매에 가까웠다.

계장은 내 몫으로 열두 개의 파일을 넘겼다. 손상된 영상물을 복원하는 것이 내 임무다. 가장 많은 문제가 생긴 부분은 첫번째 용기다. 시디나 마이크로필름 등의 영상물이 담겨 있던 곳이다. 시디롬을 작동시키고, 재생 버튼을 누른다. 오렌지족, 10대 미혼모, 대학로의 거리 풍경, 광화문의 교통 상황, 유행하던 가수의 앨범, 그렇게 엄선된 시간들이 유기물과 기포로 얼룩져 있다. 화면이 군데군데 끊어진다. 어떤 화면은 반으로 분할되기도 한다. 목표 지점까지 가지 못하고 멈춰버린 타임캡슐은 고장 난 라디오처럼 구식 전파를 내보내고 있다.

첫번째 용기에서 자료의 20퍼센트 정도가 손상되었지만, 그렇지 않은 것도 모두 새로운 수장품으로 교체해야 한다. 만약에 타임캡슐이 손상될 경우를 대비해 14년 전에 준비했던 복본이 있다. 그 '만약'이 현실이 된 것뿐인데, 담당자라고 모인 사람조차 그 사실에 완벽하게 적응하지는 못했다. 타임캡슐이 멈춰 있던 14년 동안 기술은 진화했다. 캡슐 속 수장품의 상태를 진단하는 데는 그리 오랜 시간이 걸리지 않았지만, 1994년을 다시 진단하는 일은 더디고 어려웠다. 누구도 1994년을 다시 진단하라고 말하지 않았지만, 이미 인터넷에는 총 6백 점의 수장품 목록이 떠올라 빠른 속도로 퍼지고 있었다. 그 목록이 하나하나 다시 회자되면서, 대중의 재판정이 이루어졌다. 타임캡슐이 봉인된 후에 거짓으로 밝혀진 업적들, 그리고 몇 년 후에 표절로 밝혀진 노래들이 거론되었다. 어떤 사람들은 6백 점의 타임캡슐 수장품을 새로 정하기도 했다. 사람들은 말했다. 1994년에 우리가 믿었던 진실이 진실이 아니었다면 그것을 빼야 하지 않겠는가, 라고. 또 다른 사람들은 말했다. 2008년에 밝혀진 진실이 거짓이어서 다시 1994년에 알았던 진실이 진실이었다면 어떻게 할 것인가, 라고. 14년 후에 회상하는 1994년과, 그 당시 사람들이 말했던 1994년은 조금 달랐다. 그것을 아는지 모르는지 산산조각이 난 타임캡슐은 말이 없다.

4백 년까지 가지 못하고 미리 개봉된 미라의 무덤 속에서 사람들은 무언가 거창한 것이 발견되기를 기대한다. 시험관 아기의 영상이 지하 15미터의 기운을 받아 심장 뛰는 기운으로 살아난다든지, 정체불명의 머리카락이 라푼젤의 것처럼 길게 자라나 지하로 가는 동아줄이 된다든지, 아니면 미리 도굴되어 먼지만 가득하다든지. 그러나 14년은 전설을 만들기에는 부족한 시간이다.

아기의 울음소리도, 라푼젤의 머리카락도 아니지만 예기치 않은 일은 전혀 엉뚱한 경로로 다가왔다. 18분의 재생 시간이 다 돌아가도록 고요한 화면을 내뿜는 시디 한 장. 이 무명의 기록은 수장품 목록에 없는 것이다. 복본도 있을 리 없다. 애초에 무엇을 담았던 것인지 기억하는 사람도 없으며, 어떻게 목록에 없는 것이 캡슐에 담겼는지 설명할 수 있는 사람도 없다. 원래 없어야 정상인 물품이 분명 타임캡슐 안에서 나왔다. 텅 빈 시디를 다시 작동시킨다. 화면은 열심히 무언가를 읽어 내려고 하지만, 우리가 읽어낼 수 있는 것은 아무것도 없다.

어둠뿐인 화면을 한참 틀어놓고 있으니, 막연한 어둠 속에도 명암이 있고 무늬가 있는 것이 보인다. 무언가가 나타날 것만 같아 화면을 틀어놓고 있지만, 재생되는 것은 영상물이 아니라 내 기억 저편의 것들이다.

뭐가 나온다고 그러니?

잠들기 전, 내가 아이 방의 불을 끄면, 아이는 어둠 속에서 무언가가 나타날 것만 같다고 말했다. 무섭다고. 그런 아이에게 나는 몇 번이나 "너는 이 방의 주인이야. 무서울 거 하나도 없어"라고 말했다. 그 말을 이제 와서 다시 생각해보면 '네 방은 여기니까, 여기를 벗어나지 말라'라고 말하는 것과 같았다. 아이는 방문을 닫고 내가 돌아서면, 불이라도 켜달라고, 무섭다고 말했고, 결국 나는 15분 후에 자동으로 꺼지는 스탠드를 켜두고, 방문을 닫았다. 아이는 필사적으로, 빛이 사라지기 전에 잠들었다. 그러나 불안했는지 새벽에 자주 깨어났고, 비명을 지르거나 방에서 뛰쳐나왔다. 아이를 붙들고 왜 그러느냐고 물으면 아이의 대답은 늘 같았다. 무언가 나올 것만 같아서.

아직 무언가가 나타난 것도 아닌데, 혹시 그럴지 모른다는 상상만으로 아이는 공포에 질려 있었다. 어린이를 대상으로 하는 신경정신과에 가야 하는 게 아니냐고 묻자, 남편은 펄쩍 뛰었다. 혼자 잠 못 드는 것만 빼면 모든 게 다 멀쩡한 아이인데 왜 긁어 부스럼을 만드느냐고. 우리의 대화를 들었던 것인지 아이는 그 후 며칠간 새벽에 깨어나지 않았다. 아침까지 형광등을 환히 밝혀둔 채였다. 아이는 그 밑에서 충혈된 눈동자를 숨기고 잠들어 있었다.

텅 빈 시디는 어느새 멈춰 있다. 1994년의 수장품 목록에는 없고, 2008년의 수장 용기 안에는 있는 수장품을 어떻게 설명해야 할까. 그러니까 이름은 없고 실체는 있는 수장품인 셈이다. 읽히지 않는 영상물이 있다고 말하자 계장은 이렇게 묻는다. 몇 번인데?

일련번호 같은 것이 있을 리 없다.

서류에 수장품 목록 있잖아. 거기 없어? 계장은 목록에도 없고, 담아낸 내용도 없는 빈 내용물을 한참 들여다본다. 복본도 없는 거네, 그럼?

네. 그런데 현장에서 나온 건 맞아요.

들어가지 말았어야 할 물품, 필요하지 않았던 물품이 들어가 있다는 것은 놀랄 만한 일이다. 그러나 계장의 목덜미를 따라 흐르는 것은 서늘함이 아니라 땀이다. 계장은 추위 속에서도 연신 땀을 흘리고 있다. 목록대로 해. 목록을 기준으로 해서 거기 없는 건 빼고, 있는 것만 넣고. 부식이 보도된 후, 타임캡슐에 대한 인터뷰만도 수십 번을 한 계장이다. 언론에 시달린 만큼 그는 노련해졌다. 그거 공시디 말이야, 다른 것들하고 따로 버려. 혹시 또 누가 수장품 쓰레기들 뒤지면 골치 아프니까.

고개를 끄덕이며 돌아서는데, 계장이 다시 한 번 당부한다. 우리한테는 이 서류가 정답이다, 여기 있는 건 넣고, 없는 건 빼고. 알겠지?

1994년을 의심하게 만들던 것들에 대한 해답은 이 서류 안에 담겨 있다. 서류야말로 1994년을 현재와 연결 짓는 타임캡슐이다. 기록에 없으니 공시디는 처음부터 없었던 것이다. 공시디는 내 서랍 안으로 들어간다. 14년 중의 18분, 서류에 없는 18분이 블랙홀 같은 어둠 속으로 들어간다.

계장의 지시에 따라 손상된 영상물들을 붉은색 천 위에 올린다. 카메라로 몇 장을 찍는다. 원본이었던 것이 쓰레기가 되고, 복본이었던 것이 이제 원본이 된다. 꼭 범죄 도구 사진 찍는 것 같네, 계장이 말한다.

범죄 도구들은 사진 몇 장으로 최후를 기념한 후, 일곱 가지 절차에 따라 폐기되었다. 몇몇 사람들이 타임캡슐 속에 들어가 있던 물품들에 관심을 나타내기도 했지만, 곧 시들해졌다. 14년은 희귀품이 되기에는 너무 가까운 시간이다.

케이스에서 꺼낸 공시디는 번쩍이는 표면으로 내 얼굴을 비춘다. 표정이 각도에 따라 이리저리 흔들린다. 어쩌면 이 수많은 공시디 안에도 무언가 이야기가 실려 있지 않을까. 다만 우리가 읽을 수 없을 뿐.

남편과 내가 보낸 마지막 주말은 지금도 종종 나를 찾아온다. 아이가 문고리를 돌리는 기척이 들린다. 날카로운 금속을 쥐가 갉는 것처럼. 아이는 조금씩 문고리를 잡고 돌린다. 잠 금장치가 된 문고리가 삐걱대는 소음을 만든다. 왜 이 소리는 늘 내게만 들리는 것일까. 나는 두 팔로 남편의 목을 끌어안는다. 남편의 귀를 내 체온으로 틀어막는다. 아이가 실낱같은 목소리로 엄마를 부르는 소리가 들린다. 나는 남편을 내 자궁 안으로 끌어당긴다. 아이는 방으로 들어오지 못한다. 아이가 노크할 수 없는 곳으로 남편을 숨겨야 한다. 아이의 노크가 닿을 수 없는 곳으로. 내가 그곳으로 가기 위해 애를 쓰고 있을 때 문이 열렸다. 진공 상태가 갑자기 풀어지듯이, 엄청난 노크 소리와 함께 방 안의 진공 상태는 깨져버렸다. 이 방의 모든 것이 저 문을 따라 거실 밖으로 빨려 나갔다.

다음 날 아침, 여자 둘만 남은 우리의 침대에는 피가 묻어 있었다. 내 것이 아니었다. 아이가 깨자마자 나는 아이를 두고 여기다가 이러면 어떡하니, 라고 말해버렸다. 물론 아이는 몰랐을 것이다. 아이가 여덟 살일 때 우리는 처음 만났고, 엄마 역할은 내가 해야 했고, 내가 그것을 잊고 지나갔으니 아이는 아무것도 몰랐을 것이다. 나는 다른 엄마들이 그러한 것처럼 이러이러한 일이 생기면 당황하지 말고 말해라, 이것은 아주 자연스러운 일이다, 라고 미리 말해두지 못했다. 그리고 머릿속이 뒤죽박죽되어버린 어느 아침, 급습한 초경에 대해 두려워하는 것은 아이가 아니라 오히려 나라는 사실을 깨달았다. 아이의 표정을 살필 수 없었던 것은 내 부끄러움 때문이었다. 나는 당황한 낯빛을 그대로 들켜버리고 말았던 것이다.

그날 퇴근길에 나는 명절 준비를 하는 것처럼 오래 장을 보았다. 뒤늦은 사후 수습이었는지도 모른다. 생리 전용 팬티부터 시작해서 용도별로 다양한 생리대, 그리고 생리증후군을 풀어줄 아로마 오일과 배에 붙이는 쑥 패치까지. 나는 한번도 써보지 않은 그 물건들을 사면서 또 깨달았다. 이런 행동이 어쩌면 또 다른 영역 표시일 수도 있겠다는. 나는 아이에게 이 집에서 너의 생리 냄새를 풍기지 마라, 너의 생리 혈을 흘리지 마라,라고 말하고 있었던 것이다. 아이는 박스 가득 채워진 물건을 받으며 마치 학습지를 받아드는 것 같은 표정을 지었다. 그리고 달마다, 조금씩 그것들을 소비했고, 고양이처럼 흔적 없이 치웠다.

  같은 집에 사는 여자들은 호르몬이 닮아간다. 생리 주기는 전염성이 강하다. 아마 남편이 죽지 않았다면, 나와 아이는 같은 몸의 규칙을 갖게 되었을지도 모른다. 두 여자의 호르몬보다 남편의 암세포가 훨씬 움직임이 빨랐다. 췌장암은 진단에서 결말까지가 가장 빠른 암이라고 했다.

  남편은 아이와 내 사이의 유일한 교집합이었다. 남편이 죽고 나자 나와 아이는 참으로 어색한 사이가 되었다. 나만 그렇게 생각한 것은 아니었는지 장례식이 끝나자마자 아이 고모는 아이를 데려갔다. 시댁에서 내게 적의를 가진 사람은 아무도 없었다. 장례식장에서 만난 수많은 친척들은 나를 동정하고 염려했다.

  장례식을 마친 후 나는 며칠을 내리 잤다. 장례라는 것은 죽은 자보다는 산 자를 위한 행위였다. 세상에 남겨진 사람들에게는 어떤 관문이 필요한 법이었다. 누군가를 떠나보내고 또 한세상을 혼자 건너가야 할 관문이.

사흘 후, 나는 2인용 때로는 3인용까지 되던 침대에서 혼자 깨어났다. 몸을 일으키지 않고 그대로 돌려 남편의 베개를 코에 가까이 댔다. 분명히 아이의 냄새가 났다. 이불을 젖혀보니 아이의 머리카락 몇 올이 흩어져 있었다.

사흘의 시간은 분명 부활의 시간이었다. 그러나 달라진 것은 많지 않았다. 침대에서 빠져나와 방문을 넘는 순간, 나는 한 번 휘청거렸다. 아무도 나를 방해한 것은 없었다. 내 걸음이 휘청거린 그 바닥에는 서투르게 세워진 문턱이 무표정하게 남아 있을 뿐이었다.

본 적은 없지만 나는 충분히 상상할 수 있다. 첫 생리를 한 아이가 생리 흔적을 말끔하게 버리기 위해 까만 봉지에 담고, 또 한 번 더 비닐에 담고, 그러고도 내 시선이 닿지 않는 휴지통을 찾지 못해 집 밖에 나가서 버렸을 풍경들을. 내가 공시디를 버릴 곳을 찾지 못해 계속 가방에 품고 다녔던 것처럼 말이다. 아이에게 어른이 된다는 것은 한 달에 한 번, 증거를 인멸하는 범인이 되라는 의미였을지도 모른다. 초경은 그 신호탄이었고, 그런 죄책감을 가르친 사람은 나였다.

집 안에서 버리는 법을 몰라 집 밖으로 쓰레기를 갖고 나간 아이처럼, 나도 땅 위에서 버리는 법을 몰라 땅속에 버리기로 한다. 네 개의 수장 용기는 완성되기 전, 며칠 동안을 귀가 찢어져라 울어댔다. 용접할 때 튀는 불꽃, 무언가 타는 냄새, 귀를 마비시킬 듯한 소음은 강할수록 타임캡슐에 대한 믿음을 갖게 했다. 거창하게 봉해지는 느낌, 그것이 많은 이들을 안심시킨다. 믿음은 굉음에 비례한다.

첫번째 수장 용기를 작업대 위에 올리고, 그 안에 복본으로 교체된 수장품들을 집어넣는다. 나 외에 또 한 사람이 첫번째 수장 용기를 점검한다. 그가 읽어낼 수 있는 것은 영상물 표면에 붙어 있는 라벨과 목록의 일련번호뿐이다. 라벨과 일련번호를 대조하던 사람이 수장 용기 건너편에서 엄지와 검지를 동그랗게 이어 붙인다. 첫번째 수장 용기가 가득 찼다. 그것을 멸균기 안에 넣고 온도를 높인다. 50도 시의 열이 미생물과 곰팡이를 처리한다. 그 안에는 복원된 1994년이 있다. 그리고 그 틈에는 버려진 공시디도 있다. 멸균을 거쳐도 내용 복구가 되지 않아—사실 무엇이 훼손되었는지도 모르니 복구라는 말도 어색하다—버려진 시디. 그것은 땅 위에서 폐기 처분할 방법을 몰라 며칠 동안이나 내 가방을 맴돌다가 결국 지하 15미터로 들어간다.

몰래 추가된 공시디에 대해 의심하는 사람은 아무도 없다. 그 영상물 안이 텅 비어 있을 거라고 생각하는 사람도 없을 것이다. 계장의 말대로, 우리에게 기준이란 목록에 있는지, 없는지, 하는 것이다. 목록 속에는 내가 새롭게 추가한 수장품이 버젓이 일련번호를 달고 있다. 끝까지 복원되지 못한 정체불명의 시다, 이름은 '복원'이다.

　타임캡슐이 네 개의 수장 용기를 모두 품는다. 노즐을 잠근다. 수십 차례, 엑스레이 검사를 받는 동안 빛이 타임캡슐을 보이지 않게 할퀸다. 그렇게 타임캡슐은 복원되었다.

　열두 살에 아버지를 잃은 아이는 제 고모 집에서 2년을 더 살았다. 2년 동안, 아이는 아주 오래전부터 그 집에 있던 가구처럼 잘 어울렸다. 어쩌면, 고모 집뿐 아니라 어느 집에나 잘 어울릴 만한 가구였을 수도 있다. 그러나 2년 후, 아이는 교복을 입은 채로 집을 나갔다.

　아이의 목적지가 '엄마'였기 때문에 아이 고모는 내게 연락을 했다. 애가 집을 나갔어, 엄마 보고 싶다고. 그렇게 말하는 아이 고모도, 그리고 나도 그 엄마가 대체 누구인지 정확히 알 수 없었다. 그게 6개월 전의 일이다. 지금까지, 아이는 엄마를 찾지 못했을 것이다. 아이는 친엄마의 전화번호도, 바뀐 내 전화번호도, 아무것도 모르기 때문이다.

　고모의 말에 의하면, 아이는 새로운 집에서 아무 문제없이 잠을 잘 잤다고 한다. 불을 켜둔 채 잠이 드는 일도 없었고, 밤에 소리를 지르는 일도 없었다. 베개를 들고 안방으로 침입하는 일도 없이, 있는 듯 없는 듯 조용하게 지냈다고 한다. 아이는 문을 꼭 걸어 잠그고 잤고, 고모가 깨우기 전에 일어났다.

정작 편히 잠들 수 없는 것은 나였다. 아이의 가출 소식을 들은 날부터 잠을 설쳤다. 아이는 노크하고 있었다. 내 잠의 틈새에 대고 노크하고 있었다. 그러다 어느 꿈의 틈을 비집고 들어와 킹 사이즈 침대 한 귀퉁이를 차지하기도 했다. 마치 강아지가 주인 발밑에 웅크리고 자듯이 그렇게 몸을 쪼그리고 누웠다. 그리고 아침이 오기 전에 느슨해진 잠의 틈새를 비집고 다시 빠져나갔다.

어쩌면 내가 가장 먼저 해야 할 일은 집을 벗어나는 일이었는지도 모른다. 세 사람이 같이 살던 집에서 매일 혼자 잠들고 일어나는 일은 쉽지 않았다. 모든 것은 예전 그대로였다. 집 구조도 가구도 모두 그대로였다. 달라진 것이 있다면 이 집 명의가 내 앞으로 바뀌었다는 것뿐인데, 여전히 나는 이 집 어딘가에 얹혀사는 느낌을 받았다. 가구 중 일부가 남편의 전처에 의해 골라졌다는 것이 새삼 마음에 걸렸다. 벽지가 눅눅하게 느껴졌고, 바닥의 사소한 얼룩이 거슬렸다. 4년 동안 늘 만지던 수도꼭지와 가스밸브에 다른 사람의 지문이 묻어 있는 것 같아 불편해지기도 했다. 불편함은 사스처럼, 단지 접촉했다는 것만으로도 퍼져나갔다. 문고리를 돌리다가 낯선 체온을 느끼게 되던 날, 결국 나는 수도꼭지부터 좌변기, 전기 스위치까지 모두 바꾸게 되었다.

살림을 하나 둘 버리고 마지막으로 킹 사이즈의 침대를 버리던 날, 거대한 스프링 한구석이 푹 꺼져 있는 것을 보았다.

아파트 공터, 한물간 살림들의 틈에 껴 있는 침대는 초라했다. 구불구불한 스프링 사이로 낯선 바람이 불었다.

며칠이 지난 후, 다시 공터로 내려갔을 때 이미 내 살림들은 다른 누군가의 집이 되어 있었다. 밤이 오면 고양이 몇 마리가 낡은 장롱의 문짝 속으로 귀가했다. 버려진 소파 쿠션은 거리의 냄새를 스펀지처럼 흡수했다. 틀과 매트리스가 분리된 침대들은 만인을 위한 벽처럼 구부정하게 바람을 맞고 서 있었다. 그중 어떤 것이 내 것이었는지 알 수 없었다.

집 안에는 내 것이 분명한 침대가 있다. 나 외에 누구도 올라와본 적이 없는 나만의 침대. 아직까지 새 냄새가 나는 싱글 침대는 폭이 좁아서 누우면 마치 관처럼 여겨진다. 도톰한 매트리스는 밤이 깊어질수록 신문지처럼 얇아졌다가, 해가 뜨고 나서야 다시 부풀어 오른다. 시간은 악보와 같이 흘러간다. 밤사이에도 수많은 마디가 있어서, 몇 마디를 흘러가는 동안 때로는 숨이 차오른다. 어쩌면 아이는 밤마다 이 길을 혼자 걸었는지도 모른다. 걷고 걷다가 어느 순간 격정적인 박자와 화음에 휩싸이면 그 마디를 헤어나기 위해 노크도 없이 내 방문을 두드렸는지도 모른다. 이 길에는 브레이크도, 정거장도 없다.

아이는 수많은 곳에서 반짝, 하고 나타났다가 다시 반짝, 하는 순간에 사라졌다. 나는 아이의 교복 색깔도 무늬도 모르지만 지상의 모든 교복 입은 중학생만 보면 아이의 얼굴이 겹쳐졌다. 아이가 반짝, 하고 나타났다가 사라진 허공에는 그 교복 무늬 같은 구멍이 남았다. 어느새 사방은 모두 아이의 교복 자락으로 기워진 허공들이었다.

관처럼 좁은 침대에 누워 생각한다. 왜 나는 아직까지 이 집을 떠나지 못하고 있을까. 왜 현관문의 비밀번호조차도 바꾸지 않았을까. 이 비밀번호를 아는 세 사람 중 한 사람은 죽었고, 한 사람은 사라졌다. 나 혼자만 유일한 증인으로 이 집에 남았다. 지구상의 유일한 증인이 되는 것은 버거운 일이다. 그 짐을 벗어버리는 방법은 간단하다. 숫자 몇 개만 바꾸면 되는데 나는 무엇 때문인지 계속 미루고 있다. 인정하고 싶지 않지만, 나는 아이가 집으로 오기를 기다리고 있다.

원형 광장의 중앙이 다시 열리는 날, 도시 안의 몇몇 타임캡슐이 지뢰 터지듯 부식되었다. 그럼에도 불구하고, 또 몇 개의 새로운 타임캡슐이 땅속으로 묻혔다. 취악대의 공연도, 대통령의 축사도, 기념식수도, 떠들썩한 환호도 없이, 타임캡슐이 지하 15미터로 하강한다. 몇 명의 보도진이 카메라 셔터를 누를 뿐이다. 몇 사람이 돌아가며 한 삽 가득, 흙을 타임캡슐 위로 던져 넣는다. 무덤이 봉인되던 그 순간, 나는 누군가가 판석 주위를 맴도는 것을 본다. 나와 비밀을 공유하고 있는 증인, 아이다. 아이는 점점 흐려지다가 마침내는 알아볼 수 없게 된다. 판석 위에 새겨진 수많은 암호들, 그 틈 어딘가에 반짝, 아이가 있다.

원형 광장은 밖에서 보면 꼭 무덤처럼 생겼고, 안으로 들어가는 통로는 달팽이의 관처럼 생겼다. 그 통로를 따라 움직이면 달의 분화구를 따라 만든 공간이 나타난다. 어떤 소리도, 어떤 바람도, 심지어 중력도 없다. 이곳에서는 시간도 느리게 간다. 운석이 떨어져 파인 구덩이가 수억 년이 지나도 그대로인 것처럼.

은행나무 두 그루가 서로 등을 돌리고 있다. 아니다. 공기를 사이에 두고 서로 등을 맞대고 있다. 이곳에서는 곤두박질을 쳐도 먼 미래로 닿을 것 같고, 시체가 되어도 미라로 남을 수 있을 것 같다. 소심한 독백이나 확신 없는 명제들도 이 판석 위에서는 뿌리 깊은 활자로 새긴 서약이 될 것만 같다.

판석에 귀를 대면 아이가 내게 걸어오는 소리가 들린다. 중학교 교복을 입은 아이는 판석을 보며 읽어낼 수 없는 글자들을 읽어내려 한다. 아이가 내게 묻는다. 이건 암호인가요? 판석 위에 새겨진 깨알 같은 글씨들은 축전을 보낸 도시들의 이름이다. 그리고 우리의 박제를 기념하는 사람들의 서명. 그것이 동서남북 네 방위의 귀를 맞추고 있다. 아이가 묻는다. 얼마나 깊은 곳에 있어요, 타임캡슐은? 지하 15미터라는 말에 아이가 조그만 탄성을 지른다.

나요, 여기 들어올 때 노크했어요.

가슴이 철렁 내려앉는다. 여기는 노크할 필요가 없어. 문이 없잖니.

 아이가 말한다. 엄마가 있잖아요.

 그 한마디에 내 모든 것이 무장해제된다. 아이는 나를 바라보며 말한다. 엄마가 있는 곳에는 노크를 해야 되잖아요, 대답할 시간이 필요하니까. 그렇게 말하는 아이의 손목과 발목이 허전하다. 지나치게 짧아진 옷, 아이는 내 마음이 멈춘 동안에도 끊임없이 자랐다. 너 춥지 않니?

 춥지는 않은데 졸려요. 자고 싶어요.

 내가 먼저 판석 위로 올라가 눕는다. 원형 광장의 크기만큼 하늘이 동그랗게 보인다. 아이가 판석 위로 올라온다. 노크도 문턱도 잠금장치도 필요하지 않을 만큼의 거리, 꼭 그만큼의 거리를 사이에 두고 우리는 잠이 든다. 아이에게 달의 분화구를 닮은 이 판석은 그런대로 안락한 요람과 같다. 모든 것이 얼어붙은 이곳에서 아이만은 쑥쑥 자라난다. 아이는 마치 조로증에라도 걸린 것처럼 자라나 키가 판석의 지름을 넘어선다. 그래도 여전히 아이스크림 냄새가 난다. 우리는 4백 년 후까지도 깨어나지 않을 것처럼 잠을 잔다. 그리고 깨어난 시간, 아이의 자리는 축축한 어둠으로만 남아 있을 뿐이다.

 우리가 누워 있던 자리는 태풍의 눈처럼 고요하다. 차가운 판석 위에 한쪽 귀를 기울인다. 심장이 펄떡펄떡, 뛴다. 이상한 오르가즘, 아마도 그것은 내 안에서 울리는 박동일 것이다.

아이슬란드

가이드북에는 서사가 없다. 이국의 지명들이 퍼즐 조각처럼 흩어져 있을 뿐이다. 그것을 단서로 삼아 이야기의 동선을 만드는 것은 읽는 사람의 몫이다. 그래서 나는 가이드북이 좋다. 지난주에는 일본을 읽었다. 후쿠오카부터 홋카이도까지 꼬박 일주일이 걸렸다. 그 전 주에는 러시아를 읽었다. 시베리아 횡단 열차가 블라디보스토크부터 모스크바까지 달렸다. 오늘은 아이슬란드를 읽을 차례다. 짐 가방 대신 책갈피 하나면 충분한 이 여행은 매일 밤 한 시간씩 이루어진다. 그 덕분에 지금까지 진짜 국경을 벗어나본 적은 없다. 굳이 그럴 필요가 없었다.

아이슬란드는 공백이 많은 나라다. 국토 면적은 남한과 비슷하지만, 실제로 사람이 살 수 있는 곳은 얼마 되지 않기 때문이다. 최북단에 붙어 있기 때문에 가끔 세계지도에서도 생략된다고 했다. 평화롭게 말줄임표처럼 생략되는 땅, 두 대륙판이 만나는 곳이어서 가끔 화산이 폭죽처럼 터지는 땅, 바이킹의 욕심으로 실제보다 못한 이름을 얻은 땅, 그곳에 가면 나 역시 발자국만 말줄임표처럼 남기고 생략될 수 있을 것 같았다.

아이슬란드가 시야에 들어온 것은 한 인터넷 사이트를 알게 되면서부터였다. 대한민국 국민으로서의 적성도를 검사하고, 나와 궁합이 맞는 다른 나라들도 판정받을 수 있는 사이트였다. 120개 문항을 읽고 답한 끝에 내가 얻은 대한민국 국민으로서의 적성도는 2.3퍼센트에 불과했다. 기준이 무엇인지는 몰라도 이 검사 결과에 의하면 나는 전혀 적성이 맞지 않는 나라에서 30년이 넘게 살아온 것이었다.

그것이 대한민국과 나의 문제인지 아니면 세상과 나의 문제인지 고민할 필요는 없었다. 대한민국 국민 적성도를 평가해주던 사이트—이름이 '세탁소'였다—에는 이미 가상 국적 만들기, 즉 자신과 궁합이 맞는 나라 고르기,와 같은 프로그램도 가동되고 있었기 때문이다. 나와 같은 사람들이 많았는지 세탁소는 늘 접속하는 사람들로 붐볐다. 그러니까 질병에 맞는 백신을 찾아주듯이, 인터넷은 내게 어울리는 나라를 찾아주었다. 2백 개 가까운 질문지를 작성한 후 내가 통보받은 나라는 아이슬란드였다.

아이슬란드에 대한 나의 적응도는 42.5퍼센트였고 그것은 지구상에 있는 어떤 나라보다도 높은 확률이었다. 내가 현재 살고 있는 나라보다는 무려 20배가 더 높았다. 그동안 나는 이 나라가 원하는 바를 충족시키느라 몸과 마음이 닳아 있었다. 줄줄이 비엔나소시지처럼 이어지는 관문들을 통과하고 취업난을 뚫고 직장까지 들어왔음에도 불구하고 여전히 내가 잘 살고 있는 것일까에 대해 의문이 드는 것을 보면 답은 확실했다. 2.3퍼센트는 이미 오래전부터 들려오던 불협화음을 악보로 그려 보여준 것에 불과했다.

"걔네가 뭔데 딴 나라로 가라 마라야?"

파티션 너머에서 그렇게 묻던 동료 김도 곧 그 사이트에 빠져들었다. 김은 자메이카로 가야 했다. 김은 자메이카가 아프리카에 있는지 아메리카에 있는지도 잘 알지 못했지만, 김의 천생연분이 자메이카라는 판정을 받은 후로 세상 모든 곳에서 자메이카와 관련된 부분들을 발견하게 되었다. 김은 자메이카에 가면, 이라는 가정하에 모든 자신의 일상을 넣는 것을 좋아했다. 적성에 맞는 나라에 가면 인간관계부터 건강 상태까지 모두 잘 풀릴 거라고 생각하는지도 몰랐다. 그게 아니라면 '카페 아이슬란드' 같은 곳에 가입하기 위해 50가지 질문의 가입 신청서를 작성하는 사람들을 설명할 이유가 없었다.

카페 아이슬란드는 아이슬란드를 꿈꾸는 사람들, 그러니까 여행부터 이민까지 관심을 가진 사람들이 서로 정보를 교환하는 인터넷 모임이었다. 그곳이 얼마나 폐쇄적인 공간인지는 그곳에 관심을 갖게 되는 순간부터 알게 되는데, 일단 50가지 질문이 적힌 가입 신청서가 첫번째 관문이었다. 그 가입신청서는 여러 기능을 하고 있었다. 작성자, 그러니까 이 카페 일원이 되려는 사람의 현재 직업과 나이, 거주지와 자동차 유무 혹은 차종, 연봉과 일의 종류에 이르기까지 개인 정보라고 할 만한 것들에 대해 줄줄이——설령 그것이 거짓이라고 하더라도——옳게 하는 기능이 있었고, 동시에 작성자 스스로 자신의 현재 처지에 대해 돌아보게 하는 기능이 있었고, 또한 작성자로 하여금 이렇게까지 불쾌하고도 번잡한 절차를 감수하면서 카페 아이슬란드에 꼭 가입해야 하는지 의문을 품게 하는 기능이 있었다. 그리고 이 모든 기능을 몸소 체험하면서도 카페 아이슬란드에 가입한다면, 문턱 하나를 통과한 듯한 성취감을 주는 기능도 있었다.

50개의 질문을 통과한 후, 카페 아이슬란드의 운영자로부터 가입 승인을 받았다. 그러나 이 폐쇄적인 공간에서 내가 볼 수 있는 것은 카페 메인 화면의 거대한 유빙 사진과 가입 인사 게시판뿐이었다. 나는 아무런 게시물도 읽지 못했다. 게시물을 읽을 만한 등급이 되기 위해서는 또 백 가지의 사적인 질문들과 마주쳐야 했다. 취미부터 결혼 유무와 연애 유무,

애완동물에 대한 생각부터 식성에 이르기까지 지극히 개인적이어서 부담스러운 질문, 그러니까 친근감을 가장한, 간을 보는 듯한 질문까지도 이 카페에서는 등업 조건이라는 명목으로 서슴없이 해대고 있었다. 좋아하는 음식이 뭐고 취미가 뭐고 무인도에 혼자 떨어지면 뭘 할 거며, 이상형이란 어떤 사람인지, 혹은 자신을 한마디로 표현하라는 질문들. 그리고 그 질문들을 모두 통과한 다음에야 나는 비슷한 통로를 거쳐 이곳까지 닿은 10여 명의 카페 사람들을 만날 수 있었다.

회원들은 다양했다. 성별도 지역도 나이와 직종도 제각각인 그 사람들 사이에서 공통점을 찾자면 모두 아이슬란드의 필부필부를 꿈꾸는 사람들이라는 점이었다. 우리의 동질감은 저 귀찮은 질문들을 단지 아이슬란드에 대한 신념 하나로 통과해왔다는 데서부터 시작되었다. 지금껏 어떤 카페도 내게 아이슬란드처럼 필연적이지는 못했다. 두 번의 가입 절차를 거치면서 나는 아이슬란드에 한층 더 가깝게 다가갔다. 마지막으로 따라붙은 것은 글쓰기를 위한 조건이었다. 다른 사람들의 게시물에 대해 댓글을 20회 이상 달아야 한다는 것이었다.

'아이슬란드에 가기는 쉬워도 그곳의 국민이 되기는 어렵습니다.'

카페 화면 한구석에는 그렇게 적혀 있었다.

김은 시간이 날 때마다 세탁소를 이용해서 자신의 국가 적성에 대해 의심해보았다.

"웃긴 게 뭔지 알아? 어제는 티베트였는데 오늘은 말레이시아래. 일기예보처럼 바뀐다니까."

일주일 동안 벌써 34개의 국적을 통보 받은 김이 말했다. 단지 몇 항목만 다르게 대답해도 국가명은 물론 대륙이 달라졌다. 마치 지구본을 빙그르르 돌려서 그중에 한 곳을 손가락으로 톡, 찍는 식이었다. 국적은 다양하게 바뀌었다. 그러나 나는 김에 비해 취향이 다양하지 못했고, 그래서 항상 아이슬란드였다.

아이슬란드의 날씨 못지않게, 직장 상사는 변덕이 심해서 매일 기호가 달라지고 말의 근거와 상황의 판단 기준이 달라졌다. 상사는 한 몸에 세 개의 영혼을 갖고 있었다. 아니, 가끔은 넷이 되거나 다섯이 되기도 했다. 어떨 때는 첫째의 영혼과 기준이 등장했고, 어떨 때는 둘째, 또 어떨 때는 셋째의 영혼과 기준이 등장했다. 다섯 쌍둥이가 번갈아가며 출근한다는 소문도 있었다. 김의 예보대로, 오늘 상사의 상태는 어제와 달리 셋째 동생이었다. 셋째 동생이라면, 가장 저기압일 때였다. 어서 아이슬란드로 가고 싶었다.

내가 비로소 카페 아이슬란드의 오프라인 모임에 참석했을 때, 그곳에 모인 사람들의 면모는 이 신입 회원을 놀라게 하기에 충분했다. 사회에서 생략되고 싶다고 아우성치던 게시물의 고백들과 달리, 회원들의 모습은 무척 세련되고 우아했기 때문이다. 광화문 근처를 지나다가 단지 동선과 생김새 때문에 불심검문을 당한 사람도 있었고, 가족과 대화가 단절되었다는 사람도 있었다. 의식하지 않는 척하고 있지만 자신이 회사 내에서 왕따라는 사실을 누구보다 더 잘 알고 있는 사람도 있었다. 그러나 이 모두가 모인 자리, 부암동의 한 카페에서는 그 누구에게서도 낙오자의 결핍과 같은 것은 찾아보기 힘들었다. 수수하게 하고 갔던 내 모습이 조금 후회스러울 정도였다. 어쨌거나 나는 그날 가장 주목을 받긴 했는데, 세계에 이제 갓 발을 들여놓은 풋내기였기 때문이었다. 회원들은 내게 아이슬란드의 첫 느낌에 대해 물었다. 나는 추운 나라라고 대답했다.

"보통 그렇게들 많이 생각하는데, 많이 춥지 않아요. 멕시코 만류 때문에 같은 위도의 다른 나라들에 비하면 천국이죠."

"게다가 지하에 따뜻한 물이 흘러요. 난방도 이런 물로 하니까요. 레이캬비크는 전 세계에서 가장 깨끗한 도시로 뽑힌 적도 있어요. 들어보신 적 있죠?"

"여름이 최적의 시기죠. 여행하기에는 5월부터 9월 사이가 좋다고들 하는데, 좋다기보다는 선택의 여지가 없죠. 나는 6월 정도가 가장 좋아요. 변덕스러워서 사계절을 하루에 다 보게 되는 경우도 있으니까요."

사람들은 돌아가면서 그렇게 말했다. 그중에 아이슬란드에 직접 다녀온 사람은 많지 않았다. 그러나 그들은 아이슬란드에 대해서 굉장히 많은 정보를 알고 있었고, 또 말하는 것을 좋아했다.

"아이슬란드에 대해 아직까지 본격적으로 다룬 한국어 가이드북은 없습니다. 우리가 구할 수 있는 것은 영문판 론리플래닛이 전부죠. 교재는 이걸로 할 겁니다."

운영자는 이미 그 론리플래닛을 한국어로 번역해두었다. 아이슬란드의 업무까지 담당하고 있는 노르웨이 대사관에서도 정보를 얻어 제본해두었다. 교재는 이미 128페이지까지 진도를 나간 상태였다. 이미 아이슬란드를 여섯 차례나 다녀온 그 운영자의 말에 의하면 아이슬란드도 최근에는 원시성이 자꾸 훼손되고 상업적으로 진화하고 있지만 그래도 아직 흠이 적은 땅이었다. 그 사실은 오래전, 아이슬란드를 처음 발견해낸 바이킹들도 이미 알고 있어서 일부러 이름을 눈과 얼음만 있는 곳인 양, 아이슬란드로 지어버렸다. 빙하는 전체 아이슬란드 국토의 15퍼센트 미만에 그쳐 있을 뿐이니, 바이킹은 거짓 정보를 유포한 셈이다. 카페 아이슬란드 사람들은 바이킹의 욕심에 대해 이야기하면서 우리 역시 바이킹과 다를 바 없다고 말했다. '우리'의 폐쇄성, '우리'의 까다로움은 사실 아이슬란드를 너무 많이 등분하고 싶지 않은 마음에서 시작된 것이었으니까. '우리'의 다음 모임은 파주 헤이리에서 갖기로 했다.

아이슬란드의 중앙부에는 긴 틈이 있다. 그 틈을 비집고 올라온 마그마가 굳어지면, 섬나라는 조금씩 동서로 면적을 넓혀나간다. 이렇게 자라난 면적은 연평균 0.6~1센티미터에 불과하지만 계속된다면 스칸디나비아 반도와 맞닿을 날도 올 거라고 한다. 실제 아이슬란드가 그렇듯이 내 안의 아이슬란드도 조금씩 넓어지고 있었다. 처음에 아이슬란드는 아무것도 아니었다. 42.5퍼센트라는 진단을 받을 때만 해도 그저 호기심일 뿐이었다. 그러나 카페에 가입하기 위해 150개 질문에 대한 답을 작성할 때 아이슬란드는 비로소 구호 같은 의미가 되었으며, 카페를 드나들기 시작하면서 조금씩 확장되었다.

아이슬란드를 배우면서 세탁소에서 왜 나를 아이슬란드로 배정했는지, 그 이유를 조금씩 알게 되기도 했다. 더위를 많이 타는 내게 한여름에도 평균 기온이 11도인 아이슬란드는 천국이었다. 1인당 합계 출산율이 2를 넘는 유일한 유럽 국가라는 점은 아이를 많이 낳아야 된다는 내 생각과 어울렸다. 맥도널드와 스타벅스가 보이지 않는다는 점도 마음에 들었다. 세계에서 가장 책을 많이 읽는 나라라고 뽑힌 적도 있는데, 그런 점도 매력적이었다. 전압과 콘센트 모양이 한국과 동일한 것도 나쁘지 않았고, 차가운 수돗물 정도는 그냥 마셔도 된다는 점도 석회수를 껄끄러워하던 내게 안정적인 매력이었다. 시속 50킬로미터 이하로 운전하는 곳이 많은 아이슬란드는 좀처럼 속도를 낼 줄 모르는 나 같은 운전자를 필요로 했다. 일하기 싫은 사람은 일을 안 해도 되는 나라, 그러나 실업률이 1퍼센트도 안 되는 나라, 그곳이 아이슬란드였다. 사교육에 대한 걱정도 할 필요가 없었다. 이 아름다운 나라에서는 국민 총생산의 7퍼센트 이상을 교육에 투자했다. 노인 연금 수령액은 이웃의 노르웨이나 캐나다보다도 훨씬 많았다. 병원 진료는 완전히 무료고, 모든 정보 매체가 정부의 검열을 받지 않는다. 아이슬란드에서 소박하게 살아가면 어디선가 선물처럼, 동그린란드 극해류를 따라 떠내려온 북극의 유빙과 마주칠지도 몰랐다. 그러니까 이 정도면 내가 아이슬란드를 선택한 것이 아니라, 아이슬란드가 나를 선택했다고 할 만했다. 내가 바로 아이슬란드에 적합한 국민이었던 것이다. 지금은 엉뚱한 나라에 불시착해 있지만.

아이슬란드는 그 자리에 그대로 있었다. 움직인 것은 나였다. 나는 북극의 유빙처럼, 어떤 흐름처럼 아이슬란드를 향해 흘러갔다. 한 번 모일 때마다 5만 원씩, 가끔은 그 이상의 비용도 회비 명목으로 빠져나갔으나 조금도 아깝지 않았다. 카드 명세서에도 아이슬란드가 자주 등장했다. 아이슬란드의 유명한 밴드——시규어로스와 비요크의 음반을 모두 사들였고, 그들의 이야기가 다뤄진 영화 「헤이마」의 DVD도 샀다. 영화 「반지의 제왕」 DVD도 같이 샀는데, 작가 톨킨이 영화 속 모르도르의 무대로 삼은 곳이 바로 아이슬란드였기 때문이다. 온천을 이용해 만든 아이슬란드 화장품과 전통 과자는 인터넷 구매 대행 사이트를 통해서 사들였다. 아이슬란드 출신이거나 아이슬란드에서 영감을 받았거나 아이슬란드에 거주하는 예술가들의 작품도 찾아보았다. 그들의 이름을 외우는 데는 더 많은 시간과 돈과 암기력이 필요했다. 다행히 뇌 역시 아이슬란드에 중독되어 있어 그 단어와 연관되어 있기만 하다면 최적의 상태로 가동할 준비가 되어 있었다.

문제는 아이슬란드가 아니라 여기였다. 상사는 자주 오락가락하며 내 인내심을 시험했는데, 나만 그런 것인지 아니면 사무실 사람들 모두가 그런 것인지는 확인할 길이 없었지만—김은 그렇지 않았던 게 확실했다—언제부터인가 상사의 말이 모두 낯선 언어처럼 들리기 시작했다. 그러니까 좀더 정확히 말하자면 나는 상사의 말을 듣긴 듣고 있었으나 알아들을 수는 없었다. 나는 상사의 말 위로 아이슬란드를 덧씌웠다. 흐반나달시누퀴르, 그것은 아이슬란드에서 가장 높은 산. 바트나이와퀴틀, 그것은 유럽 대륙의 모든 빙하를 합한 넓이와 맞먹는 크기의 빙하. 트와르스, 그것은 아이슬란드에서 가장 긴 강줄기. 레이캬비크, 그것은 아이슬란드의 아름다운 수도. 화산을 닮은 홀그림 교회를 빼면 높은 건물이 거의 없는 잔잔한 도시. 나는 그렇게 지면 위에서 아이슬란드의 지명을 익혀갔다. 그곳에서라면 지금 이곳에서 겪는 불협화음은 느까지 못할 게 분명했다. 적어도 2.3퍼센트와 42.5퍼센트의 차이만큼은. 상사의 말들은 아직 내가 미처 외우지 못한 지명처럼 들렸다. 그러니까 그것은 생소하기는 했으나 분명 내가 배워야 하는 그런 내용이었다.

 퇴근길에는 아이슬란드 여행의 교통편에 대해 고민했다. 국내선 비행기를 타는 것, 버스 회사의 투어 상품을 이용하는 것, 버스 패스를 구입하는 것, 사륜구동 차를 렌트하는 것, 그리고 길 가는 차를 얻어타는 것. 버스 회사의 투어 상품과 버스 패스 사이에서 고민하다가 내려야 할 역을 놓칠 뻔했다. 아이슬란드로 떠난다면 여름이 좋을지 겨울이 좋을지도 고민스러운 문제였다. 여름은 날씨도 맑고 쾌청하며 백야로 인해 한밤의 태양을 만날 수 있었다. 최고 성수기이기도 했다. 겨울이 되면 아이슬란드 전역이 꽁꽁 얼어붙어 진정한 북구의 나라를 느낄 수가 있었다. 관광지들은 거의 문을 닫지만, 그만큼 관광객도 덜 붐비고, 무엇보다도 오로라를 볼 수 있었다. 나는 여름의 백야와 겨울의 오로라 사이에서 갈등했다. 그것은 당장의 문제가 아니었지만, 일부러 해결을 미루면서 고민을 즐겼다.

 처음에는 열 명에 불과하던 회원들이 이제 그 두 배, 세 배가 되었다. 자메이카부터 말레이시아까지 매번 국적을 시험해보던 동료 김도 나를 따라 카페 아이슬란드에 가입했다. 김은 동시에 여러 국가의 인터넷 카페에 가입했으나, 아이슬란드의 폐쇄성이 가장 크게 와 닿았다고 했다. 김은 여전히 아일랜드와 아이슬란드를 혼동했지만, 크게 문제되지는 않았다. 운영자는 쪽지 시험을 봐서 회원들을 거르기로 했다. 삼청동의 어느 조용한 찻집에서 30여 명의 사람들이 모인 채 쪽지 시험이 진행되었다. 운영자가 아이슬란드에 관한 시험 문제를 60 문항 가까이 만들어 왔고, 우리는 한 시간 동안 그 60 문항을 풀었다. 주로 아이슬란드에 대한 전반적인 정보들을 묻는 질문이었다. 나는 아이슬란드의 기후와 연금 제도, 그리고 도로 교통법과 빙하 투어에 관한 부분에서 모두 여덟 문제를 틀렸다. 다행히 살아남았다. 김도 가까스로 살아남았다.

아이슬란드는 이민자들을 까다롭게 받는 편이었다. 현지에서 고용되거나 지사에 근무하거나 현지 사람과 결혼하거나, 유학, 혹은 동거를 통해 영주권을 얻을 수도 있었지만 쉽지는 않았다. 물론 아이슬란드의 국민 수 31만 명에 속하지 않더라도 얼마간의 돈과 시간이 있다면 누구나 아이슬란드에 갈 수 있다. 그러나 한국인에게 자유롭게 허락된 시간은 길어야 90일이다. 90일을 넘기면 짐을 싸거나 다른 목적을 가져야 한다. 그런 점에서 아이슬란드 교민의 등장은 놀라웠다. 운영자가 잠시 한국에 나와 있던 교민 한 명을 섭외한 것이었다. 그것은 돈이 드는 일이었지만 우리 모두가 원하던 일이기도 했다.

우리는 그를 달인이라고 불렀다. 그는 아이슬란드라는 한 분야에서 10년을 살아왔다. 달인은 카페 아이슬란드 모임에서 영주권 획득과 아이슬란드 적응을 위한 강의를 몇 차례에 걸쳐서 하기로 되어 있었다. 저만치서 처음으로 달인의 실루엣을 먼저 봤을 때, 나는 그곳에 한 사람이 아니라 하나의 위대한 땅이 앉아 있는 것을 느꼈다. 그러니까 굳이 이름을 붙이자면 아이슬란드였다. 눈과 얼음의 나라 아이슬란드는 온통 하얀 육체로 주변을 서늘하게 만들면서, 그렇게 육화된 채 앉아 있었다.

달인은 아이슬란드의 수도 레이캬비크에서 교민 열두 명 중의 한 명으로 존재함과 동시에 레이캬비크의 주민 10만 명 중의 한 명으로도 존재했다. 레이캬비크의 미용사 중의 한 명이기도 했다. 여러 집합 속에서 달인은 존재했다. 그리고 이제는 우리 카페 아이슬란드의 한 명이기도 했다. 달인의 입에서 아이슬란드에 살고 있는 한국 교민 열두 명의 이름 중 일부가 언급될 때마다 꼭 성인의 이름을 듣는 것 같았다. 그 열두 명이 어떤 사람들인지에 대해 전혀 알지 못하면서도, 마치 오래전부터 잘 알고 있는 듯한 착각을 하기도 했다.

달인을 처음 만난 날 밤, 나는 카페 회원들과 함께 트램펄린 위에 있었다. 꿈이었다. 흔들흔들한 탄성 위에서 우리들은 우왕좌왕하다가 곧 위로 튀어 오르기 시작했다. 김이 열심히 발을 굴렀다. 그 바람에 다른 회원들, 이를테면 이와 박이 넘어졌다. 박은 새빨리 일어나 두 발을 굴렀다. 이가 발라당 뒤로 엎어졌다. 박이 열심히 뛸수록, 김이 위로 솟아오를수록

이는 철판 위의 오징어처럼 변해갔다. 달인이 손을 입가에 모아 외쳤다. 달인은 말이 많았다.

"트램펄린 위에서는 똑바로 앉아 있으려고 해도, 움직이지 않으려고 해도, 다른 사람들의 반동에 의해 움직여지게 마련인 겁니다. 그러니까 트램펄린 위에서 이리저리 치이지 않고 자신만의 평화를 유지하고 싶다면, 가만히 앉아 있어서는 안 돼요. 더 열심히 뛰어요. 더 열심히. 남들보다 더 높이, 더 힘껏. 적극적으로 뛰지 않으면 낙오되는 것, 그것이 트램펄린이고, 이 땅이에요. 모두가 정지해 있지 않는 이상, 흔들림은 멈추지 않을 거고, 정지해 있기 위해 트램펄린에 오르려는 사람은 많지 않아요. 우리가 태어나면 자동적으로 경쟁하게 되어 있듯이 말이죠."

이가 트램펄린 위에서 살기 위해 몸을 일으켰다. 나도 몸을 일으켰다. 두 발을 송곳처럼 세우고, 거칠게 뛰어올랐다. 그러다 어느 순간 허공에서 저 밑을 바라보게 되었다. 그것은 작은 놀이기구도, 땅도 아닌, 검은 바다였다. 트램펄린은 너무 좁았다. 한참을 용수철처럼 뛰어오르던 우리는 어느 순간이 되자 모두 주저앉았다. 그제서야 서서히 트램펄린이, 땅이, 바다가, 잠잠해졌다. 달인이 말했다.

"이 순간이 바로, 아이슬란드죠."

아이슬란드와 사무실의 관계는 시소의 양끝과 비슷해서,

아이슬란드가 높이 부상하면 할수록 이곳, 사무실은 아래로 아래로 추락했다. 내가 아이슬란드에 넋을 놓고 있는 시간이 많아질수록 지금 여기, 내가 발 딛고 있는 곳은 쪼그라들거나 좀먹은 옷감처럼 낡아갔다. 아이슬란드 곳곳에 남아 있는 게이시르Geysir, 곧 간헐천이 웅덩이 속에서 부글부글 끓다가 갑자기 허공으로 솟구치는 것처럼, 아이슬란드는 내 속 깊은 곳에서 부글부글 끓다가 어느 순간 최대 80미터까지, 아니 일상 밖으로 솟구치곤 했다. 그러면 아이슬란드 아닌 모든 것들이 초라해졌다.

없는 제도를 굳이 만들어서까지 나타난 낙하산 인턴 때문에 내 현실은 더 초라해지고 있었다. 상사와 인턴 사이에서 나는 위와 아래를 연결하는 거름망이 된 것 같은 기분으로 일했다. 오전 9시, 사무실 책상 앞에 앉아도 몸과 마음은 이미 아홉 시간 늦다는 아이슬란드의 시간을 살고 있었다. 아마도 자정쯤, 그래서인지 내내 잠이 쏟아졌다. 온몸과 마음으로 그곳과 이곳의 시차를 느꼈다. 시킬 일도, 가르칠 일도, 전수할 일도 없었지만 인턴은 방학을 이용해 많은 실무를 접해보고 싶어 했다. 인턴의 경험을 위해 내 시간이 축나고 있었다. 인턴은 질문도 많고, 아는 것도 많고, 에너지도 많았다. 인턴은 자주 미국에서는,이라는 말로 한국과 미국의 업무 환경을 비교하며 의문을 품곤 했는데 그때마다 나는 이곳은 한국이라는 말로 적당히 선을 그었다. 그리고 또 한번 인턴이 미국에서는 이렇지 않은데, 라고 말했을 때 이렇게 말을 돌렸다.

"아이슬란드에 가본 적 있어?"

"아이슬란드요?"

"그래, 아일랜드 말고 아이슬란드."

"가본 적 없는데, 거기 추운 나라 아닌가요?"

고작 한다는 말이 거기 추운 나라 아닌가요, 라니. 너 같은 풋내기들은 알 수 없는 나라, 그곳이 아이슬란드다. 그렇게 생각하자 몸의 온도가 급속도로 시원해졌다.

사무실 책상 앞에 웅크리고 있으면 세상에서 명확한 것은 세 가지뿐이라는 사실이 떠올랐다. 사막은 계속될 것이며, 오아시스는 어디에도 없을 것이고, 다만 신기루는 가끔 나타날 거라는 점. 그 신기루가 어쩌면 아이슬란드인지도 모르지만, 일단 지금 내가 할 수 있는 것은 그저 가보는 것뿐이었다.

아이슬란드를 알게 된 후로 멍하니 있는 시간보다 움직이는 시간이 더 많아졌다. 현실에서 더 열심히 살 필요가 있었던 것이다. 의료비 부담이 더 없다고는 하지만, 아이슬란드에 완전히 동화되기 전까지는 이방인이라는 한계를 생활 곳곳에서 느낄 것이 뻔했다. 이방인들은 일단 건강해야 했다. 아프지 않아야 했다. 말이 통하고 조금은 더 익숙한 곳에서 훗날을 위해 만반의 준비를 갖추어야 했다. 언제 어디서 벌어질지 모르는 불미스러운 일들, 이를테면 사랑니라든가 맹장과 같은 시한폭탄은 미리미리 제거하는 것이 좋다고, 달인이 말했다. 나는 다음 날 치과에 갔다. 내가 치료해야 할 충치가 모두 여섯 군데였다. 두 달의 시간과 2백만 원이 들어간다고 했다. 예전 같으면 좀더 미뤄두었을 치료를 나는 당장 시작했다. 맹장이 터지기 전에 제거하는 일은 절차를 알아보기가 좀 까다롭긴 했지만 아예 불가능한 일은 아니었다.

달인이 등장한 이후로 우리의 회비는 더 늘어났다. 그러나 아이슬란드와 관련된 비용들은 운동을 끊거나 마사지를 받거나 외국어를 배우거나 건강식품을 먹는 것 이상으로 효과적인 자기 관리 비용이었다. 우리는 아이슬란드를 몸소 체험한 한국인에게서 사교육을 받고 있었다. 돈이 아깝다고 생각한 적은 없었다. 회비가 비싸다고 생각하는 사람은 모임에 나오지 않으면 그만이어서 모임에 나오는 사람들은 누구나 흔쾌히 회비를 냈다. 달인의 정보가 식상해지기 전까지는 말이다.

회원들은 맛집이나 추천할 만한 호텔, 쇼핑 장소에 대해 물었으나, 달인이 딱히 시원하게 대답해주지는 못했다. 설령 대답을 한다 하더라도 그곳은 이미 가이드북 위에서 활자화된 정보였다. 달인은 몇 달 전까지 레이카비크에 머물다 온 사람치고는 너무도 그곳의 사정을 몰랐다. 달인이 아는 것은 우리도 가이드북을 통해 아는 정도의 정보였고, 우리가 모르는 것은 이미 달인에게서 닳도록 들은 미용실 안의 이야기들뿐이었다. 달인의 정보는 정확하지도 않았다. 달인이 거리에서 파는 피자 한 조각이 150크로나라고 하면, 얼마 전에 아이슬란드에 다녀온 회원이 300크로나였다고 정정했고, 달인은 피자 가격이야 동네마다 다를 수 있다고 반박했다. 그러나 150크로나인 집을 알려달라고 하면 달인은 잘 설명하지 못했다. 엽서 가격도, 물 한 병의 가격도, 심지어는 미용실 가격도 달랐다. 급기야 달인이 자신의 일상에 관한 부분까지 번복하게 되자, 우리의 의심은 더욱더 커져만 갔다. 달인이 정보로 우뚝설 수 있는 것은 아무래도 미용실 안으로 들어갈 때뿐이었으나, 회원들 모두 미용실 밖의 정보를 원했다. 달인은 아무것도 답하지 못했다. 달인은 상어 고기도 먹어본 적이 없었고, 그것을 달인은 자신의 식성 문제라고 답했지만 우리의 의혹만 증폭시킬 뿐이었다. 달인은 뮈바튼 호수도 요쿨사우르글루프르 국립공원도 잘 알지 못했다. 달인이 또다시 우리 미용실 안에서는, 하면서 입을 열기 시작하면 우리가 이미 들었던 이야기가 반복되었다. 이제 박은 이미 정답을 아는 것에 대해 묻기 시작했다.

"흐루트스푼구르는요? 그건 어때요?"

"거긴 투어 상품을 이용하는 게 편해요. 가는 길이 불편하죠."

달인의 대답에 이가 반박했다.

"그건 음식이잖아요. 아닌가요?"

박이 고개를 끄덕였다. 그러나 달인은 표정 하나 바뀌지 않고 그대로 말을 이었다.

"그러니까, 그걸 먹는 투어 상품이 있어요."

박은 몇 주 후, 카페 아이슬란드에서 사라졌다. 오프라인 모임뿐 아니라 온라인상에서도 탈퇴했다. 워낙 열심히 활동하던 회원이었기 때문에 남은 사람들은 박에게 무슨 심경의 변화가 생긴 것인지 걱정했다. 어떤 사람들은 그것이 어눌하고 미심쩍은 달인 때문이라고 말했다. 그러나 진짜 원인은 다른 곳에 있었다.

박의 직장 동료가 카페 아이슬란드의 새 회원으로 들어왔기 때문에 박의 해고 사실이 모두에게 퍼졌다. 박은 자주 직장을 그만두고 아이슬란드로 가야 한다는 말을 하곤 했는데, 정말 직장을 그만두게 되자 아이슬란드는 물론 어디로도 가지 못했다. 그는 아이슬란드를 떠나버렸다. 단지 시간적, 금전적 여유가 없어서가 아니었다. 아이슬란드는 모든 경쟁과 소음을 초월한 곳이었지만, 그 환상을 유지하기 위해서는 경쟁과 소음이 필요했다. 수면 위의 우아함은 물 아래 숨겨진 억척스러운 갈퀴질 덕분에 가능한 것이었다. 박은 그 사실을 알고 있었고, 갈퀴질이 불가능해진 지금, 수면 위의 우아함을 스스로 포기해버린 것이다. 나도 그 구조로부터 자유로울 수 없기에 직장을 그만둘 수도, 적금을 해지할 수도, 보험을 취소힐 수도, 무작정 떠날 수도 없었다. 내가 그 모든 것들을 포기하고 진정 자유로워지는 순간, 아이슬란드도 사라질 테니까.

모임이 끝난 후, 두 명의 회원이 또 탈퇴했다. 아이슬란드로 가기 전에 군대에 가야 했기 때문이다. 그들은 대한민국에서 국방의 의무까지만 맞춰주고, 그다음 미련없이 아이슬란드로 떠나겠다고 했다. 군복을 입고 보내는 2년은 어쩌면 아이슬란드에 가기 위한 준비를 더 알차게 할 수 있는 시간일 수도 있다고 했다. 그들은 아이슬란드를 군복 깊숙이 묻고, 화천행 버스를 탔다. 아이슬란드 밴드의 붉은 닭벼슬 머리를 머릿속에 감추고, 2센티미터로 머리카락을 잘랐다. 몇 주 후, 훈련소에서 올린 그들의 글에는 무엇에 대한 그리움이 사무치게 배어 있었는데 정황상으로 미루어보아 아이슬란드는 아니었다.

떠날 이들은 떠났고 남은 이들은 꿈꿨다. 아이슬란드가 매년 1센티미터도 안 되는 확장을 계속하다 보면 언젠가는 전 지구가 아이슬란드로 뒤덮이는 날도 올 거라고.

"변덕 심한 상사에 낙하산 인턴에 사무실 이사까지, 이건 뭐 고난의 삼박자가 딱딱 들어맞는군."

김이 말했다. 전부터 소문만 돌던 사무실 이사가 현실화된 것이었다. 사무실은 몇 달 후, 양재역에서 수색역으로 옮겨갈 예정이라고 했다. 나는 명일역에 살고 있었고, 명일역에서 수색역까지 가는 거리는 지금 이곳에서 아이슬란드로 가는 거리보다 멀었다. 경기도 광주에 살던 김은 회사를 아예 그만두겠다고 했다. 오전에 둘째 동생이었다가 오후에는 다시 첫째로 돌아온 상사의 오락가락하는 기준에 시달리고 나니 나 또한 비슷한 충동이 들었다. 회사를 그만두면, 아이슬란드로 정말 떠날 수 있을지도 몰랐다. 책상 앞의 세계전도에서 아이슬란드가 번쩍, 번쩍, 오로라를 보내오는 것 같았다.

레이캬비크 한구석에 있는, 달인의 여섯 평짜리 미용실. 2층의 누구 씨네 할머니와 미용실 안에 있던 검은 고양이가 자주 등장하는 그 미용실 이야기는 처음에 무척 신선한 정보였다. 아이슬란드의 미용실이라면 어떤 가이드북이나 대사관의 정보를 통해서도 얻기 힘들었으니까.

그러다 어느 순간 우리들은 알아버렸다. 우리가 배우는 아이슬란드란 온통 한 건물 안에서만 이루어지고 있다는 것을. 달인의 아이슬란드 이야기는 여섯 평, 미용실 바닥 안에만 국한되어 있었다. 달인은 그 여섯 평 안에서 10년을 보냈고, 간혹 밖으로 나가더라도 아이슬란드 투어 버스를 이용해서 섬 중심부를 구경하거나, 해변을 따라 달리거나 스노모빌을 모는 일 따위와는 거리가 멀었다. 달인의 동선은 그냥, 머리가 조금 길거나 머리에 열을 가하거나 풀어야 하거나 어쨌거나 가위가 필요한 사람들을 따라다녔을 뿐, 아이슬란드와는 아무런 관계가 없었다. 달인의 아이슬란드는 그 미용실뿐이었다. 그러니까 이제 그곳이 아이슬란드인지 아닌지조차 분간이 힘든, 아이슬란드마저도 생략한 동네, 그곳이었다.

  달인의 이야기는 자꾸만 미용실로 우리를 데려갔다. 데려갈 곳이, 그러니까 안내할 곳이 그곳밖에 없었던 것이다. 덕분에 나는 이제 아이슬란드를 떠올리면 호기심보다도 두통이 먼저 찾아올 지경이었다. 아이슬란드, 라고 달인이 말하기만 해도 파마약 냄새가 맡아졌다. 그 미용실을 어슬렁거린다는 검은 고양이와, 자주 찾아온다는 누구 씨네 할머니 이야기도 식상했다. 그런 것은 바로 여기, 대한민국 어느 골목 안에서나 흔히 일어나는 풍경 아닌가. 그리고 이제는 정확히 말해, 달인이 정말 아이슬란드에 10년간 살았었는지, 혹시 아주 잠깐 시간을 보냈던 것은 아닌지, 살았던 곳이 아이슬란드 영토 안인 것은 맞는지, 아이슬란드에 한 번도 가본 적이 없는 것은 아닌지, 열두 명 중의 한 명은 맞는지, 그저 미용실 이름이 레이캬비크였던 것은 아닌지. 그러니까 내가 프랑스에 한 번도 가보지 않고 그곳의 버스 노선을 달달 외우는 것처럼, 일본에 한번도 가보지 않고 맛집과 예산과 추천 메뉴까지 읊어댈 수 있는 것처럼, 달인도 아이슬란드를 문자로만 아는 것은 아닌지. 그러나 나는 그냥 입을 다물었다.

  "사이비 냄새가 나."

  김이 말했다. 어쩌면 그런지도 몰랐다. 나는 달인을 달인으로서가 아니라, 아이슬란드라는 복음을 전파하러 온 열두 명의 사도들 중 하나로 생각했는지도 모르고, 설사 그가 전한 복음이 모두 구라라고 하더라도 이미 그 종교에 빠져들어 교리를 믿기 시작한, 그러니까 모두가 허상이 된다 해도 완전히 대지가 무너지기 전까지는 그 위에 서 있고 싶은, 그런 신도가 되어 있는지도 몰랐다. 아이슬란드의 모든 전문적인 지식들, 책 속에 있거나 책 밖에 있거나 어쨌든 누가 봐도 의심할 리 없는 아이슬란드의 정보들보다도 나는 달인의 말을 그대로 믿고 있었다. 여섯 평의 미용실 공간도, 자주 찾아오곤 하던 누구 씨의 할머니도, 딱 한 번 마주친 적 있는 한국인 단체 관광객도, 성질이 급한 가이드도, 옆집 아기의 울음소리도, 모두 다 실재하는 것이라고 믿었다.

운영자는 회비를 낮추거나 깎아달라고 말하는 회원들 때문에 곤혹스러워 했다. 서울 곳곳의, 아니 가끔은 서울 근교까지도 분위기 좋은 공간을 찾아다니던 카페 아이슬란드가 최근에는 너무나 궁상맞아졌던 것이다. 절이 싫으면 중이 떠나라,는 이유로 사람들이 대거 떨어져 나갔다. 이제 규칙적으로 나오는 사람들은 서너 명이 전부였다.

달인은 말을 하지 않고 자신의 가방 속에서 은색 가위를 꺼냈다. 달인이 분홍색 보자기를 획, 펼쳐서 내 목을 감쌌다. 이제 내 뒤에 서서 내 정수리를 내려다보는, 은색 가위를 든 저 여자는 달인이 아니라 아이슬란드였다. 온전한 아이슬란드가 내 두상을 손끝으로 더듬어 만져보고는 이렇게 말했다.

"뒤가 짱구시네."

아이슬란드가 가위를 들었다. 아이슬란드가 그 차가운 손가락 사이에 내 검고 질긴 머리카락을 끼워 넣고 은빛 가위를 벌렸다. 찰싹, 어떻게 가위 자르는 소리가 찰싹, 하고 들릴 수 있는지는 나도 모르겠다. 그러나 가위는 분명 찰싹, 하고 울었다. 그것은 바람이 뺨을 갈기는 소리 같기도 했고, 바다가 육지 위로 기어오르는 몸짓 같기도 했다. 가위는 칙칙폭폭, 낡은 기관차 소리 같기도 했다. 내 동그란 머리를 지구 삼아 아이슬란드는 이쪽저쪽으로 움직이고 있었다. 가위가 열차 바퀴처럼 굴러갔다. 20개의 활화산과 7백 개의 온천이 가위날을 따라 펼쳐졌다. 종착지가 올 것 같아서 두려웠다. 이대로 계속 가위가 달렸으면 했다. 기차처럼. 내 뒤짱구 머리 위에서.

몇 사람을 제외하고는 거의 모두 머리를 잘랐다. 아이슬란드는 우리의 머리를 똑같이 만들어놓았다. 두상도 다르고 모발의 느낌도 다르고 길이도 다른 우리들의 머리는 똑같아졌다. 아이슬란드 스타일이었다. 그리고 달인은 우리 아이슬란드를 떠났다. 분명한 것은 달인이 우리의 머리에 아이슬란드를 남겨놓았다는 것이다. 그것이 달인의 마지막 수업이었다. 달인의 뒷모습은 당당했다. 그러나 어쩐지 돌아서는 달인의 걸음걸이는 몹시 빨랐다. 달인의 그런 모습은 우리와 닮아 있기도 했다. 지도를 마구 구겨서 탄생한 데칼코마니처럼, 축이 어디 있는지는 몰라도 달인은 거기에, 나는 여기에, 있었다.

모임은 그렇게 끝이 났다. 정확히 말하면 다음 모임이 기약 없이 미뤄지고 있던 거지만. 아이슬란드는 추상어였다. 사람마다 번역이 다르고, 정의되는 것도 다른, 주관적일 수밖에 없는 단어. 그게 아이슬란드였다. 추상어에 대해 잘 설명할 수 있는 것은 반대말을 설정하는 거라고, 그렇게 믿었던 나는 아이슬란드의 반대쪽에 있는 것이 무엇인지 생각해보았다. 그것을 안다면 진짜 아이슬란드도 어느 지점쯤에 있는 것인지 알 수 있을 텐데. 그러나 가도 가도 반대쪽은 나오지 않았다. 나는 여섯 평의 아이슬란드 속에서 계속 맴돌고 있었다. 링반데룽처럼.

오랜만에 카페에 들어갔더니 새 공지가 떠 있었다. 아이슬란드에 관한 한국어 가이드북이 처음으로 나온 것이었다. 카페에서는 공동 구매를 진행했지만, 참여율이 저조해서 무산되었다. 나는 그것을 사서 정확히 잠들기 전, 침대에 누워 그것을 펴보았다. 레이캬비크부터, 사람이 잘 살지 않는 섬 중앙부에 이르기까지, 한 장 한 장 아이슬란드를 읽는 것은 꽤 설레는 일이었다. 최근판이어서 요즘의 물가까지 세세하게 적혀 있었는데 그중에는 달인의 말과 일치하는 것도, 그렇지 않은 것도 있었다. 그러나 나는 달인의 복음을 부정하지 않기로 했다. 달인이 말한 아이슬란드와 이 책이 말하는 아이슬란드는 조금 다를 수도 있었다. 그럴 수도 있었다. 그건 별로 중요한 일이 아니었다.

그렇게 나는 몇 날 며칠 밤을 아이슬란드에서 살았다. 활자들 위로 도로를 내고 활자들 위로 건물을 세웠다. 그리고 그 속으로 걸어 들어가는 상상을 했다. 레이캬비크, 라고 하면 그 단어들이 육중하면서도 권위적이지 않은 구조물이 되어 내 눈앞에 떠올랐다. 나는 그 속으로, 그냥 가볍게 걸어 들어가기만 하면 되었다. 놀라운 것은 읽으면 읽을수록, 책장 속의 아이슬란드가 달인에게서 들었던 그 섬나라와 닮아갔다는 것이다. 피자를 한 조각에 150크로나에 파는 집이 나타났고, 달인이 말한 경로로 움직이는 버스도 다녔다. 70페이지쯤 읽었을 때 레이캬비크 전경 속에서 달인의 뒷모습이 나타났고, 백 페이지를 넘겼을 때 문을 열고 들어가면 검은 고양이 한 마리가 어슬렁어슬렁 기어 나오는 미용실도 등장했다. 세 개 좌석 중 한 곳에 앉으면 달인이 내 앞으로 분홍색 보자기를 획 들어 마술사의 그것처럼 내 시야를 가릴지도 몰랐다. 달인이 분홍색 보자기로 내 목 아래를 가리고, 내 두상을 대략 만져보고서 말할 것이다.

"뒤가 짱구시네."

사무실은 이사를 앞두고 분주했다. 커다란 상자 속에 소지품들을 옮겨 담았다. 벌써 몇 사람은 회사를 옮긴다며 그만두었다. 김 역시 파티션 뒤에 숨어 구직 활동을 하고 있었다.

내 책상 유리 밑에는 세계전도가 식상한 메뉴판처럼 들어가 있었다. 철로와 도로가 혈관처럼 퍼져 있고, 지명들은 몇 중 추돌을 일으킬 것처럼 어지러웠다. 아이슬란드는 이 모든 소동으로부터 멀리 떨어져 있었다. 북위 63~66도, 그곳에 가려면 배나 비행기를 타야 했다. 그러니까 땅을 벗어나야 했다. 모두가 회사를 따라갈까 그만둘까를 고민하는 때에, 나는 배낭을 살까 소프트 캐리어를 살까 고민했다. 아이슬란드로 가기 위한 항공권도 뒤적여보았다. 며칠 후 집으로 배낭도 캐리어도 아닌 커다란 이민 가방이 배달되었다. 이렇게 하지 않으면 내 인생에서 아이슬란드가 영영 증발해버릴 것 같았다.

사라진 아이슬란드는 다음 날 아침, 지하철역의 신문 가판대 위에서 발견되었다.
'아이슬란드 국가 부도.'
IMF, 실업 대란, 국가 부도, 그렇게 가이드북에서는 한 번도 본 적 없었던 말들이 새롭게 아이슬란드를 정의하고 있었다. 아이슬란드는 지도에서 가끔 생략되는 것이 아니라 아예 부도로 지구상에서 사라질 뻔했다. 크로나는 반값으로 가치가 하락했다. 슈퍼마켓에서 올리브유나 파스타를 사재기하는 아이슬란드 사람들의 모습이 뉴스와 신문을 통해 보도되었다. 크로나의 가치 하락 덕에 관광객들이 그곳으로 몰려간다고도 했다. 그렇게 아이슬란드는 유명해졌다.

지하철이 들어오는 소리가 크게 울렸다. 지금 수색역으로 가는 열차가 들어오고 있습니다. 한 걸음 뒤로 물러섰다가 얼른 열차에 올라탔다. 명일역에서 수색역까지는 멀었지만, 녹번역에서 수색역까지는 그리 멀지도 않았다. 내가 선택한 방법은 사무실 내에서 가장 무난한 방법이기도 했다. 이사가 대세였다. 회사를 옮기겠다고 하던 사람들은 대부분 회사 대신 집을 옮겨서 거리를 유지했다. 나도 명일역에서 녹번역으로 짐을 옮겼다. 이민 가방이 유용하게 쓰였다. 신문 속의 아이슬란드는 내 손에 들린 채, 함께 지하철 안으로 들어갔다.

핀셋 끝에서 파닥이는 것은 고래의 검푸른 꼬리였다. 절지동물처럼 몇 가닥으로 끊어진 고래는 차가운 핀셋에 들린 채 건조한 솜 위로 던져졌다.

"귓속에서 부러진 겁니다. 염증이 생겼어요. 아물 때까진 만지지 마세요."

연골을 길게 가로지르던 고래의 등뼈를 제거했을 때 그 안에는 온갖 구균들이 가득했다. 부식된 고래의 몸이 내 몸과 맞닿으면서 부대낀 흔적이었다. 갈변된 사과 표면처럼 녹슨 고래의 몸 아래, 벌건 녹물이 배어 나왔다. 터진 혹 안에 고여 있던, 노랗게 달뜬 열망들도 흘러나왔다. 알코올 스펀지가 귓가에 닿자, 오래된 연골이 삐걱거리며 파도를 탔다. 그것은 낡은 장롱의 두 문짝이 아귀가 맞지 않아 내미는 소리처럼 처량했다. 박자와 화음이 엇갈린 쇳소리 속에 바다는 사라졌다. 푸른 파도 대신 과산화수소의 시큼한 냄새가 밀려들고, 그렇게 또 한 마리의 고래가 떠났다. 고래는 떠나고 음습한 구멍만이 남았다.

몸에 구멍을 내는 것은 즐거운 일이었다. 날렵한 꼬리, 철갑상어의 지느러미, 알타이 동굴벽화 속 포효, 이글거리는 태양의 흑점에 화려한 월계관까지…… 굵어봐야 두께 12밀리미터도 되지 않는 철심이었지만, 그 끝에 매달지 못하는 것은 없었다. 금속을 몸에 끼우는 데는 그리 오랜 시간이 걸리지 않았다. 2~3초면 생살에 구멍이 났고, 그 틈으로 긴 철심을 끼우는 것도 30초면 충분했다. 그러나 그것이 내 몸에 온전히 뿌리를 내리는 데 2주에서 한 달이 걸렸고, 지금 나는 또다시 2주에서 한 달의 시간을 들이며 그것들을 빼내고 있다.

문제는 금속이 온전히 뿌리를 내리지 못했다는 데 있었다. 이제야 알게 된 사실이지만 나는 켈로이드 피부였다. 티탄으로 된 고래를 심었던 삼각뼈 부위도 그러한 체질에서 자유롭지는 못했다. 갑자기 느껴진 생경한 이물감에 몸은 당황했고 고래를 심하게 밀어냈다. 단단하게 고정했던 고래의 몸체는 그만 내 연골 속에서 몇 동강으로 부서지고 말았고, 사건을 은폐하려는 범인처럼 구멍 위로 동그란 혹이 불거졌다.

나는 고름과 딱지로 얼룩진 고래를 휴지에 돌돌 말아 호주머니에 넣고 병원을 나섰다. 그것은 일곱번째 고래였다. 동시에 내 몸에 남아 있던 마지막 고래이기도 했다. 병원을 나서는 등 뒤로 붉은 비린내가 따라온다. 헐값에 고래를 팔아버린 것 같은 부끄러운 죄책감이다.

J를 만날 때마다 함께 피어싱을 했지만, 결국 지금 내게 남아 있는 흔적은 고름 진 구멍들뿐. 마지막 고래까지도 산산조각으로 부서져 내 몸을 떠나고 말았다. 이것은 꽤 중대한 사실이지만, J는 전화를 받지 않는다. 하루 이틀이 아니다.

"이상할 것 없어요. 손톱 발톱처럼 익숙한걸요."

J는 종(種)으로 따지자면 갑각류에 속했다. 상처가 굳어 돌이 되고 그 결절이 뼈마디마다 박혀 있는 갑각류. 울긋불긋 돌아가는 조명 아래서 J의 몸 여기저기에 뿌리내린 날카로운 비수들이 드러났다. 위치도 모양도 제각각인 금속들은 각도와 조명이 달라질 때마다 여기저기서 제 존재를 알렸다. 오른쪽 귀에 둘, 왼쪽 귀에 하나, 오른쪽 눈썹 끝에 하나, 미간에 하나, 인중에 하나, 혀에 하나, 덧니 위에 둘, 그리고 옷 속에 얼마나 더 많은 금속들이 숨어 있는지 모를 일이었다. 스프링 노트처럼 줄줄이 링으로 엮인 J의 귀는 고개를 까딱거릴 때마다 흔들렸다. J를 지탱하는 것은 뼈가 아니었다. 금속이 곧 J의 골격이었다. 몸에 구멍을 뚫은 것이 아니라 구멍에 J가 매달린 것 같았다.

"몇 개나 뚫은 거지?"

"세어보지 않아서 몰라요. 자고 일어나면 하나씩 늘어나는 것 같기도 하고요."

날름 내민 혀에서 화살표 하나가 반짝 빛났다. 세모꼴의 머리가 목청 쪽을 향하고 있었다. 그 화살표를 따라 J의 모든 말들이 거슬러 올라간다. 숨소리도 거슬러 올라간다. 웃음도, 울음도, 한숨도 모두 땅에 닿기 전에 목 안으로 흡수되어 J는 늘 표정이 없었다. 웃는 듯 웃지 않는 듯 늘 담담했다. 처음 만난 날, J에게 5만 원을 준 것은 나 역시 그 목을 따라 거슬러 오르고 싶다는 생각이 들었기 때문이었다. 내 모든 말, 모든 시간, 모든 숨소리를 J의 목청 안으로 흘려보낼 수 있다면 한결 가벼워질 것 같았다.

"화살표를 박은 날 저녁에 뭘 먹었는지 알아요? 라면 먹었어요. 고추 송송 썰어 넣고 끓인 매운 라면이요. 면발이 화살표에 자꾸 닿는 바람에 조금 불편하긴 했죠. 그래도 혀에 구멍이 하나 뚫리니까 산소가 잘 통해서 그런가, 라면 맛이 기똥차던걸요? 냄비째 다 비우고 식후땡으로 담배까지 피웠어요!"

목청을 향해 화살표를 박아 넣은 얘기를 하며 J는 티셔츠를 벗었다. J에게서는 비린내가 났다. 어시장 좌판에서 맡을 수 있는 무딘 비린내가 아니었다. 그것은 비 오는 날 녹슨 금속에서 꿈틀대는, 선혈처럼 붉은 비린내였다.

"바늘로 뚫은 거예요. 이게 제일로 아팠어요."

J의 유두는 목에 칼을 찬 듯한 몰골로 우울하게 질려 있었다. 봉긋 솟은 가슴 한 중앙에 달린 은색 링은 고문용 기구를 떠올리게 했다. 링의 둥근 굴곡 위에서 작은 자물쇠가 달랑거렸다. 살과 금속이 맞물린 그 경계 지점을 보는 것만으로도 미간에 주름이 잡혔다. J가 작은 몸을 기대왔다. 나는 엉거주춤 뒤로 물러섰다. 온몸이 가려웠다.

"왜 그래요?"

왜 그랬는지는 나도 모른다. 이상하게도 아무런 욕망이 생기지 않았다. 금속 알레르기라도 발동한 것처럼, J의 몸을 보자 온몸의 신경이 날카롭게 돋아나는 듯 했다.

"금방 익숙해질 거예요. 처음엔 이상하게 보다가도 다들 뭐, 나중엔 더 좋아하던데요."

J는 가끔 온몸에 멍이 들곤 했는데, 검푸르던 부위가 상한 사과 표면처럼 누렇게 떠갈 즈음이면 어김없이 그 위에는 수소의 뿔이나 전갈, 기하학적인 형태의 피어스가 등장했다. 그리고 멍이 들 때마다 그녀는 승진을 했다. 아니, 승진을 할 때마다 멍이 든 것인지도 모르겠다. 내가 '피라미드'라고 말하면 꼭 '다단계'라고 정정을 하던 그녀는 '피라미드'란 단어가 주는 아슬아슬한 느낌이 싫다고 했다. 사람들을 끌어들일 때마다 그녀는 한 단계씩 위로 올라설 수 있었다. 오른쪽 팔에 끼워진 매의 부리는 J가 비즈니스에 오를 때 심긴 것이었

다. 두 달 후, J의 위치가 실버로 올랐을 때는 오른쪽 미간에 불가사리가 하나 등장했다. 먹이사슬과도 같은 구조 속에서 J는 한 단계, 한 단계 위로 올라가고 있었다.

"지금 빼면 죽도 밥도 안 돼요. 발을 들여놓은 이상 다이아몬드까지는 가보고 말 거예요."

빚 청산의 일환으로 J는 나를 만났다. 그렇다고 해봐야 하룻밤에 내가 덜어줄 수 있는 그 아이의 짐은 고작 5만 원이었다. 일방적인 관계가 아니라는 점이 편했다.

전화는 계속 불통이다. 몇 주째 신호음만 간다. 이 번호가 맞는지 조금 의심스럽기도 하다. J와 만나온 세 달, 그사이에만 그 아이의 전화번호는 네 번이나 바뀌었다. 그러나 늘 먼저 연락해오는 쪽은 J였기에 새로운 번호들은 내 손에 익기도 전에 증발되곤 했다. 내가 할 수 있는 일이란 기다림뿐. 나는 J를 자주 만날 수 있었던 거리를 향해 걷기 시작한다. 도시 모퉁이의 유흥가. J는 그곳에서 오늘도 부업을 하고 있을 것이고, 우리는 곧 만날 수 있을 것이다.

거리의 가로수들은 도시의 소음 속으로 길게 목을 빼고 흔들린다. 숭숭 뚫린 이파리 사이로 J의 얼굴이 아른거린다. 이 가로수 길 끝에는 오늘도 여전히 상호에 받침 하나가 떨어져 나간 25시 해장국집이 있다. J는 새벽마다 해장국 한 그릇을 가뿐히 비워냈다. J를 만난 첫날부터 마지막으로 봤던 날까지 함께 해장국을 먹지 않은 날은 없었다. 나는 지폐 몇 장으로 J를 산 것이 미안해서 늘 새벽 해장국을 사주곤 했다.

막다른 골목 하나 없이 이어지는 이 길은 결국 아내의 병원 사거리까지 이어지고야 만다. 그녀는 맞은편 식당에서 점심을 먹고 그 옆 카페에서 아메리카노를 들고 나온다. 습관적으로 들르는 단골 약국에서 소화제 한 알을 삼키기도 하고 그 옆 빵집에서 오후의 간식을 산다. 차는 병원 지하 주차장 2—1 라인에 세워두며, 퇴근 후에는 늘 누군가가 병원 앞 사거리에서 그녀를 기다린다는 것, 그리고 그 누군가는 몇 개월 혹은 몇 주 주기로 바뀌기도 한다는 것까지, 내가 아내에 대해 아는 것은 지금도 꽤 많다.

1년 전 나는 아내로부터 독립했다. 라면 박스로 서른 개나 되던 이삿짐은 풀어놓으니 모두 딱딱하고 굵은 책들뿐이었다. 달마다 20만 원을 내는 자취방 벽면에 담처럼 책을 쌓아놓으니 10년 전으로 되돌아간 것만 같았다. 지구가 태양을 열 바퀴 도는 동안 나는 한자리에서 맴을 돌았다. 간혹 아주 색다른 시도를 취한 적도 없진 않았다. 광고 기획사에 카피라이터로 들어가 그럭저럭 괜찮은 길을 달릴 때도 있었다. 그 행보가 가장 성공적이었을 때 아내와 결혼을 했다. 그러나 결혼한 지 얼마 되지 않아 나는 내가 또 한 사람의 이어달리기 주자에게 전달되었음을 알았다. 홀어머니에게서 큰누나, 큰누나에서 둘째누나, 이어서 셋째누나, 그리고 아내에 이르기까지,

나는 여러 주자들에게 전달되는 이어달리기 바통이었다.

　방은 좁았지만 천장이 높았다. 내 키보다 높은 곳에 오려진, 가로로 기다란 창은 아침마다 납작하게 억눌린 햇살을 방으로 들여보냈다. 격자무늬의 창살 그대로 원고지 칸칸만 한 햇살이 내려앉으면, 나는 그 공간에 몸을 웅크리고 앉아 책을 읽었다. 해가 움직이면 앞에 놓인 상을 들고 햇살이 드는 곳을 찾아 조금씩 몸을 옮겼다.

　독립이라고 해봤자 아내의 병원 사거리, 혹은 지금도 그녀가 머물고 있을 아파트 단지에서 채 5백 미터도 떨어지지 않은 곳이었다. 내 생활도 크게 달라진 것은 없었다. 그때나 지금이나 나는 같은 시간에 일어나고 같은 시간에 잠들며, 사흘에 한 번씩 장을 보고 30분씩 쌀을 불려 밥을 짓는다. 아내가 있을 때나 없을 때나 내가 혼자 웅크린 채 잠이 들고 한 달에 몇 번을 제외하고는 혼자 밥을 먹고 혼자 방에 틀어박힌다는 사실은 늘 같다.

　다만 달라진 것이 있다면 이제 더 이상 날짜를 의식하지 않는다는 것이다. 아내는 깔끔한 성격이었고, 그런 그녀를 위해 냉장고는 철저히 유통기한을 준수해왔다. 싱싱한 채소도 고기도 과일도 사흘이 지나면 퇴출이었고, 일주일에 두 번 대대적으로 냉장고 정리를 했다. 그러나 이제 나는 유통기한을 확인하지 않는다. 이미 내 일상은 유효기간을 한참이나 지나버렸다는 것을 알았기 때문이다. 나는 궤도 밖에서 부패하고 있다.

병원 통유리에 얼굴을 갖다 댄다. 통유리 너머로 보이는 올망졸망한 눈동자들은 아내의 손길을 기다리고 있지만, 아내는 보이지 않는다. 통유리 건너편에서 개털을 깎아주던 미용사가 흘끔 이쪽을 쳐다본다. 아내가 없는 것을 보면 수술 중인 것이다. 잠시 후면 식욕도 성욕도 왕성해지겠구나. 그녀의 흰 장갑과 흰 가운을 생각하니, 등이 쭈뼛 솟아오르고 가슴이 쿵쾅거린다. 나는 1년 전 독립했지만, 아직도 기억은 아내에게 세 들어 살고 있다.

'수컷'이 죽기 일주일 전, 그날도 그녀는 발정 난 개 두 마리의 본능을 거세했다. 그런 날이면 그녀는 꼭 밥 한 그릇을 싹싹 다 비워냈다. 집 안에는 고기를 굽고 생선을 뒤집는 냄새가 진동했다. 고기를 물에 담가두라고 했잖아, 핏물도 다 안 빠졌네, 그런데 왜 이렇게 비려, 씹히는 것도 질기고, 상추 말고 깻잎으로 달라니까, 양념장에 생강 안 넣었지, 다음에는 석쇠에다 굽는 게 어때, 야들야들하고 괜찮다던데······

으르렁거리는 개를 거세하고 나면 잃어버린 식욕을 되찾기라도 하듯 아내는 거한 식사를 했다. 시퍼런 채소를 한 젓가락씩 집어 들고 두툼한 고기를 몇 점씩 겹쳐 쌈을 쌌다. 고기 한 근이 그녀의 입안으로 우걱우걱 들어가는 동안 나는 마주앉아 양념장이며 야채며 물 따위가 떨어져 그녀의 식욕을 방해하는 일이 없도록 챙겼다. 고기 냄새를 맡는 것만으로도 숨이 막혔지만, 월례 행사처럼 이어지는 그녀와의 겸상에서 먼저 일어난다는 것은 상상할 수 없는 일이었다. 그녀가 언성을 높이거나 크게 뜬 눈으로 쏘아보는 것도 싫었지만, 그녀의 밥상 앞을 지켜야 할 좀더 실용적인 이유도 있었다.

그녀가 숟가락을 놓고 상을 물리고 나면, 나는 생활비 내역이 쓰인 종이를 내밀며 한 달 생활비와 담뱃값을 타냈다. 집 안에 틀어박힌 지 두 해가 지났지만, 그녀는 한 번도 내게 실망의 기색을 드러낸 적이 없었다. 빨리 일을 찾아보라고 종용하거나 눈치를 주는 일도 없었다. 제약 회사 영업 사원으로 버둥거리다가 3개월을 못 넘기고 주저앉았을 때도, 입시 학원에서 잘렸을 때도 개의치 않았다. 모든 것은 그녀와 상관없는 일이었다. 바꿔 말하자면, 나 역시 그녀의 삶에 참견할 의무 혹은 권리를 갖고 있지 않다는 뜻이기도 했다. 그녀가 내 오랜 실직과 해독할 수 없는 암호 같은 시, 야무지지도 여유롭지도 않은 성격에 침대에서의 무능까지 모든 것을 담담하게 넘기듯이 나 또한 그녀의 잦은 외박과 대담한 연애, 일방적인 결정권을 모두 참고 넘겨야만 했다. 그것은 일종의 불문율이었다. 어느 한쪽이 포기를 선언해야만 깨지는 법칙 말이다.

그러한 불문율이 깨지지 않는 한, 집 안은 늘 평온했다. 단지 조금 무심할 뿐이었다. 그녀가 없는 집, 유일한 가족은 '수컷'뿐이었다. 3개월 된 코커스파니엘 수컷. 그녀 말에 의하면 순종은 아니었다. 길 잃은 개를 거두는 데 선뜻 응한 그녀였지만, 그 이상은 역시 기대하기 힘들었다. 개 이름을 무엇으로 정할까 묻자 그녀는 심드렁한 얼굴로 "수컷"이라고 말했다. 그걸 이름으로 하자고? 그녀는 여전히 심드렁한 얼굴로 말했다.

"그럼 수컷이지 암컷이냐?"

그녀는 개의 코만 보고도 종을 가를 수 있을 만한 전문가였지만, 사실 그녀에게 개란 두 종류뿐이었다. 온순한 개와 그렇지 않은 개. 온순하던 개도 발정기에 접어들면 산만하고 공격적이 되기 마련이었으므로, 다시 말하자면 중성화 수술을 거친 개와 그렇지 않은 개로 나뉘는 것이었다. 그녀는 자타가 공인하는 중성화 수술 전문의이기도 했다. 개를 사랑하는 사람들이 그녀의 손에 개를 맡겼지만, 정작 그녀는 개를 좋아하지 않았다. 개를 아는 것과 사랑하는 것은 별개의 문제였다.

그녀의 팔에 상처가 난 것은 수컷을 들인 지 얼마 후의 일이었다. 수컷은 그즈음 벽에 기대거나 컹컹 짖는 등 발정 증세를 보였는데, 그날도 그녀가 현관에 들어서자마자 달려들어 몸을 비비기 시작했다.

"개새끼가 발정이 났나."

그녀 손에서 수컷이 떨어졌다. 동시에 그녀가 현관에 세워둔 장우산을 집어 들었다. 누구도 그녀를 말릴 수 없었다. 심이 굵은 우산은 벼락과 싸우듯이 좁은 현관에서 몸부림쳤다. 수컷이 잠시 으르렁대는 것도 같았지만 아주 짧아서 현실이었는지도 구분되지 않았다. 어느 순간, 바닥에 누운 수컷은 움직이지 않았다. 그녀가 무릎을 굽혀 수컷의 목을 꾹 눌러보았다. 잠깐, 그녀의 숨이 멎는 듯도 했다. 그녀의 미간에 푸른 강이 발끈 솟아오르는가 싶더니 곧 잠잠해졌다. 그녀는 손을 탈탈 털고 일어섰다.

"진작 나한테 말했어야지. 수술했으면 이런 일도 없었잖아!"

쾅. 욕실 문이 닫히는 소리를 들으며 나는 그대로 주저앉았다. 수컷의 눈은 꼭 감겨 있었다. 어떤 미동도 감지되지 않았다. 성큼성큼 걸어가 화장실의 문고리를 비틀었다. 찰칵찰칵 잠금장치의 차가운 쇳소리가 그녀와 나 사이를 가로막았다. 욕실 벽에 귀를 대자 그녀가 손을 씻는 소리가 들려왔다. 비누로 하얗게 거품을 내는 소리, 거품 사이로 그녀의 손이 말갛게 드러나는 소리, 미지근한 물로 거품을 녹이는 소리. 그녀는 일상을 이해 못할 박자로 헝클어놓고도 늘 그렇게 평온하고 단정했다.

그날 밤, 나는 어린아이처럼 그녀의 방문에 기댄 채 입을 열었다.

"장례식 해주고 싶어. 수컷 말이야."

"뭐?"

"요즈음에는 개들도 죽으면 그런 거 해준다는데. 수컷도 장례 치러주고 싶어."

"개도 개 나름이지. 장례식 비용으로 쟤 서너 마리는 살 수 있을걸."

"돈을 빌려주면, 내가……"

"나 통화할 거야, 가줘."

 돈이 없는 나는 혼자 힘으로 수컷의 장례를 치러야 했다. 수컷을 이불로 돌돌 말아서 내 방 한쪽에 두었다. 아직 이렇게 따뜻한데 온기가 식기도 전에 땅에 묻을 수는 없었다. 온몸이 노곤해지며 피로가 몰려왔다. 한잠 자고 일어나면, 내일 아침이 되면 수컷의 소리가 다시 들릴 것도 같았다. 그러나 다음 날, 그다음 날이 되어도 수컷은 깨어나지 않았고 그다음 날이 되자 수컷의 몸 자체가 사라져버렸다. 돌돌 말았던 이불도 함께. 이불 채로 수컷은 증발했다. 둘 중 하나였다. 수컷이 환생해 움직였거나, 그게 아니라면 누군가 수컷을 치운 것이었다.

 이틀 후 수컷은 아파트 단지 내 쓰레기장에서 발견되었다. 음식물 쓰레기 영역이었다. 나는 쓰레기봉투를 헤집고 수컷을 들어올렸다. 집게 끝에 물에 젖은 밥풀과 과일 껍질이 함께 딸려왔다. 울렁, 속이 요동쳤다. 토할 것만 같았다. 참담한 수컷의 몸 때문이 아니었다. 역한 냄새 때문도 아니었다. 나를 흔든 것은 바지춤 사이로 밀고 나오는 혹이었다. 발정이 났나, 이 개새끼가. 발정이 났나, 이 개새끼가. 그녀의 앙칼진 목소리가 귓가를 맴돌았다. 눈앞이 노래졌다. 온몸의 무게중심이 사타구니 사이로 쏠리면서 하늘이 팽글팽글 돌았다.

멀리서 그녀의 발소리가 들려왔다. 또각또각 땅을 찌르며 걸어오는 그녀의 손에 날이 시퍼런 가위와 칼이 들려 있다. 싹둑, 싹둑. 성기가 동강나는 순간, 다리에 힘이 풀렸다. 바지가 축축했다.

수컷의 죽음 이후 한동안 아무것도 먹지 못했다. 코앞에서 개가 펑 터져 산산조각으로 흩어지는 꿈을 자주 꿨다. 그 조각조각을 기워서 하나의 무늬를 맞추면 완성된 퍼즐 위에는 나의 축 늘어진 어깨가 어른거렸다. 흰 가운의 그녀도 자주 등장했다. 식욕도 성욕도 왕성한 그녀는 꿈속에서도 늘 내 성기가 좀더 자라기를 강요했다. 그리고 자랄 때마다 동강동강 잘라버렸다. 나는 거세당하지 않기 위해 온 밤을 헤매고 다녔고, 아침이 되면 늘 축 늘어진 몸으로 깨어나곤 했다.

발이 멈춘 곳은 DEAD. 음울한 간판을 발이 먼저 알아본다. 사면을 빼곡하게 채운 금속들과 급소를 표시해둔 듯한 인체도, 어두운 조명 아래 사방 천지로 뚫고 꿰는 행위가 반복되고 있다. 아령, 자물쇠, 별, 하트, 선글라스, 십자가, 숫자와 알파벳, 알 수 없는 상형문자들…… 번뜩이는 금속 사이에서 내 손가락은 버릇처럼 고래로 향한다. 고래 성기가 3미터까지 발기할 수 있다는 걸 알려준 이가 아내였나, J였나, 누구인지는 확실하지 않다. 어쨌선 나는 처음부터 고래가 마음에 들었고, 중독처럼 일곱 마리의 고래를 심어왔다. 고래는 내 삶을 지탱해줄 말뚝, 내 등을 기댈 수 있는 버팀목이다. 내 몸에 뿌리내린 고래의 길이는 1.6센티미터. 그러나 그 안에는 3미터로 팽창하는 꿈의 무게가 실려 있다.

귀를 이리저리 살펴보던 피어서가 고개를 갸우뚱한다.

"연고 발랐네요? 귀에 덧났나 봐요?"

"부탁인데, 마취약 같은 거 사용하지 말고 그냥 아프게 찔러주세요."

피어서는 염증이 생긴 귀는 안 된다며 고개를 절래절래 흔든다. 그러나 구멍을 내는 데 염증 따위가 무슨 소용이란 말인가. 염증보다 더 두려운 것은 외로움이다. 구멍을 뚫을 수 없다는 말에 온몸이 근질근질 가려워진다. 어떤 금단 증상도 이것보다는 나을 듯싶다. 은색 고래 몇 마리를 사들고 DEAD를 걸어 나온다. 이곳은 처음부터 썩 내키지 않는, 왠지 불쾌한 공간이었지만, 그 불쾌감을 사기 위해 나는 돈을 지불했다. 하루에 반 갑씩 피우는 담배와 끼니를 위한 생필품 외에 다른 지출 내역으로는 DEAD가 유일했다. J때문이었다.

"어차피 시간 문제예요. 하나 뚫게 되면 줄줄이 꿰뚫게 될 테니까."

DEAD에서 내 눈길을 사로잡은 것은 피어싱할 부위를 표시한 인체도였다. 그것이 내게는 사격장의 과녁처럼만 보였다. 부위마다 보이지 않는 점수가 걸려 있고, 인체도의 모든 부위를 섭렵해야 만점을 얻을 수 있는 과녁.

"개인적으로는 혀가 가장 좋아요. 입안에서 갖고 놀 수가 있거든."

J의 의견대로 나는 혀에 굵은 고래 한 마리를 박았다. 의자에 앉아 혀를 길게 내밀었다. 오랫동안 먹지 않아 입안 가득 고여 있는 구취가 깨어나기 시작했다. 치아로 혀를 잘근잘근 씹으세요. 마사지를 충분히 해야 덜 아파요, 피어서의 말대로 나는 혀를 잘근잘근 씹었다.

"메롱하고 혀를 내밀어요."

"메롱."

따끔. 고압 전류가 흘렀다. 너무 얼얼한 나머지 고통의 정도를 제대로 알 수 없는 느낌이었다. 꼭 눈을 감았다 뜨니 차갑고 뾰족한 말뚝 하나가 박혀 있었다. 내 몸을 모두 의지할 만한, 튼튼하고도 위험한 말뚝이었다.

2주면 충분하다고 했지만 내가 고래를 몸의 일부로 인식하기까지는 꽤 오랜 시간이 걸렸다. 혀는 차가운 금속성 종기에 매여 자유롭지 못했다. 처음 며칠은 아침마다 얼얼한 몸을 붙들고 한참을 씨름해야 했다. 뜨겁거나 차가운 국물을 마시면 혀는 놀란 미꾸라지처럼 팔짝 뛰었고, 말할 때는 조금씩 발음이 새기도 했다. 이를 닦을 때도 조심스럽게 칫솔질을 해야 했고, 행여나 담배라도 한 대 물면 쇠붙이에 불이 옮겨 붙는 건 아닌가 여간 신경 쓰이는 것이 아니었다. 결국 노이로제에 걸려 입안 가득 혓바늘이 돋았다.

뾰족하게 돋아 오른 혓바늘은 모든 음식물을 밀어냈고, 지독한 설태만 쌓여갔다. 얼얼함을 잊기 위해 몰두할 수 있는 모든 것을 해보았으나 그럴수록 상처는 더 아프게 흔들렸다. 흔들리고 흔들리다가 마침내는 이상한 열망처럼 부풀어 올라 아주 단단한 구슬처럼, 혹처럼 변해버렸다. 금속과, 그 금속이 닿은 부위 모두가 딱딱하게 굳어져 붉은 빛으로 부었고, 밤마다 혹이 자라는 소리가 들렸다.

그렇게 몇 주가 더 지나자 고래는 자연스레 둥지를 틀었다. 마치 전부터 있었던 세포 돌기의 하나처럼 금속은 혀 속에 박혀 있었다. 더 이상 고름이 나지도 않았고 발음도 예전 같게 되었다. 가끔 껌이 들러붙거나, 라면 면발이 꼬리에 걸리기도 했지만 그 정도는 일도 아니었다. 그렇게 한창 무디어졌을 무렵 J에게서 연락이 왔다. 근 한 달 만에 만난 우리는 시내를 누비며 재회의 기쁨을 만끽했다. 그리고 헤어지기 전에 서로의 혀가 어떤 감촉인지를 교환하기로 했다. 혀 깊숙이 뿌리박은 두 개의 금속이 입안에서 부딪혔다. 고래가 숨을 쉬는 소리가 들렸다. 아니, 온몸으로 발기하는 소리 같기도 했다.

그 후로도 우리는 만날 때마다 구멍을 뚫었다. 그 만남을 지속하는 동안 내게도 일곱 개의 구멍이 생겼다. J의 말처럼 시작이 어려웠을 뿐이었다. 살을 뚫을 때의 쾌감은 그 순간으로 끝이었다. 영구적인 것은 처음부터 없었다. 그래서 마치 중독처럼, 어딘가를 뚫을 때 이미 그다음 차례를 모색하게 되었다. 피어싱은 몸 위에 기록하는 대화였고, 그렇게 하면 외로움이 조금은 달래지는 것 같았다. 그렇게 피어싱은 내 몸에 하나 둘 자신의 영역을 표시하기 시작했다.

몸에 새 구멍이 하나씩 뚫리고 그 속으로 철심이 길게 뿌리를 박는 날이면 우리는 한 층이라도 더 높은 곳을 찾아 올라갔다. 가능하면 세상이 좀더 장난감처럼 느껴지는 곳, 일상이 따라올 수 없을 만큼 높은 곳에 올라 손바닥 하나로 가려질 만큼 작은 거리며 건물들을 내려다보곤 했다.

J는 오늘도 연락이 없다. 그 아이가 자주 나타나던 곳을 온통 헤매고 다녔지만, J는 보이지 않았다. 이렇게 장기간 연락이 끊어진 적은 지금까지 없었다. 나는 DEAD에서 사온 은색 고래를 몇 번이나 만지작거린다. J가 다이아몬드 단계까지 올라가게 되면 이걸 그 아이의 몸에 심어줄 생각이다. J는 운동장에 떨어져 있던 헌 바통을 들고 뛰어주는 새로운 달리기 주자다. 담배와 술로 얼룩지다가 동이 터서야 까무룩 잠이 드는, 그리고 해가 중천에 떴을 때에야 겨우 구취 속에 깨어나는 내 생활을 J는 이해해주었다. 나 역시 생계를 위해 웃음을 팔아야 하는 J를 이해했다. 그것은 아내와 나 사이에 흐르던 방관적인 기운과는 분명 다른 것이었다. J가 달릴 때는 나도 덩달아 즐거웠다. 그것이 지옥의 나락이든 천국의 반대 방향이든 간에 우리는 한곳을 향해 함께 달리고 있었으니까.

아내와 나 사이는 편집상의 실수로 발생한 파본과 같았다. 아내의 생활에는 도무지 어울리지 않는, 잘못 끼어든 것이 분명하다고 생각되는 구석이 딱 한 페이지 있었고 그것이 바로 나였다. 그러한 확신의 절정은 수컷이 죽은 지 얼마 되지 않아 찾아왔다.

"나 임신했다."

고기 봉지를 달랑달랑 흔들어 보이며 아내가 내뱉은 말이었다. 그녀는 신발을 벗으며 다시 한 번 확인시켜주었다. 임신했다고, 나.

그 순간, 그녀를 변기로 밀어붙인 것은 내가 아니었다. 그녀의 등 위로 거친 손바닥을 세차게 내려친 것은 내가 아니었다. 토해, 토하라고! 소리 지른 것도 내가 아니었다. 찰싹, 뺨에 불이 붙는 소리가 들리기 전까지 나는 잠시 내가 아니었다. 퍼뜩, 정신이 들고 보니 그녀가 떨어뜨린 비닐봉지가 눈에 들어왔다. 시뻘건 핏물이 홍건히 고여 있는 돼지 목살. 저 고약한 돼지 목살, 고약한 돼지 목살. 그녀가 몸을 탈탈 털고 일어서는 순간, 나는 변기를 끌어안고 주저앉았다.

"잘된 거 아니니? 입양하자 어쩌자 하는 판에."

아니야. 갖고 싶지 않았어. 말이 목구멍까지 올라왔지만 소리로 내뱉기에는 목이 너무 쓰라렸다. 어차피 내가 해줄 수 있는 부분이 아니었으니까. 몇 번째 애인의 아이일까? 저번에 얼핏 봤던 그 사내일까? 이왕 이렇게 된 거 최대한 나와 비슷한 놈의 아이였으면.

"날 알아볼까?"

"당연하지, 아빤데."

이로써 그녀는 나의 부권을 인정했다. 그녀와 내가 5년 동안 가정을 지켜올 수 있었던 배경에는 이 같은 신뢰가 깔려 있었던 것이다. 그녀는 늘 '공평하잖아'라고 말했다. 그녀는 돈을 벌고 나는 살림을 하고 그녀는 애를 낳아오고 나는 그 애를 키운다는 식의 아주 평등하고 합리적인 가정살이 아닌가 말이다. 그러나 임신이라니, 어쩐지 자조적인 웃음이 터져 나왔다. 담배 한 대가 간절했으나 집 안은 금연이었다. 터덜터덜 밖으로 나온 나는 약국에 들어가 임산부를 위한 철분제를 사고, 정육점에 가서 소꼬리를 사고, 과일 가게에 가서 뽀얀 복숭아도 한 봉지 샀다. 그리고 마지막으로 복권을 한 장 샀다. 오늘 날짜로 여섯 자리를 찍었다. 꽝이었으면 좋겠다. 제발, 꽝이었으면 좋겠다.

임신 3개월, 4개월이 지나도록 그녀의 배는 불러오지 않았다. 입덧은 날이 갈수록 심해지고 신경도 예민해졌지만, 그녀의 배는 잠잠했다. 6개월이 지나고, 9개월이 지나고, 그리고 그녀의 상상이 만삭이 되었을 때, 헛배를 가르고 나온 것은 열 달을 곪은 종양뿐이었다.

아내도 불임이었다. 내가 참견할 수 있는 부분이 아니었지만, 그렇게 철저한 임산부였던 그녀가 한 번도 병원을 찾아가지 않은 것은 믿고 싶지 않은 것에 대한 불신, 그리고 믿고 싶은 것에 대한 확신 때문이었다. 그녀는 이미 자신이 불임이란 것을 알고 있었지만 믿지는 않았다. 나락으로 떨어진 그녀의 상상은 결국 자궁까지 도려냈다. 속이 텅 비어버린 그녀는 바싹 마른 입술로 내 이름을 불렀다.

"하나는 자궁이 없고, 하나는 정자가 없어. 공평하구나."

공식적인 절차를 밟아 우리는 헤어졌다. 서류에 도장을 찍는 순간, 나는 운동장에 바통 하나가 툭 떨어지는 소리를 들었다. 그렇게 그녀와 나의 5년 남짓한 생활은 막을 내렸다. 아프지는 않았지만, 그녀가 머물렀던 자리는 동그랗게 혹으로 부풀었다. 언제든 찌르면 노랗게 달뜬 열망들이 터질, 그런 혹 말이다.

집으로 가는 골목은 달 표면의 분화구처럼 군데군데가 움푹 파여 있다. 길고 좁은 골목을 지나 비탈진 경사면에 위치한 다세대 주택은 늘 무게중심이 한쪽으로 쏠려 있다. 깍두기처럼 배열된 창문들은 언제든 와르르 쏟아질 것처럼 아슬아슬하다.

문고리가 힘겹게 비틀린 채 삐그덕 열린다. 한없이 높아 보이던 천장은 석 자쯤 내려와 있다. 재떨이 안의 담배꽁초는 새끼손가락만큼 자라 있고, 눅눅한 이불은 한없이 가벼워져 있다. 반쯤 구겨진 맥주캔이 휘청 허리를 펴고, 10분에 1센티씩 낯설어지는 방 위로 소독하듯 원고지 칸칸만 한 햇살이 내려앉는다.

그물처럼 바닥에 늘어진 머리카락을 쓸어 모으니 한 줌 가득이다. 길게 구불거리는 푸석푸석한 머리카락. J 외에는 드나든 사람이 없으니 분명 J의 머리카락인데, 바닥을 쓸고 닦은 기억이 거의 없는 걸 보면 이건 아주 오래전에 흘려둔 것인지도 모른다. 머리카락을 돌돌 말아 상 위에 올린다. 상 밑에 빨간 지갑이 하나 떨어져 있다. J는 신분증이 없다. 신용카드가 가득한 지갑 한편에서 찾아낸 것은 기한 지난 복권들뿐. 꼬깃한 복권 속에는 생명력 잃은 숫자들이 난무한다.

뭔가 잘못이라도 있었던 걸까? 더듬어보면 문제가 아주 없었던 것은 아니다. 그날 나를 먼저 찾은 쪽은 J였다. 함께 술을 마신 후 나는 J를 집으로 데려와 재웠다. 그날 J는 취했다. 평소보다 화장이 좀 짙었던 J는 그날따라 자주 웃었다. 비음 섞인 헤픈 웃음, 그것은 J와 어울리지 않았다. 짙은 향수도 그랬다. 나는 늘 그랬듯이 5만 원을 주고 그녀의 유두를 비틀었다. J가 아프다며 소리를 질렀다.

"징그럽게!"

징그럽다고?

J는 실실 웃으며 말했다.

"애 같잖아요, 꼭."

애 같잖아. 그 말은 아내가 자주 하던 말이었다. 침대에서 그녀는 늘 내게 애 같다고 했다. 물론 그것은 아내였지, J는 그런 말을 하지 않았다. J는 그런 사람이 아니었다. 나는 J를 달래며 다시 한 번 유두를 잡았다. 영화 속 기계공처럼 비틀고 또 비틀기 위해서. J는 화를 내며 몸을 뺐고, 그 순간 나는 보았다. 고리가 사라져 있는 것을. 눈을 비비고 또 비볐다. 고리가 없었다.

"언제 뺐지?"

"빼다뇨, 뭘요."

"여기에 걸었던 쇠고랑 말이야."

나는 대꾸 없이 담배를 피워 무는 J에게 달려들어 사정없이 유두를 깨물고, 또 깨물었다. 역한 향수 냄새 밑으로 J의 선혈처럼 붉은 비린내가 맡아질 때까지 깨물었다. J의 팔이 거세게 내 몸을 밀었다.

"이럴 거면 5만 원 갖고 안 돼요."

돈이 문제가 아니었다. 나는 J의 몸을 확인해야 했다. J의 가슴에도, 팔에도, 귀에도 금속은 없었다. 그녀의 입을 벌리고 혀를 내밀었다. 말랑말랑하기만 했다. 날카로운 비수가 없었다. 그토록 내가 사랑하던 화살표가 사라진 것이었다. 목청으로 넘어간 걸까, 그새?

"대체 언제 뺀 거야. 말도 없이."

"괜히 눙치지 말고 빨랑 대답해요. 5만 원 갖고는 안 돼요."

J는 딱, 딱, 소리가 나도록 껌을 씹었다. 규칙적이고도 분

명한, 뾰족한 소리였다. 아내의 높은 구두굽이 차가운 복도와 부딪히던 소리. 할 거예요, 말 거예요, 네? 나는 그런 J의 몸을 아스러지도록 안았다. 가까스로 내 팔을 밀어낸 J는 딱딱 씹던 껌을 빼서 벽 귀퉁이에 붙이고는 재떨이에 침을 퉤, 뱉었다.

"5만 원에 할 테니까 빨리 해요. 바쁘단 말이야."

치마를 내리고 방바닥에 떡하니 드러누운 J는 조금도 아름답지 않았다.

"5만 원에 해준다니까요, 대신 빨리 좀 하라구요!"

J는 능숙한 손놀림으로 내 허리춤을 풀었다. 차갑고 매끄러운 J의 손이 사타구니 사이로 들어왔지만, 조금도 흥분되지 않았다. J가 내뱉는 교태 섞인 신음 소리도 공허할 뿐이었다. 나는 J의 어깨를 잡고 흔들었다. 정신차려, 제발, 정신차려!

내가 만드는 리듬 속에서 버둥대던 J는 괴성을 한 번 지른 후 벌떡 일어섰다. 내 쪽은 보지도 않고 미간을 구긴 채 옷가지를 주섬주섬 챙겨 입기 시작했다. 그대로 보낼 수는 없었다. 나는 J의 다리를 붙잡았다. 붙잡고 밀치는 사이에 J가 넘어졌다. 나는 J의 얼굴에 대고 절실한 표정으로 말했다. 새벽에 해장국 먹고 가야지, 그리고 목구멍의 화살표를 어쩐 거야, 그냥 목으로 삼켜버린 거야?

"변태 새끼."

J의 구겨졌던 미간이 다림질이라도 한 것처럼 펴지더니 아

주 순간적으로 이마에 푸른 핏줄이 도드라졌다. 무언가 화끈한 것이 내 뺨을 스치고 갔는데 나를 때린 것이 J인지 아내인지조차 알 수 없었다. 화끈거리는 뺨을 감싼 채 멀뚱히 J를 바라보았다. J는 아내를 닮아가고 있었다. 나는 화가 난 J를 안아주기 위해 팔을 뻗었다. 순간, 머리 위에서 재떨이가 산산조각이 났다. 누구의 머리인지 생각하느라 잠시 멍하게 있는 동안 내 몸의 모든 구멍들이 따뜻해졌다. 아마도 깨진 것은 내 머리인 것 같았다. 머리를 만진 손에 피가 묻어났다. 따뜻했다. 피를 흘린 것은 나인데 두려워하는 것은 J였다. 나는 J의 몸을 흔들고 또 흔들었다. 내 머리에 상처가 난 것쯤은 문제될 것도 없었다. 내가 궁금한 것은 오직, J 목구멍의 화살표가 어디로 사라졌을까 하는 것이었다. J는 서서히 뒷걸음질을 쳤. J의 뒤로 쌓여진 책탑이 커다란 어둠처럼 보였다.

 J는 책으로 쌓인 벽면에 등을 바짝 붙였다. 두 손을 싹싹 모아 빌면서 뭐라고, 뭐라고 말하는 듯 했으나 도무지 들리지 않았다. 내가 온몸의 고래를 발기시킬게, 그럼 되잖아, 더 이상 애 같다고 말하지 마…… 두꺼운 양장본의 모서리가 관자놀이를 짓누른 것 같았다. 누구의 관자놀이인지 생각하느라 잠시 멍하게 있는 동안 내 몸의 모든 구멍들이 따뜻해졌다. 아마도 깨진 것은 내 관자놀이인 것 같았다. 관자놀이를 만진 손에 피가 묻어났다. 따뜻했다. 피를 흘린 것은 나인데 두려워하는 것은 J였다. J 뒤로 쌓인 책탑이 커다란 어둠처럼 보였다.

화살표는 어디에도 없었다. J의 목구멍을 탈출해서 어디론가 J의 몸 밖으로 증발한 것이 분명했다. J는 다시 온순해진 채 누워 있었다. 머리카락이 피로 범벅되어 있었다. 나는 J를 끌어올려 손목이며 눈자위에 흐른 피를 닦아주었다. J는 고통스러운 표정을 지었지만 화내지는 않았다. 조금만 참아, 조금만. 나는 DEAD에서 산 고래를 꺼내 J의 성기와 유두와 미간과 혀와 온몸에 박아주었다. 그때서야 J는 고래를 기억하는 듯 엷은 미소를 지었다.

"저기, 안에 아저씨 있어요?"

방바닥에 벌렁 드러누운 지 얼마나 지났나, 깜빡 잠이 들었나. 쾅쾅 문을 두드리는 소리. 주인 여자다.

"아니, 몇 주째 왜 코빼기도 안 보여요? 안에 사람이 있는지 없는지 알 수가 있어야지. 오늘도 잠겨 있으면 사람 불러 문 따려고 그랬다고."

"왜요?"

"왜긴 왜야, 이 냄새 안 나요? 이게 웬 썩는 냄새야. 응?"

코를 킁킁거려보지만 어떤 냄새도 나지 않는다.

"아휴, 지금 이 방에서 나는 거잖아. 악취도 이런 악취가 어디 있어. 좀 비켜봐요."

덜컹, 젖혀진 문 뒤로 차가운 공기가 들어온다. 태풍이 지나간 듯 어지러운 방에서 사물들은 조금씩 자라나기 시작한다. 반쯤 열린 서랍, 서랍 위로 삐져나온 옷가지들, 바닥에 눌어붙은 담뱃불, 쓰러진 책들, 굵은 국어대백과사전, 낡은 동물도감과 식물도감, 그리고 그 밑에 누워 있는 까만 점 하나. 까만 점도 자라난다. 둥글게, 둥글게, 조금씩 커져가는 까만 점, 까만 원, 그리고 까만 머리통, 그 옆으로 뻗어 있는 가느다란 팔 두 개.

이불에 돌돌 말려진 그것은 사람이었다. 붉고 푸른 피꽃이 얼굴 가득 퍼진 젊은 여자. 몸 가득 고래를 박아 넣은 갑각류. 나는 오랫동안 여자의 얼굴을 들여다본다. 낯설다. 이 세상 어딘가에는 있을 법한, 그리고 어쩌다 한 번은 만나게 될 법한 얼굴인데 낯설기만 하다. 이 사람은 왜 여기에 있나. 그리고.

J는 어디 있을까.

홍도야
울지 마라

1. 유기농의 지옥

굶주린 4학년들이 줄줄이 비엔나소시지처럼 출소한다.

40510, 40728, 40834, 40938, 40821, 40118, 41112, 40231, 40106, 40513, 40224, 40916, 40134, 40618, 40129, 40827, 40418, 40228, 40332…… 40511. 명찰을 떼어내 가방 안에 넣는다. 교문 밖에서까지 내가 4학년 5반 11번이란 사실을 밝힐 필요는 없다.

뜨거운 봄, 뜨거운 불길 위에서 두 번 구운 쥐포는 사흘 후에 부활할 것처럼 싱싱하다. 햄버거 속의 양상추는 셀로판지처럼 나풀거린다. 제 엉덩이만 한 캐리어를 끌고 교문을 통과한 아이들은 바퀴 달린 가방을 툭, 팽개치고는 달고나를 시작한다. 황갈색 설탕 속에는 아직 뽑아내지 못한 도형들이 숨어 있다. 국자 위에서 아이들의 손목이 유연하게 돌아간다. 그것은 요리라기보다는 댄스에 가깝고, 댄스라기보다는 팽이치기에 가깝다. 국자 속 소용돌이가 블랙홀을 만들고, 그 속에서 하루가 녹는다. 언젠가 돋보기로 태양을 유인해 교과서를 태웠을 때만큼 평온한 스릴이 지금, 국자 속에 있다. 솜사탕을 집어든 아이들은 입을 국자 속 블랙홀만큼 벌린다. 솜사탕은 마치 뼈대에 붙은 갈빗살처럼 거칠게, 아이들의 아가리 속으로 들어간다. 핏빛 슬러시를 벌컥벌컥 마셔대는 아이들도 있다. 마라톤 주자들이 물을 마시듯, 아이들은 슬러시로 갈증을 달랜다.

"아저씨, 이거 불량식품이죠?"

솜사탕맨은 나를 힐끔 보더니, 오토바이 밑에서 커다란 설탕 봉지를 꺼내든다. 샌드백처럼 설탕 봉지가 내 눈앞으로 온다. 유,기,농,친,환,경,무,공,해,설,탕.

"이거 불량식품 아니에요?"

"유기농 설탕 쓰는 불량식품 봤냐?"

"그럼, 이거 불량식품 아니에요? 불량식품 맞죠?"

"아니다."

"불량식품 맞죠?"

"유기농 설팅이라니까. 웰빙 모르냐? 안 살 거면 저리 가라. 길 막고 서 있지 말고."

솜사탕이 웰빙 식품이라고 우기는 건 별로 좋은 마케팅이 아니다. 불량식품이라면 사 먹을 가치가 있지만, 웰빙 식품이라면 살 필요가 없다. 그런 건 집에도 널렸기 때문이다.

4학년 4월, 유기농은 바이러스처럼 퍼져나갔다. 무서운 속도로 교문을 통과하더니 금세 교문 안을 풀밭으로 만들었다. 유기농의 광풍이 부는 바람에 아이들은 모두 유기농의 숙주가 되었다.

교문 안 식단이 모두 유기농으로 바뀐 지 얼마 지나지 않아 교문 앞에도 선전포고문이 나붙었다. '바른 먹거리, 바른 어린이'라는 현수막이 교문 바로 위에서 엄마들 치맛자락처럼 펄렁거렸다. 그리고 속속 '불량한' 간식들이 사라져갔다. 운 좋게 살아남은 몇몇 간식들은 모두 '유기농' 재료를 사용한다고 써 붙였다. 달고나맨은 유기농 설탕을 사용한다고 말했고, 슬러시맨은 광천수 얼음을 주문했다고 말했고, 쥐포맨은 청정 지역의 생선만 직거래한다고 했다.

"너, 사는 거냐 마는 거냐. 니가 집고 있는 게 그게 뭔지 아냐?"

"나무젓가락이요."

"그거 국산이야, 인마."

나는 멀뚱히 나무젓가락을 쳐다보았다. 유기농은 솜사탕의 나무젓가락까지 물들여놓았다. 중국산 나무젓가락 대신 국산 나무젓가락을 사용하게 만든 것이다. 대신 가격이 2백 원 올랐다.

2백 원만큼 더 튼튼해진 솜사탕은 페이스트리처럼 겹겹이 쌓인 아이들의 중심에서 공기를 먹고 몸을 부풀렸다. 중국산이든, 국산이든, 설령 외계에서 온 나무젓가락이라 해도 우리에게는 문제될 것이 없었다.

"그런 걸 먹으니까 성격이 이 모양이지."

엄마는 유기농으로 키운 애를 교문 앞 군것질이 망쳐놓는다고 말하지만, 내 생각은 다르다. 교문 앞에서 일정 분량의 군것질을 하기 때문에, 성격이 그나마 이 정도로 유지되는 거다. 그마저도 없었더라면 나는 정말 삐뚤어졌을 거다. 얼마 전 유기농 클럽에 가입한 엄마는 '열두 가지 야채로 풋풋한 밥상 차리기' 같은 것을 달달 외우고 있지만, 내가 볼 때 열두 가지 야채로 차릴 수 있는 것은 풀밭이지 밥상이 아니다. 유기농에 대한 엄마의 집착은 내게 농약에 대한 막연한 호감을 품게 했다. 그게 부작용이라면 부작용이다.

나는 젖을 떼자마자 육즙의 맛을 알았다. 그러나 그때도 나와 입맛이 달랐던 엄마는 늘 밥상에 풀떼기를 올렸다.

"자, 두 입만 먹자. 이건 의무적으로!"

어린 시절, 엄마가 양배추 샐러드를 권할 때마다 하던 말이었다. 그 의무적인 두 입을 벌리기 위해 나는 무수히 많은 질문을 해댔다.

"엄마, 이건 뭐야?"

"응, 백설공주."

양배추 샐러드가 몇 센티미터쯤 더 내 입에 가까이 왔다. 나는 그것을 백설공주로 보기 위해 눈을 끔뻑끔뻑, 몇 번이나 감았다 떴다. 백설공주를 한 움큼 삼키고 나면 그다음 주자가 또 대기하고 있었다.

"엄마, 이건 또 뭐야?"

"응, 신데렐라."

나중에 내 취향을 온전히 간파한 엄마는 양배추 샐러드에 '강아지 똥'이나 '쌈닭 대가리'와 같은 이름을 붙일 줄도 알았다. 지금도 딱히 달라진 것은 없어서, 날마다 집에서는 풀밭이라 해도 믿을 만한 유기농 밥상이 차려진다. 오늘은 봄동이다. 엄마는 시퍼런 봄동에 잡곡밥을 조금 올리고, 쌈장도 쓱 얹어서 내민다.

"불량식품 같은 건 1학년들이나 잠깐 먹는 거지. 그런 걸 자꾸 먹으니 속이 오죽하겠어. 빨리 먹어. 의무야."

이제 엄마는 숟가락을 들이밀지는 않지만, '의무'는 여전했다. 나는 변신하던 양배추 샐러드를 떠올리며 일부러 혀 짧은 소리를 냈다.

"엄마, 이건 뭐야?"

엄마는 무뚝뚝하게 대답했다.

"봄동."

"아아. 그런 거 말구. 엄마 이건 뭐야?"

"봄동이라니까."

토끼처럼 풀만 먹은 엄마는 상상력도 바닥이 났다. 첫번째 의무의 정체도 봄동이었고, 두번째 의무의 정체도 봄동이었다. 세번째 의무의 정체도 "그만 해라, 봄동"이었다. 유기농 밥상 위에서는 더 이상 야채들도 변신하지 않았다. 밥을 먹고 나면 더 허기가 몰려오는 이유를 아마 엄마는 이해하지 못할 것이다. 유기농은 사람을 팍팍하게 만드는 것이 분명하다. 나도 더 팍팍해지기 전에 엄마로부터 독립해야 하는 게 아닐까. 아니면 진우 엄마처럼 우리 엄마에게도 애인이 생기든가. 진우네 엄마는 남편이 있는데도 남자 친구가 있다. 남자 친구가 진우 엄마에게 목걸이를 선물하고, 진우에게도 아이스크림 케이크를 사줬다.

"아이스크림이 완전히 소화될 때까지는 입을 다물기로 했어."

진우는 어찌나 입이 싼지 지네 엄마가 바람피우는 것까지 자랑하고 다녔다. 솔직히 말하면, 진우는 자랑한 것이 아닌데 나 혼자 질투가 났던 것일 수도 있다. 나는 진우 엄마의 능력이 부러웠다. 남편도 있고 별로 예쁘지도 않은 진우 엄마는 남자 친구가 있고, 남편도 없고 예쁜 우리 엄마는 남자 친구가 없다. 이 모든 차이는 외로운지 아닌지에 달린 것이다. 엄마도 좀더 고독해져야 한다.

진우 못지않게 나도 입이 싼 편이다. 이야기를 듣자마자,

엄마에게 진우 엄마의 연애 소식을 전했다. 엄마를 자극하려고 이야기한 것인데, 엄마는 마늘을 톡톡 까면서 대수롭지 않다는 듯한 표정을 지었다.

"그게 무슨 바람이야? 그 정도는 아무것도 아니야."

"아빤 어땠는데?"

엄마는 뭐라고 말을 하려다가 입을 다물었다.

"진우 엄마는 가정을 버릴 수 있는 사람이 아니야. 그런 스타일은 그냥 지나가는 바람이지."

엄마는 마치 전문가처럼 말했다.

"엄마, 엄마도 연애해! 난 엄마가 가정을 버려도 괜찮아."

진심인데, 엄마는 내 머리를 쥐어박았다. 그러더니 또 금방 내 몸을 끌어안고 볼을 비벼댔다.

"홍도는 내 전부지! 우리 딸!"

그 과장된 표정이 싫어서 내가 버둥거리면, 엄마는 더욱더 내 몸을 꽉 껴안았다. 아빠의 빈자리란 이럴 때 드러난다. 나는 엄마에게 있어서 딸인 동시에 남편 역할까지 해야 하는 것이다. 이렇게 부담스러운 관계가 또 있을까. 이런 상황에 대해 진우는 위로랍시고 몇 마디를 날렸다.

"원래 외동들은 그래. 근데 둘째가 태어나면 달라진대."

진우의 단점은 상황을 고려하지 않고, 그냥 생각나는 대로 말한다는 것이다. 불행히도 나는 동생이 생길 만한 상황에 있지 않다. 내가 엄마로부터 독립할 수 있는 방법은 하나다. 엄마에게 애인이 생기는 것!

2. 9년 만의 총각

엄마가 유기농으로 키운 박홍도와 몰래몰래 인스턴트로 자라난 박홍도는 확연히 달랐다. 유기농 쪽이 확실히 가식적이었다. 유기농 클럽에 가입한 후 엄마는 상습적으로 거짓말을 했다. 거짓말과 상상력은 뇌의 다른 구역에서 자라는 게 분명했다.

"특별한 건 없지 뭐. 애가 워낙 스스로 공부하는 게 습관이 돼서."

지난달까지만 해도 나보고 진우가 다니는 스파르타 학원에 다니라고 해서 내가 발악을 했는데. 엄마는 새로운 박홍도를 만들고 있었다. 새로운 박홍도는 유기농으로 쑥쑥 자라나서 명문 대학에 들어가고, 의사가 되어 있었다. 그것은 엄마의 대외적인 꿈이었다. 딸을 낳아서 대학에 보내고 의사까지 만든 엄마와 달리, 나는 아직까지도 왜 초등학교를 다녀야 하는지조차 이해를 못하고 있었다. 사실 나는 특별한 꿈도 없었다.

"정말 아무것도 되고 싶은 게 없어? 대통령도?"

1:1 상담 시간에 담임은 몇 번이나 되물었다. 세상에 되고 싶은 게 하나도 없다는 게 그리 큰 문제가 되나. 열한 살짜리

에게는 꿈을 말할 기회가 쓸데없이 많다. 그러나 무엇이 되고 싶은지 자꾸 물어보는 것도 실례다. 주관식은 스트레스다.

"대통령이요? 되면 좋겠지만, 어차피 안 될 것 같아요."

"아니, 왜? 공부도 열심히 하고 친구들하고도 잘 지내면 될 수 있지."

"정말 그렇게 생각하세요?"

내가 실망했다는 듯 바라보자, 담임은 금방 말을 덧붙였다.

"왜? 대통령은 싫으니?"

"외가 쪽이 친일을 하셨대요. 그런데 어떻게 되겠어요?"

담임은 내 말을 농담으로 받아들이는 듯했다. 아니면 농담처럼 받아들이려고 애써 웃고 있는 것도 같았다. 그러다가 내게 친일이 무언지 아느냐고 물었다. 그런 것도 모를까 봐! 짜증난다.

담임은 대통령이 될 생각이라고는 눈곱만큼도 없는 아이에게서 다른 무언가라도 발견하기 위해 애쓰고 있었다. 유행대로라면 CEO나 실장님이 되고 싶다고 말해야 했다. 이도 저도 아니면 연예인이라고도 말해야 했다. 그러나 사실 나는 정말 꿈이 없었다. 단지 그뿐인데 어른들은 꿈이 없는 어린이를 생각이 없는 어린이와 비슷하게 취급했다.

"선생님한테 할 말은 더 없니?"

담임이 내게 물었다.

"결혼 안 한 거 맞아요?"

담임은 고개를 끄덕였다.

"혹시 이미 한 번 다녀온 거 아니고요?"

"지금, 노총각 선생님을 놀리는 거구나?"

담임은 그렇게 말하며 웃었다. 며칠 전, 담임이 우리 학교에 등장했을 때 학교에서는 '9년 만의 총각'이라는 설이 나돌았다. 9년 만의 총각은 엄밀히 말하면 불여우의 대타였기 때문에, 나는 새 담임의 수업이 시작되기 전에 국어책을 구해야만 했다. 서점에 가서 사는 방법도 있지만, 귀찮아서 그냥 옆 반에서 훔쳤다. 나 같은 애들이 많았는지 인기 없던 국어책이 전교적으로 동이 났다.

학기가 시작될 때 불여우의 배를 유심히 봐두었어야 했다. 그랬다면 새 담임이 등장했을 때 좀더 준비된 모습을 보일 수도 있었을 것이다. 이를테면 불여우의 과목이었던 국어를 조금 더 열심히 한다든지, 그게 아니더라도 국어책을 버리지는 않았을 것이다. 사실 우리 반 애들 중에서 불여우가 진짜 애를 낳을 거라고 상상할 수 있는 사람은 아무도 없었다. 우리는 불여우의 불룩한 배 속에 몇 년 묵은 지방이 가득할 거라고만 생각했다. 그래서 불여우가 개학 한 달 만에 애를 낳기 위해 사라졌을 때, 꽤 많이 놀랐다. 아직도 학교에는 불여우가 애를 낳기 위해서가 아니라 똥을 싸기 위해 사라졌다는 이야기가 나돌았다.

애들 중에는 담임과 우리 나이를 계산해보며 몇 살 차이까지는 극복이 가능하다고 믿는 경우도 있었지만, 내가 담임을 생각하는 것은 그런 허황된 꿈과는 다른 종류였다. 담임을 보면 엄마가 떠올랐다. 담임이 서른셋, 엄마가 서른넷. 나이도 딱 좋다. 여러 모로 담임은 중매쟁이들이 탐낼 스타일이다. 번듯한 직장도 있고, 외모도 말끔하고, 무엇보다 자상하다. 엄마로서는 젊은 애인이 생겨서 좋고, 나 역시 앞으로의 학교생활이 편해질 것이다. 게다가 담임은 바람을 안 필 스타일이다. 딱 보면 필이 온다. 그건 굉장히 중요하다. 아빠가 바람둥이였기 때문에, 엄마는 지금도 아빠를 그다지 그리워하지 않는다. 그러니까 바람둥이는 죽었을 때만 조금 유용한데, 엄마를 두 번이나 과부로 만들 수는 없으므로 새 남자 친구는 바람둥이가 아니어야 한다.

"선생님은, 식성이 어떻게 되세요?"

"식성? 먹는 거?"

나는 마치 혈액형이나 별자리를 묻듯이 식성에 대해 물었다. 담임이 얼른 대답을 하지 못하자, 보기까지 만들어주었다. 1번, 불량식품. 2번, 웰빙 식품. 담임은 한참을 웃더니 그렇다면 웰빙 식품을 먹겠다고 대답했다. 딩동댕! 엄마랑 잘 맞을 게 분명하다. 1:1 상담이 끝나갈 무렵, 나는 확인 사살이라도 하듯이 담임에게 물었다.

"고기랑 야채 중에서는 뭘 더 좋아하세요? 치커리 같은 것도 좋아하세요?"

"선생님은 아침마다 녹즙을 먹는단다."

귓가에서 녹즙기가 윙, 하고 돌아갔다. 두 사람의 만남을 축하하는 박수 소리처럼 울렸다. 그 덜덜거리는 진동을 온몸으로 흡수한 사람처럼 내 팔에 소름이 돋았다. 나는 녹즙을 먹으며 나란히 걷는 담임과 엄마를 떠올렸다. 이런 게 바로 천생연분 아닌가! 그렇게 되면 엄마는 덜 무료할 테고, 나에 대한 관심도 조금은 줄어들 것이다.

진우의 꿈은 '평균 이상'이라고 했다.

"피아노도 체르니 30번 이상은 치고, 축구에서도 무난하게 미드필더 정도는 하고, 브레이크 댄스든 테크노든 조금씩은 추고, 돈도 어느 정도는 벌고, 건강도 남들 이상은 되고, 그렇게 어디가도 빠지는 게 없는 사람! 최고수는 아니더라도 평균 이상은 되는 거. 그게 내가 꿈꾸는 거야. 그런 사람."

듣고 보니, 어디서 많이 본 사람 같았다.

"나도 그런 사람 알아. 우리 엄마가 낳았던 박홍도가 그런 사람이래."

"그런데 넌 왜 이래?"

진우는 무심코 입을 열었다가, 곧 다시 제 입을 두 손으로 가렸다. 교문 옆으로 한차례, 가느다란 소음이 들려왔다. 아이들이 별로 인사를 하지 않는 것으로 보아, 미술 선생이 분명했다. 역시나, 미술 선생은 또각또각 구두굽 소리를 8분의

6박자로 내면서 지나갔다. 세상은 저 박자로 살아야 하는 건가. 그러나 진우와 나는 느릿느릿 4분의 4박자로 걷고 있었다. 진우의 고개가 8분의 6박자를 따라 움직였다가, 잠시 후 다시 4분의 4박자의 걸음 속으로 돌아왔다. 나는 입을 열었다.

"우리 엄마 특기가 환불하는 건데, 난 가끔 우리 엄마가 날 환불하지 않을까 그런 생각을 해. 잘못 낳았다고."

진우는 알쏭달쏭한 표정으로 솜사탕을 한입 베어 물더니 이렇게 말했다.

"설마 엄마가 널 환불하시겠냐. 걱정 마."

진우가 솜사탕에 얼굴을 파묻고 사라진 뒤, 나는 4분의 4박자보다도 더 느린 걸음으로 걸었다. 집에 가면 또 혀가 초록색으로 물들겠지. 환불 당한다는 건 물건 입장에서도 조금 쪽팔리는 일이긴 하지만, 나는 가끔 엄마가 나를 환불해줬으면 좋겠다는 생각을 한다. 엄마는 아마도 이렇게 말하겠지.

"온실 속의 화초로 키웠는데, 알고 보니 온실 속의 잡초지 뭐예요?"

그러면 가게 점원이 엄마를 훑어볼 테고, 이렇게 물어볼 거다.

"카드로 하셨어요, 현금으로 하셨어요?"

"카드요."

"제품이 죽진 않았죠? 아직 유효기간이 남아 있으면 환불은 가능해요."

"네, 아직 민증도 안 나온 신상이에요."

점원이 카드 결제기를 피아노 치듯 두드린다. 체르니 30번은 거뜬히 넘었을 실력이다. 카드 결제기가 브레이크 댄스를 추듯, 영수증을 토해낸다.

'결제 취소.'

엄마는 만족한 표정으로 지갑에 카드와 영수증을 끼워 넣고는 가게를 빠져나간다. 점원은 내 귀를 손잡이 삼아 들고, 재활용은 안 된다는 것을 판단한 다음, 하수구에 버린다. 나는 동동동 하수구를 타고 흘러가 인스턴트의 천국으로 표류할 것이다.

"이건 의무야. 두 입만 먹자. 함초 장아찌라고, 몸에 좋은 거야."

젠장. 인스턴트 천국의 문지기가 엄마일 줄이야. 엄마는 또 열두 가지 야채로 풋풋한 밥상을 차려놓고 나를 빤히 보고 있다. 이 밥상을 환불할 수는 없는 걸까.

"엄마, 엄마는 꿈이 뭐였어?"

엄마는 함초 장아찌를 한 젓가락 내밀며 대답한다.

"현모양처."

모든 사람이 꿈을 이루고 사는 게 아닌 건 확실하다.

3. 유기농클럽

'흙으로 세상을 바꾸자'

엄마의 수첩 겉표지에는 그렇게 적혀 있었다. 유기농 클럽에 가입하고 받은 블랙리스트였다. 그 속에는 세상을 파괴하는 암적인 성분들이 깨알같이 적혀 있었다. 언젠가 한번 그 수첩을 들춰 봤는데, 러시아 사람들의 족보라고 해도 믿을 것 같았다. 어렵고 긴 이름들이 창세기 1장처럼 낳고, 낳고, 낳고, 낳고, 또 낳으면서 이어지고 있었다. 그 틈 어딘가에 내 이름이 들어가 있다고 해도 찾을 수 없을 만큼 지루했다.

엄마는 어떤 물건을 살 때마다 블랙리스트와 제품을 비교하며 성분표를 하나하나 확인했다. 덕분에 우리는 화장품 매장 안에서 두 시간을 허비했다. 단지 스킨 하나를 사기 위해서 말이다. 엄마의 핵심은 '파라벤'이 들어가지 않은 화장품을 찾는 것이었다. 뉴스에서 파라벤에 대한 보도가 나왔는데, 그것이 들어간 화장품을 쓰면 최소 30년 안에 피부에 암이 올 확률이 0.9퍼센트라고 했다. 끔찍한 소식이지만, 더 끔찍한 것은 파라벤이 들어 있지 않은 화장품이 거의 없다는 것이다. 파라벤은 화장품의 수명을 늘리는 일종의 방부제이기 때문이다. 까탈스러운 모녀가 매장을 뒤집어놓는 동안, 점원의 말투는 점점 빨라졌다. 조바심이 나는 게 분명했다. 점원은 우리가 또 하나의 화장품을 고른 후 그것의 성분표를 하나하나 따지고 들자, 더는 못 견디겠다는 듯이 매장 뒤 창고로 갔다. 그리고 곧 먼지 쌓인 희귀 품목을 보여주었다.

"이 제품에는 아무것도 들어 있지 않아요."

아무것도 들어 있지 않기는! 그 희귀하다는 천연 화장품 속에는 소르빈산이 들어 있었다. 소르빈산 역시 암을 유발하는 물질이었다. 엄마는 암에 민감했다. 아빠가 암으로 죽은 이후, 아니, 그전부터 이미 엄마 인생은 암과의 전쟁이었다. 결국 위험 물질이 없는 화장품을 찾을 수가 없어서, 우리는 그냥 밖으로 나왔다. 엄마는 약국에서 글레세린을 몇 병 샀다. 직접 스킨을 만들기로 한 것이다. 온몸이 쑤셨다. 발품 판 것에 비해서 우리가 사들고 온 물건은 얼마 되지도 않았다. 이런 엄마가 왜 아빠와 결혼을 했던 것인지 의문스러울 뿐이다.

교문 앞은 블랙리스트에 의한 숙청이 쉬지 않고 일어나는 장소였다. 유기농이 아닌 설탕과 중국산 나무젓가락, 미국산 옥수수와 피자 치즈가 사라졌다. 초등생 납치가 유행한 후로 챙 달린 모자가 블랙리스트에 올라왔다. 뉴스 속에서 활개를 치는 납치범들이 주로 모자로 얼굴을 가리기 때문이었다. 교문 앞 반경 300미터 이내에서는 어떤 사람도 모자와 마스크를 쓸 수 없다는 결론이 났다. 아이들도 예외는 아니어서, 이제는 더 이상 학교에 오갈 때 모자를 쓸 수 없었다. 조회 시간마다, 모자로 얼굴에 고의적인 그늘을 만든 사람들을 조심하라는 당부가 반복되었다.

"아이들의 신변 보호를 위해 모자와 마스크 착용을 자제해 주십시오."

교문 위로 현수막이 걸린 후, 솜사탕맨은 조금 어색해졌다. 오토바이에 솜사탕을 주렁주렁 매달고 다니던 그는 늘 징이 서너 개 박힌 야구모자를 썼다. 모자를 쓰지 않은 모습을 본 적이 없었다. 솜사탕맨의 머리와 야구모자는 샴쌍둥이처럼 붙어 있기 때문에 치맛바람으로도 떼어놓을 수 없을 거라는 소문이 돌았다.

'상습적으로' 모자를 쓰는 사람. 유기농 클럽의 엄마들은 솜사탕맨을 두고 이렇게 표현했다. 한두 번, 솜사탕맨에게 모자를 벗으라고 권유했지만 솜사탕맨은 왜 그래야 하는지 잘 이해하지 못했다. 곧 '고의적으로' 모자를 쓰는 사람. 이렇게 솜사탕맨에 대한 평가가 바뀌었다.

하지 말라면 더 하고 싶은 것처럼, 모자를 쓰지 말라는데도 끝까지 모자를 고집하는 솜사탕맨의 모습은 아이들의 침샘을 자극했다. 우리는 날마다 출소 기념으로 솜사탕을 사 먹었다. 그러던 어느 날, 나는 교문 앞에서 엄마와 마주쳤다. 엄마는 출소하는 딸아이를 데리러 온 것이 아니라 그 앞에서 두부를 들고 기다리는 사람을 혼내주러 온 것이었다. 솜사탕맨 말이다.

유기농 클럽 엄마들은 가끔 수사대처럼 출동하곤 했는데, 저학년들의 혼을 빼놓는 바바리맨을 잡거나 불량한 음식들을 단속하기 위해서가 대부분이었다. 교문 앞은 유기농 클럽 엄마들의 무대와도 같았다. 녹색 옷을 입고 정확히 1미터 간격을 두고 서 있었기 때문에 멀리서 보면 가로수처럼 보이기도 했다. 가로수들은 말이 많았다. 한 번도 본 적 없는 가로수가 내게 잔소리를 하는 경우도 종종 있었다. 나뿐 아니라 교문 앞의 모든 것에 대해, 가로수들은 참견했다.

"이제 그만 모자를 벗어주시죠. 애들 왔다 갔다 하는데."

유기농 클럽에서 누군가가 앞으로 나섰다. 그러자 솜사탕맨은 더욱더 불량한 자세로 오토바이 시동을 걸었다. 부릉부릉, 그 소리에 묻혀 유기농 클럽 엄마들의 구호는 들리지도 않았다.

"이건 의무예요. 지켜야 할 의무."

그다음으로 나선 사람은 엄마였다. 나는 차마 엄마 옆으로 가지 못하고, 멀찌감치 서서 엄마를 지켜보았다. 내 발밑에는 맨홀이 있었다. 맨홀의 구멍은 모두 스무 개. 그중 하나로 들어가 숨고 싶었다.

"상도덕이 있으시다면, 이러면 안 되지요."

"상도덕?"

솜사탕맨은 멍한 표정이 되었다. 상도덕에 의해, 솜사탕맨의 모자와 머리는 분리되었다. 모자가 사라진 그의 이마에는 질감이 아주 거칠거칠해 보이는 흉터가 있었다. 번개를 이마로 맞은 사람처럼 보이기도 했다. 며칠 후, 솜사탕맨은 다시 모자를 썼다. 흉터가 학교 이미지와 맞지 않다는 학교의 입장 때문이었다. 학교는 솜사탕맨에게 꼭 분홍색 야구모자만 써야 한다는 조건 아래, 특별히 모자 쓰는 것을 허용했다. 분홍색은 체육복부터 건물 벽까지 널리 사용된 학교의 공식 색깔이었다.

교문 위에 엄마의 승리를 기념하는 현수막이 걸렸다.
'그늘 없는 학교, 명랑한 아이들'
유기농 클럽 엄마들은 그 현수막을 볼 때마다 승전 기념비를 보듯 뿌듯해했고, 아이들은 고개를 갸우뚱했다. 교문 앞은 너무도 많은 현수막 때문에 매일 그늘이 져 있는데, 그늘 없는 학교라니 납득하기 어려웠다. 학교 앞 모든 현수막이 분홍색 바탕으로 바뀌면서 그늘이 있든 없든 학교는 더 우스꽝스러워졌다.

"19일은 소풍날입니다. 그날은 학교로 오지 말고, 다 2호선 건대입구역에서 보는 겁니다."

분홍색 넥타이를 맨 담임이 말했다. 소풍은 합법적으로 학교를 탈출할 수 있는 좋은 기회였으나, 장소는 구렸다. 놀이공원도, 뒷동산도 아니고 대학이라니. 대학에는 사람들이 없었다. 몇몇 아이들은 대학에서는 4·19도 빨간 날인가 보다며

어서 대학에 가고 싶다고 말했다. 그나마 초딩들이 줄지어 다니는 우스운 꼴을 보이지 않았으니 참으로 다행스러웠다. 우리는 대학 캠퍼스와 학생 식당을 구경했다. 대학 캠퍼스는 좀, 봐줄 만했다.

담임은 '4·19'가 무슨 날인지 알아야 한다며 열변을 토했다. 그리고 열심히 경청하던 한 아이에게 "4·19가 무슨 날?"이냐고 확인차 물었을 때 그 아이는 너무도 해맑게 말했다.

"소풍날!"

담임이 4·19에 집착하는 것처럼 보였던지, 몇몇 아이들은 혹시 담임의 생일이 아니냐고 수군거렸다. 내게도 4·19는 중요한 날이었다. 소풍날도 아니고, 담임의 생일은 더더욱 아니고, 오로지 엄마와 담임이 처음으로 마주치게 되는 날이었다.

그러나 이 모든 기대를 엄마는 무참히 깨버리고 말았다. 나는 엄마의 차를 타고 집합 장소로 갔다. 장소에 도착하기 전에 엄마는 잠시 단골 김밥집에 차를 세웠다. 솔직히 말하면 그렇게 유기농과 핸드 메이드를 좋아하는 엄마가 딸 소풍날 김밥을 24시간 김밥 전문점에서 산다는 것도 이해 못할 일이긴 하다. 엄마 말로는 이 집 김밥이 국산 흑미로 지어졌기 때문이라는데, 어쩐지 변명의 냄새가 났다.

엄마가 김밥을 포장하는 동안 나는 그 건물에 붙어 있던 화장실에 다녀왔다. 오줌을 싸고 나오는데 어디선가 낯익은 소리가 들렸다. 엄마 목소리였다. 슬쩍 보니, 엄마가 차 앞에서 신경질을 내고 있었다.

"전화도 안 받고, 이렇게 차만 턱 세워두면 어떻게 해요?"

한 남자가 골목 끝에서 급하게 뛰어왔다. 그는 휴대폰 벨소리를 잘 못 들었다며, 서둘러 차를 빼려고 했다. 그러나 남자의 행동이 어딘가 조금 더뎠다. 엄마가 세상에서 가장 싫어하는 것이 불법 주차랑 휴대폰 안 받는 것이다. 남자는 그 두 가지 행동을 모두 했다. 우리 엄마에게 딱 걸리다니 그도 오늘 하루는 종쳤다.

"이건 매너가 아니지! 남의 차 앞을 막아놨으면 전화를 받든가!"

불쌍한 남자는 하필 이런 때에 자동차 열쇠까지 잃어버린 것 같았다. 남자가 허둥대는 동안 엄마의 인내심은 한계에 다다랐다. 바닥에 그려진 엄마의 그림자는 위풍당당했다. 남자의 그림자는 짜리몽땅했다.

"주차가 아니고, 폐차로구만."

남자의 몸짓이 조금 빨라졌다. 양복 앞뒤를 확인하고, 기어코는 선글라스도 벗었다. 그 순간 남자의 얼굴이 보였다. 담임이었다!

"키 없어요? 아니, 지금 진짜 폐차한 거예요?"

나는 온 힘을 다해 뛰어가서, 주차된 차 앞을 가리켰다.

"폐차 아니야, 여기 적혀 있잖아. 잠시 주차 중입……"

엄마는 귀가 안 들리는 사람처럼, 눈도 안 보이는 사람처럼 계속 같은 말을 반복했다.

"지금 여기 폐차한 거예요?"

주차 중인 거라니까 글씨도 안 보니! 엄마는 내 말에는 신경 쓰지도 않고, 눈에서 불을 내뿜었다. 엄마의 커다란 목소리에 당황하던 담임은 그때서야 여자 뒤에 숨어 있는 나를 발견했다. 우리의 눈이 마주쳤다. 하늘이 국자 속 달고나처럼 팽글팽글 돌아갔다.

"홍도야!"

그것은 마치 주문 같았다. 담임이 내 이름을 부름으로써, 분위기가 달라졌다. 담임은 허둥지둥하던 행동을 멈추고, 엄마와 나를 번갈아보았다. 엄마는 그때부터 조금씩 허둥지둥하기 시작했다.

"홍도…… 어머님 되십니까?"

순간, 엄마의 얼굴에 아주 짧은 감탄사가 스쳤다. 담임과 엄마가 이렇게 빨리 만나게 될 줄도 몰랐지만, 이렇게 빨리 끝나게 될 줄도 몰랐다. 엄마 얼굴은 잘 달군 달고나처럼 노래졌다.

"아니요!"

엄마는 이렇게 말하고는 단골 김밥집으로 황급히 들어가 버렸다. 사람 사이에 정말 기라는 것이 존재하는지, 엄마가 사라진 후에야 담임은 바지 주머니에서 자동차 열쇠를 찾았다. 이 흑미 김밥집은 엄마와 담임의 교집합 같은 곳이었다.

담임은 아직도 조금 떨리는 것 같은 손으로 차에 시동을 걸고, 다시 한 번 아까 그분이 엄마 아니냐고 물었다. 내게도 잠시 갈등의 순간이 찾아왔다. 엄마가 먼저 부정했으니, 나라고 별수 있겠나.

"이모예요."

담임과 헤어지고 나서야, 엄마나 이모나…… 별 소득 없는 거짓말을 했다는 생각이 들었다.

그날, 결국 엄마는 나를 소풍 장소에 데려다만 주고 황급히 돌아갔다. 엄마는 도저히 담임 선생을 볼 수 없다고 했다. 이모 노릇을 할 수도 없고, 언젠가는 인사를 제대로 해야 하겠지만 지금은 때가 아니라고 말했다. 나는 흑미 김밥과 함께 덩그러니 남겨졌다. 흑미 김밥은 꼴도 보기 싫어서, 숨도 쉬지 않고 다 먹어치웠다.

소풍이 끝나고 집에 돌아오자 엄마는 아직 화장을 지우지 않은 채로 흙이 풀풀 날리는 유기농 고구마를 꺼내들고 있었다.

"네 체면을 생각해서 그런 거야."

엄마는 담임 앞에서 엄마 자격을 부정해버린 것에 대해 궁색한 변명을 했다. 그런 엄마를 두었다는 것을 알면, 학교에서의 내 입지가 우스워질 거라는 얘기였다. 그러고는 마치 모든 것이 나 때문에 비롯된 일이라는 듯이 10분 넘게 김밥집에 갇혀 있었다고 투덜댔다.

"니네 담임인 줄 내가 어떻게 알겠니? 너무 어려 보여서 대학생인 줄 알겠더라, 야."

"서른셋이야."

엄마는 더 이상 대꾸가 없었다. 내가 궁금한 것을 물어보라고 한참을 독촉한 후에야 엄마는 이렇게 물었다.

"애는 몇인데?"

"결혼 안 했어."

"서른셋인데, 부인도 없고 애도 없다고? 사귀는 사람도 없고?"

엄마는 이해가 가지 않는다는 듯이 말했다.

"서른셋에 아무것도 없다는 건 이상한데. 어머 야, 빚이 좀 많은가 보다."

"빚도 없어! 빚도 없다고!"

비관적인 엄마 덕분에 짜증이 나서, 저녁도 먹고 싶지 않았다. 겨우 저녁 밥상 앞에 앉았을 때도, 엄마는 국을 한술 뜨자마자 담임의 차가 후졌다느니, 사람 속은 겉만 보고는 모른다느니 하는 이야기를 했다.

"담임 외모는 인정하는 거야?"

나는 소심한 중매쟁이가 되어 볼멘소리로 물었다. 엄마는 대답은 하지 않고 한참을 무말랭이만 집어 먹었다. 꼬득꼬득 무말랭이 씹히는 소리가 초조하게 들렸다. 엄마는 꼭 물어본 사람이 답답해서 숨이 넘어갈 지경이 되어서야 입을 여는 버릇이 있었다. 엄마가 말했다.

"장국영 닮았더라."

4. 1학기 미술 교과 과정

 미술 선생은 나를 교무실로 불러놓고, 내 그림을 유심히 보라고 했다. 한참을 멀뚱히 보고 있으니, 미술 선생이 약간 째지는 듯한 목소리로 말했다.
 "이거, 배경이 밤이니?"
 미술 선생은 사실 물어보고 있는 것이 아니었다. 뭔가 따지려는 것이었다. 내가 고개를 약간 끄덕이자, 미술 선생은 거 보라는 듯이 다시 물었다.
 "그런데 해는 왜 그렸니?"
 "해는 하늘에 있는 거잖아요."
 "그래도 밤에는 안 보이잖아."
 "우리 눈에만 안 보이는 거잖아요. 원래는 있는데."
 미술 선생은 그게 아니라는 듯이 고개를 가로저었다. 그러더니 이번에는 길가를 걸어가는 한 명의 여자아이를 문제 삼았다.
 "얘는 지금 집에 가는 거니? 학교 가는 거니?"
 "학교 가는 건데요."
 미술 선생은 콧소리를 내면서 웃었다. 그리고 새까만 머리카락을 뒤로 몇 번이나 쓸어 올리면서 다시 물었다.

"밤에 왜 학교를 가?"

나는 아무 말도 하지 않았다. 미술 선생은 내 그림이 마치 아주 불순한 의도라도 담고 있다는 듯이 굴었다. 그리고 미술 선생이 다시 하늘에 달 대신 해가 있는 것을 문제 삼았을 때, 나도 지지 않고 말했다.

"해랑 달이랑 다 그대로 하늘에 있는 거예요. 그건 그대로 있는데 우리 지구가 움직이는 거라고요. 지구가 도는 건데, 왜 아무것도 못 그리게 하세요?"

나는 신념으로 불타는 갈릴레오처럼 소리쳤다. 지구가 도는 거라고요!

"그렇지만 풍경화라는 건 눈에 보이는 풍경을 그리는 거야. 내가 풍경화를 그려오라고 했잖니."

미술 선생은 검지로 책상 유리를 딱딱 소리가 나게끔 쳤다. 그곳에 '4학년 1학기 미술 교과 과정'이 붙어 있었다. 나는 그것을 보면서 대꾸했다.

"상상화도 있잖아요."

"이건 풍경화잖아. 상상화는 다음 달이란 말이야."

미술 선생은 짜증난다는 투로 말했다.

"그리고 이건 상상화라 하기에도 좀 어울리지 않는구나. 상상화라고 하면 아무래도, 정말 우리에게 현실 불가능한 것들, 응? 그런 거 있잖니. 나는 양탄자라든지, 타임머신이나,

아니면 바닷속에 있는 도시나 그런 거 말이야."

미술 선생은 마치 못 먹을 음식이라도 앞에 두고 있는 사람처럼 내 그림을 내려다보았다.

"그럼 제 그림은 뭐에 속하는데요? 꼭 뭐에 속해야 해요?"

"설명을 하려면 그렇지. 어머, 너 뭐 하는 거니?"

"밤하늘에 해가 보이면 안 된다면서요."

나는 까만색 크레파스로 그림 속의 해를 지워버렸다.

"이제 됐죠?"

해의 붉은 빛깔이 까만 크레파스에 뭉개져서 얼핏 보면 구름이나 안개처럼 보였다. 내 그림은 정말 사실적으로 보였.

미술 선생이 우리의 풍경화 중 몇 작품을 교육청에서 하는 어린이 미술대전에 보냈다. 그리고 몇 주 후, 나는 또 교무실로 오라는 호출을 받았다. 이번엔 미술 선생이 조금 더 친근한 척 나를 맞아주었다. 손톱으로 책상을 딱딱 치지도 않았고, 밤이니 낮이니 하면서 트집을 잡지도 않았다.

"박홍도, 은상이래."

해를 지운 그림은 어린이 미술대전에서 은상을 받았다. 얼핏 금상을 받은 그림을 보니, 시간관념이 아주 확실했다. 다만 상상력이라고는 조금도 없었다. 뭐, 미술 선생의 논리대로라면 내 그림에 풍경이 부족한 거겠지만.

미술 작품 발표회가 있던 날, 집 안은 아침부터 부산스러웠

홍도야 울지 마라 331

다. 엄마는 30분 동안 드라이기를 붙잡고 있다가, 나중에는 짜증을 내며 미용실에 갔다. 딱 하나뿐인 스카프도 목에 둘렀는데, 그것은 마치 엄마를 평소에 요일별로 다양한 스카프를 즐기는 여성처럼 보이게 하기 충분했다. 미술 선생의 목에도 희한한 천 쪼가리가 둘리어 있었다. 천 쪼가리가 홰홰 돌아갈 것을 방지하기 위해 쇄골 부분에 반짝이는 브로치를 하나 달아 줬을 뿐인데, 엄마는 집에 돌아오는 내내 브로치 타령을 했다.

이번에야말로 엄마와 담임의 1:1 대면은 누구도 피할 수가 없었다. 두 사람은 아무도 먼저 4·19 사태에 대해 이야기하지는 않았다. 은근슬쩍 넘어간 것이다. 담임은 처음 보는 것처럼 엄마를 맞이했고, 엄마도 능숙하게 시치미를 뗐다. 나는 혹시나 담임이 지난번 일에 대해 물어보면, 엄마랑 이모가 쌍둥이 자매라고 말해야 할까 심각하게 고민하고 있었는데 맥이 탁 풀렸다.

담임은 우리를 정문까지 배웅했다. 소심한 나와 달리 엄마는 신이 나 보였다.

"담임 다시 보니까 어때?"

"다시 보니까 니네 담임 매부리코더라."

"매부리코가 뭔데?" 엄마는 운전을 하다 말고 한 손으로 콧대 중앙에 언덕을 만드는 시늉을 했다. 마침, 차도 과속방지턱을 지나가 딜컹거렸다.

"지금 길 울퉁불퉁거린 거, 바로 이런 게 매부리코야. 매부리코들이 은근히 우유부단해."

잘은 모르겠지만, 별로 좋은 느낌은 아니었기 때문에 나는 자연스럽게 화제를 바꿨다.

"엄마, 우리 담임 진짜 유능하대. 학기 중간에 들어온 거 봐."

"그건 유능한 게 아니라, 비정규직이라 그런 거야. 니네 담임 기간제 교사라며?"

"기간제 교사가 뭐야?"

"비정규직이야."

엄마는 담임을 헐뜯고 있었다.

"엄마, 담임도 매일 녹즙 먹는대. 웰빙 좋아한대."

"니네 담임 은근히 고집 있어 보이더라."

어째서 녹즙이 고집으로 바뀌었는가!

"아까는 우유부단하다며? 어떻게 우유부단한 사람이 고집이 있어?"

"그러니까 매부리코지."

점점 의욕이 떨어지는 중매쟁이를 옆에 두고, 엄마는 계속 매부리코에 대한 지론을 펼쳤다. 돌팔이 관상쟁이 같았다.

"니네 담임, 수업하는 건 어때?"

"니네 담임이 뭐야, 니네 담임이? 엄마도 말버릇 참 고약하네."

"말버릇이 뭐니, 말버릇이? 박홍도, 너 예절 교육 좀 다시 받아야 되겠어!"

차창 밖으로 솜사탕맨의 오토바이가 보였다. 오토바이는 부릉부릉, 시동을 걸며 퇴근할 준비를 하고 있었다. 평소에는 공갈같이 느껴지던 음식이 갑자기 굉장한 포만감을 가져다줄 것처럼 느껴졌다.

"엄마! 잠깐만 세워줘!"

"왜?"

솜사탕을 가리키자, 엄마는 가속페달을 밟았다. 차는 순식간에 학교 앞 골목을 빠져나갔다. 가는 내내 배고프다고 칭얼대고 나서야 이렇게 한마디가 날아왔다.

"얘, 저건 구라야. 음식이 아니라고."

백미러로 솜사탕맨이 화려하게 퇴근하는 모습이 보였다. 솜사탕맨은 솜사탕 몇 개를 장식처럼 옆구리에 달고, 지그재그로 홍청거리며 사라졌다. 빵빵!

엄마는 경적을 울리고, 차창을 내렸다. 차 왼쪽 옆구리 쪽으로 바바리맨이 어슬렁거리고 있었다. 출근길, 혹은 퇴근길인지도 몰랐다. 모자를 쓰고 있지는 않았지만, 추레한 옷차림은 순식간에 엄마의 블랙리스트에 올랐다. 엄마는 차창 밖으로 눈을 내리깔고 말했다.

"여고는 다음 블록이에요, 다음 블록! 이 길이 아니라구."

그 순간 바바리맨이 훌러덩, 바지를 내리려고 했기 때문에 엄마는 다시 가속페달을 밟았다. 정말 바바리맨이 여고로 갔는지는 몰라도, 한동안 교문 앞에서 그를 볼 수 없었다.

5. 인생은 다단계

나는 성장이 빠른 편이었다. 2학년 말부터 부풀기 시작한 내 가슴이 과연 어디까지 커질까 불안해서 엄마의 서랍장을 열어보았다. 엄마의 브래지어들은 A컵부터 C컵까지 다양했다. 어쩜 엄마는 이렇게 속옷 사이즈마저 일관성이 없을까. 그래도 가장 많이 보이는 것이 C컵이었다. 그럼 나도 별다른 일이 없는 한 C컵까지는 자랄 거란 추측이 가능하다. 아니, 군것질로 포식하는 나는 어쩌면 D컵이 될지도 모른다. 나중에는 어떨지 몰라도 초등학교 4학년에게는 볼륨 있는 몸이 그다지 편하지만은 않았다.

여자아이들 중 몇몇 싸가지 없는 애들이 '박홍도는 젖소 부인'이라고 외치고 다녔다. 그러면서도 가끔은 진지한 표정으로 정말 당근을 먹으면 가슴이 커지더냐고 물었다. 남자아이들은 걸핏하면 여자아이들의 등을 휙 스치고 지나갔다. 그러고는 외쳐대는 것이었다. 얘는 했다, 얘는 안 했다! 그리고 '한' 애들에게 물었다. 너는 몇 컵이냐?

주니어용 브래지어는 보통 뒤에 후크가 없지만, 밴드 식으로 되어 있어도 겉옷이 얇아지면서 손으로 스치면 등을 가로지르는 밴드가 만져지기도 했다. 그것이 싫어서 하루는 엄마의 접착식 브래지어를 하고 갔다가 하루 종일 등을 펴지 못했다. 내 가슴은 접착식 브래지어를 할 정도가 아니었는데 C컵용 접착식 브래지어를 했더니, 있던 가슴도 그 실리콘 브래지어가 다 뜯어갈 것처럼 아팠다.

남자아이들의 호기심은 신체 검사를 하는 날 최고조에 달했다. 어떻게든 여자아이들의 가슴둘레를 알아내고자 애썼는데, 참 한심한 노릇이었다. 한 남자애에게 너희들의 기대와 달리 가슴둘레는 가슴과 등짝을 모두 합해서 센티미터로 나온다고 말해주었지만, 한참 몰입해서 듣던 아이는 이렇게 되물었다. 그래서 너는 몇 컵인데?

"야, 가슴둘레 미술이 잰대!"

누군가가 말하자마자 여기저기서 아우성이 들려왔다. 미술 선생에게서 묘한 라이벌 의식을 느끼는 사람이 나만은 아니었다. 여자아이들은 미술 선생 앞에서 윗옷을 들어올려야 한다는 것에서 묘한 수치심을 느끼고 있었다. 왜 하필 미술 선생이 우리의 가슴을 잰단 말인가, 그것도 차가운 줄자로 말이다.

저번에 엄마를 따라 병원에 가보니 엄마는 진찰을 받을 때도 윗옷을 들어올리지 않았다. 의사는 엄마의 등에 청진기를 갖다 대거나, 아니면 옷 위로 청진기를 갖다 댔다. 왜 그 일이 떠올랐는지는 모르지만, 나는 미술 선생이 옷 위로 가슴을 잰다든지, 아니면 등 쪽에서 잰다든지 해서, 어떻게든 내 프라이버시를 지켜주길 바랐다.

"옷 안 걷니?"

내 프라이버시는 2초 만에 뭉개졌다. 나는 내 앞을 거쳐 간 수많은 여자애들처럼 한 마리 순한 양이 되어 윗옷을 홀러덩 걷어 올렸다. 이왕 이렇게 된 거, 미술 선생이 내 가슴을 보고 이미 애가 아님을 알아채기라도 했으면 좋겠다는 생각이 들었다. 어쩌면 미술 선생이 절벽 가슴일지 모른다. 그래서 날 보고 짜증이 날 수도 있다. 암, 그렇고말고. 가슴이 나이에 비례하는 건 아니니까.

"어머, 다 끝났어, 얘!"

또 2초 만에 내 프라이버시가 뭉개졌다. 미술 선생은 벌써 내 다음 여자애에게 줄자를 들이대고 있었다. 벙 찐 얼굴로 서둘러 티셔츠를 내렸다. 가만 보니 우리들은 모두 컨베이어 벨트 위에 흘러가는 상품들 같았다. 미술 선생은 우리의 규격을 쟀다.

"야, 박홍도."

한민영이었다. 원수는 외나무다리에서 만난다더니, 하필 긴 복도에서 한민영을 만나다니. 한민영은 3학년 때도 같은 반이었던 여자앤데, 4학년이 되면서부터 아예 대놓고 나만 보면 으르렁거렸다. 한민영은 고 뾰족한 주둥이를 내밀고 말했다. 좋은 말일 리가 없다.

"야, 쌈닭! 너 앉은키 대박이라며?"

역시나.

"아니거든."

돌아서려는 나를 한민영이 또 불러 세웠다.

"왜, 우리 반에서 니가 앉은키 제일 크다던데? 키는 작은데."

나는 홱 돌아서서 말했다.

"좋은 말 할 때 그만해라."

한민영이 키득키득 소리 내어 웃었다. 뭐가 웃긴 건지 알 수가 없었다. 일부러 웃는 것인지 뭐가 웃긴 것인지.

"담임도 너의 앉은키에 대해 알고 있냐? 너 담임 좋아하잖아."

한민영이 왜 나를 살살 긁어대는지 알 것 같았다. 한민영도 담임을 좋아하는 여자애들 중 하나였던 것이다. 여자애들 사이에서는 브래지어, 생리, 쁘띠 성형 말고도 담임이라는 새로운 비밀이 생겨나고 있었다.

"어쭈, 당황하기는! 너 지난번 미술 시간에도 담임 얼굴 그렸잖아."

"뭔 소리야?"

"어쭈, 잡아떼기는! 미술이 가족 얼굴 그리라고 했는데 너 혼자 담임 얼굴 그린 걸 모를까 봐 그래?"

미술 시간에 내가 그렸던 사람은 담임이 아니라 아빠였다. 연예인에 대해 이야기하고, 유행하는 옷이나 춤에 대해 이야기하다 보면 가족에 대해 이야기할 기회는 그리 많지 않았다. 아이들은 학교에서는 함께 수감 생활의 서러움을 나누고, 교문을 통과하면서는 함께 달고나를 돌리고, 그리고 뿔뿔이 집이며 학원으로 흩어졌다. 다음 날 학교에 모여서는 또다시 연예인과 옷과 춤과 선생과 특이한 아이들에 대해 이야기했다. 오래전에 죽어버린 아빠는 교문 안에서도, 밖에서도, 얘기할 기회가 없었다. 언젠가 엄마는 학교에서 아이들이 아빠 없는 아이란 말을 하면 당장 이야기하라고 말했지만, 1학년 때부터 지금까지 그런 적은 단 한 번도 없었다. 아빠 없는 아이라는 걸 말할 기회도 없었고, 알려는 사람도 없었고, 설사 진우처럼 알게 된다고 하더라도 각자의 삶이 너무 바빴다. 아빠 없는 아이라는 건 놀림의 대상이 될 수 없었지만, 필요 이상으로 뚱뚱하다거나 옷을 못 입는다거나 자신의 삶에 방해가 된다거나 할 때는 왕따가 되기 십상이었다. 한민영은 내가 자신의 연애 전선에 방해가 된다고 생각한 모양이었다.

"그런 거 아니거든. 어차피 설명해도 넌 잘 모를 테니까, 내 입만 아프다."

말을 마치자마자 돌아서야 했는데, 어쩐지 발이 움직이지 않았다. 쌈닭 본능이 시작된 것인가. 나는 은근 한민영이 나를 더 박박 긁어서 내가 고 주둥이를 꼼짝 못하게 해줄 구실이 생기길 기다리고 있는 사람처럼 보였다. 다행인지 불행인지 한민영도 비슷한 성격의 소유자 같았다. 한 5초만 더 참았으면 나도 그냥 그 자리를 떠나려고 했는데, 한민영은 딱 3초쯤 지났을 때 또 주둥이를 놀렸다.

"너 말이야. 학교 생활 그런 식으로 하지 마라."

어쭈. 돌아서려던 발을 탁 복도에 내딛고 그것을 무게중심 삼아 뻐딱하게 섰다. 여자애들 두 명이 더 와서 우리를 둘러쌌다. 내 편은 아니었다. 한민영이 뻐기는 듯한 표정으로 말했다.

"들었니? 박홍도가 담팅이 사랑한단다."

가슴속에서 확 불이 달아오르는 것 같았다. 여자애들은 키득거리고 있었다. 생각 같아서는 머리채를 확 휘어잡고 싶었는데, 참았다. 떼어지지 않는 발을 들어서 한 걸음, 두 걸음 그렇게 열 걸음쯤 옮겼을 때 뒤에서 한민영이 옆에 있는 애들한테 궁시렁거리는 소리가 들렸다. 잘 알아들을 수는 없었지만 몇몇 단어들이 도끼처럼 날아와서 내 등에 꽂혔다. 도끼들이 나에게 명령했다. 뒤로 돌아!

돌아서서 빽 소리를 질렀다. 복도가 쩌렁쩌렁 울릴 만한 파워였다. 내 눈에는 한민영의 나불대던 입만 보였다. 목청을 가다듬었다. 지금껏 한번도 가슴 큰 것이 자랑스럽다고 생각하지 않았지만, 그 순간 내 입에서 나온 말은 의외였다.

"가슴도 쪼그만 게!"

한민영이 움찔했다. 예상치 못한 공격에 한민영은 어처구니없다는 표정을 지었다. 옆에 있던 한민영의 편 중 한 명이 웃음을 터뜨렸다. 누가 봐도 그건 어처구니없는, 그러나 정확한 공격이었다. 한민영은 재수 없게 쫑알거렸다.

"나는 모델 될 거라서 가슴 안 커도 돼. 그리고 내가 너보다 훨씬 키 크거든?"

정수리에서 성냥 불 붙는 냄새가 났다. 누가 덤벼도 이길 수 있을 것 같았다. 이미 한민영의 약점을 건드렸고, 그쯤에서 돌아서도 됐건만 내 승부욕은 멈추지 않았다. 꼭 내 안에 한 번도 본 적 없는 못된 글래머가 들어앉은 것 같았다. 못된 글래머가 말했다.

"그래? 남자들 생각은 다를걸? 적어도 담임 취향은 확실히 아니다."

"뭔 소리야?"

한민영이 약간 당황한 듯이 되물었다. 나는 이쯤에서 돌아가고 싶었는데, 못된 글래머가 계속 쫑알거렸다.

"담임 말이야, 얼마 전에 그러더라. 젓가락처럼 몸만 길어서 가슴 절벽인 여자들은 비린내 난다고. 넌 누가 봐도 절벽이잖아. 삼천 궁녀가 뛰어내려도 되겠다."

장래의 모델은 거기서 주저앉아버렸다. 그리고 엉엉 울음을 터뜨렸다. 시시했다. 내 머리 위에서는 아직도 한판 붙을 힘이 남아돌고 있는데, 이제 시작인데 한민영은 벌써 눈물을 보이고 있었다. 본전도 못 찾을 거면서 그렇게 왜 덤비느냐고.

"야, 이게 누군 것 같아?"

집에 돌아오는 길, 진우에게 스케치북을 펼쳐 보였다. 진우는 오래 들여다보지도 않고 말했다.

"담임이야?"

나도 한참 스케치북을 들여다보았다. 담임 얼굴은 익숙한데 아빠 얼굴은 가물거려서 두 사람이 어떻게 닮은 건지 알 수가 없었다. 흰 스케치북 위로 까만 리본이 그어지는 것 같은 느낌이 들어서, 얼른 스케치북을 닫았다.

모자와 흉터, 다시 모자 사이를 반복하는 동안 솜사탕맨의 인기는 시들해졌다. 분홍색 야구모자는 패배와 굴욕의 상징이었다. 학교 앞 장사만 20년 했다는 솜사탕맨은 부활을 위해 다양한 이벤트를 펼쳤다. 그중에 하나는 친구 두 명을 끌고 오면 한 명은 공짜로 먹을 수 있게 하는 이벤트였다. 솜사탕 수레 앞에 커다란 글씨가 나붙었다.

'2 + 1 Free'

솜사탕맨은 지나가는 아이들에게 솜사탕을 가뿐하게 들어 보이며 홍보를 하기도 했다.

"니들 셋만 모이면 한 명은 공짜다."

그 말에 몇몇 아이들이 쫑알거렸다.

"그건 다단계 아니에요?"

"원래 사는 게 다 다단계다. 다 입소문이라고."

솜사탕맨은 그렇게 말하면서 솜뭉치를 돌렸다. 사는 게 다단계인 덕분에 애들은 셋씩 짝을 지었고, 솜사탕 맨은 조금 더 많은 솜사탕을 만들 수 있었다. 셋씩 짝을 짓는 것은 평화

로웠다. 오죽하면 나와 진우, 그리고 한민영이 함께 솜사탕을 산 적도 있으니 말이다.

엄마들의 유기농 클럽이 우리 집을 아지트 삼아 유기농 대책 회의를 하고 있을 때, 나는 그 유기농 클럽 엄마들의 개를 데리고 솜사탕맨을 찾아가기도 했다. 한 손으로 프랑스에서 왔다는 '마리'를, 다른 한 손으로는 호주에서 왔다는 '메리'를 끌고 솜사탕맨의 오토바이 앞에 섰다. 마리는 세 살이었고, 메리는 다섯 살이었다. 마리는 하얗고 메리는 까맸다.

주워들은 바에 의하면, 유기농에도 단계가 있다. 일단 초보자들은 먹을 것부터 유기농으로 바꾸기 시작한다. 그다음 관심이 화장품으로 옮겨가고, 다음에는 옷과 침구류, 그리고 인테리어로 옮겨간다. 진짜 고수가 되면 꿈까지 유기농으로 꾼다. 마리와 메리는 모두 유기농 태몽으로 태어난 개들이라고 했다. 서양식으로 자라서 그런가, 유기농으로 자라서 그런가, 이유는 모르겠지만 마리와 메리는 드셌다. 알아들을 수가 없어서 그렇지 종종 날 향해 욕도 하는 것 같았다. 마리와 메리는 동물이긴 했지만, 늘 무언가를 경계하는 눈빛으로 지켜보았다.

"아저씨, 개도 사람으로 쳐줘요?"

솜사탕맨은 나를 흘끗, 쳐다보더니 고개를 끄덕였다.

"마리, 메리. 의무야. 한 마리당 하나씩 먹어."

나는 두 명의 유기농 개들을 데리고 다단계를 즐겼다. 솜사탕의 환상적인 냄새를 맡은 마리는 두 눈이 반짝반짝했다. 메리는 다단계를 한판 더 하자고 꼬리를 흔들었다. 내가 볼 때 인스턴트는 국적과 나이 불문하고, 본능이다.

"너가 기르는 강아지냐?"

"아니요, 다른 집 개들이에요. 애는 프랑스, 애는 호주요. 외국에서 온 개들이에요."

솜사탕맨이 마리를 보며 물었다.

"프랑스에서 왔다고? 정말 거기선 한국인이 전자렌지에 개를 데워 먹는다고 생각하니?"

마리는 아무 생각이 없었다. 짖지도 않고 꼬리를 흔들지도 않았다. 그저 메리를 뚫어지게 바라보더니 메리의 입가에 묻은 설탕의 흔적을 혀로 핥았다. 낼름낼름 움직이는 마리의 혀가 꼭 얇은 슬라이스 햄처럼 보였다.

"애네들, 시차 적응 안 돼서 좀 멍할 거예요."

솜사탕은 자장면과 죠스바만큼이나 입가에 흔적을 남기는 음식이어서, 집으로 들어가기 전에 나는 마리와 메리의 입가에 묻은 불량한 흔적들을 물로 싸악 닦아내야 했다. 그렇지 않으면 신데렐라처럼 나의 인스턴트 천국이 마법에서 풀려나 초라한 유기농이 되는 꼴을 볼지도 모른다. 날카롭던 개들은 방실방실 웃었다. 인스턴트가 얼마나 좋은 성격을 만들어주는지, 마리와 메리는 몸소 그 공식을 증명했다. 착하지, 우리 아가. 우리는 공범이 되었다. 마리와 메리는 유기농의 숙주가 되지 않는 법을 배우게 될 것이다. 웰컴 투 인스턴트!

6. 솜사탕맨 구속 사건

"서울, 대전, 대구, 부산, 인천."

엄마에게 한국의 5대 도시가 어디냐고 물었을 때, 엄마는 그렇게 말했다. 당연히 그대로 받아 적었고, 수업이 시작되기 전에 그것을 본 진우가 배꼽을 잡고 웃었다. 인천이 문제였다. 수업이 끝나자마자 부리나케 교문을 통과했다. 녹색 모자를 쓴 유기농 클럽 엄마들이 교문 앞부터 아파트단지까지 가로수처럼 심어져 있었다. 그 속에서 겨우 엄마를 찾아냈다.

"엄마 때문에 개망신 당할 뻔했잖아! 인천이 왜 들어가, 인천이!"

"얘가 왜 이래, 우리 때는 인천이 중요했었어."

엄마는 목소리를 높였다. 엄마가 우기면 우길수록 내 믿음은 뚝뚝 떨어져갔다. 나는 이제 자습서가 필요한 나이가 된 거다.

"인천은 무슨 인천! 이젠 판교지."

엄마 옆에 서 있던 아줌마가 거들었다. 5대 도시는 서울, 대전, 대구, 부산, 판교라는 것이었다. 그 옆에 있던 아줌마는 대전을 빼고 분당을 넣어야 한다고 말했다. 누군가가 독도를 들먹였지만, 뉴타운도 신도시도 될 수 없었기 때문에 5대 도시에 넣기는 좀 그렇다고 했다. 가로수들은 대한민국의 중요한 5대 도시를 곳곳에 지뢰처럼 심어둔 채, 하남시에 있었다.

자습서도 정답도 없는 유기농 클럽에서는 블랙리스트 뒷면의 여백을 이용해서 진짜 주말농장 하기 좋은 5대 동네를 메모해나갔다. 내가 모르는 동네, 들어본 적 없는 동네도 많았다. 블랙리스트 뒷면은 마치 인터넷 쇼핑의 위시리스트처럼 변해 있었다.

유기농 클럽 엄마들이 하나, 둘, 주말농장을 갖기 시작하자 엄마도 발동이 걸렸다. 엄마는 농장을 차리겠다고 말하고는 어느 날, 파주에 땅을 샀다. 엄마는 각종 씨앗을 준비했는데, 그중에는 먹을 수 없는 것들——꽃이나 나무——도 많았다.

"무슨 주말농장을 파주까지 가서 해?"

"거기가 땅이 좋대."

파주에 주말농장을 만든 엄마는 유기농 클럽 아줌마들과 함께 놀토가 돌아올 때마다 파주로 나갔다. 덕분에 나는 적어도 2주에 한 번씩, 집에서 인스턴트를 먹는 호사를 누릴 수도 있었다. 엄마는 껄끄러운 잡곡밥과 나물과 쌈채소를 차려놓고 나갔지만, 엄마도 없는데 내가 자율적으로 의무를 다할 필요는 없었다. 나는 잡곡밥을 정확히 두 덩이, 쓰레기봉지에 담아서 단지 밖에 버렸다. 그리고 자장면과 피자, 혹은 치킨을 시켜 먹으며 인스턴트의 천국을 만끽했다.

한 번, 엄마를 따라나선 적이 있었는데 엄마의 농장은 휑했다. 벌써 시들어버린 듯한 상추만 몇 마리, 고양이처럼 웅크리고 있었다. 엄마 말이 직접 농사를 짓기 위해서 들이는 시간보다는 블랙리스트에 적힌 대로 제품을 사는 편이 더 좋다는 것이었다.

'흙으로 세상을 바꾸자'

유기농 클럽의 표어는 물론, 그대로였다.

"야, 그거 알아? 지금 교무실에 솜사탕 아저씨 와 있대."

진우는 슬픈 표정을 지으며 말했다. 내가 그게 다 망할 놈의 유기농 때문이라고 말하자 진우는 고개를 갸웃하며 이렇게 말했다.

"아닌데. 다단계 때문이라던데? 다단계로 구속된 거래!"

유기농 세대라면 군것질은 해서는 안 되며, 군것질을 유도하는 어른들이 가끔 이상한 말을 했을 때, 재빨리 신고할 줄도 알아야 한다. 그게 무슨 말이냐 하면, 이 가르침을 잘 소화한 애들 몇 명이 지네들 엄마한테 가서 솜사탕맨에 대해 꼬발린 것이었다. 아마 이상하다는 표정을 지으며 이렇게 말했겠지.

"엄마, 그 아저씨 이상해. 막 다단계 하라고 그래."

그 애들이 솜사탕을 한 번도 사 먹지 않았다고 가슴에 손을 얹고 말할 수 있다면, 내가 이렇게 어이없지도 않을 것이다. 폼 난다고 사 먹은 솜사탕이 채 소화되기도 전에 그렇게 일러

바칠 수 있냐 말이다. 나로 말할 것 같으면 솜사탕을 그다지 좋아하지는 않아도 솜사탕맨의 '인생은 다단계'라는 말에 큰 감명을 받은 적도 있단 말이다. 그 말뜻을 이해하지 못하는 지들의 아둔한 머리를 탓할 것이지 감히 꼬발려?

망할 기집애들은 지들이 꼬발린 솜사탕맨이 어떻게 되나 보려고 교무실 창문 뒤에 쪼로록 붙어 있었다. 교무실에 붙어 있는 각도를 보니, 딱 저학년이었다. 나는 그런 애들과 달랐지만 그래도 어떻게 되나 보려고 진우를 끌고 교무실 창문 뒤로 가서 붙었다.

"입소문 어쩌고 그랬잖아, 그 아저씨가. 친구 세 명 데리고 오면 하나 더 준다고. 그 얘기 때문에 그렇게 됐나 봐."

진우의 중계가 아니더라도, 유리창에 비친 교무실 속 풍경은 충분히 이상했다. 솜사탕맨은 교장인지 교감인지 몇몇 선생들과 함께 앉아서 심각한 표정으로 이야기를 했다. 녹색 모자를 쓴 아줌마도 두 명이 있었다. 솜사탕맨이 연신 고개를 조아렸다.

솜사탕맨은 그로부터 한동안 교문 앞에 보이지 않았다. 솜사탕을 자주 먹진 않았지만, 유기농의 광풍에도 살아남았던 솜사탕맨이 이제 와서 보이지 않으니 어딘가 이상했다. 솜사탕이 사라진 자리에 남은 우리는 집단적으로 아팠다. 같은 박자로 다리를 떨고, 같은 시간에 설사를 하고, 같은 각도로 고개를 떨구며 졸았다. 솜사탕이 사라진 자리에 생긴 금단현상이었다.

아이들은 솜사탕맨이 사라진 교문을 통과하면서 거짓말을 솜사탕처럼 뭉게뭉게 피워 올렸다. 솜사탕맨이 분홍색 종이 위에 반성문을 쓰고 사라졌다는 이야기부터 솜사탕으로 교무실에서 난동을 피웠다는 이야기까지 줄거리도 다양했다. 솜사탕으로 펀치를 날렸는데, 교장인지 교감인지의 앞니가 나갔다는 말도 있었다. 입에 단내가 나도록 집어넣던 솜사탕이 사라지니 어딘가 허기가 지는 것들이 분명했다.

솜사탕맨은 표적이었다. 표적이 사라졌다고 해서 다른 불량한 간식들이 평온하게 지낼 수 있는 것은 아니다. 유기농 클럽 엄마들은 사사건건 시비를 걸었다. 달고나 색깔이 왜 이렇죠, 너무 딱딱한 거 아닌가요, 쥐포가 탔어요, 너무 타면 암에 걸린대요, 슬러시는 얼음 관리를 잘 해주세요, 색소는 웬만하면 사용하지 말거나, 천연 색소를 써주세요, 공장에서 찍은 천연 색소 말고 진짜 자연에서 직접 뽑은 수제 색소 말이에요, 어머 거기! 모자는 왜 쓰고 있는 거죠, 여긴 스쿨 존인데 여긴 모자 쓸 수 없어요, 이봐요, 거기!

엄마들이 말이 많아질수록, 나는 모자가 나타나는 순간을 꿈꿨다. 낯선 모자의 납치범이 나타나서 아주 잠깐 소동을 일으켜주면 좋겠다고도 생각했다. 모자로 얼굴을 가린 납치범이 나타나면, 진우는 이렇게 말하겠다고 했다.

"아저씨, 우리 엄마 불쌍한 사람이에요. 안 해본 일이 없어요."

나도 지지 않고 말하리라.

"우리 엄마는 해본 일이 없는데."

스쿨 존을 벗어난 공간에서, 나는 종종 모자를 쓴 표적들과 마주쳤다. 그러나 소문 속의 이미지와는 많이 달랐다. 모자를 쓴 남자가 나긋나긋한 목소리로 꼭 선생처럼 말했다.

"니들 집에 가서 부모님 오시면 이거 보여드리고, 졸라보렴. 이거 신청하면 요게 사은품이다."

납치범이 남기고 간 학습지 신청서는 내가 그토록 갈망하던 삐라가 되기에는 한참 부족했다. 다음 날 아침, 교실 쓰레기통에는 그 학습지 신청서가 수북하게 쌓여 천장까지 닿을 듯 말 듯했다.

담임은 여자아이들의 공통분모였다. 우리는 모두 담임이라는 공통분모 위에 올라가 있었다. 40510, 40834, 40821…… 다른 선생들이 진상 짓을 할수록 담임의 가치는 높아졌다. 나는 다른 여자아이들과 경우가 다르다고 생각했으나, 그래도 담임에게 작업을 걸고 있었다는 점에서는 동일했다. 그 대상이 나냐 엄마냐 하는 것은 별로 중요하지 않았다. 그러니까 기분은 좀 그렇지만, 나 역시 담임이라는 분모 위에 올라가 있었던 것이다. 그러나 이느 날, 한순간에 우리들은 흔적도 없이 약분되었다.

또각또각 소리를 내면서 걸어오는 미술 선생 때문이었다. 애들 말로는 미술 선생과 담임이 그렇고 그런 사이라고 했다. 쓰레기통 안에서 국어책이 몇 권이나 찢긴 채로 발견되었다. 담임 이름으로 장식되어 있던 표지도 나뒹굴었다. 평소에 담임에게서 큰 감명을 얻지 못했던 남자들이 오히려 충격을 더 받은 듯했다. 그들은 틈만 나면 어떻게 그럴 수가 있냐는 상투적인 대사를 해댔다.

"야, 담임이 미술하고 사귄대."

진우는 괜히 내게 뒷북을 쳤다. 나도 귀가 있었으므로, 들었다. 담임이 미술하고 같은 대학을 나왔고, 오래전부터 사귀어서 내년 봄에 결혼할 거라고. 그 소문을 뒷받침하는 결정적인 제보들이 잇따라 나왔다. 지난 주말에는 둘이 극장에 가는 것을 목격한 아이들이 있었고, 미술 선생의 미니홈피에서 담임 사진을 봤다는 아이들도 있었다. 학교 안에서 담임과 미술 선생이 한 번도 같이 있는 모습을 본 적이 없다는 것도 그럴싸한 증거였다. 뭔가 조심해야 할 것이 있으니까 일부러 거리를 두는 게 아니냐는 거였다. 사내 연애란 그런 거였다. 그럼 아직 시작도 못 해본 우리 엄마는 어떻게 되는 것인가! 이대로 담임을 빼앗겨야 하나. 우리 학교에는 총각도 드문데.

내가 동원할 수 있는 남자란 학교에서의 인맥이 전부였다. 총각 선생님이라면 정말 좋은데, 그도 그럴 것이 친구 아버지를 소개할 수는 없지 않은가. 엄마는 부인 딸린 남자를 싫어할뿐더러, 나도 친구에게 미안해지기는 싫다. 새로운 선생을 만나려면 1년을 더 기다려야 한다. 게다가 내년 담임이 남자라는 보장도 없고, 또 남자라 하더라도 총각이란 보장도 없다. 살면서 총각 담임을 만날 일이 이번에 마지막이란 보장도 없긴 하지만, 언젠가 더 멋진 총각 선생을 만날 수도 있겠지만, 그때가 되면 우리 엄마는 조금 더 늙을 것이다.

담임이 들어왔다. 애들은 담임과 미술 선생이 만나게 된 것에 대해 내내 떠들었기 때문에, 막상 담임의 얼굴을 보자 더 이상 물어볼 것도 없었다. 그들의 연애에 대해서는 담임보다도 우리가 더 많이 알고 있을 것 같았다. 담임은 아이들이 유독 조용한 것에 대해 이상하게 생각되었는지, 몇 번이나 아이들에게 싱거운 농담을 던졌다. 그러나 아무도 웃지 않았다. 담임이 입만 열면 웃어주던 아이들도 시큰둥했다. 담임은 머쓱한 표정으로 넥타이를 만지작거렸다. 그 공허한 몸짓이 정말 장국영을 닮은 것 같았다. 장국영의 생김새를 모르지만, 어쩐지 그 순간, 담임과 장국영이 꼭 닮게 느껴졌다.

"장국영이 죽지만 않았다면 진짜 장국영을 소개하는 건데 말이야."

"장국영? 라스베이거스에 산다던데."

이게 또 뭔 소리야? 내가 장국영은 자살했다고 말하자, 진우는 이렇게 대답했다.

"그건 나도 알아. 근데 그게 사실이 아니래."

"그럼 사실이 뭔데?"

진우 말에 의하면 장국영은 현재 라스베이거스에서 살고 있었다. 정확히 말하면 라스베이거스가 아니고 거기서 조금 떨어진 동네인데, 이웃 중에는 엘비스 프레슬리도 있다고 했다. 엘비스 프레슬리도 한참 전에 죽은 사람이었다. 아니, 죽었다고 알려진 사람이었다. 라스베이거스, 모두가 부활하는 동네? 그곳에 가면 그럼, 아빠도 있을까?

"엄마, 담임 결혼한대."

내가 그 말을 세 번이나 하고 나서야, 엄마는 이렇게 말했다. 그것도 입안 가득 상추쌈을 우겨넣은 상태로 겨우.

"그러게 뭐든 있다니까. 애도 없고 빚도 없는데, 부인이라도 있어야지."

엄마는 아무렇지도 않은 것처럼 보였다. 오히려 속이 뒤틀린 것은 나였다. 애인이 있는데 애인이 없는 것처럼 행동하는 모든 남자들은 매장해야 한다. 부인이 있는데도 바람을 피웠던 아빠에 대해서도 이렇게 배신감을 느낀 적은 없었는데 담임은 용서할 수가 없었다. 우리 아빠의 죄까지 모두 덤터기 씌워서 담임을 체포하고 싶었다. 저녁을 먹고 일찍 이불 속으로 들어갔지만, 담임에 대한 괘씸함으로 밤 내내 잠이 오지 않았다. 결국 베개를 들고 엄마 옆으로 가서 누웠다. 엄마가 숨을 쉴 때마다 풀 냄새가 났다.

"엄마, 장국영도 매부리코였어?"

"장국영이 무슨 매부리코야. 걘 한 점 부끄럼이 없는 코였어."

엄마는 장국영을 추억하듯이 말했다.

"매부리코는 부끄러운 코야?"

"매부리코는 부끄러운 코냐고?"

두 번을 반복해서 묻자, 엄마가 대답했다.

"다 그런 건 아닌데, 엄마가 알던 매부리코들은 다 그랬지. 좀 그랬어."

"좀 그랬어?"

"으응."

엄마는 잠들어가고 있었다.

"아빠도?"

대답이 없었다. 나는 모로 누운 몸을 움직여 다시 천장을 보고 누웠다. 하늘은 별로 높지도 않았다. 나는 그 어딘가에 있을 아빠를 생각하며 끔뻑끔뻑 눈을 감았다가 떴다. 꼭 등대가 까만 바다를 향해 빛을 보내듯이 끔뻑끔뻑. 엄마는 담임을 보고 장국영을 닮았다고 했다. 한민영과 진우는 아빠를 보고 담임을 닮았다고 했다. 그렇다면 아빠도 장국영을 닮은 걸까. 밤 내내 나는 볼록볼록한 엠보싱 같은 길을 질주했다. 담임과 아빠, 장국영으로 뒤섞인 과속방지턱이 길 위로 무수히 많이 흩어져 있었다. 장국영은 막연했고, 담임은 괘씸했고, 아빠는 조금, 보고 싶었다.

밤새 부딪힌 과속방지턱은 아침이 되자 솜사탕처럼 두루뭉술한 형태가 되었다. 아침 풀밭에서, 엄마는 생각해보니 미술 선생이 매염방을 닮은 것도 같다고 말했다.

"그게 누군데?"

"장국영 애인."

엄마는 정말 담임을 장국영으로 인정한 것 같았다. 그리고 덩달아 미술 선생은 매염방이 되었다. 엄마는 참 속도 좋다. 나는 미술 선생이 담임과 함께 걸어가는 것만 봐도 속이 뒤틀리는데, 엄마는 우리 학교에다가 홍콩을 세우고 있다.

"니네 담임처럼 소심한 스타일은 좀 시원시원한 사람을 만나야 되거든. 미술 선생이 딱 부러지게 생긴 게, 괜찮겠더라."

엄마는 또 전문가처럼 말했다. 두 사람이 장국영과 매염방이라고 생각하자 더욱더 이상하게 담임을 용서할 수가 없었다. 볼 때마다 짜증이 났고, 그래서 담임을 노려보았고, 몰래 교무실을 엿보았고, 그러다 담임과 눈이 마주친 어느 날, 담임이 내게 아이스크림을 먹을 거냐고 물었을 때 당연히 그렇다고 했다. 담임을 뜯어먹어야 한다. 먹을 수 있는 한!

담임은 촌스럽게도 맥도널드로 들어갔다. 맥도널드가 교문에서 가장 가까운 가게였기 때문이다. 나는 담임의 옷깃을 잡고 말했다.

"여긴 버거 말고는 먹을 게 없어요."

담임이 햄버거는 좋아하지 않느냐고 물었다. 나는 담임을 바라보지도 않고 대답했다.

"햄버거는 다른 문제죠. 오늘은 아이스크림 사주신다면서요."

갑자기 햄버거와 아이스크림을 구분하는 내 모습이 풍경화와 상상화를 구분하던 미술 선생처럼 느껴져서 짜증이 치밀어 올랐다. 나는 담임을 끌고 유기농 아이스크림 가게로 들어갔다. 혹시라도 진우가 따라붙을까 봐 서둘러 들어갔다. 마주보고, 아니 노려보고 아이스크림을 먹는 동안 나는 담임의 손가락을 뚫어져라 관찰했다. 반지가 없었다. 연애까지 해놓고 반지 하나도 끼지 않는 것은 죄다. 별거 아니지만 분명 죄가 되는 문제다. 어쩌면 담임은 엄마가 말한 것처럼 어딘가 한 구석 모지란 부분은 있는 사람일지도 몰랐다.

"선생님 빚 있어요?"

"빚?"

"아뇨, 돈 빚진 거 있냐고요."

담임이 어이없다는 듯이 웃었다. 그 순간 담임 얼굴이 정말 장국영처럼 보였다. 장국영이 어떻게 생겼는지는 몰라도, 담임은 정말 장국영을 닮아 있었다. 나는 담임을 노려보는 걸 그만두고, 냅킨의 무늬만 보면서 질문을 계속했다.

"선생님, 장국영 좋아해요?"

"장국영? 그럼 내가 「영웅본색」을 얼마나 재미있게 봤었는데. 그런데 홍도가 장국영도 알아? 장국영은 선생님 세대인데. 「영웅본색」 때 장국영이 떴거든. 그때 주윤발 때문에 전국의 중학생들이 다 바바리를 입었다는 거 아니니."

담임이 그렇게 말을 하니, 갑자기 장국영이 세상에서 제일 재수 없는 사람처럼 느껴졌다.

"전 싫어요. 친구들 말이 장국영이 살아 있대요. 분명 죽었는데 그런 소문을 뿌리고 다니는 사람은 싫어요. 사람은 어딜 가나 분명해야죠. 죽었으면 죽은 대로! 결혼했으면 결혼한 대로!"

애인이 있으면 애인 있는 대로!라고 말을 하려고 했는데 그다음 말은 하지 못했다.

"그럼 솜사탕은요? 솜사탕 좋아하세요?"

"솜사탕? 글쎄. 난 단 것은 별로 안 좋아해서. 홍도는 좋아하니?"

"애들은 다 좋아해요."

"그래, 하긴 솜사탕이 낭만적인 간식이지. 나도 어렸을 때 많이 사 먹었었단다. 솜사탕하고 달고나!"

"오! 전 그 두 가지가 세상에서 제일 싫어요. 단 건 좋아하는데요, 솜사탕하고 달고나는 너무 천박해요. 왜 사 먹는지 모르겠어요."

"천박하다고?"

담임은 나를 한참 쳐다보았다. 내 질문 몇 가지가 더 도끼처럼 날아갔다. 아이스크림을 다 먹었을 즈음, 담임이 내게 부메랑을 던졌다.

"홍도, 선생님한테 화난 거 있니?"

담임이 엄청 착한 표정으로 물었다. 그렇게 묻는 사람은 불여우의 대타도 아니고 미술 선생의 애인도 아니고 오로지 장국영이었다. 바보같이 나는 고개를 가로로 젓고 말았다.

울컥하는 마음으로 급조된 취향은 며칠 못 가 들통 나고 말았다. 진우와 함께 학교 앞에서 달고나를 하다가 그 옆으로 지나가던 담임과 마주친 것이다. 담임이 웃으면서 지나갈 때 나는 굳이 구차한 설명을 했다.

"학교 앞에 먹을 게 있어야죠."

담임은 내 머리통을 살짝 비빈 후에 지나갔다. 그 행동이 그날 하루를 좌우했다. 집까지 오는 동안 진우의 모든 말이 하나도 들리지 않았다. 진우는 호응이 없으면 못 견디는 타입이었기 때문에, 몇 걸음 못 가서 결국은 걸음을 멈춰버렸다.

"야, 박홍도! 너 오늘 왜 그러냐?"

동그란 눈으로 진우를 바라보니, 그 애는 방방 뛰고 있었다.

"니가 왜 기분이 별로인지 알아. 근데 너무 신경 쓰지 마. 담임이 아까 머리 쓰다듬은 거 때문에 그러지?"

순간, 나는 깜짝 놀라서 아무 말도 못했다.

"니가 담임 싫어하는 건 아는데, 그래도 학교 생활이란 게 다 그렇지 뭐."

진우는 내 등을 두 번 두드린 후 폴짝폴짝 뛰어갔다.

저 녀석은 아직도 여자를 모른다.

집에 와서도 담임이 내 머리통을 두 번 쓰다듬어준 것이 계속 생각났다. 내일 학교가 끝나면 바로 미용실에 가서 머리를 삭발하리라 다짐했다. 그날 하고 간 머리핀을 담임이 칭찬하지만 않았다면 분명 그랬을 것이다. 담임은 엄마가 꽂아준 분홍색 머리핀을 보고 예쁘다고 웃어주었던 것이다. 나는 거의 마음이 엉망진창이 된 상태로 집으로 돌아왔다. 워낙 내 마음이 내 마음처럼 통제가 안 되니, 감정에 직접 주사기를 대고 보톡스라도 주입하고 싶다. 원하는 형태로 감정을 부풀리거나 축소할 수 있도록. 부작용이 나도 상관없다. 어찌 됐건 지금과 다르기만 하면 되는 거다.

7. 강남 스타일 하남

교실의 낭만은 죽었다. 엄마 말로는 하늘에서 삐라가 떨어지고, 남자애들이 여자애들을 대신해서 매를 맞았던 시절도 있었다던데. 나는 아무래도 시절을 잘못 타고난 것 같다. 나도 삐라를 주워가서 샤프로 바꿔오고, 흑기사가 나를 대신해서 손바닥을 맞아주기도 하는 그런 시절에 학교를 다녔어야 했다. 삐라야 그렇다 치고, 요즘엔 남을 위해 희생하는 애들을 찾아보기 힘들다. 설령 어떤 낭만적인 아이가 다른 아이를 위해 대신 벌을 받는다고 해도 극성스러운 엄마들이 가만있을 리 없다. 멀리서 찾을 것도 없다. 엄마들의 극성에 놀아나는 대표적인 케이스가 김진우다. 내가 이런 말을 했을 때, 진우의 대답은 역시 예상대로였다.

"미안해. 대신 맞아주고 싶지만, 난 엄마도 소중해."

진우는 자기가 다른 사람을 위해 손바닥을 맞으면 엄마가 속상해할 거라고 말했다. 흥, 누가 가정 있는 남자인 거 모를까 봐. 그런데 진우는 오늘따라 별로 말이 없다. 달고나 세 국자를 연달아 돌린 후에야, 진우는 입을 열었다.

"엄마랑 아빠랑 이혼한대."

진우는 국자가 탈 때까지 설탕을 달궜다. 그리고 네 개째, 달고나를 시작했다.

"그리고 나 다음 달부터 학원 하나 더 다녀야 돼. 이제 달고나 할 시간 없을지도 몰라."

진우는 국자를 휙 내팽개치면서 일어섰다. 그리고 말했다.

"어쩐지, 이혼이랑 학원 사이에 무슨 연관이 있는 것 같다는 생각이 들기도 해. 그래서 조금 싫어."

그런 건 지나가는 바람이라던 엄마의 말이 떠올랐다. 우리 엄마가 하는 말이 다 그렇지, 뭐. 만날 전문가 행세만 하더니만. 그러니까 남자도 다른 여자한테 빼앗기고. 장국영도 매염방한테 줘버리고! 미술 선생의 또각또각 구두 소리가 어디선가 들리는 것 같아 냉큼 교문을 벗어났다.

'엄마, 주말농장 보러 간다.'

집에는 메시지만 남아 있었다. 유기농 클럽에 가입한 후—물론 나를 위해 가입한 거라고 하지만—엄마는 지나치게 바빠졌다. 분명 내 계산대로라면 엄마는 장국영을 사랑하다가 매염방이 나타나는 바람에 실연을 당한 처지인데, 거뜬했다. 그럴 거면 왜 미술 선생의 브로치는 신경 썼던 것인지 알 수가 없다. 엄마는 늦은 시간이 되어서야 돌아왔다.

"농사도 안 지으면서 왜 자꾸 땅만 봐."

"흙이 얼마나 좋은 건지 아니?"

엄마는 그렇게 말하면서 냉장고를 열었다. 내가 분명 집에서 밥을 먹지 않았음에도 불구하고, 엄마는 뭐라고 하지도 않았다. 모르는 것 같았다.

엄마는 자주 외출했다. 집에는 엄마가 차려놓은 풀밭이 나를 기다리고 있었다. 해가 지면, 나는 베란다에 걸린 꼬질꼬질한 국기처럼 창밖을 멍하니 쳐다보기도 했다. 그러다 어느 날, 엄마가 어떤 남자와 함께 걸어오는 장면을 보았다. 엄마와 남자는 마치 신랑 신부 맞절하듯 허리를 90도로 꺾으면서 인사를 했다. 가슴이 콩닥콩닥 뛰었다. 그 남자는 죽은 아빠도 아니었고, 애인 있는 담임도 아니었다. 그러니까 내가 모르는 남자였다. 엄마에게 애인이 생긴 걸까.

"또 땅 보러 갔어?"

"땅은 무슨! 주말농장이라니까."

엄마는 그러면서 웬 학원 전단지를 잔뜩 꺼내놓았다. 이제 고학년이 되어가고 있으니, 학원에 다녀야 한다는 것이었다.

"왜?"

"왜긴 왜야, 다 공부하는데 너만 놀 거니? 엄마 요즘에 집에도 잘 없고 한데, 너 공부라도 제대로 시켜야지. 국영수가 싫으면 미술에 올인하자. 어쨌든 학원은 다녀야 해."

"왜 갑자기 날 학원에 보내려는 건데?"

내 머릿속은 텅 비어서, 진우가 남긴 몇 마디가 파리처럼 윙윙 소리를 내며 날아다녔다. 그 윙윙거리는 소리가 코끝으로 몰렸다. 눈물이 나올까 봐 있는 힘껏 인상을 썼다. 일부러 큰 소리로 기침을 했다. 생목이 발갛게 부어오를 때까지.

담임과 엄마는 시작도 하지 못하고 끝이 났는데, 그렇다고 다른 사람을 찾고 싶지는 않았다. 엄마에게 다른 남자가 생긴다는 생각을 하니, 자꾸 윙윙거리는 소음이 코끝으로 몰렸다. 담임에게 다른 여자—미술 선생이라든가—가 있다고 생각을 하면, 그 역시 갑갑했다. 담임과 엄마 사이, 혹은 아무 상관도 없는 사람들 사이에 끼여서 나는 혼자 실연을 당한 것만 같았다.

학원에 다니기 시작한 진우는 더 이상 교문 앞에 오래 머물지 못했다. 출소를 해도 감옥에 있는 것 같은 생활이 이어졌다. 집에는 엄마가 남기고 간 유기농 풀밭이 나를 기다리고 있었고, 엄마는 없었다. 학원 전단지는 종류별로 다양하게 늘어져 있었다. 자장면, 짬뽕, 피자, 치킨, 그런 전단지들을 엄마가 현관 밖으로 내버리듯이, 나도 학원 전단지를 내버렸다. 그리고 냉장고에서 우유를 꺼내다가, 소주도 같이 꺼냈다. 소주병에 빨대를 꽂았다. 속이 타들어가는 게 꼭 위장에 맨홀을 뚫는 것 같았다. 후룸라이드를 타고 내려가는 듯해 기분이 아팠지만, 나쁘지 않았다.

"어머, 애가 미쳤어!"

마지막으로 기억나는 말은 그거였다. 그리고 뭔가가 샤샤샥 내 머릿속을 스쳐갔는데, 눈을 떠보니 바로 아침이었다. 내 기억이 맞다면, 나는 어제 소주에 빨대를 꽂고, 한 방울도 남김없이 다 마셨던 것이다.

내가 처음으로 술을 마신 다음 날 아침, 북어국은 없었다. 콩나물국도 없었다. 나는 그냥 평소처럼 풀밭으로 가득한 식탁에 앉았는데, 특별히 달라진 것이 있다면 엄마가 살짝 데운 우유에 꿀을 타서 주었다는 것이다. 그게 나의 해장국이었다. 나는 그것을 단숨에 들이켜고 폼 나게 '캬' 했다. 솔직히 말해서 속은 아무렇지도 않았다. 바로 뻗어버렸기 때문에 소주의 맛도 잘 기억이 나지 않고, 속이 멀쩡했기 때문에 내가 소주를 먹었는지도 긴가민가했다. 한마디로 조금 억울했다.

학교 가는 내내 스키 강습이 떠올랐다. 소주는 스키와 같았다. 스키에 서투른 나는 멈추는 법을 몰랐기 때문에 정말 빠른 속도로 일직선으로 슬로프를 내려왔다. 소주에 서투른 나는 즐기는 법을 모르고 바로 뻗어버렸다. 비유가 멋진 것 같아서 이 이야기를 진우에게 했더니 진우는 내게 갑자기 술 냄새가 난다고 했다. 지금껏 한마디도 없다가 갑자기 그렇게 말하는 게 어이없었지만, 나는 어쩐지 그 표현이 싫지 않았다. 술 냄새는 그 어떤 향수보다도 더 강렬한, 최고의 향수였다.

국영수보다는 미술이 더 나았기 때문에, 나는 유서를 쓰듯 그림을 그렸다. 며칠 후, 미술 선생이 나를 호출했다.

"홍도 그림 좋은데. 구도도 좋고, 색감도 좋고. 그래서 이번 교육청 미술대전 학교 대표로 홍도 그림을 내보낼까 하는데, 문제가 있어."

언제는 뭐, 없었나.

"이건 우리 학교 풍경이 아니라는 거야. 너도 알다시피 이번 대회 소재가 자신의 학교 앞 풍경을 그리는 거잖니."

"우리 학교 교문 앞이랑 똑같은데요?"

여기 쥐포맨, 저기 핫도그맨, 저기 슬러시맨, 그리고 여기는 솜사탕맨, 달고나맨은 여기에 있고…… 나는 숨은 그림 찾기의 정답을 찾듯이 하나하나 짚어주었다. 미술 선생은 검지로 책상 유리를 딱딱 두들기면서 말했다.

"그래, 그게 문제야. 교무회의에서는 이건 우리 학교 풍경이 아닌 걸로 결론이 났거든."

"왜요?"

"이 그림을 대회에 낼 때는 박홍도,만 나가는 게 아니고 우리 학교 이름이 같이 나갈 텐데, 이런 교문 앞은 좀 그렇다는 게 학교의 방침이란다. 무슨 부엌도 아니고, 재래시장도 아니고 말이야. 요즘 강남 스타일은 이런 게 아니거든."

말을 하면 할수록 미술 선생의 표정은 점점 더 모호해졌다.

"여긴 하남시 아니에요?"

"물론 그렇지. 그런데 교장 선생님이 강남 스타일을 추구하는데, 낸들 어쩌겠니. 교무회의에서 교장 선생님이 하신 말씀은, 시차 적응 안 된 그림이라는 거야. 아니, 시대 적응이 안 된 그림이었나? 아무튼."

교무회의에서 나온 의견은 이러했다. 4학년 박홍도의 그림에서 쥐포맨과 바바리맨, 그리고 달고나맨을 지우고, 대신 꽃나무를 좀더 심어놓으라는 분부였다.

"그러니까, 이런 식으로."

미술 선생은 수북이 쌓인 도화지 더미에서 한 장을 꺼내서 내 앞에 펼쳐 보였는데, 내 눈에는 아무것도 보이지 않았다. 그러니까, 정말 그 그림에는 아무것도 없었다. 교문이 번듯하게 있고, 담이 있고, 그 앞에는 꽃이 화사하게 피어 있었다. 아이들이 목이 돌아간 채 웃고 있었고, 키는 다 똑같았다. 나는 아무것도 없는 그림을 한참 들여다보았다. 언젠가 소스에 범벅이 된 양배추 샐러드를 엄마가 내밀었을 때처럼, 묻고 싶었다. '이게 뭐야?'라고.

내년 봄에 결혼한다던 담임이 결혼식을 앞당겼다고 했다. 물론 담임이 직접 말한 것은 아니고, 아이들이 알아낸 정보였다. 소문은 늘 그렇듯이 새끼를 쳐서 실은 미술 선생이 아니라 다른 여자가 있다는 이야기도 돌았다. 그리고 얼마 후에 그 다른 여자가 불여우라는 소문도 돌았다. 알고 보니 담임이 불여우의 남편이었다는 것이다.

"그래서 곧 불여우가 돌아올 거래. 애 다 낳아서, 이제 담임하고 체인지 하는 거지."

그렇게 말하는 진우의 배 속에서 꼬르륵 소리가 났다. 밥을 먹어도 채워지지 않는 허기였다. 소문보다 더 빠른 속도로, 교문 앞에서는 불량한 간식들이 사라져갔다. 사라졌다가, 어디선가 다시 나타나기도 했고, 또 사라졌다가, 나타났다. 아이들은 간식들에 대한 금단현상을 담임에 관한 소문으로 풀었다. 떠도는 말은 교문을 벗어나서 과속방지턱을 몇 고개나 넘어 거리로 퍼져나갔다.

8. 스케치북 속의 구멍

쥐포맨이 증발했다. 다음 날,
아이스크림맨이 증발했다. 그다음 날,

햄버거맨이 증발했다,
가 쪽문 쪽에서 발견되었다. 다음 차례,
달고나맨이 증발하려다,
가 다행히 살아남았다. 범인은,
유기농이었다.

교문 앞을 달콤하게 만들었던 '맨'들은 아이들에게 필수적인 성분이었지만, 어른들에게는 블랙리스트 속에 들어갈 만한 성분들이었다. 나는 까만 물감으로 하나, 둘, 문제가 되는 사람들을 지워나갔다. 쥐포맨부터 달고나맨까지, 증발한 사람들은 얼룩덜룩하게 변해서 형체도 알아볼 수 없었다. 마침내 그림 속에는 까맣고 탁한 어둠만 남았다.

그리고 물감이 채 마르기 전에, 스케치북에 구멍이 뚫렸다. 구멍 속은 까만 물감처럼 어두웠다. 바바리맨도, 솜사탕맨도, 납치범도, 쥐포맨도, 모두 까만 물감 속에서 녹고 있었다. 그들은 모두 제각각이면서도 하나였다. 수배 중인 납치범 같기도 했다. 납치범은 달고나 국자 위에서 설탕을 돌려 솜사탕을 만들어냈다. 달고나 국자는 쥐포맨의 부탄가스를 사용해서 데워졌다. 납치범은 여러 개의 포장 봉지를 들고 말했다.

"어차피 지구는 둥근 거야. 다 그게 그거 아니겠어?"

포장 봉지는 제각각이었다. 유기농 설탕, 안 유기농 설탕, 유기농 설탕, 안 유기농 설탕. 납치범은 같은 국자로 하나의 설탕을 퍼다 날랐다. 가격도 모양도 제각각 다른 포장지에 똑같은 설탕이 담겼다. 그리고 각자 다른 이름표가 붙었다. 납치범은 같은 국자로 하나의 물을 퍼다 날랐다. 가격도 모양도 제각각 다른 포장지에 똑같은 물이 담겼다. 그리고 각자 다른 이름표가 붙었다. 납치범은 같은 국자로 하나의 색소를 퍼다 날랐다. 가격도 모양도 제각각 다른 포장지에 똑같은 색소가……

"거기 뭐야! 너!"

납치범이 나를 바라보았다. 모자를 써서 그의 눈이 보이지 않았다. 나는 침을 꼴깍, 삼켰다.

"너, 뭐야. 들어와! 들어오라구."

납치범이 내게 구멍 속으로 들어오라고 손짓을 했다. 스케치북 속 구멍은 점점 커져서 내가 빠질 수 있을 만큼 커졌다. 납치범이 한 발짝, 한 발짝, 내게로 다가오기 시작했다. 나는 평소에 외운 말을 주기도문처럼 중얼거렸다.

"저기, 우리 엄마는, 하나도 해본 일이 없긴 한데요."

"돈이 많은가 보구나!"

"아니에요, 일, 부, 러, 그런 게 아니라요. 그게, 취, 취직이 안 돼서 그런 거예요."

납치범은 산만했다. 내게 한 발자국 가까이 왔다가는 두 발자국 멀어졌다. 입고 있던 바바리를 들추고, 솜사탕을 돌리는가 하면, 달고나를 하려고 쭈그리기도 했다. 몸에서는 쥐포

냄새가 났다.

"너, 내가 누군 줄 알아?"

누구신데요? 그러나 그 말은 입 밖으로 나오지도 않았다. 납치범의 코가 언뜻, 모자 밑에서 날카롭게 빛났다. 과속방지턱이 없는 코였다. 전력 질주를 해도 될, 그런 코였다.

"40511, 박홍도!"

긴 골목에서 납치범의 메아리가 울려 퍼졌다. 누군가 내 목덜미를 잡고 뒤로 잡아당기는 느낌이 들었다.

"홍도, 거기서 뭐하는 거야?"

담임이었다. 담임의 얼굴이 눈앞에서 팽글팽글 돌아갔다. 납치범은 모자를 쓰고 있었는데, 나는 이미 납치범의 모자 밑에 숨은 흉터를 본 것 같았다. 납치범은 그 바바리맨이 아닌데, 납치범의 바바리 속을 그릴 수도 있을 것 같았다. 납치범은 사라진 모든 것들을 주렁주렁 달고, 스케치북 속으로 빠져나갔다.

"홍도, 괜찮니? 왜 이렇게 식은땀을 흘려?"

담임이 휴지로 내 이마를 닦아주었다. 담임의 얼굴이 내 눈앞에서 흔들렸다. 날렵한 콧날 중간에 과속방지턱이 떡, 하고 자리 잡고 있었다. 엄마에게는 이 매부리코가 블랙리스트 속 성분일지도 모르지만, 내게는 그렇지 않았다.

"홍도, 속상한 일 있니?"

"선생님, 저는 마음이 밀가루 같은 거였으면 좋겠어요. 밀가루처럼 반죽해서 원하는 대로 모양도 낼 수 있는 거면 좋겠어요."

그 말을 하면서 얼굴이 불에 덴 쥐포처럼 화끈거렸다. 눈은 달고나처럼 팽글팽글 돌아갔다. 혀에서는 단내가 났다. 담임이 내 어깨를 다독여주었다. 눈물을 닦고, 코도 풀고, 땀도 닦고, 그리고 어느 순간 주변을 돌아봤을 때 내 발밑에는 무수히 많은 휴지들이 꽃처럼 떨어져 있었다.

일주일 후, 미술 선생이 나를 다시 불렀다.
"그림 다시 그렸니?"
"그냥 그 위에다가 고쳤어요."
"전에 그렸던 거 위에다가?"
"네, 그런데 교장 선생님이 꼭 넣으라고 했던 강남 스타일 꽃나무 있잖아요. 그건 자리가 없어서 못 그렸어요."

스케치북을 펼쳤다. 그림은 온통 까맣기만 했다. 그러나 군데군데 농도와 질감이 달랐다. 회색빛이 나는 엷은 부분부터, 손가락이 드나들 정도로 뻥 뚫린 부분까지 있었다. 물감으로 계속 덧칠을 하다 보니 그만, 종이가 뚫려버린 것이다. 그러니까 내 그림 속에는 분홍색 교문하고, 몇 개의 구멍들만 있었다.

미술 선생은 황당하다는 표정만 얼굴에 띄워놓고 있었다. 그러더니 스케치북을 덮으면서 말했다.

"홍도, 마음이 밀가루라더니, 그림은 왜 이렇게 까만 거니?"

"밀가루요?"

미술 선생은 말없이 머리카락을 이마부터 정수리까지 쓸어 올렸다. 나는 교무실 문을 닫고 밖으로 나왔다. 갑자기 담임의 얼굴이 거대한 밀가루 반죽처럼 보였다. 담임의 입을 복도에 패대기치고 싶었다. 밀가루 이야기를 담임이 미술 선생에게 전한 것인가! 그것은 내 최초의 고백이었는데.

복도를 걷다가, 뛰다가, 달려갔다. 복도가 길쭉한 것은 이럴 때 달리라고 있는 것이다. 아무리 뛰어도 내 발끝에서는 또각또각 소리가 나지 않았다. 복도는 끝도 없이 이어졌다. 나는 하남과 강남 사이에서 표류하고 있었다. 그 사이에는 지하철이 닿지 않는 수많은 골짜기가 있고, 버스가 서지 않는 구멍들이 있다.

솜사탕맨이 돌아왔다. 금단현상에 시달리던 진우는 기대에 한껏 부풀었다. 솜사탕맨은 산타클로스처럼 빨간 옷을 입고, 대야처럼 둥근 기계 속에서 하얀 수염을 빙글빙글 돌렸다. 맷돌처럼, 팽이처럼, 설탕 덩어리가 돌아가면서 금세 알록달록한 솜사탕으로 피어났다.

"아저씨, 이거 불량식품이죠?"

솜사탕맨은 여전히 마케팅을 몰랐지만, 그래도 불황은 없었다. 아이들은 출소하자마자 두부를 먹듯, 허겁지겁 솜사탕맨을 찾았다. 솜사탕맨은 모자를 쓰고 있지 않았다. 대신 태극기로 두건을 만들어서 이마의 흉터를 가렸다. 하루에 백 개도 넘는 솜사탕을 팔고, 퇴근할 때가 되어서야 선글라스를 꺼내 썼다. 부릉부릉, 오토바이에 시동을 걸면 매달려 있던 솜사탕들이 풍선처럼 붕 떠올랐다. 솜사탕맨은 풍선처럼 부푼 솜사탕을 달고 하늘로 날아오르듯, 퇴근했다.

그리고 가끔, 바바리맨이 출몰했다. 추리닝 바지 위에 코트를 입은 남자들은 거리의 전봇대만큼이나 많았다. 교문 앞만이 아니라 골목 구석구석에도 전봇대처럼 서 있다가 갑자기 나타나서 코트 자락을 확 펼쳤다. 그 속에는 거대한 고추가 주렁주렁 달려 있었다. 다시 보면 솜사탕이 주렁주렁 열려 있을 것 같기도 했다. 그 사이사이, 담임의 얼굴이 있을 것도 같았다. 그러나 바바리맨은 시간을 많이 주지 않는다. 곧, 다시 코트는 닫혔다.

나는 학교 대표로 미술 대회에 참가하지 못했다. 교장은 최대한 강남 스타일로 그린 학교 앞 풍경을 대표로 선정했지만, 그것은 대회에서 상을 받지 못했다. 진짜 강남은 따로 있었고, 진짜 하남도 따로 있었고, 그 사이 어중간한 풍경은 아무 주목도 받지 못했다.

내 그림은 다른 용도로 쓰였다. 까만색으로 덕지덕지 칠해둔 그림은 물감이 마르면서 묘한 분위기를 만들어냈다. 우리 집을 아지트 삼아 와 있던 유기농 클럽의 엄마들은 그 그림을 보고 뭔가 알 수 없는 기분에 사로잡혔다.

'흙으로 세상을 바꾸자'

까만 그림은 이런 제목을 달고 교문을 통과했다. 그리고 학교 앞 스쿨 존에 도배한 것처럼 몇백 장이나 붙어 있었다. 화산 폭발, 화재, 지진, 해일…… 내 그림을 보면 이런 단어들이 뒤엉킨 것이 떠올랐다. 언젠가 내가 들여다보았던 맨홀 속 풍경이 되살아난 것도 같았다. 그림 옆에는 예전에 내가 썼던 메모도 곁들여져 있었는데, 그것도 어딘가 조금 수정이 되었다. 유기농 클럽에서 활동 중인 엄마 한 분이 시인이라고 했다.

쥐포맨이 증발했다. 다음 날,
아이스크림맨이 증발했다. 그다음 날,
햄버거맨이 증발했다,
가 쪽문 쪽에서 발견되었다. 다음 차례,
달고나맨이 증발하려다,
가 다행히 살아남았다. 범인은,
대장균이었다.

그 그림을 끝으로, 나는 붓을 꺾었다.

내가 붓을 꺾은 그 무렵부터 유기농 클럽 엄마들은 나를 미술 천재로 부르기 시작했다.

9. 홍도야 울지 마라

 담임이 이번 달을 끝으로 우리 학교를 떠난다는 소식이 들려왔다. 아이들은 담임이 유능하기 때문에 옮겨간다고 믿었지만, 엄마는 그게 다 비정규직이어서 그렇다고 말했다.
 "담임 싫어?"
 내가 그렇게 묻자, 엄마는 조금 멍한 표정으로 나를 보면서 대답했다.
 "싫고 좋고가 어디 있어!"
 "엄마 스타일은 아니야?"
 "매부리코잖아."
 "그런데 왜 아빠는 좋아했어? 매부리코였다며."
 엄마는 대답을 하지 않았다. 그 답은 엄마도 모르는 것 같았다.
 나는 담임을 보기 위해 몇 번이나 복도를 서성거렸다. 수업이 끝난 후에도 다시 교실로 되돌아가기도 했다. 내가 왜 이러는지 설명할 수는 없었지만, 복도에서 창문 너머로 담임의 얼굴을 보면 그때서야 마음이 놓였다.
 "아쉽게도."
 떠나는 날, 담임은 그렇게 입을 열었다. 아쉽게도, 제가 여러분 곁을 떠나게 되었습니다. 가슴이 쿵쾅쿵쾅 뛰었다. 한동안 나는 담임 얼굴을 제대로 보지 않았다. 상상 속에서 조금씩 숱이 줄어들던 담임의 머리카락은 이미 탈곡기로 날려버린 지 오래였다. 그래서 오랜만에 담임의 얼굴을 제대로 보자, 담임의 얼굴이 조금 잘생겨진 것처럼 보이기까지 했다. 아무래도 내가 꿈속에서 담임의 노화를 지나치게 빨리 진행시켰던 것 같았다. 담임이 유종의 미 어쩌고 하면서 긴 연설을 했을 때는 갑자기 멋있어 보여서 마음이 혼란스럽기까지 했다. 나는 꿈속의 담임 얼굴을 생각했다. 담임아 꺼져라, 대머리야 오너라!

담임은 미국으로 간다고 했다. 우리가 아는 것은 그것뿐이었다.

"여러분, 언젠가 선생님이 이야기해주었던 시 기억하죠? 김춘수의 꽃. 여러분의 이름을 부르는 순간, 여러분은 이 세상 어디에서도 가장 의미 있는 존재가 되는 겁니다."

창가 쪽 아이들부터 한 명씩 교단으로 나갔다. 담임은 아이들의 이름을 하나씩 부르면서 포옹했다. 그리고 등이나 어깨를 가볍게 두드렸다. 심드렁하게 그 광경을 지켜보고 있었는데, 느낌이 이상했다. 아이들이 한 명씩 앞으로 나갈 때마다 내 심장이 조금씩 더 빨리 뛰었다. 마침내 1분단 아이들이 모두 나가고, 2분단 차례가 되었을 때는 심장이 지쳤는지 배가 꾸르륵 소리를 내면서 아프기 시작했다. 내 배가 살살 아파오는 사이에 3분단 아이들이 담임의 포옹을 받았다. 그리고 마침내 4분단! 내 앞의 아이들이 한 명씩 담임과 포옹하기 위해 앞으로 나갔다. 배가 꾸르륵거리면서 요동을 쳤다. 당장이라도 화장실로 달려가야 할 것 같았다. 나는 혹시나 눈치 없는 소리나 가스가 밖으로 새어나지 않도록 조심조심 일어났다. 모든 것이 슬로모션처럼 느리게 흘러갔다. 담임이 나를 보았고, 나를 향해 팔을 벌렸고, 그리고 두 팔로 내 등을 감쌌고, 한쪽 손으로 두 번, 내 등을 토닥였다. 담임의 손가락 어느 부분이 내 등의 호크를 건드린 것 같아서 깜짝 놀랐다. 그날 처음으로 밴드가 아니라 호크가 달린 65AA 사이즈의 브래지어를 입었는데, 저질 남자아이들이 내 등을 쓸어보기도 전에 담임이 토닥인 것이다. 담임이 등을 두 번, 탁탁, 혹은 툭툭, 혹은 톡톡, 아니 똑똑,인가. 아무튼 노크하듯이 똑똑 두드린 순간 너무 놀라버린 나머지 하마터면 방귀를 뀔 뻔했다. 가까스로 그것을 참느라 담임이 내 이름을 부른 다음에 어떤 덕담을 했는지 하나도 듣지 못했다. 얼빠져 있던 내가 정신을 차렸을 때는 이미 4분단 아이들의 포옹식이 다 끝난 뒤였다. 배는 정말 잠시 미쳤던 건지 이제 아프지도 않고 멀쩡했다.

"담팅이가 아까 나한테 뭐라고 그랬어?"

진우는 어깨를 으쓱해 보였다. 하긴 그렇다. 자기한테 해준 덕담을 기억하기도 바쁜데, 다른 사람의 덕담을 기억할 리가 있는가.

"나한테는 진우야, 예쁜 여자 친구도 만들어라. 그랬는데?"

 그렇게 구체적인 메시지가 있는 줄 알았다면, 최대한 정신을 집중해서 담임의 말을 듣는 건데. 후회해도 소용없는 일이다. 담임은 이미 교무실로 떠난 뒤였다. 교무실로 내려가서 담임에게 아까 내게 한 덕담이 무슨 말이었는지 물어볼까도 잠시 고민했지만, 역시 우스운 일이었다. 만약에 담임조차도 기억하지 못한다면 나만 더 상처받을 것 같았다. 담임이 뭐라고 그랬을까, 뭐라고 그랬을까. 아이들은 우르르 교실 밖으로 나가버렸다. 진우가 빨리 나오라며 성화를 부렸다. 나는 일부러 느릿느릿 짐을 챙기고, 교실에서 마지막으로 나갔다. 내 곁으로 한민영이 지나갔.

 "너, 담임이 왜 그런 말을 한 거야?"

 "뭘?"

 "홍도야, 울지 마라. 그랬잖아. 설마 운 거야? 눈에 띄려고 별짓을 다 하는구나, 이젠."

 복도는 또 한 번 뛸 수 있을 만큼 길었다. 바닥이 무너질 것처럼 쿵쾅거리며 뛰는 동안 모든 것들이 창밖으로 훌훌 날아갔다.

 교문 앞 솜사탕은 평소보다 두 배로 컸다. 평소에는 아이들 머리통만 한 것이 이번에는 어른 머리통만 했다. 너무 울어서 팅팅 부은 눈두덩처럼 보이기도 했다. 분홍색으로 팅팅 부은 눈두덩을 눈물 닦아주듯 손으로 닦아주었다. 진우가 기겁을 했다.

"뭐 하는 거야?"

나는 팅팅 부은 눈두덩에서 더 이상 어떤 눈물도 흘러나오지 못하도록, 손으로 꽉 눌러 납작하게 만들었다. 그리고 한 움큼을 떼어내 진우에게 내밀었다.

"이게 뭐야?"

진우가 억울한 표정으로 물었다.

"솜사탕은 구라야. 이건 의무니까 한 입씩 먹자."

진우는 내게 펀치를 날리듯이 솜사탕을 내밀었다. 진우가 내민 솜사탕에 얼굴을 파묻었다. 학교 앞 횡단보도를 다 건널 때까지 솜사탕에서는 아무것도 나오지 않았다. 그러나 어쩐지 그 중심에 거대한 가시가 박혀 있을 것만 같았다.

해설

현실과 상상의 '돌려 막기'

이수형

> [……] 제발 현실을 직시하라구
> 할 때마다, 몽상가들이 꿈꾸는 것은 바로
> 현실입니다. 제발, 할 때마다
> 몽상가들이 꿈꾸는 것은 현실입니다.*

1

 윤고은의 소설들을 읽다 보면 우선 인상적으로 다가오는 것은 소재나 상황 설정에서 발휘되는 재기발랄한 상상력이다. 가령, 혼자서 식사하는 법을 가르쳐주는 학원은 어떨까? 이웃 나라 사람들은 유리벽에 면한 선반 같은 테이블 앞에 혼자 앉아 벽(혹은 창)을 보며 묵묵히 음식을 삼키는 걸 대수롭지 않게 여긴다는 풍문을 어디선가 들은 것도 같지만, 적어도 우

---

* 장정일, 「실비아 플라스에 빠진 여자」, 『햄버거에 대한 명상』, 민음사, 1987, p. 31.

리에게는 그런 풍속이 영 어색하다. 「1인용 식탁」에서 "산악인에게 에베레스트가 있다면, 우리에게는 고깃집이 있다"(p. 30)는 학원 강사의 대사를 접하는 순간, 우리는 그 어색함이 딱 들어맞는 언어와 만나고 있음을 알게 된다. 윤고은의 소설은 대개 이런 식으로 씌어진다. 요컨대, 그의 소설은, 알게 모르게 우리 사회에 퍼져 있으며 그래서 누구나 얘기를 꺼내봄 직하지만, 또 그렇기 때문에 오히려 꺼내놓으면 해도 그만 안 해도 그만 식의 얘기에 그칠지도 모를 어떤 사건(사태)들에 조금은 엉뚱한, 그러나 있을 법한 소재와 상황을 씌우면서 시작된다.

구글에서 찾아보면 순식간에 9,190,000건의 검색 결과가 나오는 판데믹pandemic 현상의 경우도 사정은 비슷하다. 우리들은 모두 광우병이나 신종 플루의 대유행을 대단히 염려하고 있으며, 그에 대해 한마디쯤 할 수 있을 만한 정보를 공유하고 있다. 물론 조금은 식상하다. 판데믹 증후군을 빈대를 둘러싸고 벌어지는 소동 안에 끼워 넣으면 어떨까? 「달콤한 휴가」에서 주인공의 아내가 대뜸 반문하듯 "21세기에 웬 빈대?"(p. 48)라는 반응이 절로 나올 만큼 생뚱맞아 보이긴 하지만, 또 왠지 있을 법하지 않은가? 아닌 게 아니라 '빈대 박멸'을 검색하면 '뉴욕, 빈대와의 전쟁 선포' 운운하는 14,500건의 결과가 뜨기도 하니 말이다.

"소설 써요. 백화점에서 작업실을 내줬어요. 소파도 있고, 인터넷도 되고, 작가들 글 쓰는 공간이에요."

거짓말은 아니다. 소파도 있고 인터넷도 되고 설명하지 않은 더 많은 것들도 있고 나는 거기서 글을 쓴다. 다만 가끔 그곳에 다른 목적으로 오는 사람들이 있을 뿐이다. 그래도 화장실이라고 굳이 설명하지는 않는다.

[······]

아버지와 어머니가 어떻게 이해하셨는지는 모르겠으나, 그 후로 백화점에 대해 다시 묻지는 않으신다. 다만 퇴직 후 컴퓨터를 배우는 어머니가 조금 두렵기는 하다. 인터넷 검색창에 백화점, 작업실, 소설, 이렇게 써넣고 검색 버튼을 눌렀을 때 나올 결과를 생각하면. (「인베이더 그래픽」, pp. 108~9)

매일 아침 10시 30분에 출발해 백화점에 도착, 화장실에 붙어 있는 휴게실에서 노트북으로 소설을 쓰다 식품 매장 시식 코너에서 식욕도 채우고 문화 센터 무료 강좌에서 지식욕도 채우는 경우는 또 어떨까? 「인베이더 그래픽」에서 동명의 소설을 쓰고 있는 무명작가의 저렴한 라이프 스타일은 단지 한 소설가의 삶에만 국한되는 것은 아니다. 자신을 실업자 취급하는 아버지의 시선을 피해 집을 나온 그녀가 작업실을 찾아 헤매다 백화점에 이르렀다는 걸 보면 알 만하지 않은가? 그 작업실이란 특별히 소설을 쓰는 공간이라기보다는, 실은 막연히 작업—일을 하는 공간, 더 정확히 말하면 뭔가 일을 하고 있다는 위안을 제공하는 공간에 가까울 것이다. 청년 백수 얘기야 중요한 사회 문제이긴 하나 구글링을 하지 않아도 알 만큼은 아는, 특별할 것 없는 것이고, 결국 「인베이더 그래픽」이 소설로 성립하도록 만드는 것은 작가이자 백수인 그녀가 작업실을 찾아 백화점으로 출근한다는 설정에서 찾는 편이 빠르다.

물론, 그녀는 백화점에서 내준 작업실이 실은 화장실이라는 사실 자체를 부정하지는 못한다. 그 작업실이 거짓말은 아니라고 애써 합리화해보지만 그렇다고 사실인 것도 아니어서 그녀는 부모님이 확인할까 두렵다. 요컨대, 그녀는 자신의 작업실(=화장실)이 현실에는 존재하지 않는 일종의 상상이란 것을 알고 있을 만큼의 현실 검증reality-testing을 잊지는 않는다. 그러니까 그녀의 작업실이란 현실과 상상이 교차하는 공간이기도 하다. 아마도 이러한 작업실은 「인베이 더그래픽」에 등장하는 무명작가를 위한 것만이 아니라 작가 윤고은을 위한 것이기도 할 것이다.

2

현실과 상상의 관계 역시 누구나 웬만큼 아는 것이라 한마디씩 거들 만하나 또 얘기해놓으면 하나 마나 한 것이 되어버리기 쉬운 주제임에는 틀림없을 테지만, 아무튼 다시「인베이더 그래픽」에서 시작해보자. 무명작가가 쓰고 있는 소설 안에서 증권 회사에 다니는 주인공 균은 176명 중 129번째 실적을 올리는 퇴출 후보 사원이다. 양잿물이나 농약, 가족사진이나 칼 같은 걸 들고 찾아와 자신을 긴장시키는 고객들 틈에서 새벽부터 자정 넘어까지 증권시장의 이슈들과 씨름해야 하는 균은 이런 삶과는 아무 상관없는 인베이더 그래픽에 매료된다.

바로 아무 상관없다는 이유 때문에 오래전 유행했던 전자오락 캐릭터의 타일 모자이크에 빠진 것일 테지만, 굳이 의미를 찾자면 균에게 인베이더 그래픽은 "그 네모난 타일의 한 귀퉁이를 툭 치면 빙그르르 돌아가면서 다른 세계로 이끄는 그런 문"(p. 106) 같은 것일지도 모른다. 또, 그런 의미로라면 균이 인베이더 그래픽을 현실에서 입은 상처를 상상적으로 위로해주는 일종의 반창고쯤으로 간주하는 것도 이해하지 못할 바 아니다. 회사에 출근하지 않는 주말에 인베이더 그래픽에 빠져 위안을 찾는 것을 누가 뭐라 하겠는가? "분위기 삭막할 때 휴가 내면 영영 쉬는"(p. 100) 건 아닌가 걱정스럽긴 하지만 휴가 기간에 인베이더 그래픽을 찾아 파리로 여행을 떠나는 것도 누가 뭐라 하겠는가? 주말이 지나고 휴가가 끝나고 회사로, 한국으로 돌아올 수만 있다면 말이다.

현실이 마음에 들지 않아 먼 곳을 상상하지만 돌아올 일이 걱정이라면, 아예 어딘가로 떠나지 않으면 될 일이다. 굳이 여행을 떠난다 해도 그가 가는 곳은 현실의 장소가 아니라 상상 속의 장소일 테니까 말이다. 그래서 「아이슬란드」의 주인공은 론리플래닛 같은 가이드북을 읽는 것으로 여행을 대신한다. "짐 가방 대신 책갈피 하나면 충분한 이 여행은 매일 밤 한 시간씩 이루어진다. 그 덕분에 지금까지 진짜 국경을 벗어나본 적은 없다. 굳이 그럴 필요가 없었다"(p. 243). 일본과 러시아를 거친 그 여행은 이제 아이슬란드로 향한다.

현실과 상상의 무게를 적당히 조율한다면 누가 뭐라 할 리 없다. 이런 식이다. "사막은 계속될 것이며, 오아시스는 어디에도 없을 것이고, 다만 신기루는 가끔 나타날 거라는 점"(p. 259). 현실은 오아시스 없는 사막이나 상상의 신기루가 있으니 그런대로 그것에 만족할 수도 있지 않겠는가? 그런데 "아이슬란드에 넋을 놓고 있는 시간이 많아질수록 지금 여기, 내가 발 딛고 있는 곳은 쪼그라들거나 좀먹은 옷감처럼 낡아"(p. 258)지는 것 같은 느낌이 점점 심해진다면 어떻게 할 것인가? 지금 이곳에서는 변화무쌍한 직장 상사의 성격이 하루에도 몇 번씩 오르락내리락 조울을 반복하고 게다가 회사 사무실조차 서울의 동쪽 끝에서 서쪽 끝으로 옮긴다고 한다. "회사를 그만두면, 아이슬란드로 정말 떠날 수 있을지도" 모른다. "책상 앞의 세계전도에서 아이슬란드가 번쩍, 번쩍, 오로라를 보내오는 것 같"(p. 264)기도 하고, "레이캬비크, 라고 하면 그 단어들이 육중하면서도 권위적이지 않은 구조물이 되어"(p. 269) 어른거리기도 한다. 그러나 애써 주문한 이민 가방은 사무실을 따라 이사할 때만 유용하게 쓰였을 뿐, 그뿐이다.

박은 자주 직장을 그만두고 아이슬란드로 가야 한다는 말을 하곤 했는데, 정말 직장을 그만두게 되자 아이슬란드는 물론 어디로도 가지 못했다. 그는 아이슬란드를 떠나버렸다. 단지 시간적, 금전적 여유가 없어서가 아니었다. 아이슬란드는 모든 경쟁과 소음을 초월한 곳이었지만, 그 환상을 유지하기 위해서는 경쟁과 소음이 필요했다. 수면 위의 우아함은 물 아래 숨겨진 억척스러운 갈퀴질 덕분에 가능한 것이었다. 박은 그 사실을 알고 있었고, 갈퀴질이 불가능해진 지금, 수면 위의 우아함을 스스로 포기해버린 것이다. 나도 그 구조로부터 자유로울 수 없기에 직장을 그만둘 수도, 적금을 해지할 수도, 보험을 취소할 수도, 무작정 떠날 수도 없었다. 내가 그 모든 것들을 포기하고 진정 자유로워지는 순간, 아이슬란드도 사라질 테니까.(「아이슬란드」, pp. 262~63)

아이슬란드란 무엇인가? 그것은 상상의 공간이며 환상의 기표이다. 그러나 현실과 전혀 무관한 것은 아니다. "아이슬란드는 모든 경쟁과 소음을 초월한 곳이었지만, 그 환상을 유지하기 위해서는 경쟁과 소음이 필요"하기 때문이다. 아이슬란드가 상상이라면, 그 상상을 유지하기 위해 필요한 것은 경쟁과 소음으로 뒤덮인 현실이다. 그런데 경쟁과 소음으로 뒤덮인 현실을 견디기 위해, 곧 직장과 적금과 보험 따위로 이루어진 현실을 유지하기 위해 필요한 것은, 다시 상상이다. 현실과 상상의 이와 같은 꼬리잡기 놀이는 쉽게 끝나지 않을 것처럼 보인다.

3

「1인용 식탁」의 주인공 오인용이 혼자 밥 먹는 법을 가르쳐주는 학원에 등록하게 된 이유는 동료 직원들이 점심시간에 그를 소외시켰기 때문이다. 그에게 딱히 문제가 있는 건 아니므로 동료들이 왜 그랬는지를 따지는 것은 답을 찾기 어려울 뿐 아니라 그다지 필요하지도 않다. 그리고 사실, 단지 점심시간에 혼자 밥 먹기 싫은 게 문제라면 그가 동료들의 식당 순례에 끼어들지 못할 이유도 딱히 없다.

오인용이 진짜 원하는 것은 여럿이 함께 밥 먹는 식탁이 아니라 자기가 돋보일 수 있는 식탁이다. 물론, 그 식탁이 굳이 1인용 식탁일 필요는 없다. 그는 "고깃집에서도 결혼식 뷔페에서도 무리 없이 혼자 떨어진 내가 외로운 게 아니라 돋보이"기를 원한다. 또, 그것은 식탁이 아니라, 가령 사람들로 붐비는 지하철이라도 상관없다. 그는 "지하철 문이 열릴 때마다 수많은 사람들이 이리저리 움직이는 것은 여전했지만, 그 인파 속에 휩쓸리면서도 나는 주인공"(p. 37)이기를 원한다.

시험에 떨어지고 나서야 나는 왜 이 수료증을 한번에 받는 사람들이 15퍼센트에 그치는지 알 것 같았다. 85퍼센트의 사람들이 두려워한 것은 시험이 아니었다. 시험 이후에 찾아올 진짜 현실이었다. 수료를 하고 나면 더 이상 학원에 찾아올 필요가 없고, 그 말은 곧 '우리'라고 부를 만한 소속이 없어지는 것 아닌가. 점심시간마다 찾아와 공통의 관심사와 목표 아래 앉아 있을 무리가 흩어진다는 것, 수료증 하나로 더 이상 이곳에 찾아올 이유가 없어진다는 것, 그래서 이제는 정말 세상으로 나가 혼자만의 식사와 마주쳐야 한다는 것, 바로 그것이 공포의 대상이었다. 그들에게, 아니 우리에게 필요한 것은 수료증이 아니라 현실을 유예할 수 있는 시간이었던 것이다. (「1인용 식탁」, pp. 42~43)

학원의 커리큘럼에 따라 홀로 식당을 찾아다니던 오인용은 혼자서 삼겹살 2인분을 시켜 능숙하게 쌈 싸 먹는 여자를 만난다. 오인용의 학원 선배이자 혼자 먹기의 달인인 그녀는 말한다. "수료증은 세상의 축을 바꿔놨어. 이제 모든 건 다 내

중심으로 도는 거야"(p. 36). 그녀는 오인용이 꿈꾸는 나르시시스트의 삶을 이미 즐기고 있는지도 모르겠다. 하지만 오인용은 끝내 수료증을 따는 데 실패한다. 아니, 어쩌면 스스로 수료증 받기를 물리치고 있는 것처럼 보이기도 한다. 그는 누군가 홀로 있다는 사실마저도 알아차리지 못하는 무관심 속에서 살아야 하는 현실을 원하지는 않지만, 그렇다고 그 현실 너머 자신이 상상하는 행복한 삶을 살기를 원하지도 않는다. 다만 그는 그 현실과 상상(꿈)에 적당히 양다리를 걸쳐 손쉽게 나르시시즘의 허위 의식을 만족시킬 수 있는 상태를 원할 뿐이다. 지금 그에게는 혼자 밥 먹기를 배우는 학원이 바로 그런 상태이다.

오인용을 비롯해 윤고은의 소설에 등장하는 주인공들을 모라토리엄형 인간이라고 부를 수도 있을 것이다. 이 명명은 단순히 현실이 요구하는 뭔가를 지불할 생각이 없고 그래서 현실에 진입하는 것을 유예하려 한다는 의미에서 붙여진 것만은 아니다. 그들은 현실에 불만족스럽고 그래서 현실 너머를 상상하지만, 그 상상은 다시 현실을 지탱하는 역할을 수행한다. 현실에 안주하지도, 그렇다고 현실 너머로 넘어가지도 못하는 이러한 꼬리잡기—순환은 마치 '카드 돌려 막기'처럼 보인다. 그들이 모라토리엄 인간이라면, 그것은 현실에 대해서는 상상이라는 카드를 꺼내 지불을 유예하고, 다시 상상에 대해서는 현실이라는 카드로 지불을 유예함으로써 이중의 지

불유예라는 곡예를 감수하고 있다는 의미에서이다.

> 사람들은 시간이 없었고, 꿈을 사랑하긴 했지만, 꿈 없는 잠을 원했다. 그들은 꿈을 직접 꾸기보다는 간편하게 사기를 원했다. 나 역시 마찬가지였다. 낮 동안을 살아내는 것만으로도 대견해서 밤에는 어떤 틈도 허용하지 않는 깊은 잠에 빠지고 싶었던 것이다. 그러니까 일부러 그렇든 아니든 간에 사회는 사람들에게 숙면을 강요하고 있었다. (「박현몽 꿈 철학관」, p. 142)

사람들에게 돈을 받고 대신 꿈을 꿔준다는 꿈 철학관을 소재로 한 「박현몽 꿈 철학관」에서도 사정은 비슷하다. 돈을 주고 사야 할 만큼 꿈이 절실한 것일까? 또 꿈이 그렇게 절실하다면, 반대로 현실이 그렇게 강퍅하고 견디기 어렵다는 것일까? 물론 이 말이 영 틀린 것은 아니지만, 그렇다고 사람들이 전적으로 꿈을 원하는 것도 아니다. 오히려 그들은 대낮의 현실을 위해 꿈조차 꾸지 않는 편안한 수면을 더 간절히 원하는 것처럼 보이기도 한다. 꿈을 원하긴 하나 현실을 버릴 수는 없으니 그 타협의 산물이 꿈 철학관일 뿐이다. 그 타협은 물론 돌려 막기이기도 하다.

4

 이 돌려 막기가 언제까지 성공할 수 있을지, 그래서 언제까지 자신이 신용불량자임을 깨닫는 것을 유예할 수 있을지는 정확히 알 수 없다. 윤고은 소설의 주인공뿐 아니라 우리들 역시 대개는 현실과 상상의 돌려 막기를 통해 간신히 삶을 유지해가고 있을 터이나, 그것이 끝내 유지되리라고 장담하기는 어렵지 않느냔 말이다. 『1인용 식탁』에 수록된 소설 중에는 현실과 상상의 돌려 막기가 실패하는 두 사례가 있다.
 「달콤한 휴가」의 주인공은 7년간 다니던 직장을 잃었지만 실업 급여가 나오는 동안 잠깐 쉰다는 정도로 가볍게 생각한다. 커피메이커와 DSLR을 사고, 무엇보다 여름방학을 이용해 아내와 2주간의 유럽 여행을 떠나려고 한다. 여기까지는 누가 뭐라 하겠는가? 여행이 끝나면 한국으로 돌아와 새 직장을 얻을 테고, 그러다 또 시간이 지나 여행을 꿈꾸면서 현실을 견디기를 반복하지 않겠는가?
 문제는 그가 돌아오긴 했으나 또 돌아오지 못했다는 데 있다. 그것은 빈대 때문이다. 21세기에 웬 빈대겠냐마는 여행을 준비하던 중에 빈대의 대유행에 대한 정보를 접한 그는 귀국해서도 빈대 퇴치에 열중한다. "그는 캐리어 안에 넣어두었던 여행 소품들, 그러니까 티락스니 비오킬이니 하는 빈대 퇴치 용품과 레몬, 유칼립투스 향의 오일 들을 꺼냈다. 마룻바닥에 캐리어를 눕혀놓고 분주하게 움직이는 그의 모습은 여행을 준비하던 때와 크게 다르지 않았다. 그러나 이번에는 여행이 아니었다. 일상이었다"(p. 56). 어찌 보면 빈대란 다만 구실에 불과한 것이라 해도 무방하다. 보다 중요한 문제는 여행을 일상에까지, 상상을 현실에까지 끌어들였다는 데 있을 것이다. 그는 돌아왔지만 돌아오지 않았으며, 그런 점에서 여행을 지속하고 있다.

> 아내가 출근하고 나면 그는 아침을 차려 먹고, 설거지를 하고, 집 안 구석구석을 청소했다. 여행 전과 비슷한 일과였지만, 시간은 한참 더 걸렸다. 여행 전에는 두 시간이면 가능했던 것이 이제는 그 배나 걸렸다. 〔……〕 나머지 한나절은 인터넷이나 책, 신문을 보며 빈대에 대해 알아보는 것으로 지냈다. 빈대에 관한 정보를 알면 알수록 그의 청소 시간은 길어졌다. 빈대는 그에게 세상에 대해 알아가도록 자극하는 매개체, 연결고리나 다름없었다. 그는 빈대를 통해 청소법을 알았고, 빈대를 통해 요리법을 알았고, 빈대를 통해 부동산을 알았고, 빈대를 통해 이웃들을 알았다. (「달콤한 휴가」, pp. 56~57)

여행이 아닌 일상의 동반자가 되어버린 빈대는 점점 주인공의 삶 중심부로 진입하고, 마침내 그는 청소나 요리부터 부동산과 이웃까지, 말하자면 현실 전체를 빈대를 중심으로 개편하여 새로운 편집증적 현실을 구성하기에 이른다. 그 결과는 당연히 기존 현실로부터의 퇴출이다. 「달콤한 휴가」의 마지막 장면에서 그는 어딘가로 멀리 떠나고 있다. 일주일 뒤에 귀국할 예정이라지만, 아마도 그보다는 오래 혹은 영원히 돌아오지 못할 것이다. 그가 떠나는 여행은 돌아올 기약이 없기에 누구나 꿈꾸는 더할 나위 없이 '달콤한 휴가'지만 또 그렇기 때문에 휴가라기보다는 실종에 가깝다고 할 것이다. 그는 지역 신문의 부고란에 이름을 올린 채, 그렇게 실종된다.

「달콤한 휴가」가 상상에 의해 현실이 잠식되는 상황을 드러낸다면, 「로드킬」은 상상이 현실이 되는 상황을 제시한다. 복도의 컨베이어벨트 위에 갖가지 자판기가 설치되어 원하는 모든 걸 편하게 구할 수 있는 모텔이 있다. 이 정도면, 주인공이 관리하는 자판기 '판타스틱 러브'의 이름처럼, 이 모텔 역시 판타스틱하다고 할 만하다. 일을 마치고 돌아가려던 그는 막연히 뭔가를 기대하면서 모텔에서 하룻밤을 머물고, 다음 날부터 "모텔을 감싼 새하얀 완충재"(p. 181)처럼 쌓인 눈은 모텔을 바깥 세계로부터 고립시킨다. 예상치 않게 모텔에 갇힌 신세가 된 그는 "뭔가 이상한 꼬임 속으로 들어와버린 기분"(p. 191)을 지울 수 없다.

"문을 열고 복도로 나갔을 때, 쇼윈도라고 할 만큼 수많은 자판기가 있는 걸 보고 깜짝 놀랐는데, 정작 내가 놀란 건 자판기 때문이 아니라, 이 구조가 너무도 익숙하다는 것 때문이었어요. 언젠가 한번 공연했던 무대 배경인 것 같았죠. 어떻게 연극 속으로 들어와버린 것인지는 몰라도, 여기서는 적어도 단역이 아닐 것 같은 생각이 들었어요. 〔……〕 난 이제 주인공이다, 새로운 동선이 필요하다, 무대는 익숙하다, 관객은 없다, 아무도 나한테 뭐라고 안 한다, 그런 생각들로 혼자 즐거웠죠."(「로드킬」, pp. 203~4)

"이를테면 영업 정지 처분 같은 것? 수익성이 없는 자판기는 오래 둘 수 없다나. 그래서 퇴출됐어요. 그때 알았죠, 이곳은 무대가 아니라 현실이고, 현실은 대본대로 흘러가는 것이 아니라는 걸. 연극은 한 시간 분량이었지만, 나는 언제 끝날지도 모르는 분량을 이렇게 보내고 있다는 걸."(같은 글, p. 206)

그가 대화를 나누는 데 성공한 유일한 투숙객인 한 여자는 이 모텔에 머문 지 이미 꽤 오래된 듯하다. 그녀는 자신이 꿈꿨던 무대에 올라 주인공을 연기할 수 있다는 데 만족하기도 했지만, 이내 그곳이 상상의 무대가 아니라 하나의 현실, 그것도 언제 끝날지 알 수 없는 지겨운 현실임을 깨닫는다. 그렇다면 모텔을 떠나면 되지 않느냐고? 그래서 그와 그녀는 모텔을 떠난다. 상상의 공간이자 동시에 현실이었던 모텔의 바깥은 현실인가 상상인가? 어쨌든 모델을 떠난 그들은 현실로 복귀하지 못하고, 오히려 모텔―현실에도 모텔 바깥에도 부재함으로써 실종 처리 된다.

이로부터 다음과 같은 추정을 할 수도 있다. 현실의 바깥에 대해 상상할 때, 거긴 어떤 곳일까를 생각해보기 전에 먼저 그건 곧 현실에서의 실종을 의미한다는 것을 인지할 필요가 있으며, 그렇기 때문에 윤고은 소설의 주인공들은 어딘가를 상상하면서도 현실로 돌아올 걱정을 앞세웠던 것이라고. 그렇다면 그들은 꿈꾼다곤 했지만 결국 현실을 꿈꾼 건 아니었을까? 현실의 무게를 버거워한다는 점에서는 별반 나은 처지도 아닌 우리가 "제발 현실을 직시하라고" 값싼 조언을 할 때, 오히려 그들이야말로 "몽상가들이 꿈꾸는 것은 바로 현실"이라는 사실을, 그 돌려 막기의 구조를 누구보다 잘 알고 있을 터이다.

5

현실과 상상이 교차하는 작업실에서 씌어지는 윤고은의 소설은 현실과 상상의 문턱에 발을 딛고 있다. 뭔가를 꿈꾸지 않고 뭔가를 상상하지 않으면서 살아간다는 것이 거의 불가능하리라는 점을 인정한다면, 실은 상상조차도 현실을 구성하는 필수적인 요소라고 해야 할 것이다. 그것을 카드 돌려 막기에 비유하든 어쨌든 간에, 우리들이 대체로 그렇게 살아가고 있다는 사실을 부정하기란 어렵다. 이런 삶의 태도가 처세술의 측면에서는 그리 나쁘지 않겠으나, 아무튼 어딘가 위선적이거나 기만적이라는 느낌을 지우기란 쉽지 않다. 그렇다고 해서 상상을 좇아 현실 너머로의 실종을 감행하라고 말하는 것은 더더욱 쉽지 않다. 그리하여 윤고은의 소설을 읽으면서 이런 질문을 떠올린다. 당신의 상상은 어떠냐고, 당신의 상상은 어느 쪽이냐고.

작가의 말

 이 책의 마지막 말을 쓰기 위해 대청소를 시작했다. 신선한 공기, 정갈한 책상, 적절한 어둠, 오롯한 촛불, 연필 혹은 만년필, 도톰한 종이. 그런 것들이 필요하지 않을까 해서.

 그러나 창밖이 노랗게 흔들린다. 라디오에서는 최악의 황사라는 뉴스가 흘러나온다. 삼겹살 먹으러 가자는 벗의 문자 메시지, 시작도 하기 전에 웅크린 청소기, 건드리기 전보다 더 산만해진 서랍들, 켤 줄도 모르면서 꺼내놓은 성냥과 초를 그대로 놓아둔 채 마치 승천하듯, 쓴다.

 책을 펼치는 행동은 문을 여는 행동과 비슷하다고, 문을 열고 이 책 안으로 들어온 그대에게 감사하다고.

 책을 덮는 행동은 문을 닫는 행동과 비슷하다고, 그대에게 출구는 없다고, 압사하진 않을 거라고, 활자와 활자 사이에 유연하게 누워보라고, 혹은 걸어보라고, 다만 조심하라고, 아직 내뱉지 않은 말들도 매복해 있다고, 지뢰처럼.

2010년 봄밤
윤고은

수록 작품 발표 지면

1인용 식탁 『실천문학』 2009년 여름호
달콤한 휴가 『창작과비평』 2009년 가을호
인베이더 그래픽 『문학사상』 2009년 6월호
박현몽 꿈 철학관 『자음과모음』 2008년 겨울호
로드킬 『문학과사회』 2009년 봄호
타임캡슐 1994 문장 웹진 2008년 9월호
아이슬란드 『작가세계』 2009년 가을호
피어싱 2004년 제2회 대산대학문학상 수상작
홍도야 울지 마라 『너머』 2008년 가을호